ウサイン・ボルト自伝

USAIN BOLT
FASTER THAN LIGHTNING MY AUTOBIOGRAPHY

ウサイン・ボルト

生島淳=訳

集英社インターナショナル

上　姉のクリスティーンとの1枚。気をつけしながら、ウォルデンシア校の制服を着ている。母さんはなんとか俺を5秒間だけ静止させられたようだ!

下　俺が育ったコクシースの家。家族の思い出の場所だ。

上　世界に向け「ライトニング・ボルト」を宣言した瞬間。15歳のときキングストンのナショナル・スタジアムで世界ジュニア選手権の200メートルを制し、俺は陸上界の驚異の新星となった。

下　2004年のCARIFTAゲームズで、19秒93のタイムをマークして200メートルのジュニア世界記録を破った。その年アテネ・オリンピックが行われるまで、シーズン・ランキング1位のタイムだった。

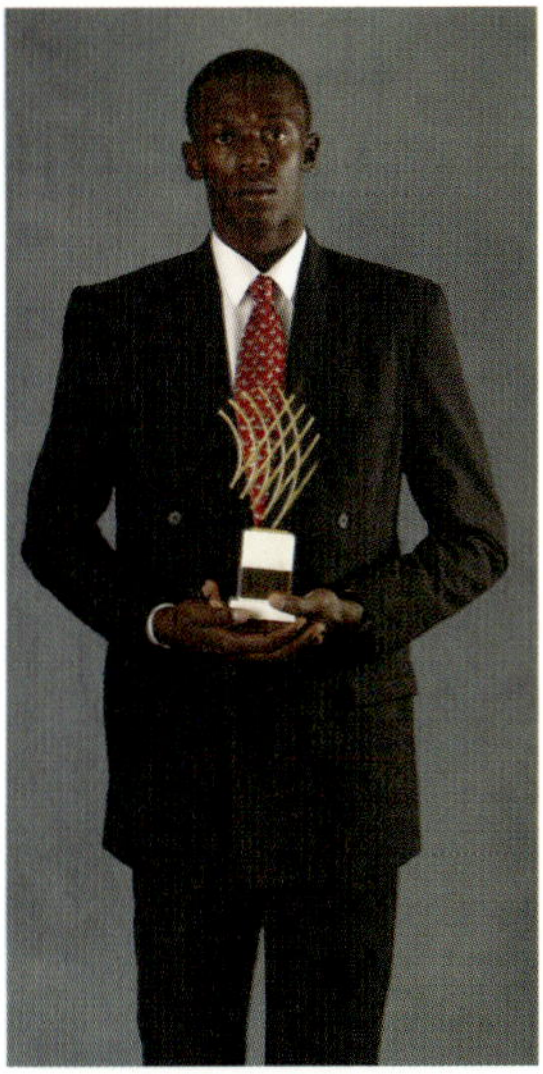

上左　2002年、IAAF「ライジングスター」賞を受賞。そのときまでに自宅は多くのトロフィーで埋め尽くされ、母さんは整理に困っていた。

上右　俺の師であるミルズ・コーチと。二人目の父親と呼んでいる。彼こそが、俺を「伝説」にしてくれた人物だ。

下　十代のころは、こんなふうにキングストンのナショナル・スタジアムで何度も400メートルに出場していた。このころは短距離を走る1/4マイル走者と呼ばれていた。

上　キングストンにある西インド諸島大学の「ウサイン・ボルト／UWIトラック」。ここで日夜ハードワークを行う。

下　歓喜の瞬間。2008年、北京オリンピック100メートルで初の金メダルを獲得。

上　100メートルで金メダルを取ったあと、俺は興奮に我を忘れ、ユニフォームさえ破りたくなった。オリンピックの金メダルを取るのは俺の夢だった。2008年北京オリンピック。

下　「ライトニング・ボルト」──北京でお披露目し、俺の代名詞になったポーズだ。世界のどこに行っても、みんながこのポーズを求める。

上　北京オリンピック4×400メートルリレーを世界新記録で制したジャマイカ・チーム。左からアサファ・パウエル、マイケル・フレイター、ネスタ・カーター、そして俺。世界記録樹立はあくまで添え物であり、金メダル獲得こそが重要だった。

下　NJ（左）、リッキー（右）と語らう。ビジネスをしているときでさえ、笑いはいつも絶えない。

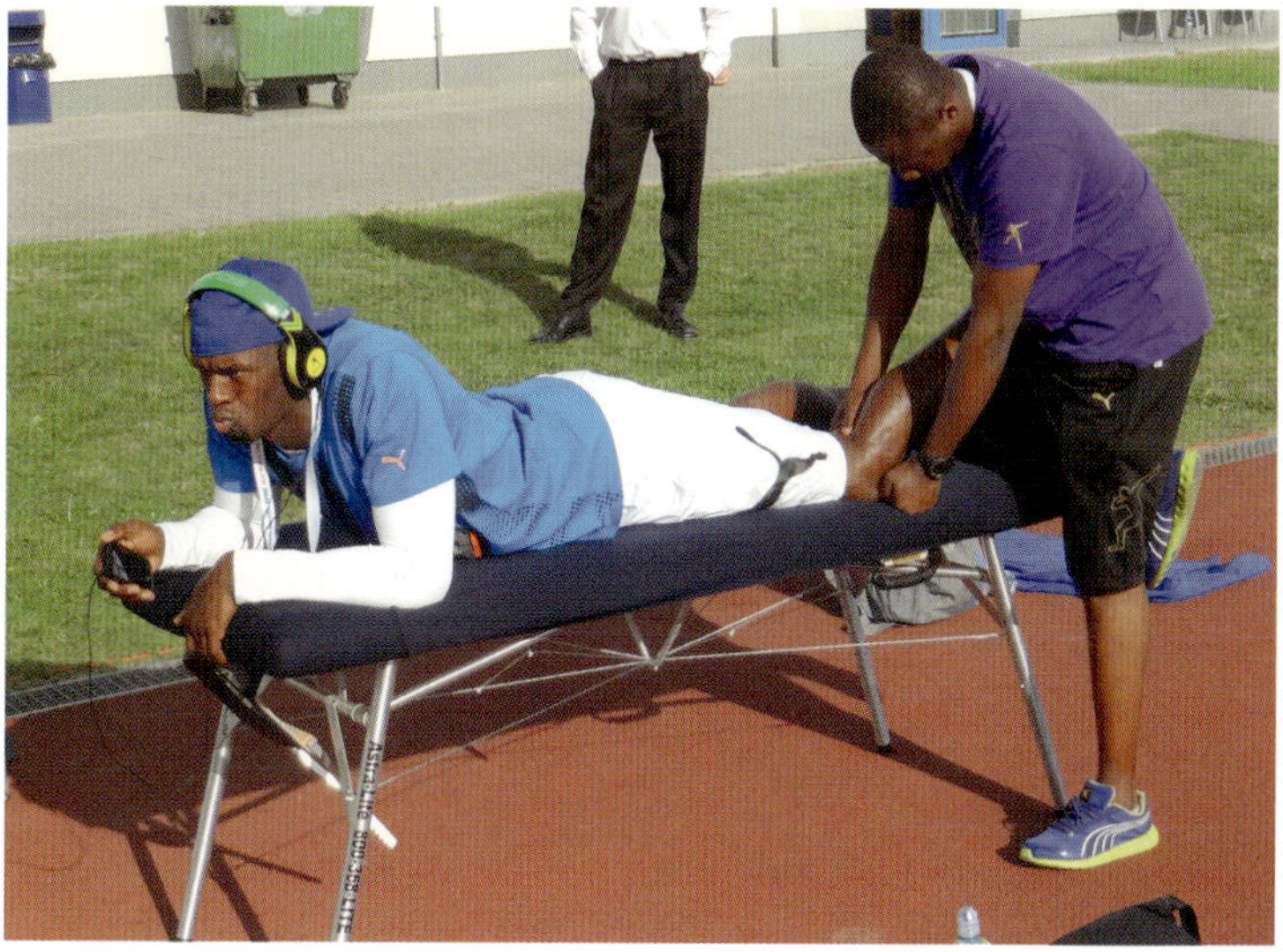

上　小さいころ、俺はなかなかのクリケット・プレイヤーだった。もし陸上を専門にしていなかったらクリケットをプレーし続けていたことだろう。

下　レースや練習の前後にはマッサージ担当のエディが、ケガのないように身体を調整してくれる。

上　パリのボルト一行。左からNJ、リッキー・シムズ、マリオン・シュタイニンガー、そして俺。
下　ローレウス世界スポーツマン・オブ・ザ・イヤー賞を3度も受賞している――名誉なことだ。

上　キングストンにて家族のみんなと。左から父さん（ウェルズリー）、姉のクリスティーン、俺、弟のサディキ、母さん（ジェニファー）。今の俺があるのは家族のおかげだ。

中　キングストンの通りで。2003年に引っ越してからというもの、大都市の自由を謳歌し続けている。

下　リリーおばさんと故郷トレローニーの有名なヤムイモ。このでんぷん質の野菜が、ジャマイカ陸上界の成功の秘訣であると近年多くの人が考えている。

上　俺の競技人生で最悪の瞬間。2011年の韓国・大邱（テグ）で行われた世界選手権100メートルでのフライングはショックだった。頭の中で、何かが「ゴー！」とささやき、思わず動いてしまった……。

中　最悪だったのは、これが簡単に勝てるレースだったということだ。この写真の表情からは、失格など自分に起こるはずがないと思っていたから、ショックと悲しみが見て取れる。

下　100メートルの数日後、200メートルの勝利で失敗を取り戻す。この種目で負けるわけにはいかない。

上　2012年のロンドン・オリンピックの開会式で旗手を務める。ロンドンの街は興奮と熱狂に包まれていた。俺は世界に自分が生きる伝説だということを証明するのが待ちきれなかった。

中　オリンピック100メートルでの金メダル獲得は、すべての批判をはね返し、生きる伝説という地位を確固たるものにした。

下　新たな金メダル、再びのライトニング・ボルト・ポーズ。

上　レースのときはいつも観衆から力をもらう。エネルギーがみなぎり、興奮状態になれば、誰も俺に勝てはしない。

右　ジャマイカを代表して走るのは重要なことだ。しかし、俺の陸上へのモットーは、「まず自分のために走る。国のことは2番目」ということだ。

上　2012年のロンドン・オリンピック200メートル決勝。ジャマイカとレーサーズ・トラック・クラブにとって歴史的なワン・ツー・スリー・フィニッシュ。1位ボルト、2位ヨハン・ブレーク、3位ウォーレン・ウィア。

下　ロンドン・オリンピック4×100メートルリレー決勝で、勝利に向かって疾走。再び三冠を達成し、俺は名実ともに生きる伝説となった。

上　チーム・メイトでトレーニング・パートナーのヨハン・ブレーク(左)と表彰台に上がる。
下　ジャマイカの人たちは陸上が大好きだ。金メダルを取るたびにジャマイカの通りは祝福の嵐が起こる。

上　2013年、ブラジルのコパカバーナのビーチで150メートルのレースを走り、観衆の声援に応える。2016年のリオデジャネイロ・オリンピックでもう一度三冠を達成するのが俺の望みだ。

下　2013年、ロンドン・アニバーサリー・ゲームで100メートルに勝利。モスクワでの世界選手権への準備を着々と進める。

上　雨中の決戦――2013年シーズン・ベストの9秒77で、モスクワの世界選手権100メートルを制す。頭上で鳴り響く稲妻は幸運の予兆だった。

下　勝利を祝うライトニング・ボルト・ポーズは俺のトレードマークだ。

ウサイン・ボルト自伝／目次

ブックデザイン　鈴木成一デザイン室

ウサイン・ボルト自伝

第1章　俺はこの地球に走るために生まれてきた

２００９年４月29日　ジャマイカ
ヴァインヤード・トール　ハイウェイ２０００

危ない！　ＢＭＷ・Ｍ３クーペが１回、２回、３回とひっくり返る――俺はハンドルをグッと握っていた。車の屋根は濡れた路面に跳ね返り、側溝に突っ込んだ。車のフロントガラスは壊れ、エアバッグがポンと勢いよく膨らむ。ボンネットは道路にたたきつけられ、めちゃくちゃにへこんだ。

何が起こったのか気がついたとき、あたりは恐ろしく静かで、大きな大会でスタートラインに立ったときのような緊張感が漂い、不安な時間が流れていた。静寂を乱すのは、どしゃぶりの雨と、ウィンカーのチカチカという点滅音だけだ。おそらくウィンカーだけが唯一動いているものだった。ひっくり返った車のエンジンからは煙が上がっていた。

ストレスは、精神に大きな影響を与える。運転中、何かおかしいなとは思っていたが、気づいたら車はひっくり返っていた。シートベルトが俺を運転席に縛りつけていた。とんでもないことが起きてしまったが、自分の頭、脚、そして足にケガがないか、確認していった。つま先を伸ばし、ゆっくりと筋肉を確認すると、ありがたいことに痛みはなかった。

「よし、俺は大丈夫だ」。そう言いきかせた。「大丈夫なんだ」

それから、事故が自分の記憶の中でよみがえってきた。おお神よ、まったくひどいことが起きてしまった！　俺は田舎道をキングストンからやってきた二人の女友だちとドライブしていた。その日はちょうど、マンチェスター・ユナイテッドがチャンピオンズリーグの準決勝を戦う日で、何がなんでもテレビ放映に間に合うように帰りたかったから、トレローニー近くのデコボコの田舎道を飛ばしていた。

実家があるトレローニーはジャマイカの北西の隅にある村だ。運転しながら頭の中にあったのは、キックオフの時間だけだったので、何度か危険な運転をした。時々、アクセルを強く踏み過ぎていたし、いっときなど、車とぶつかりそうになった。その車は前を走るバンを追い越そうと、大きくカーブしてきて、対向車線にいる俺の車に突っ込んできた。向こうの運転手はなんとかきわどくよけていった。

助手席に乗っていた女友だちに目を向けたが、彼女は眠りに落ちようとしていた。「こんな道なのにどうやったらそんなにリラックスできるんだ？」と思ったほどだ。

彼女はシートベルトをしていなかったので、揺すって起こした。「もし、寝るんだったら、少なくともシートベルトは締めてくれ。もし、俺が急ブレーキを踏まなくちゃいけなくなったら、前に吹っ飛ぶぞ」

車は田舎道におさらばして、キングストンの西側にあるハイウェイ２０００に入った。そのあたりの道路はスムーズで、俺はエンジンが奏でる重低音を楽しみながら、タイヤを通して湧き出てくるエネルギーを感じていた。そのとき、どこからともなく頭上で稲妻がピカピカと光り、雷鳴がとどろいた。どうやらトロピカル・ストーム（熱帯暴風雨）のど真ん中に突っ込んだようだ。よりによってそのストームはどでかい奴だった。なんてことだ！　そして突然、バケツをひっくり返したような雨が降ってきて、フロントガラスをたたいた。俺はワイパーを最大限に動かし、ブレーキをかけて、少しずつスピードを緩めていった。ＢＭＷのタイヤは水が溜まって池のようになった道路を、シャーといいながら走り続けていた。

雨が降り始めたら、どんなときであろうと安全のためにギアを下げるようにしていた。その車は２００８年の北京オリンピックで3個の金メダルを取ったご褒美に、あるスポンサーからプレゼントされた車だった。少し前に俺は、ドイツにある有名なニュルブルクリンクのサーキットにあるドライビングスクールを訪ね、このパワフルなエンジンの操り方を学んだばかりだった。だから滑りやすい路面では、ギアを下げて運転すれば、車のコンプレッションが自然と減速していくということを知っていた。反対に、急ブレーキを踏むと、車輪がロックされてしまい、スピンを引き起こしかねない。俺は急いでギアを下げて、左足をクラッチから離した。

俺は裸足で運転していた――裸足で運転するのが好きなんだ――車のトラクション・コントロールは俺のすぐ隣にあったのだが、その2、３日前におかしなことが起きていた。運転しながらシートでもぞもぞ動いているうちに、偶然、トラクション・コントロールのボタンを押したために、タイヤがアスファルトの上で滑り始めてしまった。

今回のこの事故では、ハイウェイに入る際、雨に気を取られているうちに同じ間違いを繰り返してしまっていた。そのトラクション・コントロールをオフにしたままで、それに気づかず走っていたのだ。おそらくそれが原因で事故が起こり、俺は危うく永遠にこの世から消え去ってしまうところだった。

なんとなく車がガタガタしているように感じてきて、車体が時速80マイル（約１３０キロ）の速さで揺すられているような気がした。

「うーむ、どうも感じがよくない」と思った。それから俺はスピードメーターに視線を移すと、十分に減速していないことが分かった。

79マイル……。

78マイル……。

77マイル……。

アドレナリンが体中を走り抜ける。それは何か悪いことが起きようとしている予兆だった。さっき車がかすかにガタガタしたり、揺れを感じたのは車のコントロールが利かなくなっているサインだったのだ。それはドライブではなかった。雨の中でスキーをしているようなものだった。

76マイル……。

75マイル……。

74マイル……。

落とせ！　スピードを落とすんだ！

対向車線にはトラックがやってきて、何本もの消火栓が一斉に放水したかのような大量の水を車輪から俺の車にぶちまけていった。次の一台がトラックの後ろに続いたが、俺の車のスピードは落ちない。バンッ！　一瞬にして、車の後ろの部分が滑り出してコントロールが利かなくなり、アスファルトの上をまるでアイスホッケーのパックのように滑っていった。どうすることもできなかった。俺の体は重力「G」のなすがままに横滑りした。助手席に座っていた女性は目を覚ました。彼女の目は大きく見開かれ、大きく叫んだ。

「ああああああああああああああああ！」

車は車線を横切り、ものすごいスピードで道路から飛び出していく。あろうことか本線からどんどん離れていき、視線の先には道路脇の側溝が迫っていた。もうすぐ俺たちはそこに突っ込む……。車の天井に左手をつき、衝撃に備える体勢を取ったが、右手はハンドルと格闘しつつ、もう一度コントロールしようと必死の戦いを続けていた。

ああ、終わりだ、終わりが近づいている……おお、神様、これが終わりなのかい？

車が跳ね、ジャンプしながら側溝に突っ込んでいく。俺たちは恐怖に脅えた。

「頼むからひっくり返らないでくれ。おい、頼むからひっくり返るな！」

車は、ひっくり返った。

天地が逆転した。ドラム式の洗濯機の中に入って、何度も何度も回転させられているトレーニングウェアのような気分になった。木、空、そして道路がウィンドウ越しに流れていった。木、空、道路。木、空、道路……。俺たちは側溝にガツンと突っ込んだ。あらゆるものが前に投げ出され、また、すべてが逆さまになった。エアバッグが飛び出してきて、車内にあった鍵、小銭、携帯電話などが音を立てて散乱し、そして気味が悪いほどの静寂が車内を支配した。音を立てているのは、車のウィンカーと降り注ぐ雨だけだった。

俺は、生きていた。俺たちは、生きてそこにいた。

俺は車のドアを乱暴に壊して車の外に脱出し、「ああ、無事だった……」と実感した。

しかし、なぜ助かったのかは分からなかった。

生き残った俺が、やるべきことはひとつ

ときとして、人は死と紙一重、隣り合わせになった経験をした後で、その経験がいかに自分の考え方を変えてしまうかについて語る。俺にとっては、ハイウェイ2000での事故がまさにその瞬間であり、その事故の後では、自分の人生をそれまでとは同じように考えることはできなくなってしまった。俺たちは生き延びた。しかし、どうやって？　三度も回転した車の残骸から無事で逃れられることなんて不可能なはずだった。

世界中の人間が、スピードこそがボルトの得意分野だと思っているだろうが、それにしても高速のスピードと大きな馬力が自分の人生を永遠に奪ってしまうなんて考えてみたこともなかった

し、事故から数時間後、俺は交通事故で助かった幸運なドライバーが感じるであろうありとあらゆる感情を経験した。命は助かったものの、打撲、裂傷、むち打ち症になってしまった女友だちに申し訳ないという罪悪感もあった。頭の中で事故を思い出し、死の瀬戸際まで行ってしまったことに思いを馳せると、体がガタガタと震えた。スピードを出し過ぎてコントロールを失い、時速70マイルでひっくり返りながら道路を横切り、側溝へ突っ込んでしまったのだ。

真実は、俺が死んでしまってもおかしくなかったということだ。世界の天才的なアスリートが絶頂期に亡くなるという、恐ろしい新聞の見出しを世界中の人が読むかもしれなかったのだ。

世界最速の男、交通事故死！
オリンピックの金メダリスト、１００メートル、２００メートル、４００メートルリレーの世界記録保持者が、いかにして生き急ぎ、若くして亡くなったかは記事で詳しく！

俺が生き残ったという事実は、奇跡以外の何ものでもなかった。自分の体はすべて無事で、機能障害もないし、体中のどこを探しても痣《あざ》ひとつなかった。そういえば、小さな棘《とげ》が足に刺さっていた。車の残骸から抜け出すときに、何本かの棘が足に刺さり、その傷はちょっと深かった。しかしそんなものは、起きてしまった事故の大きさから比べれば、小さなものでしかなかった。「マジかよ？」。退院した日に車で迎えに来てもらったとき、俺はそう思った。「五体満足なままだ。いったい、どうやったらこんなことが可能なんだ？」

2、3週間して、インターネットでメチャクチャになった自分の車の写真を見て、再び恐怖を感じることになった。「何か巨大なもの」が自分の命を救ってくれたのだと、その写真を見ながら確信した。それは車のエアバッグのデザイナーやシートベルトの設計者とかそういうものではない。より高い次元の力が俺を生かしたのだ。それは全能の神だ。

俺が生き残ったのは、地球上で最速の男として選ばれたというお告げであり、事故は上界からのメッセージなのだと受け取った。勝手な考えかもしれないが、神は最速の男の座に就くのは俺だと考えているようだ。ジャマイカの森ではじめて走り始めたときから、俺は神が定めた道を何年にもわたってたどってきたのだ。俺の母さんは信仰が篤いから、すべての出来事には理由があると信じていた。年を重ねるにつれ、自分にとっても信仰は大切なものとなり、だからこそ、この事故はなんらかのメッセージ、警告だと受け入れるようになった。このお告げは、大きなネオンの光で輝いているようだった。

「おい、ボルト！　私はおまえに、世界記録も超えられるほどのすばらしい才能を与えた。これからも面倒を見続けるつもりだ。だが、今こそおまえは真剣に考えなければならない。安全運転で、くれぐれも気をつけるのだぞ」

なるほど。神はいいところをついていた。上界の神は俺に才能を与えてくれたが、今や、その能力を最大限に引き出すときが来たのだ。俺の目は見開かれた。神はそばにいて、走るために俺を遣わした——歴史上、誰よりも速く走るために。

このメッセージは、なんともクールな知らせだった。

第2章　チャンピオンのように歩く

「君はスプリンターになれる」

俺はビッグな大会で走り、勝つために生きている。重要な大会になればなるほど、生き生きとしてくる。通常のレースでも燃えるものはあるし、とんでもない負けず嫌いだから勝ちたいと思うが、本当のことを言えば普通のレースでは100パーセントの情熱は湧いてこない。

俺が本当に研ぎ澄まされ、覚悟を決めて挑み、力を発揮するのは大きな大会、たとえばオリンピックで金メダルや世界記録を狙うときだけだ。他の場所で過ごす時間は、いたって普通の精神状態の男にすぎない。

でも、大舞台での決闘、挑戦といった機会を与えてくれるのなら、俺は本気になる。3センチも身長が伸びたような気分で堂々と胸を張って歩き、0コンマ1秒でも素早く行動する。おそらく俺はレースで勝つためにハムストリングを最大限に伸張させている。目の前に大きなハードル、たとえばオリンピックのタイトルや、ヨハン・ブレークのような骨のある相手と競うことになると、途端にハングリーになる。

トレローニーのシャーウッド・コンテントにあるウォルデンシア小学校で、俺は最初に大きな難関に直面した。8歳のときは、エネルギーがあり余ったギャングじみた子どもで、いつも面白そうなことを探していた。今振り返ると笑ってしまうが、俺はいつも走り回っていたから、学校でスポーツに熱心に取り組んでいた牧師のデビア・ニュージェント先生が、いつウサインをレースに出すのかと話題にし始めた。俺はそのときはクリケットが大好きで、十分に足は速かったけれど、他のクリケット選手を圧倒するようなスピードを持っているとは思っていなかった。ある日の午後、校庭でクリケットをしていると、ニュージェント先生が俺のことをグラウンドの傍らに呼んだ。スポーツが盛んになるシーズンが目前に迫っていて、先生は俺が100メートルのレースに出る気があるかどうか知りたがった。

俺は肩をすくめて、「たぶんね」と答えた。

ジャマイカでは小学1年生のころから、誰もがスポーツに親しみ、駆けっこでは1対1で競走していたが、その時点では俺は学校でいちばん足が速い子どもというわけではなかった。ウォルデンシア小学校ではリカルド・ゲッデスという奴が短距離走では俺よりも速かった。子どもたちはストリートで競走したり、競走目的ではなくグラウンドで遊び回ったりしたが、たとえ遊びの場面でも俺はそれを競走として真剣にとらえていた。リカルドに負けると、俺はいつも怒り出すか、泣き出す始末だった。

「負けるなんて、我慢ならない」とうめいたこともあったし、頭の中でレースを思い浮かべたことさえあった。

　子どものときでさえ、俺の最大の問題は、俊敏にスタートを切れないことにあった。スタート姿勢から上体を起こすまでに、ずいぶんと時間がかかっていた。スタートが下手だということは気づいていたが、まだ子どもだったし、レースの技術を理解するまでにはいたっていなかったから、自分の身長が短距離走ではとてつもなく不利だと信じていた。だから、自分よりも身長が低い選手に対する「スタートでは不利なんだ」というメンタルブロックから抜け出すまでにずいぶんと時間がかかってしまった。もし、１５０メートルのような長いレースを走るのであれば、リカルドに対してだって、俺の長いストライドがあればいつでも追いつけたが、60メートルのようなレースではチャンスはなかった。

　しかし、ニュージェント先生はそうは考えてはいなかった。

「君はスプリンターになれる」。先生はそう言った。

　どうしてもそうは思えなくて、肩をすくめるばかりだった。

「君がクリケットをプレーしているところを見て、本物のスピードを目の当たりにした」。先生はそう言った。「君は速い。本当に速い」

　簡単には説得されなかった。リカルドとのレースを除けば、それまで陸上が俺の興味をひいたことは一度もなかった。俺の父さんのウェルズリーはクリケットに入れ込んでいたし、友だちもみんなそうだった。当然のことながら、スポーツといえば、みんなクリケットの話ばかりしていた。トレローニーでは年長の人たちが陸上について熱っぽく話しているのは知っていたが、学校では誰とも100メートル走や走り幅跳びの話をした記憶がなかった。本当にやりたかったのは、クリケットで得点を稼ぐことだった。速く走るのは、クリケットでバッツマンをアウトにするための方法にしかすぎず、自分の身長や身体の強さもクリケットのためにあると思っていた。

それからニュージェント先生はちょっとずるい手を使い始めた。俺を食べ物で釣ろうとしたのだ。

「ボルト、君が学校のレースでリカルドを負かしたら、ボックスランチをプレゼントしよう」と言ってきた。先生はさすが教育者、少年の心をぎゅっとつかむには、胃袋に働きかけるのがいちばんだと知っていたのだ。

俺は単純だから、本気になってしまった。ボックスランチは誰もが食べたくなるもので、こんがりと油で揚げてあるチキン、焼きスイートポテト、そしてごはんと豆が添えてあった。突然、目の前にご褒美の賞品がぶら下がったのだ。勝つことで得られる報酬は俺を興奮させ、大舞台で競走するスリルを想像させてくれた。選りすぐりの選手たちと競う前日に、生まれてはじめて、エネルギーがみなぎってくるのを感じた。ウォルデンシア小学校の二人のトップスターが1対1で対決する。そういう話なら、俺を止めるものはもう何もなかった。

「分かった、分かったから、ニュージェント先生」と俺は言った。「そういうことなら、やりますよ……」

スポーツ・デイ（体育祭）はウォルデンシア小学校では大きな行事で、ジャマイカの田舎の小学校では町をあげてのイベントだった。小学校は熱帯雨林を切り開いて造られ、丘の上に小さな平屋の教室が並んでいた。ココナッツと野生の森林がその土地を取り囲み、教室の屋根は波板で造られていて、教室の壁はピンクや青、黄色のような原色で塗られていた。学校には何面かのスポーツグラウンドがあり、ゴールポストや、クリケット場、雑草が生えたデコボコの陸上トラックがあったが、レーンの色は黒で、それはガソリンで地面を焦がして造ったものだったからだ。ゴールラインには掘っ建て小屋が立っていた。レース当日は、学校全体が俺のことを応援するために、いろいろ準備をしてくれているような気分になっていた。

心臓の鼓動は速まり、頭の中ではこれはオリンピックの決勝並みにどでかいイベントだと信じ切っていた。そして、ニュージェント先生が「スタート！」と叫んだ瞬間、とんでもないことが起きた。俺はスタートから素早く体勢を起こして、トラックを飛ぶように走った。大舞台で競う興奮が自分を後押ししているような感覚になったのは、生まれてはじめてのことだった。最初、リカルドが俺の後ろにいることが分かった。彼は呼吸が荒かったが、コーナー付近で俺の視界には入ってこなかった。俺はストリートレースでレース勘を鍛えていたから、これはいい徴候だと思った。それから何メートルかが過ぎ去ると、彼の息づかいが遠ざかった。それはますますいい知らせだった。俺の大きなストライドは十分なリードを生み出し、１００メートルを走り切る一人旅だった。リカルドの姿はなかった。ゴールテープを切るころには、大量リードを奪う圧勝だった。俺は最初のビッグレースに勝ったのだ。

よし！　勝利は歓喜、感情の爆発だった。喜び、自由、楽しみ——様々な感情が一気に押し寄せてきた。学校のスポーツ・デイのような大きなイベントでレースに勝つ意味は特に大きく、このイベントで俺はウォルデンシアで最も足が速い子どもという正式なお墨付きをもらったのだ。生まれてはじめて、真剣な競走が生み出す興奮が、自分を進化させたのだ。世界記録や金メダルは遠い先の話だったが、このリカルドとのレースは俺を陸上に真剣に向かわせるきっかけになった。俺は勝者となったとき、あることを悟った。

「ナンバーワン」になることは、とても気持ちのいいものだということを。

大好きな母さんとの暮らし

自宅には一枚の古い写真があって、見るたびにいつも笑ってしまう。俺が小さいころの写真だ。おそらく7歳ころで、通りで母さんのジェニファーと一緒に立っている。その当時、すでに俺の身長は母さんの肩くらいまで到達していた。俺は細いブラックジーンズに赤のTシャツを着ていて、スタイリッシュに見える。母さんの手をぎゅっと握り、体をぴったりとくっつけていて、「僕に用があるなら、母さんを通してからにして」と言っているようだ。それはとても幸せな時間であり、幸せな場所だった。

俺はそのときも母さんっ子だったし、今でもそうだ。俺が泣くのは、何か悲しいことが母さんの身に起きたときだけだ。母さんが怒り出すのを見るのが嫌いだ。父さんとは仲良しだし大好きだが、母さんとの絆は特別なもので、それは俺が母さんが腹を痛めたただ一人の子どもで、ずっと甘やかされてきたからだと思う。

実家はシャーウッド・コンテントのウォルデンシア郡に近い、コクシースという小さな村にあったが、そこは野生の森林が青々と生い茂る、息をのむほど美しいところだった。その地域にはそれほど多くの人は住んでおらず、2、300メートルに一軒か二軒ぽつぽつと立っているだけで、家族は父親が借りた簡素な平屋の家に住んでいた。生活のペースはとてもゆったりしていた。本当にゆったりと。車が通ることはまれで、道路はあってもいつもがらんとしていた。コクシースに交通渋滞といえるものが存在するとすれば、それは友だちを見送るために通りに出るときだけだった。

俺の故郷がいかに隔絶されていたかを想像してもらうには、この地域全体がコックピット・カントリーと名付けられていたことからも分かる。なぜなら、ここは、1700年代に住みついた西インド諸島からの逃亡奴隷たちである「マルーン」が守備拠点として使った場所だったのだ。マルーンはその地域を基地として使い、植民地時代にそこを拠点としてイギリス軍の砦《とりで》に攻撃を仕掛けた。もしも、彼らの生活がそれほどまでに暴力的でなかったら、コクシースやシャーウッド・コンテントでの生活はこの上なく幸せなものだっただろう。空はいつだって晴れわたり、太陽の光はあつく、まれに空に雲がかかったとしても、雲が浮かんでいる空を見ると穏やかな気持ちになれた。雨が降るとそれを「液体の太陽」とみんなが呼んでいたことを思い出す。

これだけ気候に恵まれていたにもかかわらず、観光客が訪れることはめったにないが、ガイドブックに目を通して訪れた人は、書いてあることを実際に目にすることになる。たとえば、こんな具合だ……。「そこにたどり着くためには車で行くしか方法はなく、ドライブは極めて危険である。道路は曲がりくねり、熱帯植物が覆いかぶさってきて、しかも道路はデコボコだらけだ。また、一方には急流が流れており、その反対側にはジャングルの葉が生い茂っていて、そうかと思うと、ニワトリが道路にいつ何時飛び出してくるか分かったものではないから、気をつけて運転しなければならない。そしてコクシースの道を30分も運転すると、やがて谷にある小さな村が見えてくる……」。そのように紹介されているが、行ってみる価値はある。そこは俺のパラダイスなのだ。

そんな場所で生活していたわけだが、子どものときの経験がオリンピックのレジェンドになるための道筋だった、と後から気づいたのは、それほど驚くことではない。村にはいたるところに冒険があった。それは自分の家の中でさえそうだったし、俺は村で史上最強の行動派だったから、家の周りの歩ける範囲にも、たくさんの楽しみを見つけることができた。

俺が生まれたときには、みんな「こんなことがあり得るのか！」とたまげたそうだ。なぜなら、あまりにも大きかったからだ！　9・5パウンド（約4300グラム）も体重がある赤ん坊だった。父さんによれば、それだけの体重があったから病院の看護師さんたちは、俺が生まれたときの「巨体」についてジョークを言い合っていたそうだ。

「なんてこと、この赤ちゃんは地面の上を長いこと歩いてきたみたいよ」と看護師さんは言って、俺を抱き上げたそうだ。

もしも、身体的な大きさが最初の天からの贈り物だったとしたら、ふたつ目の贈り物は誰にも止められないエネルギーだった。生まれた瞬間から、俺はすばしこかった。赤ん坊のときからとどまることを知らず、はいはいができるようになってからは、さらに爆発的な活動量を見せていた。どのソファも俺の前では安全ではなく、手の届かない食器棚はないし、家に置いてあった高級な家具でさえも、俺には遊び道具でしかなかった。1秒たりともじっと同じ場所に座っていることができなかったのだ。いつも何かを探して歩き回り、すべてのものに上りたがり、やがて家族は俺の遊びに対する情熱を持て余すようになってしまった。ある日、頭からドアに100回くらいもぶつかっていったのを見た家族は、お医者さんに相談しに行った。

父さんは、「この子はいつも動き回って、止まることを知らないんです」と訴えた。「この子はエネルギーがあり余ってるんです！　どこか、異常なところがあるとしか思えないんです！」

先生は父さんや家族に、俺の状態はとにかくケタはずれに活動的ではあるが、どこにも問題はないと太鼓判を押してくれた。先生に言わせれば、この子は成長が早いんですよ、ということなのだ。でも、おそらく家族にとって俺は手に負えず、この息子のどこからこんなパワーが湧いてくるのか、誰にも分からなかったのだと思う。母さんも父さんも、若いときにはアスリートではなかった。もちろん、同じように学校では走り回っていただろうが、後に俺が到達するようなレベルであるはずもない。

一度だけ、母さんがわが家の台所に侵入したニワトリを追いかけて、通りにダッシュするのを見たことがある。夕食用の器に盛りつけていた魚をニワトリが盗んだのだ。ウォッ!!　その光景は、アメリカの200メートルと400メートルのオリンピック金メダリスト、マイケル・ジョンソンがトラックを走っているのを見るようだった。母さんは、羽をむしられることを恐れたニワトリが魚を落とし森の中に逃げていくまで追い続けた。俺は父さんから身体的な素質を受け継ぎ（父さんは1メートル80センチあるし、体形は同じようにスリムだ）、母さんは俺が必要とした他の才能をすべて与えてくれた、とジョークを飛ばしている。

トレローニーでの生活のペースは両親に合っていた。二人とも田舎で育った人間だったし、キングストンのような都会で忙しく働く必要はなかったものの、一生懸命に働いていた。休みを取るようなタイプではなく、1秒たりともムダにしなかった。父さんは、地元のコーヒー会社のマネージャーだった。コクシースから南に数キロのところにあるウィンザー地方では、たくさんのコーヒー豆が生産されているが、父さんの仕事は、それらの豆が大きなジャマイカの工場にきちんと納品されるように手配することだった。父さんはいつも早起きして、国中を出張で飛び回っていた。帰りはいつも遅かった。小さいころ、夜の6時か7時にベッドに入ったら、父さんの顔を何日も見ることができなかった。働きづめだったからだ。父さんが夜に帰ってくるときはいつも、俺は深い眠りの中にいた。

母さんも父さんと同じように仕事熱心だった。母さんは洋裁をやっていて、家中に素材やピン、針などがあった。村のみんなは、洋服の修繕が必要なときはいつでも、わが家までやって来た。俺に何かを食べさせたり、カーテンにぶら下がっている俺を引きずり下ろそうとしているとき以外は、母さんはいつもコットンを縫い、ボタンを付け直したりしていた。その後、成長するにつれ母さんの仕事を手伝うようになると、俺はズボンの裾を折り返して、ピンで留めてから縫えるようになった。もしシャツが破けたりしたら、今でも自分で縫えるけれど、母さんにやってもらうだろう。なぜなら、母さんはいつも「直し屋」だったからだ。母さんがすごいのは、アイロンなどが壊れたとき、仕組みを知っているものであれば自分で修理してしまうことだ。俺が子どものときおっちょこちょいだったのは、母さんがなんでも直してしまうからだと気づいた。家のモノを壊しても、それをいつもなんとかしてくれたのだ。

父さんの厳しい掟

コクシースに住んでいる限り、腹ぺこになることはなかった。俺たちが住んでいる地域はとても豊かな農村地帯だったからだ。代表的な農産物は、ヤムイモ、バナナ、コカ、ココナッツ、ベリー、サトウキビ、ジェリー木、マンゴー、オレンジ、グアバなどだ。どれもこれもが家の裏で実をつけていたから、母さんはフルーツや野菜を買うためにスーパーマーケットにまで足を延ばす必要がなかった。季節ごとに農産物が実るので、腹が減ればいつでも好きなものが食べられた。バナナは木からぶら下がっていたし、ひょいと手を伸ばして、もぎって食べればよかった。ポケットに小銭がなくても何の問題もなく、お腹がグウと鳴れば、俺は木を見つけ、何かフルーツをもぎって食べればそれですんだ。知らないうちに健康的な食生活を送り、体は良質なもので満たされていたのだ。

この環境で自然と体も鍛えられていた。

コクシースの野生林は天然の遊び場のようだった。家の玄関から外に一歩踏み出せば、運動するものにあふれていた。村にはいつでもどこにでも遊び場があり、走り、登る場所があった。森林の中では折れたココナッツの木が障害物となり、スプリンターに憧れる子どもたちはそれを飛び越えていた。短距離を走るために最適な練習コース、そして練習メニューが自然と用意されていたのだ。一日中座ってコンピュータゲームで遊んでいる最近の子どもたちには想像もつかないだろう。とにかく外で遊ぶのが大好きで、追いかけっこ、探検、そして裸足でできるだけ速く走り回るのが大好きだった。

こうした森は外部の人たちから見れば、ワイルドで危険に映るだろうが、成長するためには安全な場所だった。森では犯罪なんて起こらず、サトウキビ畑には、何も危険なものは待ち伏せしていなかった。ただし、ジャマイカン・イエロー・ボアと呼ばれるヘビに驚くことはあった。みんな家の中でそのヘビを見つけると、悲鳴を上げたけれど、それさえも害のない侵入者だった。いつだったか、ある男が鉈《なた》でヘビをやっつけ、通りに投げ捨てたと聞いた。ヘビが100パーセント死んだと確認するために、それからそいつは車のタイヤで轢《ひ》いてから火で燃やしてしまった。これがトレローニー流の害虫駆除だった。

俺はどこにでも走っていったが、いちばん好きだったのは追いかけっことスポーツをすることだった。5、6歳になると、クリケットの魅力に取りつかれ、通りのどこでも機会があればそればかりやっていた。クリケットがプレーできるならいつでも、友だちと一緒に投げたり打ったりしていた。だいたいはテニスボールを使っていたが、誰かが木々の中や、牛飼い場に打ち込んでボールが見つからなかったときには、ゴムのバンドや古い糸を丸めた代用品をこしらえてゲームを続けた。

それからみんないろいろと工夫して、自家製のボールを使って何時間もゲームに夢中になった。クリケットに必要なウィケット（三柱門）を作るときには、俺はよりクリエイティブな能力を発揮した。バナナの林に入り込んでいき、大きな木を引っこ抜いた。木の皮に3本の切り株をくくり付け、底が平らになるまで形を整えた。そうして作ったウィケットをグラウンドに立てた。もし、どうしてもプレーしたいのにウィケットや道具がそろわなかったときは、石を積み重ねたり、段ボールをうまく切ったりしてウィケットを作り、試合をしたものだ。

でも、子どものときに過ごした時間の全部が全部、楽しかったわけではなかった。家族の中には掟《おきて》とも呼ぶべきものがあり、子どもであれ、大人であれ、働かなければならない時間があった。父さんは、自分自身が子どものときに身に付けた働く習慣が息子にないことを不安に思い、俺が成長していくにつれて、家の周りの簡単な仕事、たとえば掃き掃除でもいいから手伝いなさい、と口を酸っぱくして言っていた。だいたいはきちんとこなしたつもりだったが、一度でもそういう仕事から逃げ出そうものなら、父さんはブツブツと文句を言い始めるのだった。

「こいつは怠け者だ」。父さんは何度も何度も言ってきた。「ウサインは家の中で、もっと仕事をしなきゃいかん」

大きくなり、家の周りの力仕事ができるくらいの体ができてくると、俺はますます手伝いをするのが嫌いになった。家には水道管が通っていなかったから、バケツを持って近くの小川に水を汲《く》みにいき、庭にある4個のドラム缶に溜めておくのが仕事になった。毎週、父さんが家に戻ると、俺は川から水を汲んでくるように命じられるのだが、困ったことにドラム缶1個につき、バケツ12杯分の水が入るので、48往復もしなければいけなかった。水が入ったバケツはもちろん重く、それはとてもつらい仕事だった。水運びから逃れられるのなら、なんだってするという気分になっていた。

最終的に俺は、ドラム缶を満たすために48往復することは時間がかかり過ぎるし、やってられないと思ったから、一度にバケツ2個を運ぶことにした。ただ、重さが2倍になると余分な痛みを伴う労力が必要で、運ぶのには本当に苦労した。どうにかして楽をしたいと思っていただけだが、一度に2個のバケツを運ぶことは結果的に身体を発達させることにつながった。自分の腕、背中、脚が、毎週毎週発達していくのを感じることができた。体幹がしっかりとするにつれて、ジムに行ってるわけでもないし、バーベルを上げているわけでもないのに筋肉がついてきた。競走に必要な筋肉をつけるトレーニングをこのときすでに始めていたのだ。これだけは覚えておいてくれ。怠け癖が俺をより強くしたのだ。父さんに手伝いを命じられ、歩き、登り、走ることで、俺は大きくなり、より力がみなぎる人間へと成長していった。

おかしなことに、父さんが近くにいないときには、母さんは俺が嫌がることを一切強要しなかった。父さんに見つからないように水運びをサボらせてくれたこともある。父さんの説教が始まるのは、父さんが仕事を早く終えて帰ってきて、サボっている息子を見つけたときだった。父さんは、母さんに向かって「ウサインをかわいがり過ぎなんだ」と文句を言い、たしかに俺もそうだと感じてはいたが、俺は母さんにとって一人っ子だったし、母さんとの絆は俺にとって特別なものだった。

時々、父さんは厳し過ぎることもあった。父さんは俺が外出するのを好まなかったし、もしも家にいようものなら、父さんの目の届く範囲、特に家の庭で遊ぶように強要してきた。だが、父さんが仕事に出かけてしまえば、母さんは俺を出歩かせてくれた。それに、俺は鈍い奴とはほど遠かった。どこにいようとも、父さんのバイクが丘を越え、村に入って電動のこぎりが出すようなバイクの音が聞こえたら、どんなことをして遊んでいようともそこから抜け出し、ありったけのスピードを出して家まで全力で走ったから、父さんが俺の行動を怪しむ前に家に着くことができた。

父さんのいつもの帰り道から離れている友だちの家まで、こっそりと遊びにいくこともあった。古いバイクの爆音が聞こえないという問題が生じたが、俺は次の手を用意していた。家から忍び出るときには、いつも愛犬のブラウニーを一緒に連れていった。父さんのバイクが音を立てて家に向かってくるのが聞こえると、誰よりも早くブラウニーの耳がその音をとらえ、ピンと逆立つのだった。この愛犬が家に向かって走り出すのが、俺が家に帰るべき合図だった。そんな駆け引きの中で、ブラウニーは俺の将来につながる感覚を味わわせてくれた。

スタートのピストル音を待ち……。

バンッ！

ブロックを蹴れ！　走れ！　走るんだ！

はじめてのコーチは、犬だったというわけだ。面白いだろ。

死との遭遇、神の存在

家族について、もうちょっと説明させてほしい。俺にはサディキという弟と、クリスティーンという姉がいるが、それぞれ別々の母から生まれた。この話を奇妙に思う人が多くいるかもしれないが、ジャマイカではこうした家庭生活は決して珍しくはなかった。それに、俺が生まれたときには父さんと母さんは結婚もしていなかった。それでも、母さんにとってはたいした問題ではなく、腹違いのサディキとクリスティーンがコクシースに泊まりに来たときは、自分の子どものように家に迎え入れていた。

俺は大きくなるにつれ、きょうだいや家族の関係だとか、家族愛だとか、結婚という概念を理解できるようになったが、それでもわが家の家族関係で悩まされるようなことはなかった。父さんと母さんは俺が12歳のときに最終的に結婚したが、俺が唯一、家族のことでキレたのは、結婚式でベストマン（新郎の付き添い人の代表）と同格の「リング・ボーイ」（結婚指輪をのせたリングピローを運ぶ男の子）に選ばれなかったときだけだ。俺は家族の一員として父さんに結婚指輪を渡したかったのだが、たぶん俺は幼過ぎると判断され、その役目は村の誰かに持っていかれた。

俺は腹違いの姉弟がいることをまったく気にしたことはなく、それが自然に思えた。いずれにせよ、俺の家族は、親族関係や友情について、なるようになれというスタンスを取っていた。互いにかしこまるようなこともなく、特に普通だったらプライベート過ぎると思われる内容でもかまわず話をした。俺は両親と仲が良かったから、なんでも包み隠さず話すことができたし、最近でも二人と電話で話をするとき、両親の性生活が時々話題に上ることがあるくらいだ。特に父さんに関しては手がつけられない。

とにかくクレイジーなのだ。俺は父さんとは天気や車など何についても話すことができるのだが、結局はどういうわけか、寝室でどんなことが起きるのかという話になってしまう。俺の記憶では、はじめてそんな話になったのは、両親とスピーカーホンで話していたときだった。「父さん、最近どう？」とくだけた調子で話していると、セックスの話が始まった。

「あのな、ウサイン」と父さんが答えると、「ありゃ、いいもんだな。俺も気持ちがいいし、母さんもいいんだよ、これがまた。俺たちはさ、あればっかりやっている……」

信じられなかった。さすがの俺も、両親とそんな話をするようになるとは想像できなかったのだ。「なんだって？」。俺はぶったまげて、「母さん、父さんを止めてくれ！」と言うのが精いっぱいだった。

いつだって俺は、どんなことを耳にしても平静でいられるのだが、それは子どものときから長年にわたってこうした会話を聞いてきたからだと思う。ときには、父さんの友だちが朝の6時ころ、通勤途中に車のウィンドウを開け、ありとあらゆる汚い言葉を使って叫んでいるのも聞いたことがある。

人生において、すべてのことが完璧に運ぶとは限らないとはじめて悟ったのは、俺が「死」というものに最初に触れたときだったと思う。俺のおじいさん、つまり母さんの父さんは家で亡くなった。おじいさんは、家の中で薪《まき》を運んでいるとき、濡れた床で足を滑らせ、転んだ拍子に頭を打ち、そのまま冷たくなってしまった。その事故は俺の目の前で起きてしまったのだが、意識を失い生気のなくなったおじいさんを見つめることしかできなかった。無力だった。まだ9歳の子どもだったから、応急処置の仕方なんて知らない。パニックになり、助けを求めに外に出たが、母さんも近所の人たちも出払っていた。後になって、俺にできることは何もなかったのだと慰められた。実は、おじいさんは心臓発作に見舞われたのだったが、たとえ助けを呼べたとしてもコクシースは町なかからとても離れていて道路も悪かったから、誰もおじいさんの命を救える時間内に病院に連れていくのは無理だったのだ。おじいさんは、倒れてからほどなくして、息を引き取った。

子どもだった俺は、死に対して免疫がなかった。実のところ何も感じなかったが、それは何が起きているのかさっぱり理解できなかったからだ。葬式に参列し、母さんやおばさんたちが泣いていたから、みんなが悲しんでいるのは分かったけれど、俺の年では同じように悲しむことはできなかった。母さんが悲しむのを見るのは忍びなかったが、死や葬式というものがどんなことなのか、幼過ぎてよく分かっていなかった。おじいさんを埋葬した後、俺はすぐに友だちと遊びに出かけてしまった。

宗教も俺を混乱させた。それは、家族、特に母さんにとっては重要なものだった。彼女はクリスチャンで、セブンスデイ・アドベンチスト教会に属し、土曜日が安息日だと信じていたので、毎週土曜日には一緒に教会へと足を運んだ。父さんはそれほど敬虔《けいけん》ではなかった。両親が一緒に教会に行くのは、クリスマスと大晦日の一年に2回ほどで、宗教は父さんにとって重要なものではなかったにせよ、母さんの信仰心の篤さについては敬意を払っていた。母さんは、俺が成長するにつれ信仰を促したが、強要はしなかった。それでも母さんは俺に聖書を読むように勧め、善悪について教えたが、俺が宗教に対して嫌気がさして拒否することがないように、押し付けがましくはなかった。

「私が誰かに無理強いしたら、きっと、みんなは私が望むのとは別な方向に向いてしまうでしょうね」と母さんは言ったことがあった。

母さんの優しいアプローチにもかかわらず、教会に通うのは好きになれなかった。大きくなるにつれ陸上の試合に出るようになると、週末に行われる試合があれば、教会に行かなくて済むので俺は安堵した。そのかわり、母さんは俺に朝の祈禱《きとう》をさせた。20分ほどかけて、讃美歌を歌ったり、お説教を聞いたり、聖書の言葉を暗誦《あんしょう》するのだ。母さんには、これが週末に教会に行けないことへの埋め合わせだと考えている節があった。

その習慣は俺にずっとつきまとったが、年を重ねるにつれて神様から特別な才能を与えられていると信じるようになると、自然に宗教へと関心が向くようになった。「神は自ら助くる者を助く」のだと理解するようになったのだ。だからこそ、コーチが計画したすべての練習を終え、スタートラインに立つときはいつでも、首に掛けた十字架を握りしめ、空を見上げ、神様に「ベストを尽くせる力をお与えください」と祈るのだ。

神様との短い会話を終えたら、あとは自分の仕事をするのみだ。

父さんの恐ろしいお仕置き

優秀なアスリートだからといって、スタートラインに立てばいつでも勝てるわけではない。ハードな練習が必要なのだ。練習や生活、そしてレースで規律が守れないようでは、金メダルなんか取れっこないし、記録を破ることなんてできないと分かっている。そしてボルト家には、一生懸命に仕事をすることはもちろん、他にも規律、それも半端ではない規律があった。

父さんは子ども思いで、俺のことをとてもかわいがってくれたし、小さいときには俺のためになんでもしてくれた。その一方で、父さんは家長であり、厳格で、伝統的な価値観を持ち、マナーや他の人を尊重することを常に重視していた。俺は決して悪ガキではなかったと思うが、もしもある一線を越えようものなら、父さんは俺を厳しく叱った。もし、俺が父さんにとって本当に許しがたいことをしたとなると、それはそれは厳しく罰せられた。父さんは尻を叩いたが、それは彼が古いタイプの人間で、実際、自分も親からそうした扱いを受けながら育ったからだ。そうした体罰は、俺にとっていつも恐ろしいものだった。

最近は、子どもに対するこうした体罰を含むしつけを虐待だと感じる人もいるようだが、ジャマイカでは子どもたちが悪さをしたりトラブルを起こしたら、こうした扱いを受けるのは珍しいことではなかった。とにかくありとあらゆることで尻を叩かれたから、いつぶたれるか予想できるようになった。もし、父さんに呼びつけられたとしたら、目の前に立ってから数秒のうちに叩かれると覚悟し、身を硬くして備えるのだった。

しかし、父さんが心底怒っているときは、話し合うことを望んでいるから、俺の尻は大丈夫だった。尻を打つのは常に最後の手段で、ときには父さんが話して、話して、話しまくる手段を選ぶときもあり、そうと決めたら父さんはとことん話し倒すのだった。しかし、父さんが落ち着き、静かになるのは、お仕置きを食らうことを意味していた。俺が家でふざけ過ぎたときは、ベルトを使った罰が待っていた。外でバカげたことをした場合も、父さんは俺をつかみ、そして罰した。バチッ！　バチッ！　ものすごい音がした。一発叩かれるたびに地獄に堕《お》ちるような気がして、それから涙が頬を伝わり落ちるのだが、尻を叩かれることを恨んだことはなかった。両親は善悪の判断を教えてくれて、その教えがあったからこそ、俺は一人前の男になることができたのだ。

俺の父さんの性格を象徴するものといえば、何をするにしても敬意を払うということだった。礼儀正しくあることが父さんにとっては大切で、俺にも同じような価値観を持って育ってほしいと願っていたから、俺は謙虚に、ほがらかに育てられた。父さんは手本も示してくれた。父さんは誰に対しても謙虚な姿勢を崩さず、他人にも同じように接してくれることを期待していた。もしも、父さんの周りに無礼な奴がいたら、父さんは我慢がならなかった。善人であれ悪人であれ、シャーウッド・コンテントに住む者が無礼な態度を取るなら、誰であっても家から追い出したほどだ。

そのころ、俺はこの礼儀作法にほとほと嫌気がさしていた。ウォルデンシア小学校に上がりたてのころだから、5、6歳だったろうか。登校途中、村で出会った人たち全員に「おはようございます」と挨拶するように父さんからの命令が下った。それが誰であろうと、何をしていようとおかまいなしに、顔を合わせた全員に挨拶をしなければならなかった。これはバカげたことだった。俺は登校途中、だいたい20人の人たちに向かって「おはようございます」と挨拶していた。道を歩きながら、「おはよう、おはよう、おはよう」と繰り返していたから、おかしな奴に見えたに違いなかった。

ほとんどの場合、みんなは笑顔で挨拶を返してくれたが、ある家の門の前に立っていたおばあさんだけが問題だった。毎日丘を上っていくと、彼女がいつも視界に入ってくる。俺は父さんの言いつけを守って、会釈しながら「おはようございます」と挨拶をするのだが、彼女は一度たりとも笑顔を見せることもなければ、返事もしなかった。ただの一度もだ。それどころか、彼女はにらみつけてくるのだ。はじめはやり過ごし、彼女から返事がないと知りながらも毎日挨拶していたが、ある日、ついに堪忍袋の緒が切れた。

「バカにすんな！」と俺はいきり立ち、「向こうが失礼な態度で無視するのに、なんで俺が『おはようございます』って言わなきゃならないんだ！」と頭にきていた。

ある朝、俺はいつものようにおばあさんの家に近づいていき、彼女を見かけたが、そのまま歩き去った。会釈することもしなかったし、「おはようございます」と挨拶もしなかった。そして、ひと言も言葉を発せずに歩き続けた。それで終わりと考えたが、甘かった。そこはジャマイカであり、子どもが年長者に無礼な態度を取ることは眉をひそめられる行為だったのだ。その日の午後、帰宅すると、俺は自分の目を疑った。家の中にあのおばあさんがいて、悪意のこもった目つきで俺を見ていた。彼女は俺をにらみつけていた。彼女は腕組みをして、脚を組んでいた。彼女に欠けていたのは、俺をぶつための棒だけだった。そして父さんが俺のシャツをつかんだ。

「ウサイン」。父さんは落ち着いて、静かに話し始めたが、それはとんでもなくまずい状況になったことを示していた。「父さんはおまえに、通りですれ違う人には、誰にでも『おはようございます』と挨拶をするように言わなかったかい？　どんなことがあっても」

「でもさ、父さん」と俺は反論して、「俺はずっとこのおばあさんにも毎日、『おはようございます』って挨拶してきたんだよ！　でも、おばあさんは……」

「どんなことがあろうと、だ！」と父さんは繰り返した。

俺はそのおばあさんに対して、激怒していた。おばあさんはお仕置きのフルコースを持ってきたようなものだったからだ。しかし、これは成長する過程で大きな教訓になった。尻を何度も打ち据えながら、大人たちは俺に礼儀正しさの重要性を諭し、今まで以上に尊敬心を持つように教えたのだ。それからは、誰に対しても無視なんてしなくなった。とにかく、俺はいきがるんじゃなかったと後悔したのだった。

第3章　最大の敵は俺自身だ

才能の開花

ウォルデンシア小学校にカーキ色の制服を着て通学するようになると、すぐに友だちができた。エネルギーに満ちあふれ、礼儀もわきまえていた俺は、ほとんど誰とでも言葉を交わせた。クリケット好きは特別で、バットとボールを持っている奴とは本当にすぐに友だちになれた。中でもニュージェント・ウォーカー・ジュニアという元気いっぱいの少年と親友になった。俺たちはコートニー・ウォルシュ［訳注：1980―90年代に活躍した西インド諸島代表のクリケットプレーヤー。ジャマイカ出身］とブライアン・ララ［訳注：1980―2000年代に活躍した西インド諸島代表の伝説的クリケットプレーヤー。トリニダード・トバゴ出身］が一緒にプレーしているように、年がら年中いつも一緒にいて、校庭でクリケットをプレーしていた。

近所に住むニュージェントは、学校に行く途中、いつも自分の家の外で俺を待っていてくれた。俺たちは分かちがたい大親友になった。学校に通うようになって、奴は友だちからすぐに

「ＮＪ」と呼ばれるようになったが、それは名前の頭文字から取ったあだ名で、ごくごく自然なものだった。そしてＮＪと遊ぶようになってから、学校のみんなは俺のことを「ＶＪ」と呼ぶようになった。どうしてそんなニックネームがついたのか、さっぱり見当がつかなかったが、俺は自分の名前が大嫌いだったから、その呼び名をさほど気にすることはなかった。誰もが正確に「ウサイン」と発音するのは難しく、「オーサイン」やら「オーセイン」やら、「アーサイン」やら、初対面の相手は必ず間違っていたものだった。音が似ているから「インセイン」（正気でない）と呼ぶ者もいて、そのため俺はワルで乱暴な男ということになってしまった。そしてようやく、女の子たちが学校で俺の名前を呼んでくれるようになってはじめて自分の名前に慣れたものだ。「ウ〜サイン！　ウ〜サイン！」［訳注：実際の発音は「ユーセイン」に近い］、と呼びながら、女の子たちはキャッキャッと笑っていた。「女の子たちに通りの向こう側から『ウサイン！』って呼ばれると、なんだかイイ感じだな」と思うようになった。

学校での成績はかなり良好で、授業が始まってみると、特に算数は大きな発見があった。おや、俺は競争することが好きなんだ！　黒板に問題がチョークで書かれるやいなや、俺はレースをするような気持ちで問題を解いた。時々、ＮＪが競争を挑んできたが、そうやって挑戦されると、闘争本能に火がついた。何であれ、挑戦されれば、何がなんでも勝つ。絶対に勝たなければならなかった。１位になることがすべてであり、２位はただ負けを意味していた。俺は負けるのが何よりも嫌いだった。

そんな調子で学校の低学年を過ごしていたが、すぐさまスポーツが大切なものになってきた。

コクシースのジャングルを走り回っていたおかげで、俺の足は速くなっていた。クリケットでは、ウィケットに向かって豪速球を投げ込むことができたし、野手としても俊敏だった。みんなと比べて背が高くなっていたことは、同年代に対して大きなアドバンテージになっていた。8歳のときには、すでに10歳や11歳の上級生からアウトを取っていた。俺は上級生と同じくらいの身長だったから、同級生より2、3年早くウォルデンシア小学校の代表選手としてプレーをしたものだ。

短距離でも自慢の足を見せていた。俺には素質があったのだ。ウォルデンシア小学校の体育祭でリカルドを破ったときからそれは明らかだったが、はじめて学校対抗のレースに出場したときは（その大会の賞品はお米や豆ではなく、ブリキとプラスチックでできた盾だった）、出場したすべてのレースで勝った。１９９７年にはいくつかレースに出場し、シャーウッド・コンテントの中で俺がいちばん足の速い子どもだということは誰の目にも明らかになり、10歳のときにはトレローニー教区選手権で優勝した。

レースのたびに勝ちまくるので、俺の走りは関係者の目に留まるようになっていった。家には大会で勝ったプラスチックのトロフィーやメダルがあふれるようになったが、俺にとってはたいしたものではなかった。単純に、走るのが好きだったのだ。俺は学校のレースで優勝するとき、他の選手を負かすことで得られる興奮が好きだったが、そのころはまだ陸上が人生にとって重要な位置を占めるようになるとはまったく予測できなかった。そんなこと、分かるわけないだろう？　まだ子どもだったんだから。

ただ、レースに勝つことで、人生の可能性が切り開かれたのは間違いない。学校対抗の試合に出るようになってから2年ほど経ち、勝ち続けていると、ジャマイカの全国学校選手権の100メートルと、150メートルのレースに招待された。俺は興奮を抑えられなかった。その時期ジャマイカの北西部において、同年齢の中では間違いなく足の速い選手の一人になっていた。おかげで、ウィリアム・ニブ高校からスポーツ奨学金の申し出を受けていた。この学校は、家から車で通えて、たくさんのクルーズ船が観光客を運んでくるファルマスにほど近い場所にあった。

ウィリアム・ニブ校は、すばらしいスポーツの歴史を持ち、環境的にも恵まれた高校だった。卒業生には、1996年のアトランタ・オリンピックに出場し、100メートルで7位になったマイケル・グリーンがいた。それにこの高校はクリケットも強かったが、俺はスプリンターの能力が評価されて、奨学金を受けられる選手のリストに名を連ねていた。

こうした仕組みを、もう少し詳しく説明しよう。ジャマイカの高校では、陸上は大きな意味を持つ。陸上への情熱は、イギリスの学校におけるサッカーと同じくらい大きなものだし、アメリカに置き換えれば、大学のアメリカンフットボールやバスケットボールと同じくらいの熱がある。ジャマイカの陸上のシステムは、子どもからプロのレベルにいたるまで驚くほど整備されており、子どもたちはまず、地元の大会で走りを競う。もしも、俺のように中学生レベルで才能のきらめきを見せ、学校対抗レースで二度、三度と優勝するようになると、教区でのレースに進み、そこからレベルが上がって州（ステート）の選手権に進む。高校に入学し、大きなレースで結果を残すようになれば、次は学校対抗の全国選手権で競うようになる。ここまでくれば、人生はずいぶんと楽しいものになってくる。十代の中盤で本格的な才能が認められれば、スポーツの奨学金を出すアメリカの大学の関心を引くようになるのだ。その先には、プロとしての契約とアメリカ・ドルの大金が待っている。

当時の俺は、その梯子《はしご》のいちばん下の段にいたが、ウィリアム・ニブ校から奨学金の申し出があったということは、数年後に大きな大会で十分に活躍できるポテンシャルを持っていることが証明されているようなものだった。その大きな大会というのは、誰もが「チャンプス」と呼ぶ、「インター・セカンダリー・ボーイズ&ガールズ・チャンピオンシップ」のことだ。ジャマイカの外に住んでいる人からすると、どんなスポーツイベントか想像がつかないだろうが、チャンプスはジャマイカのジュニアレベルのアスリートにとっては最大の大会であり、国中が注目するビッグイベントだった。実際、これは学校レベルでは、カリブ海諸国の中で最も大きなスポーツイベントだと思う。

チャンプスは昔も今も、ジャマイカの陸上の成功を支えてきた大動脈だ。最初の大会は1910年に開催され、国中の優れた選手たちが集まり、毎年3月に2000人以上の選手が参加して開催される。優勝した学校は「キング」や「クイーン」として表彰されるだけでなく、この大会はテレビで全国中継されるし、全国紙の一面を飾るような大きなイベントなのだ。世界中には、ジュニアレベルの大会となると財政面で運営が苦しい国がたくさんあるようだが、ことチャンプスに限っていえば、大きな注目を集めるので、毎年、多くの企業が支援を申し出ている。

俺にはその魅力が手に取るように分かる。4日間にわたる大会は、通常はキングストンにあるナショナル・スタジアムで行われ、3万枚の入場券はあっという間に売り切れてしまう。チケット争奪熱は尋常でなく、みんな次世代のジャマイカのスーパースターをこの目で確かめておこうと躍起になるのだ。チケットを手に入れられなかった人たちがどうするかというと、競技場のフェンスをよじのぼって入ってきてしまうほどで、そうなると観客席はギュウギュウ詰めになってしまう。ファンは踊ったり、ホーンを鳴らしたり、観客席では学校のバンドが演奏したりして、にぎやかだ。もしも、トイレに行きたくなったら、自分の番まで優に1時間はかかる覚悟が必要だ。

またチャンプスは、ジャマイカ政府から資金を受けているコーチたちに才能を発掘する場を提供している。1980年、マイケル・マンリー首相（当時）が、GCフォスター・カレッジという体育とスポーツコーチングを専門にした大学を創設した。なぜ、こうした大学を作ったかというと、人口270万人の小国ジャマイカが、アメリカのような大国に匹敵するくらい金メダリストを育成することが重要だと考えられたからだ。GCフォスター・カレッジはコーチたちを育成し、彼らはチャンプスで素質に恵まれた選手を発掘して、国際大会で勝てるプロへと変身させるのだ。

そうなると当然といえば当然のことなのだが、国中の優秀な教師が、自分の学校からチャンプスの優勝者を出すために、才能豊かな新しい選手を探そうとしていた。多くの学校に陸上選手を育てるのによき理解者がいて、ウィリアム・ニブ校にも、マーガレット・リー校長というスポーツに精通した先生がいた。リー校長は、俺の競技会のタイムを見るなり、授業料のかなりの額をスポーツ奨学金の一部として援助しようと言ってくれた。先生たちは俺の陸上の才能にスポットライトを当ててくれたのだ。１９９7年の時点で、俺がもしも2、3年のうちにチャンプスに出場できる可能性があるならば、奨学金をもらいながら教育を受け、陸上をするのは学校にとっても俺にとってもフェアな取引に思えた。

陸上が決めた高校進学

奨学金の話に、父さんは喜んだ。父さんはコーヒー会社で一生懸命に働いていたものの、収入的にはわが家は高い授業料を払えるほど豊かとはいえなかったからだ。それでも父さんは、俺が子どものときに、必要と思われたものをすべてそろえることが大切だと信じていた。父さんは俺のことをとても愛してくれたし、心配もしてくれていた。試合に出るためのランニングシューズを買ってくれたり、ウィリアム・ニブ校に通うというような人生の岐路に立ったときには、父さんは「ノー・プロブレム」という態度で後押しをしてくれた。とはいっても、俺は甘やかされていたわけではなく、欲しいものをすべて買ってもらえたわけではなかったが、母さんと父さんは俺が何かを始めるにあたって必要なことがあれば、手を差し伸べてくれた。

ウィリアム・ニブ校に通うことでの大問題は、学校が俺に対して、クリケットをこれ以上というか、とにかく真剣にプレーしてほしくないと言ってきたことだった。俺はまだ11歳だったし、体育の授業に出たかったし、防具とバットを用意して、いつの日か国同士のテストマッチで大活躍する夢を持ち続けていた。ただ、先生たちの考えは違った。俺には走ることに集中してほしかったのだ。学校が始まって1週目に、俺がクリケット・グラウンドでプレーしようとうろうろしていたら、すぐに追い払われた。

「ダメだ、ボルト」と先生は言った。「ここは君がいる場所じゃないから、そのまま放っておくわけにはいかない。陸上のトラックは向こうにある」

そう言われて、がっかりしてしまった。その夜、家に帰ってから不満をぶちまけると、父さんになだめられた。陸上は、純粋におまえの才能と努力が結果に表れるが、それに比べてクリケットは政治的なゲームのように思える。クリケットの場合はコーチの好みや考え方によって選手は出たり、出られなかったりするが、陸上の場合は単純にタイム、自己ベストで選抜される。

「ウサイン、陸上は誰のものでもなく、すべておまえ次第なんだよ」。そう言って父さんは俺を説得した。「クリケットはチームスポーツだから、どうしても他の誰かが関係してくる。それによって、面倒になることもあるんだ。おまえが誰よりもすばらしいプレーを見せたとしても、コーチが他の選手のことを気に入っていたとしたら、おまえは試合にさえ出られないかもしれない。人生は不公平で、そうしたことは人生で何度も起きるものなんだ。でも、陸上ではおまえ自身が自分のボスになれる」

この言葉は、とてもよく理解できた。自分が責任を持つという考えが気に入った。次の体育の時間が来ると、自分の力を陸上に集中することにして、それから1年にわたって、あらゆる種目に挑戦していった。100メートル、200メートル、400メートルに800メートル、それに1500メートルにだって挑戦した。もちろんリレーも走ったし、あるときはクロスカントリーにも挑戦したが、こればかりは長距離を走るのがとてつもなくつらいことに感じて、ほとほと嫌になってしまった。

最終的に、俺の競技種目は200メートルと400メートルに落ち着いた。それよりも長い距離で真剣に戦うには肺活量が少なかったし、そんな強い意志もなかったからだ。ただ、いろいろな距離に挑戦したことで、疲れることなくハイペースで押し切るスタミナとパワーが身に付いた。コクシースの森を走り回ったり、いろいろなスポーツを楽しんでいたことがプラスに働いたのだ。俺は短中距離で速さと強さを兼ね備えたランナーになっていた。

ただし、俺は当時でさえ180センチあり、まだまだ背が伸びていたから、100メートルを専門にすることは考えられなかった。これだけ大柄では、100メートルのようなスプリントレースを戦うには、大き過ぎることは明白だった。ウィリアム・ニブ高校のコーチたちは、こんなに背が高いと、スターティング・ブロックから飛び出すのにとんでもない時間がかかると考えていた。スタートしてから全速力に移行するころには、相手はすでに半分は走り終えて、そのままレースに勝ってしまうだろう。そんなふうにコーチたちが言うほどだった。

幸運なことに、200メートルや400メートルのレースでは、どれだけスタートが遅かろうと問題はなかった。まだまだ技術的には未熟だったにもかかわらず、俺の俊敏なロング・ストライドが、50メートル過ぎにはライバルたちをとらえることができたからだ。俺はレース中に頭を上げて、周りの選手を見ながら走っていたし、膝はトラックを蹴るたびに、本当に高く上がっていた。両腕をもう少しばかりはためかせたら、飛べるんじゃないかと思うほどだった。

俺の走るスタイルはちょっとばかり変わっていたが、ウィリアム・ニブ校の陸上レースではとにかく他の選手たちを圧倒した。200メートルと400メートルを走るときには、少しばかり調子に乗って、速さを見せびらかすようなことさえした。学校中で俺にかなう奴はいなかったし、簡単に勝っていたからだ。体育の時間に走ると、他で走っている生徒たちがとんでもなく遅く見えたし、俺が他の選手を圧倒的に引き離したものだから、ゴールラインの前でスピードを緩めて、みんなが近づくのを待ってから、歩いてゴールラインを越えたりしていた。

ある学校対抗レースでのこと、俺は400メートルに出ていて、他の学校のいちばん速い奴としばらくの間、並走する形になった。彼は俺の横のレーンで、それこそ全力で走っていた。首の静脈は浮き上がり、目が飛び出さんばかりになっていたが、俺はギアをセカンドに上げる用意ができていた。俺はコーナーを曲がるときに、彼を悠然と見て、そして微笑《ほほえ》みかけた。そして「また、あとでな」と叫び、きれいな靴の裏を見せてやった。

しばらくして、俺から相当遅れてゴールすると、そいつは怒りをあらわにしていた。

俺にとって、競争することは自分の中に潜む野性が引き出されることであり、勝つことは喜びにほかならなかったから、勝ってはしゃぐことは止められなかった。俺はその当時、誰もが太刀打ちできないような才能にあふれた選手だったから、誰も俺には近づけなかった。予定されるどのレースでもスタートラインに立ち、一番にゴールを駆け抜けた。あるときなど、走り高跳びと走り幅跳びが面白いに違いないと思って出場したことがあった。両種目で1位になってしまったのだが、他の連中は俺がメダルを全部かっさらっていくのを見て、さんざん悪態をついていたが、連中を責める気にはなれなかった。ウィリアム・ニブ校の選手たちは、かさになって俺に向かってきても試合の前から1位をあきらめなければならないようなものだった。スタートのピストルが鳴ったら、学校内[注1]には俺に勝つチャンスがある奴は一人もいなかった。

学校側は、俺が国際舞台で活躍できるような本物の才能を持っていることが分かってきた。トレーニングを積むことで、かなり速く走ることができるようになったが、コーチたちは計測したタイムを俺に告げようとはしなかった。年齢に比べて規格外のタイムを出している俺にデカい面をさせたくなかったのだ。新しい体育の先生が200メートルのタイムを計測したときに、俺の記録が速過ぎて時計を確認し直さなければならなかった。

「なんだって?」。先生は周りにいた生徒たちに言った。「ボルトのタイムはおかしいだろ? そんなタイムが出るわけがない!」

先生はストップウォッチをリセットして、もう一度、俺に走らせた。そしてまた走らせた。最後に、もう一度。俺がゴールラインを越えるたびに時計を見つめ、そのたびに衝撃を受けた表情を浮かべて、ストップウォッチが壊れていないか、顔に近づけて確かめていた。ストップウォッチが表示したタイムは、どれも同じくらいの速さだったのだ。

注1　俺の成功はあまりにも当たり前のことになってしまい、リー校長は、他の選手たちにチャンスを与えるために、学校の運動会の日程を俺が国際大会に出場しているときに設定したほどだった。

練習なんかサボってしまえ！

俺にとって、自分自身こそが最大の敵だった。父さんの家庭でのしつけの甲斐もなく、俺の怠け癖は直らなかった。学校ではトレーニングをするときでさえ、熱心とは言いがたかった。練習のときにはがんばろうと思ったことなんか一度もなかったし、自分を限界まで追い込むなんてこともせずに流すのがせいぜいだった。なぜかといえば、俺の持って生まれた素質は学校レベルの物差しでは測れないものだったし、練習は流すものだと割り切っていた。たいていの場合、学校内でのレースではスタートラインについてただ単に走れば優勝できた。努力を怠っていては技術的な成長は望めないのに、新しいテクニックに挑戦しようという気もさらさらなかった。俺の走りには大きな欠陥があったのだが、トロフィーや賞賛がそれを覆い隠していた。実際に、だらしのない首や、他の選手と比べて膝の位置が高いことは弱点にほかならなかったし、俺は走りのスタイルというものを確立していなかったのだ。

特に400メートルについては、何時間ものトレーニングに向き合うことができなかった。200メートルを走るのは苦しいことには違いないが、少なくとも200メートルでは死にそうにはならない。問題は300メートルや350メートルといった距離のインターバル・トレーニングをするときで、何度も何度も繰り返して行うので、バックグラウンド・トレーニングと呼ばれていた。この練習は来るべきシーズンに備えるため、どの選手も取り組む厳しいものだ。これにより、レースでより長い距離をハイスピードで走ることができる強さと、強靱なフィットネスが得られる。特にハイレベルでの基本となるフィットネスを身に付けられたことは大きく、もしもシーズン中にケガをしたとしても、復帰するまでに筋力とスタミナは維持することが可能になる。

ところが、400メートルのための練習となると話は別だ。400メートルを走るためには、練習の段階で500メートル、600メートル、700メートルを連続して走らなくてはならない。俺にとってそれは不可能なことに思えたし、ときには走り終えるとトラックで吐いたりしたので、この世のあらゆる苦しみから逃れるためコーチに「お願いだから休ませてください」と懇願する羽目になった。

さらに悪いことに、ウェイト・トレーニングが待っていた。トップランナーになるには、トラックでのより大きい脚力を生み出すために、コア・マッスル（体幹筋肉）をより鍛える必要があったからだ。しかし、ウェイト・トレーニングは本当にキツかった。コーチの中に軍人タイプの相当厳しいスタイルのバーネット先生というコーチがいたが、この先生は本当にひどかった。先生は一日に、腕立て伏せを700回も命じた。700回もだ！　困ったことに、すべての体育科の生徒たちは、彼の命令を一糸乱れずにこなす必要があった。もし、一人の生徒が脱落すると、全員がまた最初からやり直さなければならなかったのだ。

「やめちまおう、こんなもの」と俺は思った。「こんなこと、やってられない」

それ以来、俺は練習をサボるためならどんなことでもするようになり、特に中距離向けの練習をするときや、バーネット先生の拷問のような練習の場合はなおさらだった。

実際のところ、なぜそんなに練習を嫌がったかというと、ウィリアム・ニブ校で結果を残したいわけではなく、俺にとって走ることは単なる娯楽、もしくは趣味みたいなものだったからだ。12歳のとき、放課後の練習をサボって、ファルマスの近くにあるゲームセンターに友だちと行ったことがあった。そこはフロイドという男がやっていて、簡素な店構えだったが、ニンテンドー64のゲーム機とモニターが4台ずつあり、1分間遊ぶにはジャマイカ・ドルで1ドルが必要だった。そのお金をひねり出すために、俺は母さんがランチのためにくれたお金を取っておいた。スーパーマリオカートとモータルコンバットが俺のお気に入りで、このふたつのゲームをやり始めたらやめられなくなり、ゲームをやり過ぎた夜は、ジョイスティックのせいで手が痛んだほどだった。

家では、いつでも母さんと父さんが練習はどうだったか聞いてきたが、サボったと言ったことは一度もなかった。そのかわり、肩をすくめてあくびをしたりして、練習がとてもハードだったふりをすると、二人ともそのクサい演技を信じていた。だが、そんな楽しい時間も、いとこの女の子に告げ口されたおかげで、すぐに終わりがやってきた。そのいとこは、ゲームセンターの近くに引っ越してきていて、そこに俺が出入りするのを父さんが嫌っていることを知っていた。彼女は俺がそこでゲームをしているのを見て、父さんと母さんに黙っていられなくなったのだ。もちろん俺は父さんにこっぴどく懲らしめられた。俺はそのいとこが憎たらしくて仕方がなかった。もちろんフロイドの店にも立ち入り禁止だ。

学校のヘッドコーチである元オリンピック選手のパブロ・マクニール先生は、俺が取り組んでいるトレーニングがいかに大切なものなのか、懇々《こんこん》と説明しようとした。

「ボルト、君は驚異的なタイムで走っているよ」と先生は切り出した。「君がトレーニングに真剣に取り組むのなら、自分がどれだけの選手になれるのか、想像できるかい？」

マクニール先生は、とてつもなく存在感のある人物だった。先生には人を寄せ付けない雰囲気があり、白髪まじりで口ひげをたくわえていたが、先生は現役時代にはなんとアフロヘアで走っていた。先生の現役のときの写真はとてもクールだ。１９６４年の東京オリンピックで準決勝まで進出した実績を持っていたが、俺は先生のそんな経験も無視していて、いくらアドバイスをもらっても聞こうとしなかったし、練習をサボって遊んでばかりいた。ある放課後のこと、またも練習をサボったので、先生はタクシーを呼んでファルマスまでやってきた。先生はフロイドの店でウィリアム・ニブ校の女の子と徘徊していた俺を見つけた。

学科の成績も悪かったという知らせは、父さんの機嫌を悪化させた。特に数学なんて、ひどいものだった。ウォルデンシア小学校で見せていた計算のスピードは消え、授業をなんとか理解させようとして先生たちは必死だったが、授業内容が頭に入ってこなかった。そんな事態になり、俺は途方に暮れてしまった。「なんだよ、いったいどうなってるんだ？」と自分自身にいらだち始めた。そして、先生たちが教え込もうとしていることに意味がないということを自分に納得させようとした。

「人生にピタゴラスの定理なんて必要ないだろ？　どうして俺が三角形の定理を覚えなきゃいけ

ないんだよ。勘弁してくれ」という感じだ。

俺が授業のことをないがしろにしているのは、誰の目にも明らかになった。ウィリアム・ニブ校での最初の2年間では、かろうじて留年しない程度にしか勉強しなかった。先生たちはスポーツのキャリアを積むにしても、勉強することが役立つと必死に説得しようと試みて、成績が上がったら褒美を出そうとまでしていたが効果はなかった。俺は、自分が本当に陸上選手として活躍できるようになるなんて想像もしていなかったのだ。英語のジャクソン先生はある日、「ウサイン、あなたはスペイン語を勉強した方がいいわよ。もしも、あなたがアスリートになるんだったら、世界中を旅するからいろいろな人に出会えるし、そうなったら話したいと思うようになるわよ。スペイン語こそ、あなたが勉強すべき言葉よ」

先生が何を言ってるのか、さっぱり分からなかった。

「いや俺には必要ない」と思った。[注2]「スペイン語なんか、嫌いだ」

こういういいかげんな態度によって、毎年、父さんには悩みが増えていった。バカ高い授業料を学校に収めなければならなかったからだ。父さんは俺が留年してしまったら、もう一年分授業料を払うことになり、余分な出費を迫られるかもしれなかった。父さんは怒り狂った。それは「お仕置きの時間」だった。

「もし留年したら、おまえはそれまでだ!」。ある晩、父さんは叫んだ。「どんなにいい結果を陸上で残していても、もしケガをしたら、もう二度とスピードが戻らないかもしれない。そのときになって頭の中が空っぽだったとしたら、人生でおまえ自身を助けるものはひとつもないってことになるんだぞ」

生活態度を改めさせるため、父さんは俺を朝の5時半にたたき起こした。まったく、クレイジーだった。学校は8時半からしか始まらなかったが、父さんは夜明けとともに起きるように命じた。目覚まし時計を止めるたびに、俺はあくびばかりしていた。

「何をやっているんだ?」。もしも俺がベッドでゴロゴロしていようものなら、父さんは怒鳴った。「おい、どうしておまえはそんなにいいかげんなんだ!」

ありがたいことに、母さんは優しかった。父さんが仕事に出て行ってしまうと、母さんは俺がベッドに戻ることを許してくれた。遅刻しないようにするため、学校までタクシーで送ってくれさえした。

注2　まったくもって、俺は先生の言うことを聞いておくべきだった。ここ数年、俺はたくさんのスペイン系の女性に出会ったが、しかもそのほとんどが圧倒的に美しい。唯一の問題は、俺がスペイン語を話せないばっかりに、クラブやパーティなどで彼女たちと十分にコミュニケーションが取れないことだ。ジャクソン先生は正しかった。俺はそうした状況にイライラするようになり、オンラインでレッスンできる『ロゼッタストーン』を買い、片言ではあるが、ようやくいろいろな言葉を話せるようになった。そんなに時間は取れないが、フランス語、スペイン語では、女性と話すのに必要なロマンチックな言葉を覚えることができた。ドイツ語ではまだそこまでいっていない。

「おまえは二度と俺には勝てない」

当時、分かっていなかったのは、トレーニングに対するいいかげんな態度が重要な大会でのパフォーマンスに影響を与えるということだった。俺はウィリアム・ニブ校では最速のランナーであることは間違いなかったが、地域の選手権でコーンウォール・カレッジのキース・スペンスという奴にこてんぱんにされた。これにはかなり頭にきた。

スペンスは筋骨隆々の選手だった。聞いたところによると、彼は父親に厳しく鍛えられているだけでなく、ジムに足しげく通っていた。そのジムでの補強練習は、まだ13歳でしかなかった彼の肉体を成長させただけでなく、激しい走りを実現させていた。それが俺を負かす武器になっていたことは疑いようもなかった。強い腹筋はトラックで彼に特別なパワーを与え、俺がどんなに一生懸命走ってもゴールラインで彼をとらえることはできなかった。結局、俺はジムでのトレーニングが大嫌いだったし、バーネット先生が命じる腹筋運動をあまりにもサボったので、競争から脱落したのだった。

しかし、キース・スペンスに敗れたことは、腹筋700回をやるのと同じくらい耐えられないことで、2000年に別の地域大会で敗れてから、もう負けるのはたくさんだと思った。怒りがこみ上げてきたが、そのいらいらが俺に何が問題かを悟らせた。小学校のときのリカルド・ゲッデスとのレースや、ニュージェント先生が約束してくれたランチボックスのように、このとき俺には具体的な目標ができていた。自分が壊れてでも「あいつ」に勝ちたくなった。「キース・スペンス」。家に帰る道すがら、独り言を言っていた。「もう二度と、こんなことは起きないぜ」

それはもうひとつの大きなチャレンジであり、スペンスは倒すべき強敵であり、自分が進化するチャンスだった。俺はちょっとだけ真剣に練習に取り組むようになり、夏休みの間はトレーニングを欠かさなかった。そして、そんな時期に特別なことが起きた。誰かが1996年のアトランタ・オリンピックのレースのビデオを俺に見せてくれた。それははじめて見るオリンピックだった。

その映像は、俺の心を奪った。こんなすごいものは見たことがなかった。ジャマイカではそれまでテレビでオリンピックを見る習慣というものがほとんどなかったのだ。この国には、21世紀を目の前にして、大きなスポーツの大会を放映する技術も資本もなかった。当時、キングストンのテレビ会社がオリンピックを中継しようとすると、とてつもない額のお金が必要だった。それにシャーウッド・コンテントには衛星放送もケーブルテレビもなかった。海外からの映像をクリアに見るには、電波を受信するアンテナが必要だった。それは、俺たちが現在アメリカでＥＳＰＮ（スポーツ専門チャンネル）を見たり、イギリスでスカイスポーツを見るためにリモコンのスイッチを入れるというように簡単なことではなかったのだ。テレビを見るということは、かなり気合いを入れて準備しなければならないことだったから、陸上の映像を見られること自体、すごい体験だった。

最初に見た印象というものも大切で、１００メートル、２００メートル、４００メートルだけでなく、俺の嫌いな８００メートルでさえ、ジャマイカだけでなく、世界中でものすごい人気なのが分かった。オリンピックは学校対抗戦や地元の選手権とは違ってケタ外れに大きい大会だった。３万人が集まる熱狂的なチャンプスでさえオリンピックと比較してしまえば、ちっぽけな大会に見えた。俺はオリンピックというものは世界中のあちこちで、ものすごく注目される大会だということを理解した。そのときまで、世界の舞台で短距離を走ることがどれだけすごいことなのか、まったく分かっていなかったのだ。

しかも、このオリンピックの映像で最高だったのは、はじめてマイケル・ジョンソン（アメリカ）が俺の専門種目でもある２００メートルと４００メートルを走る姿を見られたことだ。興奮したのは、彼が両種目で金メダルを獲得し、しかも２００メートルでは19秒32という世界記録を樹立したことだった。それはエキサイティングな瞬間だったが、俺が気づいた大事なことは、マイケル・ジョンソンがトラックを先頭で走り抜けながら、反《そ》り返るような姿勢を取りながらも頭を下げ、視線は常に自分のレーンの先を追っていたことだった。こんな異様な格好で走る選手は見たことがなかった。

彼のようなフォームで走るのを理解するのは到底不可能だった。ところがジョンソンはスムーズにそれをこなし、簡単に勝っているように見えた。４００メートルのゴールライン付近でかなり疲れたように見えたときでさえ――おそらく彼の筋肉は悲鳴を上げていたことだろう――彼の背筋はぴんと伸びたままだった。彼が先頭でフィニッシュラインを越えたとき、こう思ったことを記憶している。「俺はマイケル・ジョンソンみたいになりたい。オリンピックの金メダリストになりたい」。この瞬間こそ、俺の大それた野望が心の中でうごめいた最初の瞬間だった。

これはキース・スペンスにとっては、悪いニュースにほかならなかった。次の練習のときに、俺はジョンソンのスタイルをコピーしようとしてみた。スターティング・ブロックから飛び出すと、すかさず姿勢を正して背筋を伸ばしてみたが、背中が激しく痛みだし、このアイディアをすぐに捨てた。ただ、この経験は学ぶことの重要性を教えてくれた。走法を改善させるべく、400メートル走のハーブ・マッキンリーや、ジャマイカ史上はじめてのオリンピック金メダリストになった400メートル、800メートル走者アーサー・ウィントなど、オリンピックで活躍したジャマイカの過去の名ランナーの古い映像やドキュメンタリーを見て研究するようになった。

それからコーチが1976年のモントリオール・オリンピックの200メートル金メダリスト、ドン・クォーリーのビデオを見せてくれた。そのときまで、マイケル・ジョンソンこそ最もなめらかに走るランナーだと思っていたが、ドン・クォーリーの走りを見たら、マイケル・ジョンソンはロボットにしか見えなかった。クォーリーはコーナーを優雅に回っていき、その姿は芸術の域に達していた。ただちに俺は自分のレースのあらゆる面を改善する必要を感じ、次の練習でコーナーを走るときはクォーリーの走りをイメージした。

そうした過去の偉大な選手たちの映像を見て気づいたのは、200メートルを走ることについてたくさん学ぶべきことがあるということだった。俺のような長身のランナーにとっては、スターティング・ブロックから飛び出したあと、きちんと解決しなければならない技術的なことがたくさんあったのだ。理想的には、スプリンターはコーナーのカーブを回るときに、できるだけ内側のライン際を走った方がいいとされるが、それは２００メートルや４００メートルを走る場合最も効率的な道筋だからだ。ランナーは、Ｆ１レースでルイス・ハミルトンがコーナーを大胆に攻めていくように、最短距離を走るべきなのだ。

身長がそれほど高くないクォーリーにとっては、２００メートルのカーブを曲がっていくのは、比較的簡単なことだった。彼の体の重心は、下半身の方にあったからだ。それは彼がストライドを簡単にコントロールできることを意味していた。彼はレーンの外側に膨らむようなことはなかったし、タイムもロスしなかった。しかし、大き過ぎる俺には同じことはできなかった。試しにやってみたが、加速するにつれ体のコントロールが難しくなり、長い脚が外に流れ始めてしまうのだった。

この課題を克服するために、何時間もライン取りの練習に取り組み、すぐさま２００メートルのレースを走るとき、最初の50メートルはレーンの真ん中を走った方がいいことに気づいた。そうすると、ちょうど最高速に達するときに、うまく体を倒しながら内側のライン際を走ることができ、コーナーを効果的に回ることができるようになった。そしてコーナーの出口からはゴールラインに向けて鉄砲から弾が飛び出すような感覚になり、再びレーンの真ん中を走ることができた。これが２００メートルのセオリーなのだ。もちろん、厳密に言えばいつもこの通りにできるとは限らないのだが……。

突然、俺は２００メートルの面白さに目覚めた。キース・スペンスに負けたことに触発され、それからの1年間というもの、自分の走りの技術を高めることに心血を注いだ。ただ、それだけでなく、俺の能力をさらに高める重要なことが起きた。俺の身体は再び成長し始めたのだ。1年後に地域選手権に参加するときには14歳になっていたが、身長は187センチまで伸びていた。俺のストライドは、とんでもない大きさになっていたのだ。俺は200メートルでキース・スペンスと再戦したが、奴はもはや敵ではなかった。

そのとき、スペンスの状態は最高で、全身から力がみなぎっているように見えた。しかし、俺は奴よりも背が高くシャープで、コーナーでは以前とは比較にならないほどのスピードで走っていた。

バンッ！　ピストルが鳴った。スペンスの筋肉は猛然としたスタートダッシュを可能にしていたが、コーナーに入っていくと、奴は俺についてくることができなかった。俺はカーブを力強く走り抜け、コースの真ん中を走り、スムーズなリズムを維持した。トップスピードに乗ると、そのまま加速を続けた。両足はライン際のコースを取り、ストレートに入ると、俺のストライドはライバルたちをあっという間に引き離した。俺は肩口からのぞき見た。奴は追いかけるので精いっぱいだった。

ゴールするまでには、圧倒的な差をつけていた。「やったぜ、奴を負かしてやったぜ！」

このときこそ、大きな発見の瞬間だったと思う。俺は200メートルを効率的なスタイルで走った。しかし、勝利より重要だったのは、この体験からライバルたちに対する心構えを得られたことだった――「もしも、俺が大きなレースでおまえを負かしたら、おまえは二度と俺には勝てないだろう」。強敵を最初に負かせば、それですべては決まるということを、この瞬間に認識したのだ。俺にはずば抜けた素質と自信があり、何度も何度も勝つことができるのだ。このことは自分の心理的な成長を促し、真の王者たる者とはどういうものか気づかせてくれた。

俺は気づいたのだ。一回限りのちっぽけな大会では負かされるかもしれないが、ウォルデンシア小学校での最初のレースや、地域選手権といった大きな大会では絶対に負けないということに——それが結論だ。そのことをリカルド・ゲッデスに対して証明したし、今度はキース・スペンスにも証明した。俺は前進を続け、勝つことは自分にとって重要な習慣になりつつあった。

第4章　大舞台に凡人は震え、スーパースターは興奮する

「チャンプス」での勝利

俺は成長に成長を重ねた。ジュニア・レベルのライバルたちは、ドミノ倒しのように倒れていき、キース・スペンスにリベンジした後からは、ジャマイカの地域レベルで連勝記録をマークしていった——乗りに乗っていたのだ。成功を収めつつあったが、それでも俺にとって陸上競技はとにかく娯楽であり、それ以上のものではなかった。

こうしたのんびりした考え方は、アスリートにとっては完璧な精神状態となる。俺はどんなレースの前でもリラックスしているし、自分の走りに感激し、震えることさえあった。ライバルがひしめき合い、タフなレースになるのが分かっていても、緊張することはまったくないのだ。それになんといっても、ライバルたちはレースで走ることにストレスを感じていたようだったが、俺に限ってはそんなことはまったくなかった。他の連中はスタート前にナーバスになり、自己ベストを出さなければならないという強迫観念におびえていた。俺はとてもリラックスしていたの

で、王者としての自信を持ってレースに臨むことができた。

スペンスに勝ってからというもの、さらにハードなトレーニングに取り組むようになったが、自分をとことん追い込むということはなかった。ほとんどのレースでは、素質だけで勝てるようなところがあったが、自分としてはもう少しレベルを上げたいと思うようにはなってきた。それでも、まだトレーニングをサボるときもあって、抜け出したのがばれるやいなや、マクニール・コーチは俺を見つけ出した。学校に引きずり戻される途中、激怒するコーチに説教されるのだが、トラックで練習が始まってしまえば、俺は彼のスケジュール通りに練習をこなした。

だが、一生懸命練習しても十分な結果が出ないこともあった。たとえば、キングストンのナショナル・スタジアムで行われるチャンプスで勝つのは困難だった。2001年、14歳ではじめてチャンプスに出場したが、本当の意味でビッグな大会だったから、どんなに練習しても十分ということはなかった。最初に競技場に足を踏み入れた瞬間、俺は圧倒された。ナショナル・スタジアムはケタ外れの大きさだった。すり鉢形のスタンドに陣取るすし詰めの観客たちがトラックを見下ろす形になっていた。このスタジアムは、重要な大会を開催するために建設されたものだったから、ここで走るときばかりは真剣にならざるを得なかった。

競技場の内部は、テレビで見たり、新聞で読んで想像していた通りの空間だった。ファンはやかましく、みんな熱狂的に応援していた。それは熱狂的なサポーターが集まる南米のサッカー場と似たような雰囲気だった。レース前に、代表選手を送り込んだ学校の生徒たちが、目いっぱい声を出して応援するから、スタートを待つ選手たちには、何も聞こえなくなるほどだった。はじめて200メートルのレースに出場したときは、その騒音が俺を奮い立たせた。スタンドの観客はドラムを叩き、トランペットを鳴らしていた。その瞬間、チャンプスは俺にとってのスーパーボウルであり、チャンピオンズリーグの決勝であり、そしてまたオリンピックを連想させた。

俺は16歳以下の選手たちが競う、クラス2[注1]のレースに出場した。それはスタートラインについた選手たちの中で、自分が最も年下の選手の一人であることを意味していた。その年代で1、2歳年下ということは、肉体的なパワーや技術面で、大きなハンディキャップになりかねなかった。ただ、俺はそんなことでビビるわけでもなく、むしろ興奮を覚えたほどで、レーンに並んだ選手を見た人は、居並ぶライバルたちを見下ろしている俺のことをいちばん年上だと思ったはずだ。

チャンプスのような大会では、冷静でいることが大切だ。多くの高校生アスリートにとってストレスは大敵だからだ。学校のプライドと名誉は、大きなレースでいい結果を残さなければならないという、とてつもないプレッシャーにつながっていく。ジャマイカの中でベストの陸上部を持つ学校という実績、評判の持つ意味は大きく、だからこそみんながチャンプスに入れ込む。しかも、レベルは高い。ウィリアム・ニブ校が勝つためには、俺の勝利が必要だった。

学校対抗は、チーム・ポイント・システムによって順位が決められた。各個人の成績がポイン

注1　クラス1は19歳以下、クラス2は16歳以下、クラス3は14歳以下だった。俺はクラス3でレースに出場することも可能だったが、簡単に勝ってしまうと思ったので、マクニール・コーチは俺をクラス2に出場させた。

トとして集計され、学校の順位が決められるので、俺がどれだけポイントを稼ぐかは極めて重要だった。また、ここには陸上のスーパースターになるためのプレッシャーもあった。ウィリアム・ニブ校の先生たちは、何人かの偉大なジャマイカのスターたちにとって、このチャンプスが成功へのスプリングボードになってきたと話し続けていた。ドン・クォーリー、ハーブ・マッキンリー、そして100、200メートルのマリーン・オッティらは世界の舞台に登場する前に、チャンプスで結果を残していた。つまり、学校での成功の先に未来が約束されていたのだ。学校卒業を前にキングストンのナショナル・スタジアムで輝けば、ジュニアのスター選手たちはアメリカの大学からの奨学金のオファーが期待できる。それより若い世代の選手たちは、未来に向けて布石を打つ意味合いがあった。

　俺は遠い将来について考えてはいなかった。俺の集中力は、トラック、スタジアム、そしてファンに向かっていた。たくさんの観客を前にして普段の力を発揮できるかどうか、14歳という年齢、そして経験不足が足を引っ張りかねなかったが、俺は臆することもなかったし、恐怖も感じなかった。200メートルの予選では適当に流して決勝に進み、気分が乗ってきた。俺にとっては、いつもと同じレースに感じられた。バンッ！　決勝では勢いよくスタートを切ると、先頭を争い、22秒04で銀メダルを獲得した。狂喜乱舞していたのはウィリアム・ニブ校のファンだけでなく、スタンド全体が大興奮していた。ワイルドな光景だった。

　レースを1本走り終えると俺の名はまたたく間に知れわたり、2本目のレースでは、この国の陸上ファンの注目が集まっていた。400メートルで強力なスプリンター、[注2]ジャーメイン・ゴンザレスと対決することになっていたのだ。彼はどんなレースのときでも、手足にだけでなく、編み込んだ髪を激しく動かして走った。ジャーメインは前回の優勝者であり、レースの主導権を握っていることは百も承知だったが、タイム的には俺との間にたいした差がないのも事実だった。つまりこのレースは、純粋なスピードというよりも、頭を使って勝つ必要があったのだ。

そこまでの数カ月間、俺は戦術的なセンスを磨いていた。サッカーの監督のように、レース前に戦略を練るようになっていたのだ。ジャマイカのトップレベルの選手たちと戦う際、ときには抜け目なく行動しなければならないことは理解していた。だから、レースではライバルたちの強みと弱みを分析したのだ。予選の間に彼らのレースを観察し、走りのスタイルや戦法を理解しようと努めた。どんな大会でも最初によくすることは、強敵と戦うために自分のやり方を変える必要があるかどうか考えることだった。たいてい自分の素質だけで勝てるとすぐに見抜けたが、適切な戦略を用いなければならないこともあった。

チャンプスの1週間前、NJと俺はウィリアム・ニブ校の図書館の椅子に座り、400メートルの戦略を練っていた。俺は筋力に秀でていたが、NJは頭脳明晰だった――彼は教室でトップクラスの生徒だった。NJは陸上という芸術を理解していた。図書館で、他の生徒たちがテキストとにらめっこしたりノートに書き込んでいる間に、NJはジャーメインのスプリント・スタイ

注2　ジャーメインは後に、世界ジュニア陸上選手権の400メートルでジャマイカ記録をマークし銅メダルを獲得する。2011年の韓国・大邱（テグ）で行われた世界選手権では400メートルで4位に入賞した。

ルについて詳しく分析していた。俺たちはまるでスパイが秘密の作戦を考えているかのように、ささやきながら相談した。

「奴は400メートルが得意なことは分かってるさ」。NJが言った。「おまえと同じくらいにな。でも、おまえの方が200メートルは速い」

俺はうなずいた。「OK……それで?」

「VJ(ボルトのニックネーム)、おまえがスタートをバッチリ決めて先頭に立ち、最初のコーナーと200メートルまでの前半で激しくアタックすれば、奴は慌てるに違いない。おまえの素早いスタートでジャーメインをパニックに陥れ、リズムを狂わすことができれば、奴は前半に飛ばし過ぎることになるはずだ。それでおまえの勝ちは決まりだ。奴はテクニックを忘れるほど慌てて、おまえが悠々とテープを切るんだ」

今回のチャンプスで、俺はNJの作戦をそのまま実行し、ドンピシャと当たった。スタートの号砲が鳴ると同時に、俺は可能な限り全力でスタートラインから飛び出した。最初のコーナーに差しかかった時点で、ジャーメインに5メートルの差をつけると、彼は全力で追いかけてきた。うめき声が聞こえるほどだった。NJが予測した通り、彼はパニックに陥り、いつもよりストライドを大きくしたせいで、ハムストリングを痛めてしまったのだ。俺がやるべきことは、ホームストレートを駆け抜け、トップでゴールすることだけだった。

NJと俺はいっぱしの戦略家になった気がした。後になって、ジャーメインがケガをしていたことを知ったのだが、俺は戦略を練ってレースに臨む姿勢が前進をもたらすことを実感した。これは格段の成長体験だった。このレースの後から、陸上関係者は俺のことを将来のスター選手候補と見なすようになった。このチャンプスの結果を受けて、２００１年にバルバドスで開かれたＣＡＲＩＦＴＡ（カリブ自由貿易連合）ゲームズのジャマイカ代表選手にも選ばれた。この大会は毎年、この連合の加盟国によって開催されるジュニアの大会で、トリニダード・トバゴやバミューダ諸島のようなあらゆる島から選手たちが集まってくるのだった。

はじめてのハンガリー、はじめての炭酸水

俺にとって、ゲームの意味が変わり始めた。ＣＡＲＩＦＴＡゲームズはカリブ海諸国の優秀な選手たちが一堂に会する大会だった。そしてこれは、俺がはじめて国を代表して戦う試合でもあった。しかし、いくら国際大会でジャマイカのユニフォームを着て走ろうと、それですばらしいことが起きるなんてことは考えてもみなかった。ＣＡＲＩＦＴＡゲームズは、俺にとって単にもうひとつのジュニアの大会でしかなく、２００メートルで銀メダルを獲得し、４００メートルでは48秒28という自己ベストをマークした。

それでも、この大会に参加することは大いなる冒険だった。バルバドスに向けて飛行機に乗ったのだが、それは俺にとってはじめてジャマイカを離れることを意味していた。しばらくの間、俺は休日を楽しんでいるような気分だったが、ほどなくしてホームシックにかかり、母さんのことが恋しくてたまらなくなってしまった。ある晩、眠ろうとしたのだが、家に帰りたくて仕方が

なくなり、泣き始めてしまった。そのときの俺にとっては、ジャマイカから長いこと離れるのは、とても耐えられないことだったのだ。しかし、ジャマイカ・アマチュア陸上連盟（JAAA、もしくはジェイ・スリー・エーズと読む）は、俺の未熟さには目をつぶり、成長戦略を練り始めた。バルバドスの大会のすぐ後、関係者は俺のランニング・スタイルと記録に可能性を感じたようで、次はハンガリーのデブレツェンで開かれる国際陸上競技連盟（IAAF）の世界ユース選手権に、ジャマイカ代表として派遣することに決めたのだ。この決定を聞くと、不安で仕方がなくなった。

「ハンガリー？　冗談だろ？」。その知らせを聞いて俺は思った。「一体全体、それはどこにあるっていうんだ？」

家にある世界地図を見たが、何がなんだか分からなかった。なにせ、ハンガリーを探し出すのにずいぶんと時間がかかり、ようやくそれがヨーロッパの中心部のどこかにあるのを見つけた。開催地のデブレツェンは、ジャマイカからはるか遠い場所にあると思えて仕方がなかった。そして、その旅の長いことといったら！　まず、ロンドンへと飛び、その後にバスに乗ってどこかの空港から、また別の空港に移動し、それからハンガリーに向かって飛行機に乗り、到着すると車に乗って、中央ヨーロッパのどこを走っているんだか分からない場所を走り続けた。旅は、永遠に続くように思えた。

「おいおい、これはまずいことになってるんじゃないか」と絶望的になり、バスの窓にたたきつけるハンガリーの雨と、重く垂れこめた雲を見つめていた（信じてほしいのだが、そこには太陽の光はまったくなかった)。「こんなところまで飛行機に乗せて連れてきやがって。とんでもなく大きな大会があるんだろうよ!」

散々な体験だったが、この遠征で自分は真剣にアスリートとしてのキャリアを踏み出していこうという考えが生まれてはじめて頭をよぎった。それ以外にもこのヨーロッパへの遠征はいろいろな驚きに満ちていた。食べ物はまずくて、天候は肌寒く、みんなボトル入りの水にびっくりしていた。それは水なのにシュワシュワ泡立っていた! 今となってはナイーブだった気もするが、俺は単なるジャマイカからやってきた少年で、それまで「炭酸水」なんてものを飲んだことはなく、とんでもなく混乱してしまった。スーパーマーケットで、はじめてボトル入りの炭酸水を飲んだときの味を今でも覚えている——俺が一気飲みすると、みんなは笑い転げていた。しかし、炭酸水が逆流してくるまでそれほど時間はかからなかった。炭酸が俺のあちこち——口、舌、鼻、きっと耳にまで飛び散っていたに違いなかった。

これは、俺には耐えられない代物だった。しかし、翌日か2日後に、スプリント・メドレーリレー(普通のリレーと形式は一緒だが、走る距離は第一走者が100メートル、第二走者が200メートル、第三走者が300メートル、そしてアンカーが400メートルになる)の400メートルを走った後、変化が起きた。俺の筋肉は悲鳴を上げ、肺は燃えるような状態になっていた。トラックから退場すると、誰かが炭酸水入りのボトルを渡してくれたが、それがとんでもない味がすることを忘れていた。俺は2リットルもの炭酸水を、自己ベスト記録で飲み切ったのだった。

「俺は出たくない！」――世界ジュニア選手権での飛躍

　俺はハンガリーにたどりつけるとは思っていなかったし、到着したとしても大会でそう簡単に勝てるとは思っていなかった。世界ユース選手権は17歳以下の大会であり、自分はまだ14歳にしかすぎなかったからだ。繰り返しになるが、年上の連中がたくさん走るのだから、俺は自分のベストを尽くすためだけに参加したようなもので、実際、チャンプスとは違って自己ベストを出しても連中には太刀打ちできなかったし、４００メートルとメドレーリレーでの走りは散々だった。２００メートルでは21秒73の自己ベストで走ったのに、準決勝で敗退した。こんなレベルの高いレースははじめてだった。

　デブレツェンは、俺にとって障害物にほかならなかったが、この後、レース結果は上向きになっていった。２００２年、15歳だった俺はナッソーで行われたＣＡＲＩＦＴＡゲームズで２００メートルと４００メートルの大会記録を更新した。トラックから引き上げるときには観客が「ライトニング・ボルト！　ライトニング・ボルト！」と連呼し、俺の体に電流が走った。突如として、自分の才能にピッタリのニックネームを授かったのだった。同じ２００２年、中部アメリカ＆カリビアン・ジュニア選手権で、再びすべてのレースに勝利した。俺はその大会で他の誰よりも圧倒的に速かったが、それは普通では考えられないことだった。年上の連中を相手にしながらも、すでに肉体的に上回るようになっていて、彼らを圧倒したのだ。

自分にとっての「ビッグ・テスト」は、2002年に開かれる予定だった世界ジュニア選手権になると俺は気づいていた。この大会は多くの陸上関係者から、世界中の高校生、大学生にとってのオリンピックと見なされていたし、俺自身も世界で名を上げるための絶好の機会だととらえていた。俺には、デブレツェンで走ったときよりも、肉体的、精神的にはるかにシャープになっている実感があった。身長は6フィート5インチ（約195センチ）まで伸びていた。200メートルと400メートルのレースを見る限り、俺のストライドに匹敵する選手はあまり見当たらなかった。

運も味方したようで、この大会は東ヨーロッパのような雨が降る都市ではなく、自分にとって本拠地ともいうべきキングストンで行われた。地元で大会が開かれるということは、遠くまで旅する必要も寒がる必要もなく、炭酸水も飲まなくてよかった。しかし、裏を返せば、背中にのしかかるプレッシャーは半端ではなく、才能のある地元の少年への注目は大きくなり、もちろん勝利を期待されていた。ファンは、俺を「ジャマイカ期待の星」と見なしていた。チャンプスの走りによってファンに記憶され、CARIFTAゲームズでの大会記録が、俺を200メートルの優勝候補の最右翼へと押し上げていた。俺の人生において、それははじめてのプレッシャーであり、深刻なストレスとなった。

それでも、そうした期待は正当なものだと思ってはいた。俺は学校の大会で200メートルを21秒フラットで走っていたが、それは同じ年代の選手にとっては極めてすばらしいタイムだった。それから世界ジュニアが近づいてきた時期に20秒60で走り、何か特別なことが起きそうな予感がした。なんだか木をなぎ倒すような感覚が体を走ったのだ。ただその感覚は、マクニール・コーチが練習場にその年の世界ジュニアの２００メートル20傑リストを持ってくるときまでしか続かなかった。

失望が俺を襲った――俺は6番目だった。6番だ！

アメリカのトップ二人は、20秒47、20秒49の記録を持っていて、続いて20秒52、20秒55のタイムを持っている選手がいた。そのタイムを見て、もっと努力をしなければいけないと感じた。

「なんてことだ！　俺はもっと進歩しなきゃいけないじゃないか！」

しかし、それから疑念が俺の中に忍び込んできた。俺は走りたくなくなり、競争する気持ちも失せた。異国のスタジアムでさえ、他の連中に負けるのは耐えられないことなのに、ましてやジャマイカのスタジアムで、大声援を送る観衆を前にして負けることを考えたら、恐ろしくて仕方がなかった。この大会でがんばる価値なんてないように感じ始めた。

「こんな大会、出る必要があるとは思えないぞ」と自分に言い聞かせようとした。「俺は自分が思っているほどたいした選手じゃなかったし、メダルが取れないんだったら、行く必要なんてないだろ」

こんな自分の思いをマクニール・コーチに話した。コーチはとてもがっかりして、そんな考えは捨てるように諭したが、俺も引き下がらなかった。

「世界ユース選手権でも無様な負け方をしました。またのこのこスタートラインに戻って、負けるのは耐えられません」

俺はこれだけのプレッシャーや国家の期待を背負った経験はそれまでなかったから、生まれてはじめて自信や信念というものが揺らいでいた。すべてはじめて経験することだった。それまで走ってきたレースは楽しくて仕方がなかったし、CARIFTAゲームズでジャマイカの代表選手として走ったときでさえ、俺にとっては「お楽しみ」でしかなかった。この新たなストレスは、チャンプスや学校対抗戦で、俺の相手が経験したストレスと同じたぐいのものに違いなかったが、いざそれを自分が感じるとなったら、とてもレースに集中するどころではなくなった。

コーチは俺を説得し続けた。毎週末にトレーニング・キャンプに行かせ、モチベーションを上げようと必死だった。コーチの考えに間違いはないはずだったが、俺はもうすべてが嫌でたまらなかった。「大会に出たって、無様な姿をさらすことになるだけだ。絶対にやらない」。そんなことばかり考えていた。

毎晩、家でも文句ばかり言っていた。練習が終わると、俺は決まって世界ジュニアやトレーニング・スケジュール、そしてコーチについて悪態をついていた。どうしようもなく怒っていた。ある夜、母さんに文句を聞いてもらった後、コクシースのわが家のベランダに座り気を落ち着かせようとしていた。そこは悩んだときに、時間を過ごす場所だった。周りは静かで、木が生い茂り、サトウキビ畑、ジェリー木の向こうに、コックピット・カントリーの山々が見渡せた。それはとてもクールな眺めで、俺は頭を冷やすことができた。

リラックスしていると、母さんとおばあちゃんが俺のそばに座った。家族のみんなは俺の態度にあきれ返っていたし、世界ジュニアのことについて話をしたがっているのは分かっていた。俺は家族にそのことについて触れてほしくなかったのだが、母さんとおばあちゃんが両脇に座ってしまったので逃れようがなかった。俺はワナにはめられた気分だった。

「ママ、何も言わないで……」

「どうして全力を尽くそうとしないんだい？」と言いながら、母さんは俺の体に手を回した。

「スタートラインにつき、トライしてみなさい。何も心配することはないよ」

のどに何かが詰まったような感じを覚えた。感情がたかぶり、ストレスは極限に達していた。俺は泣き始めた。

「だけどさ、ママ、俺にはできないよ」

「投げやりになっちゃダメだよ、ＶＪ。ベストを尽くすの。どんな結果になろうと、私たちは受け入れるわよ。みんな、あなたのことを誇りに思うわよ」

俺は涙をぬぐった——強くならなければいけない。

「なんてことだ、こういうのが家族ってものか」と俺は思った。「母さんが俺にはやることがあると言うのなら、とにかくやってみなきゃいけない。母さんをがっかりさせちゃいけない」

翌日、俺はトレーニングでマクニール・コーチに会い、心変わりを伝えた。

「コーチ、俺は世界ジュニアのことでは心を入れ替えます……」

彼はにっこりとして喜んでいるようだった。しかも、コーチの方も俺に伝えたいことがあるようだった。彼は手持ちのクリップボードを振りながら興奮していた。

「ウサイン、今年君よりも速く走っている選手は、今回出場しない」と彼は言い、「彼らはアンダー20のカテゴリーに参加するにはもう年齢をオーバーしているから、君は彼らと戦う必要がないんだ」

アメリカの200メートルを走る才能軍団は、俺の20秒60のベストタイムよりも遅い若い連中に世代交代しているようだった。俺の気分は、突然、明るくなった。本当に肩の荷が下りたような気がした。

「これはとんでもなくいいニュースだ」と思った。「やってやろうじゃないか」

今になってそのときの会話を振り返ってみると、それは俺のキャリアにとって決定的な瞬間だった。競争心がむくむくと湧いてきて、勝つ可能性が大いにあることが分かると、俺の態度は一変した。時間が経つにつれ気持ちがどんどんたかぶっていった。

プレッシャーの先の栄光

よりハードにトレーニングし、練習をサボることもなくなり、しばらくの間、フロイドのゲームセンターに行くのもやめて準備に集中していたが、唯一の不安といえばファンのことだった。世界ジュニア選手権はチャンプスとは比較にならないほど大きな意味を持つ大会だったから、みんなを失望させたくはなかった。これは国際大会だったから、俺のレースは世界中に放送されることになっていた。学校の期待くらいだったら引き受けられたが、国全体の期待とは、いったいどれくらい大きなものになるんだ？　それを考えるととてつもないストレスを感じたし、不安にもなった。

「おいおい、もしも失敗したらどうなる？」。俺は眠れぬ夜にそんなことを考えた。

きっと、誰も責めやしない――だって俺は20歳以下のカテゴリーで走る15歳のランナーで、3歳か4歳年上の選手たちと競うのだ。しかし、俺が1次予選を走るためにスタジアムに着いたとき、絶対に勝たなければならないというプレッシャーは、実際には予想以上のものだった。チャンプスのことは忘れろ――予選の段階からナショナル・スタジアムには超満員の大観衆が詰めかけていた。ジャマイカの選手たちを応援しようとみんな大歓声を上げていたが、その歓声も俺にとってはストレスを増幅させるものでしかなかった。

ピリピリした神経とは無関係に、予選、準決勝と楽勝で通過した。俺は調子がいいと感じていた。決勝は、生暖かいキングストンの夜だった。空気はムンムンしていたが、自分は冷静なままだった。俺はコクシースのベランダで母さんと交わしたおしゃべりのことを思い返していた。結局、母さんの言ってたことが正しいんじゃないのか？　どうやら、余計な心配をする必要はなさそうだった。

俺はレース用のユニフォームに着替えた。俺が知る限りでは、ジャマイカのジュニア選手の中でいちばん有望だったのは、２００メートルのアネイシャ・マクローリンという女性選手で、俺は彼女が出るレースを見るためトラックに足を運んでみた。大きな大会独特の雰囲気に浸りたかったのだ。

だが、それは大きな間違いだった。通路を抜けアリーナに到着すると、大観衆が目に飛び込んできた。みんな叫んだり、金切り声を上げ、ジャマイカの国旗を振りながら、ドラムを鳴らしている。アネイシャのレースが始まったと思ったので、早足でトラックのそばまで行くと、そうではなかった。そこにいた選手は俺だけだった。

「なんだこれは？」。俺は訝《いぶか》しんだ。

俺はスタジアム全体からのコールを聞いた。それはスタジアムの一角から起き、ウェーブとなってスタジアム全体を覆った。

「ボルト！　ボルト！　ライトニング・ボルト！」

観客は俺の名前を連呼していた。その声はトラックに鳴り響き、爆音となって俺に届いた。そのときだ、俺が衝撃を感じたのは。その夜、俺は男子２００メートルを走るたったひとりのジャマイカ人だった。ナショナル・スタジアムで興奮している人たちは、俺に対して興奮していたのだ。

「ボルト！　ボルト！　ライトニング・ボルト！」

その歓声を聞いてから、俺は訳が分からなくなっていた。２００メートルの決勝の時間が来たとき、俺の脚は力がなく、心臓は口から飛び出しそうになっていた。とても歩けるとは思えない状態だったし、ましてや走ることなんてまず無理だった。すぐに自分のレーンに腰を下ろしたが、周りのすべてのことがスーパー・スローモーションで動いているように見えた。他の選手たちがトラックにやってきて、ウォームアップをしたり、ストレッチをしていた。みんな、とても落ち着きはらっているように見えて、俺はファンが観客席で俺に向かって手を振ったり、叫んでいるのを見ることしかできなかった。誰かがアネイシャが決勝で2位になったと叫んでいて、いっそうプレッシャーがのしかかってきた。世界ジュニア選手権で、唯一金メダルを取れる可能性のある地元の少年は俺しかいなくなったのだ。俺の脳は、メルトダウンしそうになっていた。「なんなんだこれは、いったい？」。俺はそう思った。「ここにいるみんなは、おかしくなっているぞ」

俺は怖くなっていた。「俺はここで何をやってるんだ？」。それは悪い考えだと分かっていた。それまで生きてきた中で、これだけのプレッシャーを感じたことは一度たりともなかった。「俺は15歳なんだよ。一緒に走る連中は、18歳とか、19歳なんだよ。こんなことする必要はないんだよ……」

それでも、俺は走らなければならないと、何かが告げていた。まず、スパイクを履かなければならなかった、靴ひもを結ぶことさえ、俺には大きなチャレンジに思えた。俺は片方に足を入れてみたが、なぜだかしっくりこなかった。俺はつま先をシューズの奥に入れ込もうとかかとを何度も何度も引っ張った。どうにもならなかった。俺は指を差し込み、シューズの舌革を広げてみた。まだ、どうにもならない。俺は自分の足を見つめ、二分ほど靴を履くのに格闘した後、自分の左足に右のシューズを履かせようとしていたことに気づいた。それほど、ナーバスになっていた。

ストレスというものは人に悪さをするもので、そのときは何をやってもうまくいかなくなっていた。俺は起き上がり、ジョグをしたが、神経質になり過ぎていてまったく力が入らずに、また座り込んでしまった。みんな大股で歩いたり、それぞれ最後のルーティーンをこなしていたが、俺は逃げ出したくなっていた——ここから、どこかへ連れていってくれないか。

俺はおかしくなっていた。スターティング・ブロックに向かうように指示されると、1秒か2秒、気持ちを落ち着かせようとしたが、場内アナウンスで自分の名前がスピーカーを通じて告げられると、再びスタジアムが生き返ったかのように大歓声に包まれた。その大音響は、スタジアムの屋根が今にも落ちてきそうなほどのすさまじい音だった。

「神様……」。俺は思った。「なんだってんだ、これは」

「位置について（オン・ユア・マークス）」

俺がスターティング・ブロックに足をのせると、汗がどっと噴《ふ》き出してきた。

「用意（セット）」

落ち着け、落ち着くんだ……。

バンッ！

体は固まってしまい、動くことができず、おそらく「コイツは何やってるんだ！」というように見えただろう。スパイクと手が瞬間接着剤でブロックに吸い付いてしまったように動けなかった。俺は号砲に反応するまで、1秒か2秒も固まっていたように感じ、他の選手たちはすでにレーンを駆け出していた。俺のスタートはあまりにも遅かったので、完全にビリになってしまった——だが、それは長くは続かなかった。

飛び出すと、すべてが変わった。体が動き始めた——とにかく俊敏だった。他のランナーにどんどん近づいていくのが確認できたし、ドン・クォーリーのようにスムーズにコーナーに入っていく時点ではトップスピードにのっていた。それから数秒のうちに起きたことは説明のしようがない。本当に、どうしてそんなことが起きたのかまったく理解できないのだが、誰かが、もしくは何かがトラックを走っている俺の背中を、ぐんぐん押してくるような感覚が押し寄せたのだ。背中には、俺を導く力が働いていた。それはまるで、打ち上げ用のロケットがスパイクにくくりつけられたようなものだった。頭を後ろに反らし、膝を上げる美しくもないランニング・フォームにもかかわらず、自分の視界から他のランナーが消え、全速力でゴールラインを駆け抜けた。ついにその瞬間が訪れた。俺は世界ジュニア選手権の200メートルの王者になったのだ。

本当に信じられない出来事だった。

みんな、興奮状態に陥っていた。観客は叫び、ジャンプし、国旗を振っていた。誰かが俺にジャマイカ国旗を手渡した。俺は、マイケル・ジョンソンがオリンピックでアメリカのために金メダルを獲得したときのように国旗を肩に巻いた。それから陸上競技に対する自分の見方が永遠に変わるであろう行動に出た。観客席に走り寄り、兵士が指揮官に向かって敬礼するように、観客に敬礼をした。俺が観客に向かって感謝の気持ちを表したのはそれがはじめてだったが、みんなの顔を見て感じたのは、これが最後ではなく、これから何度もこうした歓喜を味わうだろうという確信だった。ジャマイカの人たちのエネルギー、興奮は、俺がそれまでに感じたことのないレベルに達していた。

「すごいな、まったく」。俺は思った。「世界ジュニアのチャンピオンになるって、なんだかすごいな！」

周りでは祝福が続いていたが、レースの前に自分の周りで起きたこと、母さんとベランダで話したこと、スパイクを反対の足に履こうとしたことなどを思い出していた。一瞬の間ではあったが俺は自分を見失い、レースでは出遅れたものの、それでも勝った。いったい、何が起きたのか？　いろいろな国から選手やコーチがやってくる国際舞台で、どうやって走り、いかにしてプレッシャーをコントロールしたのか？　勝つまでのプロセスを考えると、クレイジーなことばかりだった。

俺は陸上界のスターになった。他の選手だったらビビって力が発揮できないような状況を乗り切るためのメンタルの強さを体得した。不安を封じ込め、肩にのしかかる国民の期待に応えるという義務を負っていた。うれしいことに、そうした困難を乗り越えて俺は王者になった。今後、俺を脅かすものは何もないと実感した。レース前の不安はもう何もないし、自分の心を乱すようなプレッシャーも存在しない。興奮した母国の観客を前に世界ジュニアのスタートラインに立つことよりも、さらにストレスに感じるようなことがあるだろうか？

このレースに勝つことで、スプリンターにとってはどれだけ自信が重要なことか俺は悟った。特に200メートルのような短距離走においては、最高級のメンタルの強さが俺と他のランナーとの違いになって表れた。何事も決断が必要なときには、ネガティブな考えが判断を曇らせることがあってはならないと理解してはいた。もちろん、どのレースでもメンタルの強さは勝利に必要なツールであり、それは俊敏なスタートや、ホームストレートでパワフルな走りをするのと同じくらい重要な要素だった。もしも、ほんのちょっとでも疑念が湧いてしまったら、レースで勝つチャンスはなくなる。100分の1秒の迷いが、レースでの敗因になってしまうのだ。

この勝利は、俺がオリンピックの伝説へと駆け上がる第一歩となった。ナショナル・スタジアムのトラックをウィニングランしながら、真のスーパースターがみなそうであるように、俺はこの瞬間のために生まれてきたアスリートなのだと悟った——大舞台での一瞬のために。オリンピックや世界選手権の舞台で、並の選手は不安になったり、震えたりするものだが、マイケル・ジョンソンやモーリス・グリーン級の世界レベルのスーパースターならば、プレッシャーやストレスに興奮を覚えるものなのだ。二人とも、肉体的、精神的にも高みへと達した。大舞台では、彼らのパフォーマンスが世界を揺らすのだ。

俺はこの大会での経験から、彼らが持っているのと同じようなメンタルの強さを発揮できることが分かった。その意味で、世界ジュニア選手権は俺にとって最初の大舞台であり、ジャマイカの期待に押しつぶされることもなかった。ファンへの感謝を続けている間、精神的にひとつ上の次元に進化していたのだ。俺は世界王者だ。地球の「ライトニング・ボルト」になった。このレースは、人生のベスト・レースになった。おそらく、これからもずっとそうであり続けるだろう。

第5章　駆け足の人生

女性、そしてマリファナの誘惑

俺の世界ジュニア選手権での優勝は大きなニュースであり、金メダルを取った後、モンテゴ・ベイ［訳注：ジャマイカ第二の都市］へ飛行機で飛び、そこからシャーウッド・コンテントまで帰る途中、優勝パレードが待っていた。

優勝パレード！

俺はでかいこと、とてつもなくどでかいことをしでかしたのだ。コクシースの家までの道では、何百人という人が列を成し、俺が乗った車が通り過ぎると、みんなが道を走りながら追いかけてきて、「ボルト！　ボルト！　ボルト！」と口々に叫んでいた。故郷に着くまでの歓迎ぶりは、ナショナル・スタジアムで受けたのと同じくらいクレイジーで、熱狂的なものだった。

俺は信じられなかった。もちろん、俺はジャマイカの人たちが、アスリート、特に陸上の選手に対しては多大な尊敬を払うのは知っていたけれど、優勝パレードまではさすがに想像していいなかった。しかし、俺はある程度予想しておくべきだったかもしれない。俺が時の人であることは間違いなかった。200メートルで勝った後、4×100メートルリレーと4×400メートルリレーの2種目で銀メダルを獲得し、4×100メートルリレーでは39秒15、4×400メートルリレーでは3分4秒06のタイムをマークし、両種目でジャマイカのジュニア記録を更新した。みんな、俺を見ると興奮を隠しきれなかった。

このとき、「名声」とはどんなものなのかを俺はちょっとばかり味見することになる。あるバカげた理由で、俺は最後のレースが終わった後、ジャーメイン・ゴンザレスと一緒に観客席に座ろうと決めた。二人とも女子の4×400メートルリレーを見たかっただけだったが、スタンドはすでに満員で立錐の余地もなかった。進み始めてすぐ、とんでもない間違いをしでかしたことに気づいた。空いている席を見つけようとしていると、誰もが俺と話したがって寄ってくるのだ。本当に「全員」だ。スタンドにいる誰もが、知らない人までもが、「君こそがジャマイカスポーツ界の未来だ！」と言って話しかけてきた。俺はそれまで一度もサインをしたことはなかったが、ものの数分のうちにおそらく何十回、いや何百回もサインをしなければならなかった。分厚い紙切れが何枚も差し出され続け、目が回りそうだった。その観衆の中から脱出するのに2時間も要してしまった。

トレローニーへ帰る朝には、ジャマイカの有名人の一人になってしまったのは明らかだった。自分の顔写真が新聞を飾り、バーではファンが俺について熱く語っている。ラジオやテレビも俺を取り上げるのに一生懸命だった。幸運なことに、俺の頭はこの騒動の渦中でも冷静だった。両親に礼儀正しくするよう教え込まれていたから、優勝パレードの間も小さいとき登校途中にしていたように、みんなに「こんにちは」と言い続けていた――手を振っているだけの方がずっと楽だったのだが。群衆は握手しようとして押し合いへし合いになっていたが、俺は努めて謙虚にふるまった。前に書いたように、父さんはマナーのことになると口やかましかった。もし、パレードの日に俺が公衆の面前で不遜な態度を取ったとしたら、おそらく父さんは俺を永遠に勘当してしまったかもしれない。

学校ではまた違った展開が待っていた。大会の前は、15歳の少年にすぎなかったのだが、戻ったときにはみんなすでに俺のことを知っていた。「ハイ！」と声をかけたことがない生徒たちも、俺のことをすごい、すごいと騒いでいた。みんな、俺のことを見上げていたが、それは背が高いからだけではなく、世界の舞台で成功を収めたことで大物になっていたからだ。それに先生たちの態度も変わった。中には、世界ジュニアで勝つ前と比べて、俺に厳しく当たらなくなる先生もいた。たとえ、テストでの点数がさえなくても、作文が不出来でも、先生たちは大目に見てくれるようになった。

それでも、そうした学校での緩い雰囲気は長くは続かなかった。合格点に満たないテストが多過ぎて、あるとき父さんは点数を聞いてひっくり返っていた。リー校長先生から、もしも学年末テストで成績が上がらないようなら、留年することになると告げられてしまった。それはもう1年、余分に授業料を払わなければいけないことを意味していて、家計を苦しめるものだったから、なんとかして避けなければならなかった。

そこで放課後に家庭教師をつけてもらうことになり、ノーマン・パートという男性を紹介された。パート先生はウィリアム・ニブ高校の卒業生でジャマイカ・カレッジに進学し、当時はモンテゴ・ベイの税務署で働いていて、パートタイムの先生としてすごく評判がよかった。しかも彼は昔８００メートルの選手だったので、学業と陸上競技の両立に関して微妙な部分を理解していた。時間割が決められ、週に二、三度、パート先生に教えてもらえるようになった。二人で協力して、なんとかこの苦しい状況を乗り切ろうと決めた。

それでも、勉強をするにはいささか障害もあった。トレローニーの女の子たちが、地元出身の世界王者とデートしたがっていたのだ。それはとてもクールな発見だった。俺はそのときまで、異性に対してはナイーブなところがあった。田舎者だったし、町外れに住んでいたから、デートの作法について学ぶ必要があったのだが、それはかなりたいへんなことだった。女の子に対して、自分をカッコよく見せる方法なんて誰も教えてくれなかったし、アメリカやヨーロッパのように、どうやったら女の子を口説けるかなんて特集が載っている雑誌もジャマイカにはなかった。もしも、俺がキングストンのような都会に住んでいたら話は違っていただろうが、自分の周りにいる連中から情報を集めるしかなかった。ここコクシースでは、自分なりのやり方でゲームのルールを覚えるしかないのだ。

断っておきたいのだが、ジャマイカでのデートは、ヨーロッパやオーストラリアやアメリカのものとはまったく違っているということを分かってもらいたい。カリブ海諸国では、女の子たちが好ましくないと思っているにもかかわらず、男たちは遊びまくっているのだ！　特にティーンエイジャーの間では、どういうわけかそうしたふるまいが許されている。それはもちろん俺にも当てはまるはずだったが、「ルール」がよく分からなかったので、そんなに遊びまくっていたわけではなかった。チャンプスで会った都会のアスリートたちほど、女の子に対して器用ではなかったのだ。

世界ジュニアの前、俺が女の子と付き合った「記録」は、他の同級生と同じようなものだった――経験不足のひと言に尽きた。中学2年のころには、真剣に付き合っている女の子がいたが、俺が他の子とチャラチャラし始めたら、その子との関係がおっくうに感じられるようになってしまった。驚くことではないが、浮気はすぐばれてしまった。ウィリアム・ニブのような学校に通う少年は、とりわけ「同じ狩猟場」にいる二人の女の子と同時に付き合おうとするなら、隠れる場所なんてないことをすぐさま学ぶのだ。俺は、二人と同時に付き合うためにバランスを取ることなんて絶対に不可能だと思い知り、そんなことをしているとトラブルに巻き込まれるのがオチだと気づいた。軽蔑されたと感じたジャマイカの女性ほど、本当に厄介なものはない。

世界ジュニアの後は、展開が違ってきた。突如として俺は目覚めた。あらゆる新聞に載るようになって地元の有名人になっていたから、女の子たちから近寄ってきたが、俺の方も、彼女たちとの駆け引きを覚え始めていた。ジャマイカ陸上チームの都会で育ったメンバーから女の子を口説くテクニックを学び、連中がどういうスタイルで遊んでいるのか観察していた。すぐに俺もその気になり、うまくデートをする方法を発見した。同じ学校の二人の女の子と会うよりも、別々の学校の女の子たちと遊んだ方が間違いがないということを。最高で同時に三人の女の子と付き合っていたことがあって、そのときは「男の中の男」だ、というような気分になっていた。

女の子と遊び回るだけでなく、他の遊びもけっこう試した。一度だけ「ガンジャ」［訳注：マリファナのこと］を試したことがあった。それは本当に一度だけのことで、試したことをすぐに後悔した。田舎に住んでいたときでも、たくさんの連中がそれを吹かしていたのは確かだが。

これについては弁解しようとは思わないし、自分のことを大目に見るつもりもないが、そういうことが起きてしまった、としか言いようがない。公園で友だちとサッカーをしていると、そこにはいつもマリファナを吹かしている連中が固まっていた。ある日、みんなで回し飲みしていたのを見て、吸ってみたいという誘惑に駆られた。「どれどれ、俺にもよこしてみな」という軽い気持ちだった。そして紙に巻いたマリファナを吹かした途端、それが大嫌いになった。それはひどい代物で、最初の一服で嫌になった。

効果は強烈でめまいを催した。「こんなのやるもんじゃない!」。俺はその場にへたり込み、意識が朦朧《もうろう》としていた。すぐに自分がマリファナに向いていないことを悟った。いずれにせよ、父さんがボブ・マーリーのように俺がふるまっているのを見たら、首を一刺しにしたことだろう。また、吸い過ぎると、怠け者になってしまうことも分かった。俺はもともとのんびり屋だが、吸っている連中を見て気づいたのは、マリファナを吸い過ぎると役立たずになってしまうことだった。レースで勝つ味を覚えてしまっていた自分に必要だったのは、マリファナではなく、やる気を起こさせてくれる刺激だったのだ。

ジャマイカ陸上競技連盟は、将来有望なアスリートとして俺を世界にどんどん送り出した。世界ジュニア選手権からさほど時間をおかずに、陸上競技で最も有望なアスリートに贈られるＩＡＡＦライジングスター賞の授与式に出席するため、ヨーロッパを旅することになった。またた、難しい地理の試験を受けるようなものだった。俺は一人きりでモンテカルロまで行かなければならなかったが、帰国の際、悲劇が待っていた。ロンドンで乗り継ぎ便に遅れてしまったのだ。俺はどうしたらいいのか分からなかった。

最初にしたことは、いちばん近くにいるチェックインカウンターの女性のところへ行き、助けを求めた。

他の便に振り替えてくれないかとお願いしたが、彼女の答えはこうだった。「あら、どうしましょう。たいへん申し訳ありませんが、用意できるシートがないんです……」

「いったい、どうすればいいんだろう?」。俺の目からは涙が出てきた。そんな様子を見て、その女性スタッフはとても親身になって心配してくれた。

「心配は要りません」。彼女は言った。「こうしたことが起きたら、航空会社は一泊分のホテルを用意して、明日朝に出発する最初の便であなたを送り届けますから。問題ありませんよ」

俺はほっとしたが、ホテルの自分の部屋にチェックインすると、とても眠れそうになかった。翌朝の飛行機に乗り遅れるんじゃないかと心配でたまらず、徹夜で待つことにして、膝の上に荷物を置き、なんとかして目を閉じないようにしていた。空港行きのシャトルバスが出発する30分前にはチェックアウトを済ませ、雨に震え、何度も時計を見ながら、ホテルのロビーの外にあるベンチで待っていた。家に帰りたくて、帰りたくて仕方がなかった。

同じようなことが今起きたとしたら、自分ですぐに別の航空券を買ってしまうだろう。パーティに行こうかと思うかもしれない。俺はこう考えるに違いないのだ。「どうってことないさ！ロンドンは出歩くには最高の街だし、2、3日いてもいいな」。しかし、あの日は恐怖におののいていた。俺は16歳の少年で、お金はないし、とんでもなく天気が悪く、食事がひどいイングランドで一文無しになるんじゃないかと気が気ではなかった。

世界はとんでもなく恐ろしい場所ばかりだ……と感じられた。寒さに凍えながら、ベンチに座っていた俺が気づかなかったのは、世界はこれから信じられないくらいどんどん大きくなっていくということだった。

アメリカに行くべきか、ジャマイカに残るべきか？

俺は陸上から離れれば、遊びほうけるのが好きな問題児だった。マクニール・コーチは俺の悪ふざけにイライラしていて、バカなことをしでかすといつも怒った。トラブルをいつも起こしていたわけではないが、俺の最大の問題はどんなことも軽く考え、ジョークにしてしまうことだった。自分の行動によってどんな結果が待っているかあまり深く考えなかったのだ。俺はたいてい、楽しくて仕方がないと頭に浮かんだことをすぐに実行してしまい、それがとんでもないことになってしまってはじめて、「ありゃ、とんでもないことをしでかしたようだな」と気づくのだった。

たとえば、2002年のCARIFTAゲームズの前に、俺はスタジアムに向かうチームをのせたバンから飛び降りた。くそ暑い日なのに、車のエアコンが故障していたので、みんなと一緒に行くのはやめて、友だちの車に乗ることに決めたのだ。問題は、俺が誰も見ていないときに、誰にも言わず、車の後部ドアから勝手に抜け出してしまったことだった。あるコーチが俺がいないことに気づくとパニックになって、すぐさま警察に通報したので大事になってしまった。俺が乗った車がスタジアムのゲートに到着すると、警察に引っ張っていかれ、マクニール・コーチがやって来るまで縁石に座らされていた。

それに俺は400メートルを走るのが大嫌いだったので、そこから逃げられるのなら、どんなことでもした。問題はトレーニングだった。俺はハードなトレーニングに対して嫌気がさしていて、地道なバックグラウンド・トレーニングに対しては気分が悪くなるほどだった。これ以上トレーニングはできないと思い、2003年にカナダのシェルブルックで行われる世界ユース選手権での400メートルは辞退したかった。大会が始まって、俺は400メートル準決勝をサボるために、予選の間に必死でケガをしたふりをしながらゴールラインを切った。ケガの信憑性《しんぴょうせい》を増すために、脚の裏の筋肉が切れたように手で押さえていたのだが、まったく効果がなかった。コーチたちはその猿芝居を見透かして、俺が好むと好まざるとにかかわらず、ルール上も準決勝を走らなければならないと告げてきた。もし、俺が棄権したら200メートルも失格になるという。仕方なく俺は400メートルの準決勝を走り、後ほど行われた200メートルでは大会記録を更新した。

バカなふるまいにもかかわらず、ＣＡＲＩＦＴＡゲームズでは金メダルをかっさらい、パンアメリカン・ジュニア選手権では２００メートルで優勝した。チャンプスで２００メートルと４００メートルの大会記録を破ったときにはすでに、俺は関係者の注目を集める存在となっていた。ファンは俺のことをマイケル・ジョンソンの再来だと言い始めたのだが、数字を見れば誰もが納得だった。ジョンソンが20歳まで到達できなかったタイムを俺は16歳ですでにマークしていた。あるジャマイカの政治家は俺のことを「この島が生んだ史上最高のスプリンター」と呼んだほどだった。アメリカの大学からはたくさんコーチがやって来て、スポーツ奨学金を約束してくれたので、俺はウィリアム・ニブ校を卒業した後に、どの大学に進めばいいのか心配する必要がないことは明らかだった。俺が望むなら、行きたいアメリカの大学を自由に選べることが分かったのだ。

パート先生は、なんとか俺が学校で勉強についていけるように教えてくれた。彼は俺にとって師匠といっていい存在だったが、授業は厳しかった。高校での授業の遅れは相当のものだったから、厳しくせざるを得なかったのだ。週に二度、放課後に勉強を教えてもらっていたが、先生の熱意が功を奏して、俺は5教科でいい点数を取ることができた。そのスコアは大学のスポーツ奨学金を得るための最低ラインをどうにか満たすものだった。

きちんと学校で勉強して点数を取っているジャマイカの選手たちにとって、アメリカの大学の入学システムはまさに授かり物だった。ジュニアのトップスターたちはアメリカの大学からアプローチを受け、陸上競技の能力・結果に応じて奨学金の全額、あるいは助成金の一部を受け取れるのだった。アメリカの施設は、スポーツに関していえば、ジャマイカの高校と同じくらい充実していた。アメリカの大学は、世界のトップアスリート、そしてこれからスターになろうとしている選手が自分の大学のユニフォームを着ることを望んでいた。大学教育に関しては、ジャマイカには同様のシステムも幅広い選択肢もなかったので、カリブ海諸国のアスリートの多くは、海外で飛躍するチャンスに飛びついていた。

ただ、俺にとっては大きなチャンスには思えなかった。それは単純な理由で、母さんにべったりだったので家から離れたくなかったのだ。俺は17歳になろうとしていたが、家から長く離れることなんて、耐えられそうになかった。パート先生は、２００３年のチャンプスの後、アメリカのいくつかの大学から誘いがどんどん入ってきたとき、行くことを勧めてくれた。先生はアメリカに行くことは成長するいい機会になると思っていたが、俺としてはどうも気が進まない人生の選択肢だった。

「先生、なんだかアメリカには行きたくないよ」と俺は言った。

パート先生は理解できず、どうしてそう思うのかと訊ねてきた。

「だって、アメリカは寒いじゃないですか」と俺は答えた。「まず、雪が降るそうですよ。考えられない。それにアメリカに行ってしまったら、俺はママに会えなくなるし」

パート先生は、アメリカにはたくさんすばらしいコーチがいるし、世界最高のトレーニング施設があるということを強調した。アメリカは君を世界のスターに育ててくれるんだよ、と先生は未来について語った。俺は、アメリカの育成法がアスリートにとても厳しく、乱暴な方法も辞さないと聞いていたので、自分のようなのんびり屋には合わないのではないかと心配していた。

当時、奨学金をもらってアメリカの大学に入学したアスリートは、コーチの言いなりになるしかないようだった。コーチなしでは、そもそも教育を受けられなかったのだ。アスリートには大学を喜ばせなければならないというプレッシャーがあり、たくさんのスポーツのスタッフが選手を練習で追い込んでいた。奨学金をもらった選手たちは、毎週末の大会に参加しなければならなかった。ジャマイカの若いスプリンターたちはずば抜けた実力を持っており、大学側はとにかく勝利を求めていたから多大なプレッシャーをかけていたのだ。俺が聞いた話では、ジャマイカ出身の選手たちは、毎週末に、100、200、400メートルに4×100メートルリレー、それから4×400メートルリレーにメドレーリレーまで走らされているらしかった。

もしアメリカに行けば、インドアとアウトドアのシーズン両方で、コーチたちが要求するようなスケジュールで走らざるを得ないと俺は考えた。それはあり得ないことに思えた。俺の肉体は、そんな激しいスケジュールには耐えられそうになかった。きっと故障し、回復なんてできないだろう。俺は栄光を前にして挫折するアスリートにはなりたくなかった。実力がピークの時期にアメリカに行き、夢破れた人間として祖国に戻ってくる一人にはなりたくなかった。そんな結末は選択肢にはなかった。

「パート先生、問題はもしも俺がアメリカに行ったなら、燃え尽きてしまって、みんな俺の名前なんて二度と聞かなくなるということです。ジャマイカに残りたいんです」

パート先生は冷静で、この考えに理解を示してくれた。ジャマイカ・アマチュア陸上連盟も熱烈にバックアップしてくれた。連盟は俺の考えに同調し、アメリカの過酷なスケジュールは、俺の成長を阻害しかねないと考えた。そうして俺は2003年にキングストン・ハイ・パフォーマンス・センターに所属することになったが、そこはキングストンにある国際陸上競技連盟とジャマイカ・アマチュア陸上連盟の施設で、フルタイムの有給コーチが将来有望な選手たちを指導していた。

そこはすばらしい場所だった。国際陸上競技連盟はこのようなセンターを世界中でつくり、陸上の質を世界規模で高めることに力を注いでいた。目的は、ジャマイカのような国で、短距離とハードル、長距離、投てき、跳躍とあらゆる種目での競技水準を上げていくことだった。キングストン工科大学のキャンパスにあるセンターでは、主に短距離とハードルの強化が行われていた。ここはジャマイカにある実家の近くに住みたいと願う俺のようなアスリートにとっては理想的な場所だった。

ハイ・パフォーマンス・センターにとっても俺が入ってくるのは大歓迎だったが、ここに所属するとなると、キングストンで住む家を探さなければならなかった。調整の結果、パート先生はキングストンの税務署に転勤できることになり、俺はキングストンで先生と一緒に住むことになった。これで、母さんや父さんは息子の生活について安心したようだった。このときから、先生がマネージャーとなることも決まった。俺は正式に、プロのアスリートになったのだ。

プロ転向——夢にまで見たパーティ三昧の日々

プロになったら、いろいろなことが変化した。キングストンへ引っ越すことで、俺の世界は一夜にして変わった。すばらしいとしか言いようがなかった。俺は大都会に住むようになった田舎者のティーンエイジャーだったが、突如として、毎晩のようにパーティに行くことができるようになったのだ！　これこそ俺がやりたかったことなんだ！　生まれてはじめて父さんから離れて暮らし始めた俺は遊びまくった。やるべき仕事はあったが、陸上のことはひとまず放っておくことにした。それは大きな変化だった。

シャーウッド・コンテントに住んでいたときは、父さんはパーティに行くことなんぞ到底許してくれなかったので、ずっと家にいなければならなかった。外出の許可が出たとしても、いつも午後10時までに帰ってこい、というようなあり得ない門限が設定されていた。キングストンは、誘惑に満ち満ちた街だった——クラブ、パーティ、そしてケンタッキーフライドチキンやバーガーキングのようなファストフード・チェーンがある。最初パート先生は俺を部屋に置いておきたがった。けれど、先生は父さん並みの「鉄の掟」は持っていなかったので、俺はいつも出かけ、午前様になって帰ってきた。キングストンで、俺のタガは外れたのだ。

俺はクラブで踊るのが大好きだった。街にはアサイラムとクアッドというふたつのクラブがあった。アサイラムはダウンタウンにある店で、いつもにぎやかで、がやがやしていた。そこはキングストンで最大の店で、店の前にはいつも入店を待つ人たちの列ができていた。クアッドはアップタウンにある4階建てのクラブで、それぞれのフロアではヒップホップからレゲエまで違う音楽が流れていたが、とにかくおしゃべりとかではなく、ダンスがすべてのクラブだった。俺はクアッドに入り浸っていた。2、3カ月通ったら、ドアマンたちがただで入れてくれるようになった。それだけ頻繁に通って顔見知りになっていたのだ。2002年の世界ジュニアで俺が成功したことをみんなが覚えてくれていたのは、大助かりだった。ときには、クラブの用心棒が、俺を非常口から店の中に入れてくれることさえあった。非常階段を上がっていき、入り口をノックすると、決まって誰かがただで店の中に入れてくれるのだった。

クアッドこそ、キングストンで最も楽しい店で、俺は大好きだった。ダンスフロアで汗をかき、シャツを脱ぎ捨て無我夢中で踊った。クアッドではダンスバトルが行われていた。みんなはヒップホップ・スタイルで「90年代ロック」を踊っていたが、最も激しいスタイルで踊るダンサーを競う「ヌ・リンガ」と呼ばれるスタイルも人気だった。俺がいちばん好きだったのは「ワイニング」と呼ばれる男と女が密着して踊るダンスだった。まさにそれは「密着」だった。

ジャマイカではヨーロッパのようなスタイルではなく、俺たちは接近して踊る。一緒に、だ。お互い腰をくねらせながら踊る。男は女の背中に手を回して引き寄せ、音楽の中にのめり込んでいく。クラブの中は蒸し暑くて汗をかくが、気に入った女の子と踊れるときなんて、これ以上はないくらいに幸せだった。

これでもまだ話は半分で、3月のカーニバルの季節がやってくると俺の魂は吹っ飛んでしまった。その時期になると説明しようがないくらいそわそわしたものだが、今でもそれは変わらない。パーティは狂乱状態になり、どこを見てもワイニングを踊る男女でいっぱいになるが、普段のクラブとカーニバルのパーティの何が違うかといえば、「ペイント」だ。カーニバルではみんな踊りながら、クラブ全体が色とりどりに埋め尽くされるまで、バケツから絵の具をぶちまける。キングストンで最初にその光景を見たとき、俺は信じられなかった。みんなパーティ・モードになってワイニングし、飲んだくれ、相手に色をこすりつける。これは実際に、セックスと同じようなものだった。

こんな楽しい夜が続くというのに、俺はいったいどうすれば陸上に集中できるというのだろう？

地獄のトレーニングに悲鳴を上げる身体

俺はほとんど酒を飲まなかった。外に出ればギネスの一杯か二杯は飲んだが、ボトルを空にして酔いつぶれるのは俺のスタイルではなかった。それでも、トレーニングをするとなると、いつもすごく疲れていた。それは、クアッドに出かけ、ときにはＤＪが最後のディスクをかけるまで粘っていたのが原因だ。もうひとつは、キングストン・ハイ・パフォーマンス・センターのヘッドコーチであるフィッツ・コールマンという新しい指導者とトレーニングを始めたことに原因がある。

コールマン・コーチの評判は高かった。彼はジャマイカ・オリンピック・チームのコーチとして尊敬されていたし、1992年のオリンピックで110メートルハードルに出場したリチャード・バックナーや、1996年のオリンピックで4×400メートルリレーで銅メダルを獲得したグレッグ・ホートンらを指導してきた。2004年のオリンピックを翌年に控え、俺の才能に見合うコーチだと思われたのだ。ところが、2003年にハイ・パフォーマンス・センターで一緒にトレーニングを始めてみると、俺の身体はダメージを受けた。それまでウィリアム・ニブ高校でのリラックスした感じのトレーニングしか経験していなかったため、センターでの厳しいトレーニングにはついていくだけで精いっぱいだった。俺の肉体は陸上で世界を目指すレベルにはとても到達していないことが分かった。

プロ・アスリートの練習は、決まって厳しいバックグラウンド・トレーニングから始まるが、2004年のシーズンに向けて準備を始めたとき思い知らされたのは、スプリンターの生活は本当に過酷なものだということだ。高校時代、俺はトレーニングなしでやり過ごすことができた。遊びに出かけ、練習をサボっても、俺の素質はずば抜けたものだったから優勝することができた。たいていの時間、俺はトレーニングで300メートルを4、5本走るだけだった。ところがプロのレベルでは、怠ける余裕はどこにもなかった。

シーズンに向けてのプランが出来上がると、俺が最も力を発揮できるのは200メートルだということで、この種目に集中することが決まった。ところが、トレーニングといえば400メートル用の練習をしているとしか思えず、コールマン・コーチは俺に決まって700、600、5

00メートルを走らせた。長い距離を走るのはとにかく苦痛でしかなく、俺の身体は死んだも同然だった。筋肉は悲鳴を上げ、特に背中とハムストリングの痛みがひどく、トレーニング中は今にもピキッといきそうなくらいに張っていた。俺は朝目覚めるのがおっくうと思うようになっていた。なぜなら、練習に行かなければならないと思うからだった。俺は苦しみにもがき、すべてが悪い方向に向かっていた。

俺は正直に不平不満を伝えた。「コーチ、俺はこんなトレーニングできないよ。こんなのおかしい。こういうスタイルには慣れてないんだ」

しかし、コールマン・コーチは聞く耳持たずだった。彼は真面目な男で、静かで落ち着き、いつでも選手たちからの敬意を求めた。彼はまさにボスであり、選手に叫んだり怒鳴ったりしないかわりに、話し合いに応じる余地は残されていなかった。過去に効果があったと証明されているプログラムだからこそ、俺にとっても効果的だとコーチは信じていた。追い詰められた俺は、ウィリアム・ニブ高校時代のコーチたちに話を聞いてもらい、どの方法が俺に最適なのかを見つけてほしいとコールマン・コーチにお願いしてもらった。ノー・チャンスだった。コールマン・コーチは自分の方法を信じていて、俺の不満を聞いてもトレーニングを変えることはしなかった。

俺は、傷ついた。どんなことになっているか、母さんと父さんに訴えたし、パート先生にもコーチのやり方は俺には向いていないと説明したが、誰も話を聞いてはくれなかった。みんな、俺が手を抜いていると思って取り合わなかったのだ。プロなのだからトレーニングが厳しくなったのだし、もしも成功したいと思うのだったら、より激しいトレーニングに挑むべきだと言われた。やってられなかった。

「分かった、分かったよ。でも、俺がケガをしたらどうなる。みんなのせいだよ」と俺は言った。「俺はできないと言ったからね。体の限界を超えてるって！」

父さんは話を聞こうとすらしていなかった。

「ボルト、とにかく、やるんだ」と彼は言った。

俺は練習プログラムが自分の身体を壊し始めているのが分かった。俺は以前、どこにも故障なく走っていたのだが、新しいトレーニングを始めてから背中とハムストリングに痛みを感じるようになっていた。トレーニングは身体に深刻な負荷を与えていたのだ。センターの他の選手たちは、コーチたちと良好な関係を築いていた。みんなは幸せそうだったし、楽しそうにしていたが、なぜかといえばみんな高校時代に激しいトレーニングを経験していたから、センターでのプログラムを楽々とこなせたのだ。俺は速いタイムをたたき出してはいたが、楽にやっている他の連中をうらやんでいた。

そのとき、一人のコーチが俺の視界に入ってきた。グレン・ミルズというコーチのことが気になりだしたのだ。俺は、彼がジャマイカのジュニア・チームで他のスプリンターたちを指導しているのを見ていたが、なかなかの手腕だと感心させられた——彼は、一緒に練習している選手たちの言葉に耳を傾ける人物だった。話を聞いてみると、このミルズ・コーチは、この世界ではトップのコーチだということが分かった。彼はセント・キッツ・ネビス連邦のスプリンター、キム・コリンズを２００３年の世界選手権で金メダルに導いており、ハイ・パフォーマンス・センターの選手たちはみんな彼の実績について知っていた。

まず、ミルズ・コーチは選手としてはたいしたキャリアを築いたわけではなかった。１９６０年代、キングストンにあるキャンパーダウン高校時代、スプリンターになるほどの素質を持っていなかったが、スポーツへの情熱は旺盛だったので、学校の陸上選手の友だちとトレーニングを始めた。彼のコーチング技術は向上し、将来性豊かなコーチとして注目を集めるようになり、ついには学校内でフルタイムのコーチに任命されるまでになった。ミルズ・コーチにとって最初の大きな成功は、１９８４年のオリンピックで、レイモンド・スチュアートを４×１００メートルリレーの銀メダリストに育て上げたときだ。

キャンパーダウン高校の陸上部は、すぐに「スプリント工場」という評判を取ったが、それもコーチの情熱があったからで、彼はトレーニング技術をハーブ・マッキンリーから学んでいた。ミルズ・コーチは、人はどれだけ速く走れるのか、という考えにとりつかれ、メキシコやイギリスのスペシャリストのためのコースに参加したりもした。実際に、彼の業績は大いに認められたので、ジャマイカ陸上連盟はＣＡＲＩＦＴＡゲームズでのナショナルチームに帯同するように依頼した。彼がナショナル・コーチになるにはそれほどの時間を必要とせず、キングストンにある西インド諸島大学内で、スプリント用のトラックとフィールドを持つ「レーサーズ・トラック・クラブ」を自分で運営するようになった。

はじめてミルズ・コーチを見たとき、とてもスプリンターには見えなかった。彼の腹回りはでっぷりと太っていて、絶対にトレーニングウェアは着てこなかった。そのかわり、粋なズボンとシャツでオシャレをして、選手たちのトレーニングを見るのだった。彼は熊みたいな体形で禿《は》げていて、白髪まじりのヒゲをたくわえて、アスリートの魂を見つめているような細い目をしていた。彼が選手の考えを読み取り、その上で選手を追い込むことができる人だと俺にはすぐ分かった。指導しているミルズ・コーチのことを見ていて、彼こそが俺の力を最大限に引き出してくれる人に違いないと感じた。教え子たちが話すと、コーチは耳を傾けていた。

ある日、俺がジムで友だちに自分の練習計画についての文句を聞いてもらっていると、ミルズ・コーチがそばにやってきて、教え子とトレーニングを始めた。

「俺がやっているプログラムはでたらめだ」。俺はデカい声を張り上げた。「こんなの効果がない。もうこれ以上、この方法ではトレーニングしたくない」

ミルズ・コーチは俺の方に近づいてきた。

「コーチ、俺はあなたのプログラムで練習してみたいんですよ」。彼を指差しながら言った。まったく生意気なガキだった。

コーチは俺の全身を眺め回してから、おかしな奴だと思ったのか、顔をしかめた。そして何も言わずにその場を立ち去った。それはこれから何年にもわたって見ることになる表情だった。

第6章　王者の心と、鋼鉄の意志

痛み、そしてケガとの闘い

２００４年のシーズンが始まったが、俺はアテネ・オリンピックのことなんてどうでもよかった。地球上の偉大なチャンピオンたちが集まるギリシャに行けるとは思ってもいなかったし、アトランタ大会でのマイケル・ジョンソンのように金メダルを取れるとも思っていなかった。俺の気持ちは、より大きなことで占められていた。イタリアのグロッセートで開かれる世界ジュニア選手権で、何がなんでも２００メートルのタイトルを死守するつもりでいた。

しかし、そのためにはとんでもない試練を乗り越えなければならなかった。トレーニング計画は10月から2月までびっしり詰め込まれ、スケジュールをこなすので精いっぱいだった。毎日、毎日、毎週、毎週、５００、６００、７００メートル走が果てしなく続いた。もちろん、強くなっていたし、本物の持久力を手に入れつつあったが、そのトレーニングのせいで全身に痛みを感じ始めていた。特に脊椎《せきつい》の周りの痛みは尋常ではなかった。ときには、腰にフォークが突き刺さったように感じることもあったし、ハムストリングはスパゲティみたいにグニャリと曲がってしまったようだった。

もうひとつの心配は、スプリント・トレーニングを十分にこなしていないことだった。200メートルのランナーが自分のフォームを鋭敏にするために必要なものは、短くシャープな飛び出しなのだ。今度の世界ジュニア選手権では、スターティング・ブロックから弾丸のように飛び出したいと思っていたし、それに加えてコーナリングを完璧にするためのトレーニングも必要だった。が、練習時間の多くは、スピードよりもより地味なバックグラウンド・トレーニングにあてられていた。2004年のはじめ、いよいよレースが始まろうという時期になったのに、技術系のトレーニングに移行することができていなかった。経験がないとはいえ、そのことで危ない橋を渡っていることは認識できた。俺の肉体は新しいシーズンで必要とされるスピードの爆発に対応する準備ができていないので、急激なスピードの変化で体が壊れてしまうのではと不安を覚えた。

そんな状態だったのに、俺は4月に行われたCARIFTAゲームズで、19秒93[注1]というタイムをたたき出し、世界ジュニア記録を破ってみんなを驚かせた。ワオ！　タイムを確認したとき、

注1　思い出してほしいのだが、それはオリンピック・イヤーだった。アテネの金メダリスト、ショーン・クロフォードだけがオリンピックの決勝で19秒79というタイムで俺のタイムを上回った。俺はシーズン最初のレースの後、オリンピック・ランキングでトップに躍り出ていたのだ。

なんだかおかしなタイムが出ていると思った。みんなもそう思ったらしい。俺はもともとの記録を0秒14上回り、周りにいる人たちは狂喜乱舞した。母さん、父さん、パート先生、それにもちろん、コールマン・コーチもだ。このパフォーマンスは、キツいトレーニングにブツブツ文句を言う俺を黙らせる確証をみんなに与えたようなものだった。俺はトレーニング計画は成功だったと諭された。プログラムは正しく、俺は明らかに間違っていたのだ、と。

問題は、俺が恐れを感じたということだ。自分の肉体のことは知っていたし、スプリント・トレーニングなくしては、こんなバカげた記録を出せるほどの能力を自分が持っていたとは到底思えなかった。本当に、それはクレイジーなタイムだった。2004年の時点で、ジュニアだけでなくシニアのレベルでも、それだけのタイムで走れる選手はそんなにいないのに、俺はまだ17歳のガキだったのだ。

率直に言って、俺の新しい世界ジュニア記録は、これまでコーチの下で取り組んでいたこととは何も関連性はなかった。俺はその記録を持って生まれた素質だけで破ったのだ。

素質だけでここまでやれるなんて、他の選手だったら喜ぶ話だろう。しかし俺は、CARIFTAゲームズが終わってから面白くない日々を過ごした。トレーニングのプログラムにどこかしら違和感を覚えていて、深刻な痛みもあったのに、いったい誰に不満をぶつけたらいいのか？俺がブツブツ言うといつでもパート先生は、俺のような若いプロ・アスリートは、相当な練習量をこなさなければならないものだと諭した。

「CARIFTAゲームズの走りを見れば、トレーニングが正しかったことが証明されているじゃないか！」と彼は言った。「うまくいってるんだよ！」。だが、俺はその言葉には乗らなかった。

そして、2週間が経ち、俺は練習中にケガをしてしまった。そのときのことは鮮明に記憶している。ケガをする直前にトラックの脇にいたが、ある少年ランナーがグラウンドに倒れ込み、もだえ苦しんでいるのを見ていたからだ。彼は400メートルを走っていて肉離れを起こしたのだが、なんだかおかしなことが起きてしまったと俺は思った。

「おかしいぜ、これは！」と俺は思った。「トレーニング中に、こんなひどいケガをするなんて見たことないぞ」

10分もしないうちに、俺は同じようなひどい状態になり、グラウンドに倒れ込み、自分の脚を抱えていた。トラックを全速力で走る最中、ハムストリングを損傷してしまったのだ。とにかく、とんでもなく痛かった。筋肉は痙攣《けいれん》を起こし、ふくらはぎの後ろ側と膝に鋭い痛みが走った。俺は苦しみ、周りに助けを求めながら、どうにかこうにか練習場から歩いて出たが、怒りがふつふつと湧いてきていた。スケジュールがおかしいと思っていたし、パート先生が痛みを我慢するべきだと言っていたのにも憤っていた。みんなが俺の不満に耳を貸さないことにも腹が立っていた。家に戻ると、すぐに両親に電話をした。二人は狼狽し、父さんは謝ろうとさえしたが、怒りは収まらなかった。

「悪かったなんて言わなくていいよ。俺は父さんにもトレーニングがおかしいと言ったよね」

これで世界ジュニア選手権のタイトルを守ることさえ難しくなった。戦いの場から退場し、打ちのめされ、すべてのことが下り坂を転げ落ちるような感じがした。俺は数週間、休養して回復に努めるように命じられたが、それは最悪の経験だった。それから俺は二度とハムストリングを痛めないように、エクササイズやドリルをこなしながら、断裂した筋肉を強化するトレーニングに取り組んだ。リハビリは何カ月にも及んだ。とにかく、自分の頭の中では、このシーズンに出遅れてしまったと、悲しげな声がこだましていた。俺はずっと不機嫌だった。ときには、自分の体がこのまま回復しないのではないか、と恐れるほどだった。

陸上界には、アスリートがケガをした場合、トレーニング・マニュアルにも載っていない教訓がある。それは、回復（リカバリー）には、自己発見（セルフ・ディスカバリー）がつきものだということだ。肉体を理解するのと同じくらい心理を学ぶことが重要である。痛みを自分でどれほど我慢できるのか、そして忍耐と内面の強さについての解決策はランニング雑誌には載っていない。そのかわり、スプリンターたちは自分で経験を通して学ぶしかない。回復に向かうことで、俺は自分自身のことがよく分かってきた——肉体的なストレスを感じているとき、疑いが頭をもたげてきたのだ。

たとえば単なる筋肉の張りであれ、背中のしつこい痛みであれ、ケガをするということは、身体が問いを発しているということなのだ。それは、「おい、ボルト、こんな状態だけど、弾丸のようにコーナーを回ることができるかい？　それに、スターティング・ブロックからそんなに激しく飛び出しても、体がもつと思うかい？」

世界ジュニア選手権での成功を経験したことで、体調が万全であれば、自分は無敵だと感じることができるようになっていた。それは自分で勝ちたいと思うレースは、絶対に勝てるという感覚だった。たとえ100パーセントの準備ができなかったとしても、スタートラインで俺をひるませることができるアスリートは世界中どこにもいなかったはずだ。しかし、ケガによって俺はその絶対的な自信を失い、ケガから回復し、また走れるように体力が戻っても、ネガティブな考えが頭の中をよぎるようになった。

俺はそうした考えをうっちゃっておいて、体力の回復に焦点を当てようとした。痛みやストレスと付き合いながらトレーニングをしていたが、また違う衝撃が俺をコーナーで待ち受けていた。コーチは俺に世界ジュニア選手権のことは忘れろと言ってきたのだ——準備が間に合わないと考えたのだ。それは失望以外の何ものでもなかった。俺は一年を通してイタリアで走るために気持ちを高めていたし、連覇を成し遂げることは俺にとってとても重要なことだったからだ。キングストンで勝ったことはすばらしい体験だったし、それをもう一度味わいたかったのだ。それに加え、CARIFTAゲームズで記録を出した時点で、どのシニア選手のシーズン・ベストより、俺の方が速かったのだ。

幻の世界選手権

これは陸上での俺の最初の挫折、というわけではなかった。その前の年、2003年にパリで行われた世界選手権——これは本気の戦いの場だ——のジャマイカ代表予選でシニアの選手たちに勝ち、代表権を獲得していた。俺はまだ16歳で経験が不足していたが、それでも世界ユースで勝ち、世界ジュニア選手権を制覇して、実績のある世界のランナーたちと対等に戦えるようになっていた。自分としては「そうだ。もう最高レベルのステージで自分の力を試してもいいかもしれない……」と考え始めていた。

その考えは決してバカげたものではなかった——はじめて本当のプロと一緒に真剣勝負をする場で、さすがに勝てるとは少しも思ってはいなかったが、もしも自己ベストを出せれば、決勝に進むチャンスはあると考えていた。ところが、世界選手権が迫ってくると、俺はジャマイカで「ピンクの目」と呼ばれている結膜炎にかかってしまった。俺は静養を余儀なくされ、トレーニングは中断した。そしてジャマイカ陸上競技連盟は、経験が不足しているだけでなく、適切な準備もできていない状態だから、世界選手権には参加させないという決定を下した。それなのに、俺は大舞台の経験を積むためということで、パリまで連れていかれた。レースに出られないのに。俺は打ちのめされた。

2004年、イタリアのグロッセートで行われる世界ジュニア選手権に出られないのは、さらに悪い事態だった。俺はアンドリュー・ハウという口の減らない200メートルランナーを料理してやろうと思っていたからだ（後にハウは走り幅跳びに専念するようになって、最終的に2006年のヨーロッパ選手権で優勝するまでになった）。このハウという男は、世界ジュニアに向けてそのビッグ・マウスぶりを発揮し、地元イタリアで開催される大会で、俺を負かすつもりだと大口をたたいていた。俺は頭にきたし、尊敬を欠いた態度に閉口した。そして、ケガがあろうとなかろうと、彼をトラックで軽くやっつけてやろうと考えていた。200メートルで負かすことは、あだこうだ言っている奴を黙らせるには最高の方法に思えた。

ああ、それなのに！　俺のどうしようもないハムストリングが、ちょっとしたお楽しみを台無しにしてしまった。コーチがレースの登録を取り消すと、俺は怒りを覚え、グロッセートでの世界ジュニア選手権が開幕してから、その報道を見るたびに俺の気持ちはより落ち込んでいった。ハウは20秒28という平凡なタイムで200メートルを制していた。それは彼の自己ベストだったが、その後、その記録を更新することはなかった。俺は眠ったままでも20秒28を出すことができたはずだ。それなのに、あいつはトラックの横でまだ大口をたたき続けた。

「ウサインがこの場所にいてほしかった」とハウはほざいた。「彼と戦って勝ちたかった……」

「なんてことだ！」。このコメントを目にして俺は思った。「奴は20秒28しか出してないのに、まだこんなことをほざいている！　勘弁してくれ」

ハウの生意気な言動はとどまるところを知らなかった。2007年に大阪で世界選手権が開かれたときに、走り幅跳びに出場した彼は、同じような騒々しい芝居を演じた。この走り幅跳びは接戦になった。5回の試技が終わって、金メダルはハウと、翌年の北京オリンピックでパナマにとって初の金メダルを獲得することになるアービング・サラディーノの間で争われることになった。大阪にいた誰もが、サラディーノが勝者にふさわしい実力を持っていることを知っていたが、ハウが最初に跳び、6回目のジャンプでイタリア新記録を出してトップに立った。彼は興奮して大騒ぎをはじめた。まず、叫び、ランニングシャツを引っ張って、胸を叩いた。観客席の方に向かって走りまた叫んだ。スタンドにいたハウの母親まで一緒になって騒ぎだす始末だった。

俺はそのシーンを見て、「マジかよ？　どうなってんだ、コイツは？」と思った。「落ち着けって」

それから、とんでもなく面白いことが起きた。ハウがバカみたいに喜んでいるのに、サラディーノはウェアを脱ぎ、何事もなかったかのようにトラックに歩を進めた。彼が試技に向かうときはいつでも、急いで走っていくようなことは絶対にない。このパナマ人はいつもゆっくり、スムーズにスタートラインにつくのだった。彼の大阪での最後のジャンプはいつもと同じように淡々としたもので、その日ベストの記録をたたき出した。結局、10センチもの大差をつけたサラディーノが勝利し、ハウの金メダルの夢は見事打ち砕かれたのだ。観客は興奮していたが、サラディーノは落ち着いたものだった。彼は飛び跳ねたりしなかったし、シャツを脱いだりするような行儀の悪い真似はしなかった。そのかわり、彼は肩についた砂を払い、淡々と歩み去ったのだった。

そのふるまいはハウに対して「落ち着きたまえ。俺こそが、勝利者だ」という静かで強烈なメッセージを発していた。

それは、世界選手権のような大舞台で見た最高のシーンのひとつだ。俺は自分だったら同じようなふるまいはできないと思って、なんだか悲しい気がした。

「脊椎側彎症」の宣告

2004年の夏は、あまり楽しいものではなかった。背中とハムストリングの具合が思わしくなかったが、俺が好むと好まざるとにかかわらず、アテネ・オリンピックに向かうのは決定事項だった。本当にオリンピックに行くことが楽しみでもなんでもなかったのだ。完璧な準備をした状態でなければ、大会に出ても楽しいわけがなかった。もちろん、オリンピックは陸上に取り組むどの選手にとっても最高峰の戦いのはずだが、俺は準備不足だったし、世界ジュニア選手権を走れなかった失望感をぬぐい去ることができないでいた。シーズンに入ってからほとんど走っておらず、体力不足は深刻な問題だった。

俺のプロ・アスリートとしての最初のシーズンは、その時点では始まっていないも同然だった。2004年のヨーロッパでの大会のほとんどをケガで欠場したし、このシーズンをスタートするにあたって、計画していたいくつかのレースもキャンセルしてしまっていた。ギリシャに行くのは、やっかいこの上ないことだったのだ。

俺がなぜ背中と脚の痛みで苦しんでいるのか原因を突き止められなかったのでコールマン・コーチは心配し、ドイツの専門医でかつてテニスのボリス・ベッカーの背中のケガや、サッカーのバイエルン・ミュンヘンの選手の治療に当たってきたハンス・ミュラー＝ヴォールファート医師の診察の予約を取った。この医師は天才という評判で、俺は全面的なメディカル・チェックを受けるためにミュンヘンに飛んだ。

ミュラー＝ヴォールファート先生についての噂は、すべて本当だった。ドイツに着くと、彼が並の専門医でないことはすぐに分かった。ベッドに横たわると、脊椎の突起や溝を先生の指がなぞり、それからハムストリングへと移っていった。ちらっと先生の表情をのぞき見ると、彼は目を閉じていた。先生は脚や背中の痛みについて俺に訊ねたり、触診して痛みを訴えるのを聞くのではなく、ケガに触れ、感じ取ろうとしていたのだ。診察室には緊迫感が漂っていた。それから先生は俺の脚を手に取り、足首をぐるぐると回したが、そのとき看護師が反対側の部屋から何か話しかけてきた。先生の目はパッと見開かれた。彼は本気で怒っていた。

「静かに！」と彼は叫び、ドイツ語で何かつぶやいた。俺には先生がなんと言ったのかは分からなかったが、それが彼女に対する称賛の言葉でないことは分かった。その看護師は、戸惑っていた。

その後、レントゲンを撮って検査を終えた。ミュラー＝ヴォールファート先生は俺の脊椎の写真を掲げた――ああ、無情なことに、先生の見立ては最悪のものだった。

「ミスター・ボルト、あなたは脊椎側彎症《せきついそくわんしょう》だ」と彼は言った。

「それはいったいなんなんだ!?」と俺は思った。それまで、そんな単語は一度たりとも聞いたことがなかったからだ。

「基本的に脊椎が曲がっていることだが、珍しい症例ではない」と言ってから、先生は話を続け、その表情はとても真剣になった。「大部分の人たちにとっては、この機能不全は適切な理学療法によって治療は可能だが、私が懸念しているのはあなたの場合は深刻なケースだということです。あなたの彎曲の度合いはかなり深刻です」

先生はこの症例が患者によっていろいろな状態があると説明してくれて、俺の場合は年齢を重ねるにつれて悪化するだろうという見立てだった。本当に深刻な症例では、肺の機能を阻害し、心臓に負担をかけるだけでなく、神経系を圧迫することさえあるという。俺の場合は、脊椎が曲がっていることで、右脚にゆがみが出ていて、左脚よりもおよそ1、2センチ短くなっていた。

俺が経験した背中の痛みは、脊椎側彎症の初期症状だった。それに加えて、ハムストリングのケガや、脚の不快感が続くのはこれが原因だった。なぜこうしたことが起きたかというと、俺の肉体は練習中に背骨にあるS字の彎曲を矯正しようとし過ぎて、あらゆる方法で筋肉を引っ張っていたのだ。特にコーナーを走るときに右脚よりも左脚に体重がかかる200メートルが背骨にいいわけがなく、特に角度がキツい内側のレーンを走るときには、余分に負担をかけることになっていた。

俺の頭の中はグルグル回っていた。まず、頭に浮かんだことは診断結果が信じられないということだった。自分が経験してきたケガは、背中の問題ではなくて、厳しいトレーニングのせいだと自分に言い聞かせていたところがあった。おそらく、真実から自分を守ろうとしていたのだと思う。実際には、今後長い期間にわたって脊椎の問題に取り組まざるを得ない現実を直視するよりも、これまでのトレーニングのことを責める方がはるかに簡単なことだと考えていたのだ。

「しょうがない」と俺は気を取り直した。「昔はなんともなかったんだ。しっかりとしたトレーニングを積めば、問題はなくなる」

俺は深刻に考えないようにした。ストレスはなんの助けにもならない。それに、俺がいち早くトラックに復帰しようと望むならば、先生にはやるべきことがあった。筋肉の痛みを和らげるために理学療法が施されることになった。別の治療には、ホメオパシー（同毒療法）も含まれていた。先生のところで診てもらったアスリートたちから、子牛の血を注射するのが一般的な治療法だと聞いて、怖くなったりもした。もちろん、俺の背中に処方されたのはすべて規則に慎重に従ったもので、疑わしいものは何も注射されていない。ミュラー＝ヴォールファート先生の注射によって、脊椎の圧迫感、そして痛みはなくなったのだった。

このような診断結果が出たにもかかわらず、関係者は俺がアテネ・オリンピックに出場すべきだと考えていた。その年の２００メートルでいちばん速いタイム（世界ランキングも1位だった）を持っているという事実があるので、俺はオリンピックの国内選考会を走る必要がなかった。ジャマイカ・チームでは２００メートルのトップ二人は自動的に代表権を得ることが通例だったからだ。代表の3枠目が選考会で争われるわけだが、選考会で3位になった選手よりも、ケガをしていた俺の方がランクが高かった。１００メートルのスプリンター、アサファ・パウエルたちと一緒に代表入りすることが明らかになると、ケガによるプレッシャーがまるで何トンものブロックのように俺にのしかかってきた。誰もが俺のことをセンセーショナルに取り上げていたが、一人としてケガのことを心配しているように見えなかった。ファンは俺のことをスターだと見なしていて、特に２００２年の世界ジュニア選手権での成功の後はその傾向が強まっていた。メディアの人間は「ウサインはCARIFTAゲームズでシニアの選手たちを負かし、ユースレベルでこれだけの成功を収めた。彼は偉大な選手になる宿命にある」と書き立てていた。

しかし、俺はこのとき、不安に押しつぶされそうになっていた。「俺は万全の状態ではない。どうやったら自分のベストを尽くせるというのだろう?」

俺の頭は混乱していた。ジャマイカの人たちは陸上が好きで好きでたまらないから、俺はみんなに喜んでもらえるような結果を残したい。みんなをがっかりさせたくもない。ちょうどキングストンで行われた世界ジュニアの直前のように、自分の実力への疑念と疑問が湧いてきた。今回、俺は期待や観衆を恐れる必要はなかった。しかし、レベルの高い環境で、自分の体がどういう反応を見せるのか、それが心配でならなかった。

アテネ・オリンピックでの惨敗、そしてバッシング

ギリシャにジャマイカ・チームが到着するまでに、俺は理学療法とドクターのおかげで、十分にケガから回復していたし、自分でもいくらか楽観的になってきてはいたが、100パーセントの状態とはとても言いがたかった。家にメダルを持ち帰れるなんてことはこれっぽっちも思っていなかったが、決勝に残れるチャンスはほんの少しだけあると考えていた。そうなれば偉業と言っていいだろう。なぜなら、オリンピックの200メートルでは多くのトップランナーが競う予定になっていたからだ。アメリカからはショーン・クロフォード、ジャスティン・ガトリンとバ

ーナード・ウィリアムズが代表で、それに加えて１９９２年のバルセロナ大会と、１９９６年のアトランタ大会の銀メダリスト、ナミビア代表のフランキー・フレデリクスも名を連ねていた。こうした有名な選手たちと一緒にオリンピックの決勝で走るだけでも、大きな財産になるはずだった。

アテネに入ってから、体力系と技術系のトレーニングをこなしていたが、俺のフィットネス・レベルは十分に回復しているとは言えなかった。体力がついてくると、いつも小さな故障が発生して、後戻りしてしまうのだった。[注2] １次予選の２、３日前の練習では、他のスプリンターが俺のレーンに入り込んできて、衝突を避けようとして素早くよけたら、足首をひねってしまった。この突然の無理な動きによって、アキレス腱を痛めてしまい、またも予定が狂ってしまった。どうやっても俺は予選を１００パーセントの力で走ることはできそうにもなく、出場さえも危ぶまれた。ようやくこの痛みでもなんとか走れると決心がついたのは、レースの前の晩のことだった。

しかし、１次予選が行われる日にすべてが崩れ落ちた。オリンピック・スタジアムには容赦なく太陽が照りつけ、とにかく暑かった。ジャマイカ出身の俺が言うのだから相当な暑さということは想像できるだろう。俺は気力がなくなっていった。観客席は半分しか埋まらないし、歓声も拍手も起きないありさまだった——そこには世界ジュニアで経験したような心理的に盛り上げてくれるような要素が一切なかった。俺はスタートラインで気持ちを落ち着け、１着か２着でゴールして２次予選に進もうと目論んでいたのだが、号砲がバンッ！と鳴ると、スピードになかなか乗れなかった。

「ああ、神様」。俺は最初の数歩を進めたときに思った。「これはしんどいレースになるぞ」

俺の脚は重く、一歩一歩を前に運ぼうにもどうにもならなかった。俺にはエネルギーがなく、強さはどこかに消え去っていた。コーナーを出た時点でまだ先頭グループに食らいついていたが、わずかに先行していたランナーたちは、よりパワーがあった。俺は懸命になって、先頭グループから離されまいと、脚を前に前にと進めようとあがいたのだが、アッという間に引き離されてしまった。俺は力を使い果たしていた。

俺は4着でゴールラインに到達しようと考えていた。おそらく次のラウンドに進むにはそれで十分だった。「次から立て直せばいいや」と考えていた。

ところが、俺の隣のレーンで追いかけてきたランナーがどんどん差を詰めてきた。その選手は、俺よりも4着になりたかったのだ。彼の荒い息づかいと、トラックを踏みしめるスパイクの音が俺の耳に届いていた。俺がゴール地点で横を見ると、その選手はあごを突き出し、胸の静脈がくっきりと浮き上がり、まるで破裂しそうになっていた。普段通り、もしも俺が完璧な状態だったとしたら、俺はその選手の視界から消えていたはずだったのだ。そうなると、またもや疑念が浮かび始めた。

「俺はこの場所に来るべきじゃなかったんだ……」

注2　アテネ・オリンピックの金メダルを獲得するためには、選手は4回のレースを走る必要があった。1次予選、2次予選、準決勝に決勝である。

「あのクソッタレのケガさえなければ……」

「トレーニング・プログラムがきつ過ぎて、100パーセントの状態になれなかったんだ……」

こんな状態では、予選を通過したって意味がないと思った。真面目な話、予選を通過したからって、何が待っているというんだ？　ほんのわずかの瞬間のことだったが、俺の力は消え去り、たとえ一日休んだとしても俺は2次予選では絶対にビリになるという結論に達した。それまで勝つために走ってきたのに、決勝に進むチャンスがこれっぽっちもないことが分かってやる気が失せてしまった。これ以上、もう走りたくなかった。アテネは俺にとってストレスでしかなかったし、隣で必死になって走っていた選手に、次のラウンドに進む権利を譲ろうと決心した。

「よお、ブラザー、受け取りな」。心の中でつぶやいた。「2次予選はおまえのものだ」

5位でゴールラインを通過すると、安堵した気持ちになった。アテネでの仕事は終わり、大会から去ればプレッシャーは消え去るだろうと考えた。だが、俺はジャマイカのファンのことをもっとよく理解しておくべきだった。予選を通過できず失敗したことが伝わると、みんなが怒りだした。俺がシーズンを通してケガと戦ってきたことは触れられもしなかった。全国紙の見出しには否定的な言葉が並んだ。メディアは俺が完璧な状態でなかったのに、なぜアテネに向かったのか、真相を知りたがった。ファンたちは、CARIFTAゲームズでの世界ジュニア記録を樹立したスプリンターは幻にしかすぎなかったのかと、首をひねっていた。

2、3週間して俺がキングストンに帰国すると、俺に関する様々な意見が周りを飛び交った。俺は「ベイビー」と呼ばれ、パリの世界選手権で結膜炎のために走れなかったのは、大きな大会でのプレッシャーに押しつぶされている徴候だとみなし、アテネはその証明のようなものだったというのだ。オリンピック・スタジアムで行われた予選で、十字架[注3]にはりつけにされたキリスト像をつけていたことさえ批判された。それは母さんからのプレゼントだったが、十字架が大きすぎて、走るたびに胸の上で跳ねてしまうので、俺はそれを歯で噛みながら走った。ある新聞では、そのネックレスを批判する記事が掲載された。

　ファンとメディアが俺のケガの問題や、首のネックレスに言及しないときには、今度はよってたかって俺のライフスタイルを批判し始めた。ファンやメディアは俺が怠け者だと断じ、パーティ好きの人間だとわめき始めた。新聞記者は、俺がキングストンのケンタッキーフライドチキンやバーガーキングで食事をしているのを目撃していたが、どうやらそれが彼らを苛立たせたようだった。もしも、俺がクアッドに一、二度顔を出した程度だったとしても、レポーターは毎日入り浸っていると書き立てたに違いない。俺は他のアスリートがそこで遊んでいたことも知っていたが、誰も連中のことについては書かず、無視していた。俺はいくつかのパーティにある男性選手と出かけたのだが、二人で一緒にいるところを写真に撮られても、恐ろしいことに、ジャマイカ・メディアは俺だけをののしり、誰ももう一人の選手のことは責めなかった。どう考えても、

注3　みんな、家族がどんなものか分かってほしい。もしも俺がそれを付けていなかったとしたら、母さんは俺に電話をかけてきて、「VJ、どうしてネックレスをしてないんだい?」と言ってくるに決まっていた。ここまで書いてきたように、俺は母さんっ子だった。彼女がハッピーになるためならなんでもやっていた。

これはクレイジーだった。

思うに、ファンやメディアはある面では正しい。俺はジャンクフードを食べるのがとても好きだったし、今も昔もパーティに行くのが大好きだ。ときには平日休みなしでトレーニングしてから、週末の48時間のうちに遊びまくって、たった一度しか食事の時間を取らなかったこともある。そのときは金曜夜のクラブを皮切りに、夜通しで踊りまくり、いちゃいちゃしながら、おしゃべりをし続けた。それから土曜日の昼頃にようやく目を覚まして、それから何時間もビデオゲームで遊び、日が暮れて、腹が減ってグウグウいうまで続ける。そのときになってやっと俺は、弟のサディキと連れ立ってニュー・キングストンまでチキンとハンバーガーを食べに行く。こうして週末の大半、ダンスとゲームで48時間を過ごすうち、食事をするのはたった1回のファストフードだけなのだ。これでよく生きていたものだ。

よく考えてみたら、2004年のシーズンが終わるころに、俺はようやく18歳になったばかりだった。俺はまだまだ未熟で、いろいろなことを学ぶ途中の段階にあり、誰も俺の中で増殖する痛みのことを理解してはくれなかった。ジャマイカのファンは、俺のことをまったく分かっておらず、俺が練習と遊びのバランスを取りながら楽しんでいることに理解を示さなかった。みんなにとって、俺は堕《お》ちた偶像で、才能をムダにしたアスリートにしかすぎなかった。彼らが好きなことを言う権利はたしかにある。それでも、俺は自分が大丈夫だと自覚していた。最大の問題は、肉体的にも精神的にも、トレーニングがハード過ぎるということだった。

理想のコーチとの出会い

アテネ・オリンピックは俺に決断を促した。グレン・ミルズ・コーチのもとに行くときが来たのだ。コールマン・コーチ好みのトレーニングを続けることで、俺は疲れ切ってしまっていた。もちろん、彼はすばらしいハードルのコーチだったし、多くのアスリートが彼のもとで成功してきたが、彼の方法論はアスリートとしての俺にも、人間としての俺にも合わなかった。どれだけ彼ががんばっても、俺たちは相性が悪かったのだ――そうなったのは彼のせいではないし、陸上ではよくある話にすぎなかった。

思うに、多くの人が陸上について理解していないことで、とても重要なことは、コーチとアスリートの関係というのは、サッカーの監督と選手の関係と同じくらい大切だということだ。たとえば、マンチェスター・ユナイテッドの監督だったアレックス・ファーガソンは選手の心理を理解して大成功していたが、陸上のコーチはトレーニング・キャンプで各々のアスリートがどんな人間なのか、理解を深める必要がある。スプリンターの中にはハードなトレーニングに応えて結果を出す者もいるだろうが、トレーニングを軽めにしかできない選手もいるので、ふたつのグループの選手たちを一緒にトレーニングさせるのは得策ではない。タフなメニューをこなせない選手はすぐに疲れ切ってしまうし、そうした選手たちは俺の身に起きたように、身体的に耐えられる選手たちよりも、早くトラブルが出てくる。コールマン・コーチは俺がどんなタイプのスプリンターなのか分析しきれなかった。彼には、俺がどうやったらやる気になるのか、最後まで分からなかった。彼は他のアスリートたちと同じプログラムで俺をハードに追い込んだが、それは結果的に高い代償を払うことになった。

まさにこの点こそ、偉大なコーチと普通のコーチを分けるものなのだ。偉大なコーチはどうやったら友情を育むことができるのか、アスリートに対して師はどういう立場を取るべきなのか、いかに導くべきかを理解しているのだ。彼らは聞く耳を持っている。彼らはトラックの外でのあらゆる複雑な状況、たとえばケガや個人的なトラブルや、ストレスに対処する術《すべ》を知っている。ミルズ・コーチはそのうちの一人だった。オリンピックの期間中、俺は彼がスプリンターとどんなトレーニングをしているのか、近くで観察していた。彼はいつもアスリート個人が必要とするものや個々人の資質を気にかけていた。これこそが、俺が望むような関係性だった。

コールマン・コーチのプログラムは過去においてはたしかに有効だったようだが、俺が背中やハムストリングの痛みをどんなに訴えても、彼はトレーニングの中身を変えようとしなかった。その結果、アテネでは悲惨な結果が待っていた。そんなことを考えてから、パート先生にコールマン・コーチのもとを去ることを告げた。これは面倒な状況だったが、俺が彼を雇ったわけではなかったし、それを伝えるのは俺の仕事でもなかった。彼がそのことをどう受け入れたかは分からなかったし、訊ねもしなかった。しかし、その後ハイ・パフォーマンス・センターでコールマン・コーチと会ったときには、少し気まずかった。それからほどなくして、ミルズ・コーチは俺と一緒に仕事をすることに同意してくれた。

それから、どれだけ環境が変わったと思うだろうか？　一瞬にしてすべてが変わった。ミルズ・コーチはキングストンの俺の家に定期的にやってきて、俺のメンタリティや集中力について見極めようとした。彼は俺が高校時代にどんなトレーニングをしていたのか、そしてコールマン・コーチのもとでのトレーニング・プログラムで何が起きていたか知ろうとした。そこには会話があり、俺は彼のスタイルが気に入った。コーチはとても友好的だったし、スマートでオープンだった。俺が話すとき、コーチは耳を傾け、それから彼は説明すべきすべてのことを、ゆっくりとちょっと間延びしたような感じで話した。コーチはポイントを強調するときには、普通は使わない言葉を使った。たとえば、俺の脳は「ヘッドクォーター」と呼ばれた（「おまえは俺が話していることを、ヘッドクォーターに入れなきゃいけないんだぞ、ボルト」）。コーチは俺のキャリアについてのしっかりとしたプランを持っていた。ミルズ・コーチはすべての言葉を理解することを求めた。

「ボルト、おまえが持っている才能には際限がない」と彼は言った。「だが、私たちはトレーニングをゆっくりと進め、3年のうちにおまえは誰とでも戦える準備が整う……」

その言葉は、その後俺が衝撃を受けるいくつかの言葉のうち、最初のものだった。

「えっ、ちょっと待ってください、コーチ。3年ですか？」と俺は問いかけ、「それって2007年とか、2008年までかかるってことじゃないですか！　どういう意味ですか？」

俺は動きたくてうずうずしていたし、とっととトレーニングを始めたかった。俺はケガのためにすでにオリンピックを、そして結膜炎のために世界選手権をふいにしていた。すぐにでも戦いの場に戻る必要があった。それでもコーチは断固として考えを変えるつもりはなかったし、次のオリンピックのシーズンまでに完璧な準備をするためには、今こそ我慢強くトレーニングをする必要があるのだと説明した。もしも俺が急いでトレーニング・プログラムをこなそうとしたり、必要なことをはしょったりすれば、再び深刻な筋肉のケガに見舞われるだろうと見通していた。

コーチの直感としては、ずっとハードな練習をこなしてきたせいで、俺の身体は変調を来しているようだった。この脊椎側彎症は大きな試練で、ひっきりなしにハムストリングの故障や小さなケガが起きるので、コーチは頭を悩ました。しかし、ここでも彼は粘り強かった。コーチはこの状況をなんとか打開すると約束し、ミュラー＝ヴォールファート先生からもらった医学的な診断をもう一度集めて吟味した。コーチは彼の診断は治療の始まりにしかすぎない、と話した。彼は解決策をなんとか模索しようとして、脊椎側彎症についてのレポートを集めて調べてみると約束してくれた。2、3週間後に我々がトレーニングに戻ると、コーチは最高の治療法を求めて何人かの専門家のアドバイスをもらっていた。コーチは俺の背骨を強化するための様々な理学療法を一生懸命勉強してくれた。

「おまえはこの状態と付き合っていかなければならないんだ、ボルト」。彼は膨大な調査をふまえ、俺に話した。「おまえの場合は背筋と腹筋が弱いから、それが臀部《でんぶ》に影響を及ぼしているんだ。背骨が曲がったまま走ったら、臀部がハムストリングを引っ張り、結果的に張りや肉離れを引き起こす。だが、おまえが背筋と腹筋を筋力トレーニングで鍛えれば、いろいろな不具合をカバーしてくれるようになる」

俺はスプリンターとしてジムでの筋トレには慣れてきていた。コールマン・コーチとのトレーニングでは、腰回りの筋肉、腹筋などのコア・マッスルやハムストリング、大腿四頭筋を鍛えるためのウェイト・トレーニングをこなしていたし、脚と足首の関節も鍛えていた。こうしたトレーニングは、200メートルのレースで爆発的なパワーを発揮したい俺にとって、非常に重要な武器だった。ジムでの筋トレはトレーニングの重要な要素に変わりはないが、ミルズ・コーチはそれに加えて背筋と腹筋に特化したプログラムを考案した。コーチは、俺が世界レベルの大会で勝つために必要な体力を養うには、毎日、少なくとも1時間は、とんでもない量の筋トレをこなさなければならないと考えていた。

腹筋運動をはじめとしてあらゆる種類の体幹トレーニング、ストレッチ。とにかく、最初、紙に書かれたコーチのトレーニング・プログラムを見たときは、めまいを感じたほどだ。そのトレーニングは密度が濃かった。それぞれのトレーニングは、体幹を強化し、筋肉を強くしてパワーを増加させることで、脊椎をサポートすることを意図されていたのは分かったが、それでも俺はブツブツと文句を言っていた。率直に言って、俺は余計なトレーニングをするのが大嫌いだった。俺はエクササイズを家でやっていたのだが、コーチは俺が怠け者だという評判を知っていたので、トレーニングの進捗状況をつぶさに観察し始めた。毎晩、コーチは一生懸命やっているかをチェックしにきたが、そうなると、俺はイライラした。俺はトラックでの練習で疲れ果てて、とにかくベッドにもぐり込みたいか、ビデオゲームをやりたくて仕方がなかったのだが、コーチは自分が立てた計画に俺がしっかりついてきているか確認していたのだ。

病院にも頻繁に通うようになり、背中の痛みを和らげる注射を打ってもらった。自宅にマッサージの先生を呼び、毎レースの前後だけでなく、すべてのトレーニングの前後に治療してもらった。それから俺は、キングストン郊外の西インド諸島大学にあるコーチの運営するクラブ、レーサーズ・トラック・クラブに移籍した。どのレースや練習の前でも、背中と体幹筋肉にマッサージ用のテーブル上で理学療法が施された。ハムストリング、臀部の筋肉、ふくらはぎの筋肉の柔軟性も高められた。力が加わることで裂けてしまわないように、すべての筋肉が温められた。

それは俺にとってすべて新しい世界で、しかもコーチはそばにずっといてくれた。彼は俺の性格を熟知していて、愛情とコミュニケーションを求めていることを知っていたからだ。どんなときでも俺がストレスを感じたり、ケガのことで不機嫌になったりすると、一緒に乗り越えてくれた。何度か、俺がイライラしながらトラックに顔を出すことがあった。そんなとき、俺は無口になる。翌朝になると、コーチが家にやってきて、おしゃべりをしていった。

「ボルト、今度は何が問題なんだ？」

俺は肩をすくめながら、「なんでもないよ、コーチ」と答えた。

「またまた、そんなことを言うんじゃない、ウサイン。いったい、何が起きたっていうんだ」

そこからまたしつこく質問されて、状況を説明することになる。トレーニングのことや、しつこい痛みについて、どれだけ俺が消耗しているのかについて話したりすると、コーチはいつも理にかなった答えを用意してくれたが、この駆け引きにおいてコーチはいつも上手だった。たいていの場合、話し合った後、俺はもっとトレーニングをすることになってしまっていた――より、ハードに。

時々、俺はコーチが父親のように思えることさえあった。父親は息子に問題点を指摘しなければならないこともある。父親は事の重大さを分からせるため何度も何度も同じことを説教するものだが、それが始まると、子どもはよく「ああ、勘弁してよ！」と願うものだ。コーチはそんな父親で、俺は子どもだった。俺はジュニアの世界記録を樹立していたし、オリンピックでも走っていたが、そもそも自分の能力についてよく理解していなかった。客観的に見ることができなかったからだ。しかし、コーチは明確な回答を用意していた。彼には、俺がもし前進したいのなら、もっと努力するべきだということが分かっていたのだ。

コーチはトレーニングを好きになるように励ましてくれた。一緒に頂点を目指し始めた最初の年に、成功への強い気持ちを持ってほしかったのだ。俺がキングストンで夜な夜なパーティに出歩いていると聞けば、なぜ俺が今の時期に一生懸命にトレーニングを積まなければいけないのか、懇切丁寧に話してくれた。コーチにとっては、俺が遊びほうけているのを見てフラストレーションがたまって仕方がなかったと思うが、コーチは俺をののしったり、大声で叱ったりはしなかった。

我々は一度も言い争いをしなかった。そのかわり、彼はコーチとしてどのような経験をしてきたか話してくれた。これまでどんな指導をしてきたのか、彼のもとで成功を収めた選手たちのことを教えてくれた。俺はコーチがたくさんの知識を持っていることが分かっていたからいつも耳を傾けた。おそらく、マイクロソフトのビル・ゲイツや、ヴァージン・アトランティック航空の創業者であるリチャード・ブランソンが会社を立ち上げたころに開いた会議の回数よりも、俺たちが二人で重ねたミーティングの数の方が多かっただろう。振り返ってみれば、それはすばらしいパートナーシップの始まりだった。

最下位になり発見した「王者の心」

2005年に入り、俺は調子を上げ始めた。6月にはニューヨークでのグランプリ・レースで勝ち、キングストンで行われたジャマイカ選手権も制した。翌月には中米選手権と、ナッソーで行われたカリブ海選手権でも1着になった。ロンドンでのレースでは、200メートルを19秒99で走破した。そうした記録によって俺のランキングはうなぎ上りで、陸上界で最も注目すべき才能を持った若手と見なされるようになった。俺には自分の能力が発揮できそうだという予感があり、一流選手たちと勝負できるところまでようやくたどりついた。

当初、2005年のシーズンは俺の体が完全に回復するまで、レースとしては比較的楽な2、3のレースに絞るつもりでいた。しかし、予想よりもいい結果が出てしまっていた。精神的にも変化が表れ、2005年の8月に行われるヘルシンキでの世界選手権がやってくると、俺はたくましくなっている感覚があった。それこそ、コーチが俺の中に「殺し屋の本能」を嗅ぎ取った最初の瞬間だった。コーチはこの世界選手権の200メートル決勝で、俺は鋼《はがね》のような強さを持ったチャンピオンに生まれ変わったと言っている。

ヨーロッパを横断し、フィンランドにたどりつくころには、俺は自分が強くなっていることを自覚していた。それはコーチの初期段階でのトレーニングが充実していたことと、トラックの内外で真剣にトレーニングした結果だと考えていた。前年の10月から始まったコーチのトレーニング・プログラムは俺を強力に鍛え上げていた。俺の腹筋は割れてきていたし、両脚もパワーに満ち、静脈が太ももやふくらはぎにはっきりと浮き出ていた。それに加えて、俺は心理的にも強くなっていた。負荷ばかりかけるトレーニング・プログラムによる不必要な身体的なストレスがなくなったので、筋肉の張りはまったくなかった。張りさえ出なければ、何の不安も問題もなかった。

技術的な変更も行われ、ストライドを狭くしていた。それまで、俺は明らかに一歩、一歩が大き過ぎて、コントロールを失う結果となり、失速するという結果を招いていた。ストライドに改良を加えたものの、俺はまだ解決すべき点を抱えているとコーチは考えていた。当時、問題になっていたのは、生まれつきの能力の強化と脊椎側彎症対策という、デリケートなバランスをどう取るかということだった。練習プログラムでは、スタミナ養成を目的としたメニューを減らし、レーサーズ・トラック・クラブでの最長の練習は500メートルが限界だと考えていた。ときには、一度の練習でたった一回しかロング・スプリントを走らないことさえあった。俺がトラックの横で休んでいると、コーチは俺の意見を黙って聞いてくれた。彼はスポーツカーのメカニックが、エンジンに耳を押し当てているような雰囲気だった。俺がブツブツ言ったり、不満を漏らせば、彼はメンテナンスをきっちりと施すのだった。

二人が取り組んできた修正により、パフォーマンスの向上が見られた。俺はヘルシンキでメダルを取れるという強い自信を持っていたし、メディアも今一度、俺を優勝候補の一人として取り上げていたので気分がよかった。仮にメダルが取れなくても、今回の世界陸上で俺が成長することは明らかだった。今後に向けて意味のある挑戦だったのだ。まず、これまでにないレース条件を経験できる。ヘルシンキは夏なのにひどく寒く、湿っていて、俺が北ヨーロッパで頻繁にレースをするなら辛抱しなければならない気候だった。

競技がスタートすると、俺は予選を冷静に悠々と通過した。俺の肉体は強靭で、ストライドも安定していた。

1次予選1位通過、20秒80。

2次予選2位、20秒87。

準決勝4位、20秒68。

準決勝の出来が悪く、それは決勝でのスタートレーンが不利になることを意味していた。俺は[注4]1レーンを走ることになり、これは上背のあるスプリンターにとっては最悪だった。コーナーを曲がろうと体を傾けるときに、大きな圧力がかかるからだ。それでも俺は国際的な大きな大会ではじめて勝つことを信じてやまなかった。

「いいかボルト、アテネのことは忘れるんだ」と俺は自分に言い聞かせた。「やってやろうじゃないか！」

しかし、レース前に起きたことに俺は少なからず衝撃を受け、それは集中を保つうえで貴重な教訓になった。コーチが話していたように、ヘルシンキはとてつもなく寒い土地で、しかもその夜には激しい雨が降っていた。俺は若く、ジャマイカからやってきた、まだ経験不足のスプリンターにしかすぎず、レインウェアに身を包んで体をぶるぶると震わせていた。そしてレース直前に起きた出来事が集中力をかき乱した。

まず、俺の隣のレーンを走るアメリカのジョン・ケイペルがなかなかスタート位置につこうとしなかった。そのかわり、彼は膝をついてから片腕を上げ、レースを止めてしまった。スタート位置につくたびに、やり直すのには閉口した。次に、彼はスターティング・ブロックについている圧力センサーに軽くしかスパイクをのせなかった。現在は、テクノロジーの発達によって、センサーにどれだけの圧力が加わったかによってフライングの判定をするようになっているので、どの選手たちもしっかりとブロックにスパイクをつけるようにしなければいけないのだが、彼のせいでスタートはまたやり直しになった。結局審判団は彼に棄権を命じた。雨が降りしきるなか、立っている時間が長くなればなるほど、俺の体がどんどん冷えていくのを感じていた。

俺は頭にきた。「こいつ、いったい何やってんだ？　なんでスタートしないんだ？」

何が起きているのかさっぱり理解できなかった。俺のジャマイカ育ちの体は雨の中で冷え始

注4　内側のレーンを走るのは、背の高い俺にとって、いつもハードなことになってしまう——他の選手よりもより内側に体を傾けなければならないからだ。ところが上背のないランナーにとっては、重心がより低い位置にあるので問題にはならず、コーナリングを簡単にこなせる。もっとも、ほとんどのランナーは真ん中か、外側のコースの方を好む。

め、レースが遅れるたび、どんどん寒さを感じるようになっていた。それでも、俺はスタートの電子音に十分に集中することができたので、スタートからドンピシャで飛び出した。第3コーナーからカーブに入ったとき、俺は集団から抜け出していたが、1コースのランナーがトップを走っているなんて聞いたことがなかった。俺がコーナーを抜け出し、ホームストレートに入ると、ジョン・ケイペル、ジャスティン・ガトリン、ウォーレス・スピアモン、そしてタイソン・ゲイという4人のアメリカ人選手たちが先頭争いに加わってきた。俺の脚、そして背中にはアテネのときには失われていた力感、そしてパワーがみなぎっていた。ところが俺がさらにストライドを伸ばそうとしたとき、そこに突然、罠が待っていた。俺はオーバーストライドになり、自分を追い込み過ぎた。脚の裏側に何かにつかまれたような異変が起こり、ハムストリングが痙攣してしまった。スタートの遅れによって筋肉が硬直していて、ここにきて弾けてしまったのだ。

「あああああ！」。心の中で叫んだ。力を抜かなければならない。

俺は歯を食いしばり、1レーンをジョグしながら最下位でゴールラインを越えた。タイムはどうしようもない26秒27だったが、痛みで脚を引きずりながらも、棄権するわけにはいかなかった。そのとき、とても奇妙なことが起きた。俺がトラックから退場しようと歩いていると、なんとコーチが幸せそうな顔をしていたのだ！　彼は満面の笑みをたたえていた。

「何考えてんだ、このオヤジは？」と俺は思った。「なんだって、喜んでるんだ？」

彼は俺の肩に腕を回してきた。「ボルト、俺はトラックで別人を見たよ」と彼は言った。「だいたいの選手は1レーンを走るとなったら走る前から勝つことをあきらめているのに、おまえときたら1レーンを走ったってのに、まったく違う戦士、別の生き物になってたな！　おまえは王者の心を発見したんだぞ！」

俺が世界トップレベルの大会の決勝で戦う姿勢を見せたという事実は、コーチが見たこともない俺の決意を示していた。俺は心理的にタフなところを見せたが、それはコーチが想像していなかった部分だったに違いない。しかし、コーチは俺の中に、ワールドクラスの選手になり得る兆候を見出したのだ。俺はちっともそのことに気づいていなかったのだが、コーチはこのヘルシンキの地で、これから何かどでかいことが起こりそうだという最初の予感を感じていたのだ。しかし、俺は笑っているコーチのことを単なる大バカものだと思っていた。なにせ俺は、ビリなんて絶対に嫌だと思っていたのだから……。

第7章　「乗り越えるべき瞬間」の発見

ジャマイカのファンのことなんて考えるな！

どのスプリンターも一緒だと誰もが言う。女の尻を追いかけ回す輩《やから》であり、車を運転すればスピード狂になり、ビデオゲームばかりやっている人種。それに俺たちはたっぷり寝ることが大好きなようだ。短距離のレースを走る選手全員にこのルールが適用されるかどうかは知らないが、俺の場合は、このステレオタイプがバッチリ該当して、特にベッドの周りでグダグダすることに関して右に出る者はいないだろう。

緑の木々に覆われたブルー・マウンテン山脈を地平線に望む、キングストンの朝はとてもすばらしいけれど、そんなに朝早くは起きられなかった。昼前に仕事やミーティングの予定が入るなんてことは、無理な話だった。雑誌の仕事で、日の出と一緒に俺を撮影したいという連中がいたとしても、願い下げだった。何より俺は早起きするのが嫌いだったし、もしも仕事でどうしても早起きしなければならないときは、冬眠明けの熊のようにふらふら歩き、寝ぼけた頭が何時間も続くのが関の山だった。

俺のだらしない態度は、2006年を通して多大なる心配をコーチにかけることになってしまった。前のシーズンは、熱心にトレーニングすることと、背中のコンディションを整えることでバランスが取れた練習ができていたが、この年はさらなるフィットネスの強化が課題になっていた。それはさらなる痛み、いや、とんでもない痛みを伴った。コーチは体幹トレーニングの量を増やしたが、そのために俺の腹筋、背骨、ハムストリングをより痛めつけることになった。トラックの練習では、俺の脚と肺はいつものように負荷をかけられたが、ジムでの筋トレが最悪だった。その新しいワークアウトは頭のてっぺんからつま先まで俺の身体すべてをカバーし、脊椎をサポートする背筋力を強化して、スプリント力を増加させるためにプログラムされたものだった。もう一段階レベルを上げれば、200メートルのコーナーを回るときにより大きなスピードを生み、ラスト30メートルで燃やすエネルギーを与えてくれるのだ。

スケジュールはなんとかこなせてはいたが、そのうち、まずは朝いちばんにジムでワークアウトをしろということになった。コーチいわく、心臓系を鍛えるカーディオ・トレーニングは夕方にやった方が効果が出るから、ジムでのトレーニングは正午前にやると俺の身体の反応がいいということなのだ。それはとんでもなく悪い知らせで、朝10時に起きるなんてことは、俺には到底できない相談だった。

まず、バックグラウンド・トレーニングが始まると、コーチが組んだメニューをこなそうとがんばったのだが、そのうちジムのトレーニングをサボるようになった。時々俺はスパルタン・ヘルス・クラブ（ジャマイカの陸上スターたちがトレーニングするニュー・キングストンにある施設）というところに通っていたのだが、あまり真面目に練習をこなさなかった。そのうち、そのクラブは友人と息抜きするのに最高のたまり場になった。

ある意味で、俺は自分の成功の犠牲者になってしまっていた。コーチを代えたことで世界レベルの大会で競えるようになったし、以前のようにトレーニング中に筋肉を痛めることもなく、背中の痛みも制御可能だった。2006年に入ってから、俺はどんどん勝ち続けていた。競技のレベルは格段に上がっていたにもかかわらずだ。2005年の中米選手権や、カリブ海選手権のような比較的気持ちの盛り上がりに欠ける大会に焦点を当てるのではなく、俺はアメリカのビッグ・ネーム、たとえばタイソン・ゲイやウォーレス・スピアモン、そしてゼイビアー・カーターのような選手たちに、ニューヨーク、ロンドン、チューリッヒ、ローザンヌ（俺はここで19秒88の自己ベストをたたき出した）やオストラヴァ（チェコ）といった場所で行われるグランプリ・レースに挑戦していった。このシーズンの終わりには、IAAFグランプリ・ファイナルで3位に入り、アテネで行われたIAAFワールドカップでは、19秒96のタイムでウォーレスに続いて2位に入った。

こうした成功の積み重ねにより、より高いレベルでのトレーニングがさらに求められたが、俺は成功を手抜きのための口実に使っていた。「どんなもんだい。俺は立派にやってるぜ。ジムのトレーニングをサボったって、これくらいできるんだぜ」。スパルタン・クラブでトレーニングをしていなければならない朝の時間帯に、俺はベッドで夢の中にいることもあった。

そんな怠け癖のせいで、俺は代償を払うことになった。3月のことだったが、俺はキングストンのナショナル・スタジアムでのレースに出場していた。その晩は4×400メートルリレーに出場し、古くからのライバル、キース・スペンスと競う予定だったが、いいレースができるという自信があった。ところがバトンを受け取り、コーナーでスペンスを追い上げていったとき、俺は太ももの裏側に、昔と同じ痛みを感じたのだ。ああっ！　ハムストリングが引きつったような感じになり、深刻な痛みに見舞われた。このときは、俺はレースをやめ、トラックから離れた。ヘルシンキのときのように苦痛と戦いながら走りきることはできなかったが、それはレースの重要度がそれほどでもなかったからだ。脚の裏側を押さえ、引きずりながら俺は助けを求めた。

観衆の中にコーチの顔を見つけたが、メインスタンドに向かって歩いていくと、ブーイングが起きた。ブーイングはどんどん、どんどん広がっていった。その音は、俺が歩くたびに大きくなっていった。サイドラインにたどりつくころには、スタンドに座っている誰もが俺に文句を言っていた。困ったことに、みんな腹を立てているように見えた。中には叫んだり、ののしったり、勝ち目がないと見てわざとレースをやめたんだろうと言う奴までいた。連中は足を引きずる俺を野次り倒していた。

「どうなってるんだ？」と俺は思ったし、気分が本当に悪くなった。「どうしてこんなことが起きるんだ？」

目の前で世界がメチャメチャになっていることが信じられなかった。俺は怒りにあふれた人でいっぱいになった部屋で、罵倒された経験を持つ人の話を聞いたことがあったが、突如として、その恐怖がより大きな規模で俺に襲いかかっていた。本音を言うと、俺が愛したジャマイカの人たち、俺が2002年に世界ジュニア選手権で優勝したときに大歓声で応援してくれたのと同じ人たちが、キングストンのトラックを退場していく俺にブーイングを浴びせるなんて、想像もできなかった。

肉離れのことは忘れてしまうほど、その心の痛みは別次元のものだった。俺はまだ19歳で、向けられた批判は俺を傷つけた。俺はいつだってジャマイカの人たちのために走ってきた。本当に故障したのに信じてもらえなかったことで気分はよりいっそう悪くなり、怒りをおさえながらキングストンのスタジアムを後にした。家に着くまでの車中では気分は最悪になっていた。家のドアの前に着くころには、いろいろろくでもないことばかり考えていた。

まず、自分の能力に疑問を持った。「俺はこの競技に向いていない……」

疑問はジャマイカのファンにも向けられた。「ベストを尽くしたってのに、地元のファンの前でブーイングされた。俺は本当に一生懸命走ってたんだぜ……。これからこんなことばかり起こるっていうのか?」

もっとひどいことを考え始めた。「3年前、俺はプロとしてスタートした。ずっとケガしてばかりだった。うまくいってると言えるのか? このまま続けていいことがあるのか? やってきたことすべて、どんなに一生懸命にトライしても、俺に追い風が吹くことはない。陸上はとにかくしんどい……」

自分で愚かなことを考えているのは分かっていたし、真剣にやめようと思ってはいなかったはずだ。俺は翌日になってコーチの隣に座っていた。コーチに、自分のキャリアがどこに向かおうとしているのか、とても不安だと打ち明けていた。

「どうしてこんなことになっているのか、さっぱり分からないんです」と俺は話した。「なぜ、みんなは俺をブーイングしたんですか？」

コーチは理路整然と話してくれた。「おまえはジャマイカ人の発想を学ぶ必要がある、ウサイン」とコーチは言った。「彼らを理解することだ。いいかい、もしもおまえがいい走りをしたら、みんな拍手喝采するさ。ダメな走りしか見せられないようなら、みんなブーイングする。それがジャマイカなんだ。それにおまえはあくまで自分のためにこの競技を続けているのであって、誰のためでもないことを理解した方がいい。国のことは2番目でいい。他の連中がどんなことを考えているのか心配する必要はない。もし、そのことが分からないなら、競技を続ける意味はない」

コーチは批判の矛先のいくばくかが彼自身に向いていることもあり、批判を理解し受け止めていた。マスコミは彼のことも攻撃した。新聞をはじめとしたメディアは、彼のコーチ下で俺は才能を食いつぶしているだけで、2005年の成功のことはまったく無視する形で、コーチが適切なコーチングをしていないと責め立てていた。メディアは別のコーチが俺の面倒を見るべきだとよく書き立てていたが、誰も我々の長期にわたるプランやゴールについては何の知識もなかった。コーチはまったく意に介さず、「いいかい、もし俺たちが好結果を出せば、おまえと私は砂漠でオアシスを見つけることができるはずだ」とコーチは言った。

帰宅すると、コーチが言ったこととこれから何をすべきかについて、長い時間をかけて一生懸命考えた。コーチが正しいことは分かっていたから、どんな批判も無視しなければいけなかった。「ファンなんてくそくらえだ。俺は走り続ける。そして、自分のために走るんだ」。俺はスタートラインに立つために、もうひとつの呪文を手に入れた。ファンのことなんて、考えるな。やるだけだ。

突如として、陸上は自分のものになり、ジャマイカのファンのことは2番目に格下げになった。もう気にする必要がないってことが分かって、とても気分がよかった。

走ればお金がどんどん入ってくる!

コーチからのアドバイスは、日に日に増えていった。もし、俺がトラックでのトレーニングをサボったとしたら、コーチは話しにやってきた。もし俺がパーティに顔を出したとしたら、コーチは話し合いにやってきた。ジムのトレーニングを休んだときや、調子がどうも上がっていないときにも、コーチは話しにやってきた。たまに、コーチはただ話をするために俺のところに立ち寄った。

2007年のスタートにあたって、コーチは俺に何か目的を持つように言ってきた。「おまえは何かを欲しがらないとダメだ」とコーチは言った。「自分で自分を追い込むために、何かゴールを設定する必要がある。野望こそが成功への鍵なんだ」

それは賢明なアドバイスだった。プロとしてレースを始めたとき、俺は両親に何かを買ってあげるための賞金を手に入れたかった。母さんは洗濯機を持っておらず、手洗いするのをとても嫌がっていたから、母さんのために新品の洗濯機を買ってやりたかった。それに、父さんはいつでも金について文句ばかり言っていて、勘弁してほしかった。ある日、父さんがまたぞろ請求書のことで文句を言い始めたから、「父さんが俺にくれた小遣いを全部を払い戻してやるぜ！」と啖《たん》呵《か》を切ったこともあった。もし、俺が十分に稼げるようになったら、父さんに新品のタイヤをセットでプレゼントできるはずだった。

スポーツで成功したら金のことにとりつかれるのはたやすいことだろう——どんなスポーツでもだ。2004年にはじめてプロのサーキットに参加し、いろいろな選手と接してみると、キングストンのトップアスリートたちがどれだけ稼いでいるかを知って、俺はぶったまげた。たとえば、100メートルランナーのアサファ・パウエルだ。彼が走る大会には、名声と金がたんまりと待っていた。その当時、IAAFが主催する大会であるゴールデンリーグ[注1]の100メートルで優勝すると、1万6000ドルを手にすることができただけでなく、トップランナーたちはひとつの大会に参加するだけで4万ドルから5万ドルを稼げた。それにチャンピオン級のスプリンターになれば、誰もがうらやむようなスポンサー契約も結べた。

注1　ゴールデンリーグは、2010年からダイヤモンドリーグと名前を変えた。ゴールデンリーグはチューリッヒ、ブリュッセル、オスロ、パリ、そしてベルリンで開催されていた。

そんな中、アサファは2005年に9秒77の世界記録をマークして、ワールドワイドのスターになった。すごいことだぜ、まったく！　突如として彼はスポーツ界でモテモテの人物となり、スポーツメーカーやドリンク会社がスポンサーとして名乗りを上げ、大金を稼げるようになった。キングストンで遊んでいるときでも、大会に出るときでも、アサファは流行のスポーツカーに乗っていた。

「なるほどね。いつかあんなふうになってみたいな」と単純な俺は考えた。

俺のキャリアを振り返ってみると、2004年はスタートでつまずいた。オリンピックを前にして、いろいろ注目されていた。世界ジュニア選手権、世界ユース選手権の優勝者だったし、ありとあらゆる記録を塗り替えていた。ファンは俺のレースを見たがった。特にジャマイカではモテモテの状態で、俺が走るのを見るためにみんな喜んで金を払っていたのだが、ケガをしてしまったことによって、出場料も賞金も稼げなくなってしまい、残念ながらプロ1年目には自分の経済的な潜在能力を発揮することができなかった。

それでもパート先生は、トラック以外でも2、3のスポンサー契約の話をまとめてきた。今振り返ってみると、それはたいしたものではなかったのだが、17歳だったことを考えると、けっこう商業的な魅力が俺には備わっていたのかなと思う。まず、俺はスーパー・プラスというスーパーマーケットと契約を交わして、店の宣伝をする見返りに、毎月かなりの食料をもらえた。次にスポーツメーカーのプーマと小さめの契約を交わしたのだが、おかげで俺は何箱ものシューズをただでもらうことができた。そのことが俺はうれしくてうれしくて仕方がなかった。それに加えて、携帯電話会社のディジセルという会社の「大使」にも任命された。銀行口座には金が振り込まれるようになったが、そのころはたいした金が入ってくるわけではなかったし、契約が満了になれば、それで終わりだった。浪費できるほど金があったわけではなかったが、小切手が手に入るやいなや、あっという間に使い切ってしまっていた。俺はよく毎月最後の週になると、パート先生にお金をせびっていた。

「最悪だ」。俺が収支のことを彼に説明するたびごとに彼はうめいた。「節約しなきゃダメなんだよ!」

プロになって最初の年に、いくつか大きな教訓を得る機会があった。俺はロンドンのペース・スポーツ・マネージメントのリッキー・シムズと契約を結んだ。リッキーはパート先生が選んだエージェントで、その理由として大きかったのは、彼の会社が何人もの世界記録保持者やオリンピック・チャンピオンと仕事をしていることだった。俺たち二人はすぐに意気投合した。リッキーはアイルランド人で、マリオン・シュタイニンガーというパートナーと一緒に仕事をしていた。彼らとおしゃべりするのは楽しくて、リラックスできた。ミルズ・コーチと同じように、リッキーは俺のハートをつかんだ。彼自身もかつて、中距離のランナーとして成功し、アスリートが感じるプレッシャーだけでなく、成功によって得られる経済的な可能性についても理解していた。俺に会いにキングストンにやって来たとき、リッキーはスポーツ・ビジネスがどのように動き、もし俺が潜在能力を十二分に発揮したなら、どれだけの金を稼げるかを教えてくれた。

彼は、俺が今より速いタイムで走るようになったら、収入がグンと増えるという話をした。内訳としては、俺は出場料や賞金をもっと稼げるようになる。俺が金メダルや銀メダルを手に入れようものなら、出場料もどんどん上がっていく仕組みなのだった。もしも、オリンピックや世界選手権のような大きな国際大会で金メダルを取ったら、スポンサーや他の商業的なチャンスが増えて、金が懐にどんどん入り込んでくるはずだった。そしてそれがまた次のテレビ出演や公共の場での出演といった契約を生む。俺は興奮し始めた。

「こりゃ、たまらない。好調を維持していけば、突然、追い風が吹くかもしれない。うまくいったら、稼げるかも」

2004年、リッキーのレッスンは明快だった。金持ちになって、アサファのように車も買いたいのなら、俺は陸上サーキットの大きなレースで勝たなければならなかった。しかし大きなレースで勝とうとするなら、200メートルのレースでショーン・クロフォードやジャスティン・ガトリンといった連中を倒さなければならず、それは言うは易く行うは難し、という高いハードルだった。俺は2004年にはなかなかレースに出られなかったし、2005年の段階でもトップの選手たちをどうやって追い抜けばいいのか、まだ暗中模索の状態だった。

痛みと付き合う方法の発見

そんなとき、コーチの出番がやってきた。2005年のシーズンの中盤、コーチは俺のレース中の弱点を突き止め、もしそれが改善されるならば、俺は十分に戦えると太鼓判を押してくれた

——世界トップクラスの重要な戦いにおいて。

「ボルト、おまえはレース中に周りをキョロキョロ見過ぎてるんだ」。彼はある午後の昼下がりに練習トラックで俺に話しかけてきた。「トレーニング中にはそんなことをしないのに、レース中はずっと首を左右に振って他の選手のことを気にしている。それだけでタイムをロスしてる。キョロキョロしているために、前方への勢いを削《そ》いでいるんだ。もしもおまえが馬で、私が調教師だとしたら、ゴールにたどり着くまでに右を見たり、左を見たりするのを防ぐために、頭からブリンカー（目隠し）を付けるね。もし、君が他の選手たちに勝ちたいのなら、とにかく前を向いて走るんだ」

俺は真剣に耳を傾け、コーチのアドバイスを理解した。俺は次のレース、6月に行われたリーボック・グランプリの200メートルで、150メートル地点を通過するまで他の選手たちを見ることはなかった。それからチラッと周りを見てみると、他の選手たちは視界から消えていて、ずっと、ずっと後ろを走っていた。

「おおお！　なんだかとんでもないことが起きてるぞ！」と俺は思った。

たったそれだけのことに気を配るだけで、2005年の俺のパフォーマンスは飛躍的に向上し、そのことでずいぶんと収入が増えた。出場料をどんどんもらえるようになり、優勝賞金を懐に入れた。おかげで、母さんに買ってあげようとしていた洗濯機を買うのに十分な金を貯めるのに、たいして時間はかからなかった。

2006年から2007年のはじめまでは、どれだけ金を稼ぐかが目標になった——父さんに車を買ってあげたかったし、自分のスポーツカーを持つことを夢見ていた。俺は大好きなホンダを運転していたが、もう少しスマートな車が欲しいと思うようになった。自分の描いた夢を苦しいトレーニングに立ち向かうための道具にしたのだ。どうやら俺は、スパルタンやレーサーズ・トラック・クラブでトレーニングしていた他の選手たちよりも、自分の未来について真剣に考えているようだった。ジャマイカの他の多くのアスリートたちは、少しばかりの金を稼いで満足していた。彼らと会話を交わすといつでも、みんな口をそろえて「そうなんだ、2、3回勝ったけど、なかなかいい稼ぎになったよ」と言うのだった。俺には到底、受け入れられない話だった。俺はプロとして、稼げるだけ稼ぎたかった。自分の潜在能力を最大限に発揮して、ケタ違いの金を手に入れたかった。リッキーに会うたび、同じ質問を繰り返した。「あの選手はどのくらい稼いでるんだ？」

毎日毎日、新しい目標を思い返すようになった。中だるみを感じると、「俺がもっと欲しいものはなんだ？　いちばん欲しいものはなんだ？」と問いかけ、心の中で車や服など、欲しいと思うものをなんでも思い浮かべて、トレーニングでのモチベーションに変えていった。進化するんだ、ボルト！　手に入れたいのなら、トレーニングするんだ！

とはいうものの、トレーニングがしんどいことに変わりはなかった。ある夕方の練習のこと、俺はずっと走り続けていたのだが、よりによってコーチは３００メートルの全力疾走をもっとやるように言ってきた。俺の全身は死にかけているような気分だったし、自力では練習トラックから帰れないような状況だった。歩けば歩くほど、身体は焼けつくようだったし、痛みがひどかった。全身の筋肉が悲鳴を上げていた。「本当にもう、俺はこんなことしたくないんだ！」。そしてこのときこそ、俺は自分の内面にあるモチベーションに深く、深く問いかけなければならなかった。

ありがたいことに、コーチは痛みと付き合う方法を教えてくれた。彼はものすごい痛みに襲われるときのことを「乗り越えるべき瞬間」と呼んだ。それは、身体があまりの痛みに耐えられなくなり、アスリートに向かってやめろ、休めという信号を発してくる瞬間のことだ。それこそが、成功への秘訣を手にできる瞬間なのだ。コーチは、もしもアスリートがその時点であきらめてしまったら、すべての痛みはまったく意味がないものとなってしまい、筋肉は現状よりも強くなりようがないと考えていた。しかし、もしもその選手がその苦しみを乗り越え、もう2本、いや3本余分に練習で走ることができたら、そこから身体能力は向上して、それから選手はどんどんと強さを増していく。

加えて俺は、刺すような急激な痛みや、普通ではないケガの前兆を感知したときに、走りきることを学んだ。コーチは、身体が予期しなかった激しい苦痛、たとえば肩の部分の焼けつくようなピリリとした痛みや、膝のお皿がぐらぐらするような違和感に襲われたとき、走り続けるよう命じた。そうした痛みによって身体が混乱しているときこそ、より自分を追い込まなければならなかった。そうした新たな刺激を経験することで、身体にかかる負担に対処できる潜在能力をようやく理解できる。コーチの理論は極めてクリアだった。

「何が起こるか分からないんだ、ボルト」と彼は言った。「オリンピックの決勝の舞台で、おまえは痛みを感じるかもしれないが、もしも、自分が感じた衝撃が致命的なものでなく、一過性のものだということをトレーニングを通じて理解していなかったら、おまえは勝負をあきらめてしまうだろう。レースをやめることにでもなってしまったら、おまえはオリンピックで金メダルを取るチャンスを失ってしまうし、未来永劫、そんなチャンスは訪れないかもしれない。だが、前もって痛みに対処する方法を学んでおけば、どうすればいいのか理解できる。それを身に付ければ、おまえにはいつだって栄光をつかむチャンスがある」

痛みを感じたとしても、俺は走り続けた。トレーニングでの「乗り越えるべき瞬間」はそのうち、痛みを伴ったおなじみの感覚となっていった。

大阪世界陸上——大舞台で初のメダル

おかしなもので、たったひとつのレースがすべてを変えてしまうことがある。2007年8月、日本の大阪で行われる世界選手権が近づいてくると、俺は本当に強くなっていた。トレーニングで本当に俺を殺しそうになる「痛みの瞬間」に何度も耐えられるようになっていたし、コーチが課す背中の強化と体幹トレーニングは歯を食いしばりながらこなしていった。いつも、一日一日、しっかりと。しかし、ジムでのトレーニングはまた別の話だった。よくサボったし、本当に嫌いだった。ときには、しっかりとやらずに動きをなぞるだけのこともあった。

しかし、トラックでのトレーニングは実を結び始めていた。シーズンはじめにいいレースをすることができたので、俺のランキングは上がっていった。6月にはニューヨークで開かれたリーボック・グランプリで2位に入った。レースごとに自分のテクニックが改善していることを実感できたし、自己ベストはどんどん速くなっていた。そのレースでも自己ベストをマークすれば、2位か3位には入れるだろうと分かってきた。走るたびに速さが増していくというのはとても気分がよかった。

7月になると、スイスのローザンヌにあるスタッド・オランピークで行われたスーパー・グランプリのレースで、再び2位となり、ロンドンで行われたノリッジ・ユニオン・グランプリでは1位になった。俺は大阪での世界選手権が開幕するまでに優勝候補の一角にあげられるようになってはいたが、決して一番手の評価というわけではなかった。なぜなら、タイソン・ゲイの走りは本当に絶好調で、ナンバーワンの評価を受けていた。彼は19秒62のタイムでアメリカの代表選考レースを勝ち、みんな彼が優勝候補だと考えていた。その予想は、大阪の世界選手権では、200メートルのレースの前に、タイソンが100メートルの決勝でもアサファを破ったことでさらに高まった。この結果は俺にとっては衝撃以外の何ものでもなかった。なぜなら、アサファは世界記録保持者であり、最強の選手にほかならなかったからである。そこでタイソンが勝ったということは、翌年に北京で行われるオリンピックでも金メダルの有力候補にのし上がってきたことを示していた。

それでも、俺は大阪に入ってから気分よくトレーニングを続けていた。コーチもワクワクしているように見えたが、予選に向けて準備を進めていたとき、彼はヘルシンキでのケガのことに注意を向けた。コーチは予選の段階ではリラックスしてほしかったのだ。

「がんばり過ぎるんじゃないぞ、ボルト」と彼は言い続けた。「この段階では、やり過ぎないことが肝心なんだ」

コーチは決勝でカーブがきつい内側よりも、加速しやすい外側のレーンで走るためには、準決勝で2位以内に入る必要があると説明してくれた。どのレースでも自分の順位を確保できたら、流すことができた。コーチはがんばり過ぎて、またハムストリングを痛めることを望んでいなかった。

バンッ！　レースが始まり、1次予選では楽々となんのストレスも感じずに走りきることができた。あるランナーが1位を狙い、必死で飛ばして追い抜こうとしてきたが、俺はトップギアに上げることなく2位をキープできるくらいの余力を残していた。続いて2次予選、準決勝とたいして力を出さずにウォーレスよりも先着し、トップで通過した。その結果、俺は決勝でタイソンとウォーレスに挟まれる形で第5レーンを走ることになった。いよいよ、本番がやってきた。

選手たちが長居スタジアムでスタート位置につこうとしているとき、心の中にはひとつの思いがあった。「さあ、今度こそ俺はできる！」。俺はスーパーと呼べるほど自信を持っていたが、唯一、不安があるとするならそれはスタートだけだった。タイソンに対して、スタートの号砲が鳴った瞬間に即座に反応できなかったら、挽回不可能だと分かっていた。それは彼が本当に勝負強い選手であり、世界選手権の決勝レースのようなビッグなレースで、ひとつでもミスを犯してしまったら、彼は俺のチャレンジを簡単にはねのけてしまうに違いなかった。レースが大きければ大きいほど、彼は無慈悲に相手を叩きのめした。彼は金メダルを取るためには、喜んで自分の脚の骨を折ってもかまわない男に違いなかった。

振り返ってみると、決勝の夜に、タイソンは俺に負けるだなんて、これっぽっちも思っていなかっただろう。おそらく、彼の思惑としては200メートルの最大の脅威はウォーレスに違いなかった。そう感じた最大の理由は、スタートラインにつく間でさえ、タイソンはクールにふるまい、俺のことをあまり気にしていなかったからだ。レースが始まる前にすれ違ったとき、彼は「ハロー」と挨拶してきて、俺がジョークを飛ばすと笑い転げていた。一方で、タイソンは自分の地位を脅かすと信じている相手とは絶対に、一度たりとも会話を交わさないのだった。

それが彼の流儀だった。彼はレースが始まる前、タイソンが緊張感あふれる人物だと知っていた。陸上に関わってきた人間なら誰しも、タイソンが緊張感あふれる人物だと知っていた。彼はレーンをにらみつける。極端に緊張を高め、興奮した状態でレースへ挑むのが彼の準備方法だった。彼はテレビカメラに向かってサービスをするような男ではなかった。彼はレース前の点呼を待っている部屋でも、他の選手と冗談を言い合ったりするようなことはなかった。その意味で、タイソンの心の内を読むのは簡単だった。彼の胸の中では、俺は脅威でもなんでもなかったから、普通に接してくれたのだ。まったく悔しいことで、俺はなんとかして彼の最大のライバルになりたかった。

バンッ！　号砲が鳴ると同時に俺はブロックから飛び出したのだが、50メートル付近でウォーレスをつかまえられるほど絶好のスタートだった。ちらりと横を見た。タイソンの姿は見えなかったが、彼がすぐ後ろにいることは分かっていた。俺は再び自分のレーンを走ることに集中した。そして彼の短く、シャープな息づかいとトラックをたたくスパイクの音が聞こえてきた。バシッ！　バシッ！　バシッ！　スタートから75メートル地点まで、その鋭くラップを刻むようなメタリック・サウンドが俺の肩にへばりついているようだった。ただ、その音はそれ以上、近づいてはこないように思えた。

「タイソンは俺を抜けない！　奴は俺を抜けない！」

俺は身の程知らずだった。コーナーの頂点を曲がると、タイソンはミサイルのように飛び出した。彼は俺を置き去りにして、何マイルも先を走っているようにさっと彼方に消えていき、もはや止められるものは何もなかった。まったく信じがたかった――彼はすでに4、5メートル先を走っていた。俺は信じられない思いで見つめていた。「何が起きたんだ！」。それでも心の中では、まだ俺は彼に追いつけると思っていた。歯を食いしばり、全力を出そうとした。

「追いつくんだ」と俺は考えながら、その差を詰めていくと、ゴールラインが見えてきた。「絶対追いつく！」

そう考えたのは間違いで、身体にはもう力が残っていなかった。俺のエンジンでタイソンのスピードに太刀打ちするのは不可能だった。

「クソッ、1着のことは忘れなきゃいけない。もう、これ以上何もできない。追いつけない！」

あと20メートルの距離を残して、ゲームオーバーとなってしまった。タイソンは19秒76の大会記録をマークして1位となった。銀メダルは19秒91のタイムでウォーレスに先着した俺のものとなり、世界のトップクラスの大会で、はじめてメダルを手にした。それは俺にとって、大きな意味を持っていた。

俺はビッグイベントで進化することができた。一生懸命に練習することができたし、肉離れも起こさなかった。脊椎側彎症に苦しんだけれども、メダルを取ることさえできた。地元での評価なんてくそくらえだ——俺はついにタイソン・ゲイのしっぽをつかまえたのだ。

ナンバーワンになりたい！

それでもこのレースには疑問、そしてフラストレーションも残った。レース後、トラックに崩れ落ち、頭の中はぐるぐる回っていた。全力を振り絞ったので、銀メダルという結果を受け入れたかったが、タイソンがコーナーで俺をどのようにとらえたのか確かめたかった。コンマ何秒かのうちに、数メートルの差がついて、俺は置き去りにされたのだ。

その晩、宿舎に戻ると、みんなが銀メダルを祝福してくれたし、俺もたしかに興奮していたが、何か釈然としないものを感じていた。いったい、どうなってたんだ？　どうやって彼は俺を負かしたんだ？　深夜2時になるまで、頭の中はこんがらがって、リラックスできないし、答えを求めていた。俺は部屋から出て廊下をそっと歩いて、コーチの部屋に行きドアをノックした。俺はコーチを起こしてしまったようで、彼は寝ぼけ眼だったが、すぐに何か不穏なものを感じ取っていた。

「ウサイン、何かあったのか？」

感情がほとばしり出た。

「奴は、いったいどうやって走ったんだ、コーチ？　マジで、どうなってたんだ？　後ろから来て、どうやったらコーナーであんなに加速できるんだ？　どうやって？　俺はタイソンが後ろにいるものだとばかり思ってた。勝てると思ってたんだよ」

真夜中のことだから、ほとんどのアスリートは眠りについていたが、俺はまだまだ心理的には最大のライバルと肩を並べてレーンを走っているような状態だった。コーチはすでに話すべきことを用意していた。こんなふうに問われるのを予想していたのかもしれない。はっきりとは分からないが、そう感じられた。

「それはな、おまえがジムで怠けてるからだ！」とコーチは言い放った。「自分ではトレーニングをしているとは思っているだろうが、やってないってことだ」

俺はコーチの言葉をさえぎり、「コーチ、俺は……」と言いかけた。

「やってないんだよ！　おまえはジムでのワークアウトをたしかにやってる、ああ、やってるとも。たしかにしんどいと感じてるだろうが、すべてをやり遂げないといけないんだぞ。ヘッドクォーター（頭）の中にそれをたたき込むことだ。おまえにはスピードはあるが、肉体的にもっと強くならなければいけないんだ」

それからコーチは、俺がスパルタンでもっともっと自分を追い込むトレーニングをしなければならないと説いた。さらに筋力を増やせれば、２００メートルレースで直線に入るときに、より膝を高く維持できる強さが出てくるはずだった。コーチの説明によれば、タイソンは引き出せるだけのパワーをレースの後半に残しているが、俺のパワーは消えていくだけだった。

「本当かい、コーチ?」

「本当だ、ウサイン」

その瞬間、未来が開けたように思え、俺の闘争心に火がついた。内心では、自分の素質が世界で最高のものだと分かっているのにタイソンや他の連中にも負けるのが、金輪際我慢できなくなったのだ。もちろん、頂上を極めることはとんでもなくタフなことだし、俺自身が進歩し、熱心に練習に取り組まなければならない。痛みなんて関係ない、俺は世界一になりたかった。大嫌いなジムのトレーニングも含めて、努力する準備ができていた。

コーチとの話の後で、ようやく俺にはキャリアのゴールが見えた。俺は誰よりも速く走りたかったし、とにかくナンバーワンになりたかった。つまるところ、俺は2008年の北京オリンピックでチャンピオンになりたかったのだ。ついに「乗り越えるべき瞬間」を切り抜ける新たなモチベーションを発見したのだ。それは父さんに車を買ってあげることや、クールな腕時計を見せびらかすことではなかった。夜、ベッドに横たわり、頭を枕にのせるとき、俺の心の中に浮かんでくるのはたったひとつのことだけだった。

「おい、タイソン・ゲイ。ずいぶんとラッキーだったんだぜ、あんたは」

走るべきではなかったレース

２００７年の終わりに、俺がいかに疲れ切っていたかを証明する話がある。シーズン終盤にチューリッヒで行われたレースで、アメリカの２００メートル走者、ゼイビアー・カーターが俺を倒そうとやる気満々だったが、とにかく目障りな奴で、俺がそんなに怒ったのは、後にも先にもこのレースだけだった。

話題になっていたのは、ゼイビアはどんなに消そうとしても絶対に消えない、いかがわしい過去の持ち主だということだった。彼の履歴書には、武器の不法所持による逮捕まで含まれていた。彼はファーストネームの最初の文字であるXをフィーチャーして「Xマン」というニックネームを自分につけており、トップでゴールラインを走り抜けると、いつも腕を前でクロスしてXという文字を作るのだ。俺はそれを見て面白い奴だなと思っていたが、今やそうも言っていられなくなっていた。

チューリッヒのレースは大阪での世界選手権のすぐ後に行われたが、俺はレースが待ち遠しかった。俺は次のゴールに向けて走り出そうとしていたからだ。一方、Xマンはケガのために大阪を欠場していたから、彼の名前は俺のレーダーには引っかかっていなかった。俺は彼が脅威になるとは思ってもみなかったが、スイスに向けて荷造りしていると、ウォーレス・スピアモンから警告を受け取った。

「おい、ウサイン、200メートルは走るな」と彼は言ってきた。

耳にしたことが信じられなかった。「ウォーレス、何言ってんだ？」と俺は答えた。「冗談はよせよ」

だが、ウォーレスは単刀直入に「マジな話だ。Xマンはチューリッヒに3週間も滞在してる」と彼は言う。「ハードにトレーニングをこなして、俺たちを負かそうと牙をむいて待ってるんだ。奴はメールをばらまいて、俺やおまえをやっつけると公言してる。本気だぜ」

俺とウォーレスは、親しい関係になっていた。俺は2006年のイングランドのクリスタル・パレスで行われたレースで、危うく棄権になるところから彼を救っていたのだ。その日俺はトラックでウォーミングアップしていて、他の選手を眺めていたのを覚えている。ウォーレスは早めにトラックに来て、準備運動やスタート練習をするのが好きな選手だったが、そのときばかりは彼の姿が見えなかった。

「あいつはどこにいるんだ？」と俺はぼんやり考えていた。「ウォーレスだったら、もうこっちでウォーミングアップをしている時間なのに」

ストレッチを始めて20分ほど経つと、さすがの俺も心配になってきた。

「こりゃ、おかしいな。ここにいなきゃいけないのに」

俺はサイドラインの方へ歩いていった。ウォーレスはベンチでストレッチをしているようだった。しかし、実際は帽子を目深にかぶり、居眠りしていたのだ！　俺は彼のそばに走り寄り、頭をはたいて起こそうとした。

「おい、ウォーレス、何やってんだよ」。俺は叫んだ。「起きろよ、起きろ！」彼はベンチから飛び跳ねるようにして起きた。「なんだよ……。どうなってるんだ？」と彼はもごもご言いながら、また寝てしまうんじゃないかと思うほど、眠そうだった。

「ウォームアップの時間だぞ！」と俺はまた叫んだ。「頼むぜ、ウォーレス。俺はとっくに準備ができてるんだぜ」

俺は、みっともない姿でトラックに登場する失態からウォーレスを救ったのだ。適切なウォームアップなくしては、彼がその晩に見せたすばらしい走りはなかっただろう。その晩はタイソンがトップで、ウォーレスが3位、そして俺が4位だったが、その日から俺たちは仲良くなった。しかし、チューリッヒでは、今度はウォーレスの方が俺を助けてくれる番のようだった。ウォーレスからXマンについての情報を聞いたことで、俺は目が覚めた。しかし、最大の問題は、俺がウォーレスの忠告を聞くような状態になかったことだ。

「でもさ、俺は走るぜ。大丈夫だ」。Xマンがやる気満々だというのをウォーレスが強調するのを聞いてそう答えた。「今、感じがいいんだよ。すごく調子いいんだ」

ウォーレスは納得しなかった。「俺は走るつもりはないよ、ウサイン。俺には何かが起こるのが分かる。奴は俺たちが大阪で走っていたときから、ずっとあそこで待ってるんだぜ。本当におまえはそんな奴が待ってる場所に行きたいのか？　疲れてないって、言い切れるのか？」

俺は彼に断言した。「ああ、俺は疲れてなんかいない！」

「おまえは疲れてる！」と彼は言い返してきた。「そう感じていないだけで、おまえの体は疲れ切っているんだよ！」

ウォーレスの話を聞くつもりはなかった。Xマンなんか、関係ない。ただし、彼はそのシーズンのはじめに、当時、世界歴代2位となる19秒63という、訳の分からないタイムで俺を負かしていたが、俺の方もスイスに行く準備は万端で、スタートラインにつく瞬間が待ちきれなかった。

スタートの号砲が鳴ってすぐに、ウォーレスの言葉が思い起こされて俺を不安に陥れた。飛び出してから姿勢を起こしていくまでの段階は極めて順調だったが、カーブを曲がり始め、40、50、60とメートルが進むにつれて、自分の身体が使いものになりそうもないことが分かった。70メートルを通過すると、俺の身体にはエネルギーが残されておらず、ガス欠の状態になってしまった。それから脇を見ると、Xマンがコーナーからホームストレートに飛び出そうとしているのが見えた。彼がリードを奪っていた。

「ちくしょう」と俺は思った。「このレース、俺は負ける。ウォーレスは正しかった……」

自分を落ち着かせながら、それほど身体に負荷をかけなくとも2位には入れるだろうと思っていた。

「もうしょうがない」。俺は自分に言い聞かせた。「もう流そう。家に帰ろう……」

それから、最悪の事態が起きた。Xマンは1位でフィニッシュラインを通過し、ものすごい興奮状態になった。そして腕で彼のトレードマークである「X」の文字を作って観客に見せながら、バックスタンドの方にウィニングランをしていった。俺は激怒した。

「何やってんだよ、おまえは？　世界選手権で走ってないくせに、なんて大それたことしてんだ？」と俺は思った。「俺に〝X〟を見せて、何しようってんだ？　バカにしてんのか？」

俺は本当に頭にきていたが、それからほどなくしてウォーレスに会ったとき、彼は大笑いしていた。

「走りなさんな、と言ったじゃないか。警告したよな？」

どうにも我慢がならなかった。俺は言い放った。「おい、次のレースで俺とXマンが一緒に走るときには、おまえはスタートラインに立たない方がいいぜ」

「何言ってんだ」とウォーレスはびっくりしていた。

「マジだぜ」。俺はそう答え、決心した。「二人の邪魔はするな。次は俺がお返しする番だ」

俺は本気だったが、このゼイビアーとの一件は、コーチに渡されるトレーニング・メニューと同じように価値のある教訓となった。俺は自分の身体をより理解しなければいけなかった。自分が疲れているのなら、それを感じなければいけなかった。そうした知識なくしては、陸上で成功するのなんてあきらめなければいけなかっただろう。

第8章 痛みか、栄光か

なぜ100メートルを走るのか？

「おまえは違う距離を走ってみた方がいいな」。コーチは俺の意見に耳を傾けるつもりがあるかのようにそう言ったが、それが命令だということはお互い知っていた。チューリッヒでXマンに敗れたものの、シーズンを通して体力的には強靱になっていたし、俺の背中はミュンヘンのミュラー＝ヴォールファート先生からの新しいエクササイズや治療にも順調に反応していた。トレーニングやレースの前、身体を温めてくれるエディと呼ばれるマッサージ師にもついてもらった。それに加え、さらにトレーニングを重ねることによって、200メートルのレース中のフォームを改良できるという感触を得ていた。違う種目を走ることに取り組めば、強さとスタミナがさらに増すに違いなかった。そうすれば、コーナーでのパワーが増加するだけでなく、ゴールライン付近での走りも改善するはずだった。

「いいアイディアだね、コーチ！」。2007年の中頃だったか、大阪の世界選手権の200メートルで銀メダルを獲得する前、俺はコーチに最初に指摘されたとき、そう答えていた。てっきり１００メートルだと思い込んでいたのだ。「いいと思うよ！」

それから、コーチはとんでもないアイディアを披露した。

「ウサイン、おまえはまた４００メートルを走るべきだ。高校のときに走ってたようにな！」

「なんだって！　４００！　勘弁してくれよ！」

俺にとっては、４００メートルを走るということは最低、最悪のニュースだった。４００メートルが意味するものは痛み、それもとんでもない苦痛だ。俺はウィリアム・ニブ高校でマクニール・コーチのもとでトレーニングをしていたときのことを思い返すと、それだけで気分が悪くなった。それに、プロの選手たちがどれだけハードに４００メートルを走るかも見ていた。４００メートルは地獄で走るレースのようなものだった。あの「乗り越えるべき瞬間」が、俺を徹底的に痛めつけるに違いないと考えていた。

「ちょっと、ちょっと待ってよコーチ」と俺は言ってから、頭を高速で回転させた。「それよりさ、[注1]１００メートルをやろうぜ！」

コーチはしかめっ面をして、俺をクレイジーと思っているようだった。コーチの考えでは、短い距離を走るのはより技術を求められるので難しいという判断だった。バンッ！　１００メートルでは、いったんスターターがピストルを鳴らしたら、ランナーはすべての動きをよどみなく行う必要があり、たったひとつのミスがレースを台無しにしてしまう。スタートの失敗――すべてがおじゃんだ。スピードがのっていく中間疾走で技術的なミスをすれば――これまたおじゃんだ。ゴール間近に冷静さを失えば——レースは終わる。

200メートルでは極端な話、ミスをしたとしても焦る必要はなく、たとえばスタートでバランスを失ったり、出遅れたとしても、コーナーで十分に挽回は可能だ。立て直すだけの時間と距離があるからだ。ただ、100メートルとなると話は別で、悪い方向に向かうと止めようがないし、技術的なミスを立て直せるほどの時間がないのだ。とにかく、初動からゴールテープにたどりつく最後の瞬間まで、すべてを完璧に遂行する必要がある。

コーチはまた、より短い距離を完璧に走ることには、爆発的なパワーが必要となり、俺の背中と脚に余分な負荷をかけるのではないかと心配していた。

俺を説得するのにそれだけで十分でないと考えたコーチは、スターティング・ブロックを飛び出すスピードが遅過ぎることを指摘してきた。2、3年前、高校のコーチたちから100メートルを走るには背が高過ぎると散々言われていた。そして今、ミルズ・コーチも同じ話で俺を説得しようとしていた。

注1　この本は、俺がなぜ100メートルを走りたかったか、はっきりさせるいい機会だと考えている。短い100メートルを走るモチベーションは単なる金稼ぎだと揶揄する向きもあったが、事実ではない。まあ、たしかに100メートルのレースで成功を収めたスプリンターには、多くの富が約束されている——アサファを見て知ってはいた。でも、賞金についての関心がなかった。100メートルに挑戦しようとするたったひとつの理由は、400メートルを走るのが嫌だったからだ。本当に、それだけ。たった、それだけ。俺は100メートルで無敵のスプリンターになれるなんてことは、一秒たりとも考えたことはなかった。

俺の身長は、100メートルを走るにはあまりにも高過ぎる。たしかにそれは的を射ていた。180センチのタイソンよりもはるかに背が高かった。彼の身長は、スターティング・ブロックから瞬時に飛び出すことができるサイズであり、トラックをスムーズに加速するのに十分な高さもあった。そのコンビネーションこそが、彼を100メートルでも、200メートルでも優勝を狙えるランナーにしていた。

コーチが指摘していたのは、100メートルではスタートが最初の大きな関門だということだった。号砲が鳴った瞬間、スプリンターはクラウチング・ポジションからできる限り素早く、身体を起こさなければならない。長身のランナーは、身体を起こすのに余分に時間がかかってしまい、これは恐ろしく不利に働く——これは単純に物理的な問題だ。それは現実の時間では、その動きは100分の1秒だったり、脈拍一回分だったり、瞬《まばた》きくらいのものかもしれないが、俺より背の低いタイソンやアサファといったスプリンターと競走する場合には、決定的な差になり得た。レースという時間軸の中では、この一瞬の違いが、チャンピオンと敗者とを分けるものだった。

コーチはいろいろ数学的な話もしてきた。また、俺のような背が高いランナーは、脚が長過ぎるために、トラックで素早いストライドのパターンを作るのが難しいと分析していた。コーチいわく、195センチも身長があると、適切なペースで脚を回転させることができない、と。たしかに、セオリーとしてはそうかもしれなかった。いろいろな身体的な現実が俺に対して不利に働くのだろうとは思ったが、それでも俺は主張し続けた。

「頼むよ、コーチ」と俺は言い、もう乞うような気持ちになっていた。「1回だけでいいから、チャンスをくれよ。それだけでいいから。レースにエントリーさせてくれよ。もしも、100メートルを走ってどうしようもないレースをしたら、次のシーズンは400メートルを走るからさ！　でも、100でけっこういい走りをしたら、たとえば10秒30とか、それより速く走ったりしたら、100メートルをやらせてほしいんだ」

コーチはしぶしぶうなずいた。彼が考えていた選手たちの成長戦略には、勝てそうな相手にチャレンジしていくことが含まれていた。なぜなら、目標が決まればよりモチベーションが高まり、目標を達成できれば見返りも大きい。そうすれば他のメンバーと一緒に効率的なトレーニングができるようになって、クラブの団結力も高まると考えていた。そうしてターゲットが決まれば、コーチは次のターゲットを決める。そしてまた、次、次と。その方法は、ニンジンを使ってロバを操る農民のようだった。

俺の100メートルへの挑戦についても、同じような方法が取られた。コーチはまず、最初のゴールを、200メートルで19秒86のジャマイカ記録を更新することに定めた。それを突破できれば、コーチは俺が100メートルにチャレンジすることを許してくれるはずだった。うまくいけば、7月にギリシャのクレタ島にあるレティムノで行われる小さな大会が俺にとっての「トライアル」になり、そこで10秒30のタイムをマークしさえすれば、俺はありがたいことに400メートルを走らなくて済むし、100メートルに集中できるようになるはずだった。ニンジンが俺の鼻の前にぶら下がっていた。しかし、俺が失敗したり、タイムが悪かったりしようものなら、とんでもない苦行が待っているはずだった。

俺はとにかくやる気になっていて、進歩も見せていた。2007年のジャマイカ選手権では、コーチが設定した最初のターゲット、200メートル19秒86というドン・クォーリーが36年間も持っていた国内記録を、19秒75というタイムで破った。そして大阪での世界選手権の1カ月前に開かれるクレタ島のレティムノでの大会が迫っていた。死の400メートルか、それとも栄光の100メートルを走るのか、その審判の瞬間が近づいていた。

「頼むよ」。俺はスタートラインに向かいながら思った。「今日だけは変な走りはできない。400メートルなんか走ったら、死んじまうぜ……」

バンッ！　号砲が鳴ると、俺は瞬時に飛び出し、とにかくトラックを駆けた。俺には何が起きているのか考える余裕はまったくなく、とにかくありったけの力で走るだけだ。脚と腕を目いっぱい振った。自分の身長や、脚が長いという不利なことなんか、きれいさっぱり忘れていた。そのかわり、無理矢理トレーニングで700メートル走をさせられているときに、ストップウォッチをじっと見つめているコーチの顔が思い浮かんだ。左右をちらっと見ると、1位で走っていることが分かった。

「なんてこった！」。俺は思った。「おいおい、勝っちまうぜ！」

レースは一瞬のうちに終わっていた。いいタイムが出ていることを期待しながら、祈るような気持ちで電光掲示板を見た。そこにはこう表示されていた。「1着　ボルト　10秒03」
10、秒、03!?

俺は助かったのだ。とにかく、なかなかのタイムで勝ったから、400メートルを二度と走る必要がないことが分かった。安堵と喜びが同時に押し寄せてきた——このタイムのおかげで、惨めで悲惨な刑務所送りから、幸運にも逃れたような気になった。コーチもかなり興奮しているようだった。俺のスピードにコーチも度肝を抜かれていた。

「俺はまさかおまえが10秒0台で走れるとは思ってもみなかったよ」とコーチは笑顔を見せながら言葉をかけてくれた。「たしかに10秒1とか、10秒2で走れるとは思っていたが、それにしても……」

俺は仕事を成し遂げたのだ。

「コーチ、俺たちは取引をしてたよね？」と俺は念を押すことを忘れなかった。

コーチはうなずいたが、二人ともこの決断がスポーツ史に残るものになるとは想像もしていなかった。

パーティもジャンクフードももうやめだ！

昔も今も、アスリートという生き物は特別なことが起きる予感がすることがある。それは運命的な感覚とはちょっと違っているし、避けられないことを感じるのとも少し違って、どちらかといえば、ハードワークが報われる瞬間を感じると言えばいいだろうか。2008年は、すべてがあるべきところに収まった。負ける気がしなかったのだ。俺はこの1シーズンで他の連中を徹底的にやっつけるつもりでいた。

2007年の10月にバックグラウンド・トレーニングが始まったが、コーチが要求するすべてのウェイト・トレーニングをこなし、スケジュール通りに背中のエクササイズも行っていた。驚いたことに、俺は言われた通りジムに通うようになっていたのだ。焦点を北京オリンピックに定め、そのゴールに向かって邪魔するものはなかった。

「それでさ、コーチ」。俺は最初のトレーニングのときに彼に話しかけた。「トレーニングの間にコーチが言うことを俺は全部こなすよ。300メートル走をやれというなら、俺は絶対にやる。口答えだってしない」

最初、コーチは俺の言葉をまったく信じていなかった。それまでと同じようにからかっているのだと思っていた。たぶん、俺が朝のジムでのトレーニングをサボるに違いないと予想していたのだ。たしかにコーチについてからの数年、俺は文句を言ったり、トラックでは周回数を1、2回ごまかすなんてことは日常茶飯事だった。ところがコーチも驚いたことに、俺は毎回練習をきちっとこなしたのだ——田舎の父さんと同じような勤勉さを発揮し、練習で自分を追い込み始めた。もし、コーチが夕方のトレーニングで9本を命じたら、俺は9本を走った。コーチがより速いペースを指示したら、その言葉に従った。それをこなしていくのはハードだったし苦しかったが、「乗り越えるべき瞬間」が筋肉に痛みをもたらすたびに、新しい目標、新たな野望のことを思い浮かべた。「おい、オリンピックのシーズンなんだぞ！　俺はチャンピオンになる！　勝ちたいんだ！」

俺は最高の状態にあり、選手権や競技会がいつ来ても大丈夫な、完璧なアスリートになっていた。ジャンクフードも避けるようになり、特に土曜日の夜は携帯の電源をオフにするようになった。とにかく、パーティこそ命！といった友だちの誘惑から逃れ、心穏やかにリラックスすることが必要だった。突如として、俺は模範的なプロ・アスリートになったのだった。

結果はすぐに伴ってきた。ジムでハードにトレーニングをこなしたおかげで、身体は引き締まり、腕は頑丈なレンガのようになっていた。そして腹筋はシャープな輪郭を描くまでに発達していた。ふくらはぎと大腿四頭筋は盛り上がっていた。俺は力でみなぎり、鏡で自分の身体をチェックし、そこに映る最高の身体を持つ自分にこう語りかけた。「ワォ、ウサイン、おまえはとてつもなくすごいぜ」。体中の筋肉が最高の状態だった。

それに加えて、スピードも増していた。正月には、アンティグア・バーブーダの100、200メートルのスプリンターであるダニエル・ベイリーが、ジャマイカで一緒にトレーニングするという連絡を受けた。俺は興奮した。相手がいて、毎日自分の仕上がりを確認できるのだから。ダニエルはスタートが得意で、ブロックから飛び出すときは野獣のようだった。俺たちは二人とも負けず嫌いだったから、練習はすぐさま緊張感たっぷりのセッションになった。

バンッ！　バンッ！　バンッ！　最初の数週間、100メートルの序盤では、ダニエルのパワフルなスタートが決まり、彼はいつもリードしていた。はじめて彼を40メートル付近で追い越したとき、これは重大な瞬間だと確信した。それから何度も何度も、同じ展開が繰り返された。俺は絶好調だった。コーチと一緒にトレーニングを積み重ねてきたことで、俺は新しい加速ギアを手に入れたのだった。俺はとてつもないスピードで加速し、ダニエルは爆発的なスタートをもってしても対抗できなかった。

俺は練習に没頭し過ぎることもあった。夕方の練習で、エネルギーが煙のように消えてしまうのだ。だから、疲労困憊《こんぱい》していたら、コーチに一日の休みを求めた。24時間の休息があれば、自分の身体を十分に回復することができたのだ。俺の肉体は強くなっていた――とてつもなく強靱に。この肉体があれば、200メートルのコーナーで、タイソン、ウォーレスなどの連中を抜いていくロケット燃料がもたらされるはずだった。そして100メートルでも、どんどんスピードがついてきていた。

コーチが立てていた3年計画の最終年を俺は成功裏に、しかもケガすることなく「卒業」することができた。最初のミーティングでコーチが予言したように、オリンピック・イヤーに向けて万全の準備ができていた。

衝撃の9秒76

コーチは100メートル、200メートルの両種目で大きな大会に俺をエントリーさせ、有力なライバルと競わせた。

もし、コーチの戦略に疑問を持ったとしても、俺はまだ21歳でガキみたいなものだったから、自分の心の内に疑問をとどめておくようにしていたし、やりたいことを言うわけにもいかなかった。俺は言われた通り、走れるレースがあればすべてスタートラインにつき、タイソン・ゲイやアサファ・パウエルと一緒にスターティング・ブロックを思い切り蹴って飛び出した。ところが、強敵を相手に俺は両種目で次々と勝利してしまい、それも100メートルでは、みんなが、そして俺自身も驚くようなタイムをマークしてしまった。

2008年の最初のレースはスパニッシュ・タウン［訳注：ジャマイカの都市。かつての首都］で行われたのだが、クレタ島での100メートルの勝利がまぐれではなかったことを証明するように、このレースでも10秒03をマークした。レース後、コーチと俺はトラックを後にしながらタイムのことを話題にしていた。もし、100メートルをベストの状態で走ったら（気象条件にも恵まれて）、9秒87、いや、9秒86を出せる可能性もあるが、そのタイムを出すまでには少し時間が必要だろうと考えた。さすがにそれ以上のタイムは出ないだろうと、コーチも俺も思っていた。ところが、5月にキングストンで信じられないことが起きた。

俺はジャマイカ招待レースで100メートルを走ることになった。その大会は始まってからまだ歴史が浅く、当時はたいして注目を集めておらず、観客席も2002年の世界ジュニア選手権やチャンプスのときのようには満員ではなかった。それでも、その夜のエネルギーはとんでもないレベルに達していた。ファンはみな興奮状態で一体となり、その熱を俺はひしひしと感じていた。スタートでは出遅れてしまったが、50メートル地点ではストライドが伸びてグングン加速していった。残り15、10メートル地点で他の選手を置き去りにして、スピードを緩めながらゴールした。

俺は常識を覆しつつあった。体格を考えると、こうも簡単に100メートルで勝てるはずはなかった。ところが、練習でコーチも俺も気づいていなかったのは、100メートルの後半部分についていえば、俺の長身がアドバンテージになっているということだった。俺の長いストライドがスピードへと変換されるのだが、これだけ長身のスプリンターにそんなことができるなんて前代未聞だった。俺は他のライバルたちに比べ12センチほど身長が高いという、型破りな素質を持っていたから、短距離レースでは少ないストライド数でゴールまで駆け抜けることが可能だった。後になって、コーチは100メートルでの俺のストライド数は41と推計したが、他の選手たちは通常、43、44、もしくは45だった。それはいいニュースだった。スタートで不利になっているにもかかわらず、急激に劣勢を挽回できるのだ。下手なスタートのことは忘れてよく、俺は30メートル過ぎから身体的なパワーを使って加速して追いつくことが十分に可能だったのだ。

さあ、ここで100メートルの「解剖」をしてみよう。ポンッ！　ブロックから飛び出し、スタートから30メートル地点までグングン加速していく間は、頭を下げて前傾姿勢を保ち、とにかくパワーを全開にしていく。たとえ、スタートからの最初の2、3歩がまずかったとしても、そこからが俺にとってレースの本番だ。

その後は、どんどん背筋を伸ばす。加速局面に入ってからは、頭を上げ、膝を高く上げながら、肩をリラックスさせる。50メートル地点では、左右をちらり見て、自分がどれくらいのポジションにいるのか確認する。その地点を過ぎたら——俺は怪物になる。レースを支配する。誰と走っていようが、他の連中がどんなに速かろうが、残り40メートルからが俺の独壇場であり、もしもこの時点で俺の方がリードしていたらゲームオーバーだ。誰も絶対に俺には追いつけない。ラスト10メートル地点で、もう一度、俺は左右を確認する。そして俺は自問する——もう流してもいいかな？　レースのこの段階にいたっては、俺は勝とうが負けようが、最後の10メートルを走りきるのにあと3・5ストライドで終わってしまうのだ。そのとき前を走る奴がいなければ、仕事は成し遂げられたことになる。

キングストンでの勝利は、自分にとって新たな快感を生み出していたのだが、電光掲示板を見たとき、俺は興奮しまくった。最初、9秒80というタイムが目に飛び込んできた。それはすごい記録で、コーチや俺が予想していたタイムをはるかに上回っていた。ところがこの国には「ジャマイカ時間」というものがある。みんな「明日でもいいことは、明日やる」という姿勢が国中に浸透しているというのは本当の話で、それは陸上の記録についても例外ではないのだ！　電光掲示板の数字は後になってから修正され、今度は9秒76と表示されたのだ！

「オー・マイ・ゴッド！　こりゃ、とんでもないタイムだぜ！」

競技場が騒然となった。ファンは歓声を上げ、叫び、ワイルドになっていった。それでも、そこにはなんだか普通ではないことが起きてしまい、とても信じられないという空気も漂っていた。その記録はアサファが持っていた9秒74という世界記録に次ぐタイムで、このニュースが世界中を駆け巡ったとき、多くの陸上ファンは同じことを考えたはずだ。「どうなってんだ、この記録は⁉」

このニュースを聞いたアメリカでは、すぐさま疑問の声が上がり、このタイムはなきものとされた。アメリカの関係者は、現地の時計が壊れており、審判団が不正確なタイムを計測したと主張する始末だった。まったくのたわごとだった。キングストンのナショナル・スタジアムの時計は、まずは推定タイムを表示してから、それから突然、正確な記録を表示するので知られていた。それでも、アメリカからの批判はまったく予想外というわけではなかった。陸上競技でアメリカとジャマイカはここのところしばらく対立関係にあったが、それはジャマイカの選手たちの実力が充実してきて、短距離種目におけるアメリカの支配に挑戦しているからにほかならなかった。

アメリカの不当な反応はファンを苛立たせただけではなかった。しばらくしてから、アメリカのウォーレス・スピアモンは電話をかけてきて、トラックで俺と一緒にいるために自分とチームとの関係が悪化したと説明した。アメリカの連中は、オリンピック・イヤーだというのに、二人が大会中につるんでいるのを好まなかったのだ。ウォーレスがインタビューで敬意を持って俺について話すのを彼のコーチは毛嫌いして、あるときなんぞはあからさまにウォーレスを脅していた。

「ウサイン・ボルトのすばらしさについて吹聴なんかするんじゃない！」。それは命令になった。

「奴をやっつけるって言うんだ！　ウサイン・ボルトが偉大なアスリートだなんて、金輪際口にするな！　テレビに映ったときに笑うんじゃない！　奴の周りをうろちょろするんじゃない！

本気だぞ」

アメリカがタイムについて文句をつけてきたのは、両国の激しいライバル関係を示す格好の例だった。アメリカ側は、ジャマイカのタイム計測の穴を探して、俺の記録をおとしめようとしていた。そして2週間後、俺はポート・オブ・スペイン［訳注：トリニダード・トバゴの首都］での大会で9秒92をマークしたのだが、それを盾にとって、奴らはキングストンでのスピードがまがい物だったと言い立てた。

「これで分かっただろ？　ボルトってのは、みんなが思ってるほどたいした奴じゃないのさ！」

とアメリカ陣営は叫んでいた。

俺はどうしたかって？　何が起ころうとも、無視することにした。

それにしても、どうしてみんなこんなに騒いだんだろう？　俺はまだ21歳で、100メートルのレースを始めてからまだ4レースしか走っておらず、自分自身でも記録にびっくりしていた。そしてまた、アメリカ人を驚かせたという事実も、俺にとってはグッドニュースだった。なぜかって？　彼らのレーダーに、俺がデカく点滅し始めたからだ。

世界最速の男が生まれた瞬間

まあ、聞いてくれ。世界記録を破るには、計り知れないほどの幸運に恵まれる必要がある。才能がなければならないが、純粋にそれだけの話ではない。ニューヨークのリーボック・グランプリで、俺は5回目の100メートルを走ったが、とにかく驚きのレースだった。そこで俺はオリンピックで金メダルを狙える有力候補になったのだ。それにしても、このレースについていちばんクレイジーだったのは、最高のタイミングで、すべての好条件がそろったことだった。ありきたりの大会になる可能性だってあったのに。その日、最高の条件に恵まれて、生まれてはじめて「世界でいちばん速い男」になれたのだ。

まず、最初の幸運はレースの開催地だった。ニューヨークはジャマイカ人にとってアメリカでの本拠地のようなもので、以前はジャマイカ国籍だった人たちがマンハッタンやブロンクスなど5つの行政区にたくさん住んでいた。レースの開催場所はランドールズ島にあるアイカーン・スタジアムで、決してすばらしい競技場とは言えなかったがすでに超満員になっていた。「売り切れ」という表示が観客席の外に貼られ、シートはギュウギュウ詰めになり、何百人という人たちがバックストレートにある芝生の上で立ち見している状態だった。俺は観客席からのエネルギーを感じていた。

どしゃ降りの雨の後だったから、この大観衆は驚きだった。稲妻が空を照らし、雷が頭上で盛大に鳴っていた。信心深い人なら、それは悪い予兆だと考えたに違いないが、俺の興奮度は最高潮に達した。濡れたトラックはより弾みやすく、スプリングが利く状態になり、アスリートにはプラスに働くからだ。

それに、俺には自己ベストを出そうというこだわりはなかった。すべての集中力は、隣のレーンを走る男に注がれていたからだ。タイソン・ゲイ、ただ一人だ。タイソンこそは、大阪の世界選手権の100メートルと200メートル両種目の王者だった。彼が強いのは疑いのない事実であり、その夜の大本命だったが、それは俺にとっては望むところで、そのおかげでプレッシャーをまったく感じることはなかった。やらなければならないことはたったひとつ、スタートラインに立ち、競い、最高のパフォーマンスを披露することだけだった。

これだけリラックスできたのが、俺にとってふたつ目の幸運だった。失うものが何もなかったから、心理的な面から見ると、ポールポジションにいるのはタイソンではなく、俺だった。最強の相手タイソンに勝てるのかどうか、自分の力を確かめたかった。もし、俺が勝ったとしたら、スタンドのみんなはハッピーになる。もし勝てなくても、誰も俺のことなんか気にしない。ただし、俺がジャマイカで出したタイムのことでタイソンが動揺していることは感づいていた。そのタイムは、それまでのタイソンのシーズンベストのタイムよりも速かったからだ。彼は「このガキは本物なのか?」と考えを巡らせざるを得なかった。「今夜、こいつの能力が爆発して俺は負けてしまうかもしれない……」

それに比べれば、俺は気楽なものだった。トレーニングがうまく進んだおかげで、かなり自信を持っていた。俺がベストの状態にあることに疑いの余地はなかった。ちょっとだけナーバスになってはいたが、このレースが100メートルではじめてのリアルなテストであり、ニューヨークで走るということは、俺の実力を世界とタイソンに対して知らしめるチャンスだったからだ。そうした要素を除けば、俺はとにかく冷静そのものだった。世界記録を破ろうなんて、一秒たりとも考えていなかった。

真面目な話、100、200メートルを走る前に、記録を破ろうなんてことは、考えないようにしていた。アスリートがトップ・レベルのタイムをマークするには、冷静で、リラックスしながら、絶対的にスムーズな動きをする必要があった。レースの前に世界記録を出してやろうなどと大それた野望を持ってしまうと、不必要なプレッシャーを自分にかけてしまうことにつながる。それは結局ストレスを生み、リラックスした走りはできなくなってしまう。

俺はそれまでも、アサファをはじめ、ジャマイカのランナーたちがプレッシャーに押しつぶされる様子を見てきた。2005年に彼がはじめて世界記録を破ったとき、俺としてはアサファがタイムのことなんか気にしていないと思っていた。勝つために走っているのであって、記録はステキなボーナスのようなものだと考えているはずだったからだ。ところが、記録を達成した日から、彼の考え方は変わってしまい、メジャーなレースでスタートラインに立つ彼は緊張しているように見えた。彼は金メダルを取るためには、自らの成功を繰り返さなければならない——そう自分に課しているようだった。「俺はもう一度、あの記録を破るために走り、ナンバーワンになってジャマイカに帰るんだ」。彼は自分自身にプレッシャーをかけ、自縄自縛《じじょうじばく》の状態になってしまい、リラックスしたストライドで走ることができなくなってしまった。2007年の9月に彼は再び記録を更新するが、その後は二度と、世界選手権のようなビッグイベントでは勝てなくなった。

ニューヨークでの俺の心持ちは、それとはまったく正反対だった。レースに出たくて出たくてうずうずしていて、他の連中に勝てることを自分の走りで確認したかったが、タイムのことなんか眼中になかった。勝つのが一番。タイムは二番目、それが俺の考え方だった。とにかく勝ちたくてたまらなかった。

スターティング・ブロックに足をのせると、「やっと来たぜ、この瞬間が」と思った。

そして、「用意」の号令を聞いた。

俺はワクワクしてきた。「やってやるぜ……」

バンッ！　号砲が鳴ったのだが、瞬時にスピードを緩めた。全員だ。誰かがフライングして、レースはストップしたのだった。信じられないかもしれないが、このフライングは俺にとってはプラスに働いた。号砲を聞いたとき、俺の反応は、油断をして不意をつかれたかのように、えらくのろかったのだ。最初、音を聞いたときに「ん？　これ、なんの音だ？　おいおい、スタートじゃねえかよ！　走らないと、行かないと！」というような状態で、ブロックに取り残されていた。誰かさんのフライングは、俺にとって幸運の証だった。

「おいおい、きちんと反応しなきゃダメだぜ」。みんながスタート地点に戻り、ポジションに入る間に自分に言い聞かせた。「また一歩も遅れるようなことがあったら、命取りだぞ、しっかりしろ……」

バンッ！　二度目の号砲。今度は完璧なスタートを切った。俺の反応はとてもスムーズで、素早く、パワフルだった。上体を起こし、加速し始めると、俺の太ももとふくらはぎは、濡れたトラックから飛び跳ねるような感覚になり、腕には力がみなぎっていた。30メートルを過ぎたところで、早くもリードを奪い、チラッと横目で見ると、タイソンはすでに視界から消えていた。それどころか、大阪で肩越しに聞いた彼の追い上げてくる音は聞こえず、タイソンだけでなく、他の連中も遅れているようだった。まったく、最高の展開だった！　俺はフィニッシュに向かってパワーを全開にしていく。勝負はついていた。ゲームオーバー。ゴールラインを1着で越えた俺が考えたことはひとつだった。「奴に勝ったぜ！」

俺はとにかく走り続けただけだった。興奮のあまり心臓は口まで飛び出してきた感じで、二本の脚は空気よりも軽く感じた。同じペースでもう１００メートル走れるような気がしたが、いや、たぶん３００メートルでもいけたと思う。俺は極限まで集中していたのだ。そして俺は記録を確認した。

「1着　ボルト　9秒72」

世界新記録。

「オー・マイ・ゴッド!?」

混乱した。頭の中がグルグル回り、完全に自制心を失った。どう感じて、どう行動するかなんて正直分からなかった。立ち止まり、手を振った方がいいのか？　ぴょんぴょん跳ねながら、イカれた奴のようにウィニングランでもした方がいいんだろうか？　それとも観衆の中に入っていった方がいいのか？　実際には、胸を叩いて、ファンを指差してから、膝を曲げてしゃがみ、トラックの上に頭を垂れた。それは神に感謝し、静かに祈りを捧げているように見えたに違いない。おそらく、その通りだったと思う。

当然のことながら、コーチも興奮していた。彼は俺のところまで急いで駆け寄ってきたが、そのスピードはそれまでに見たコーチのどの動きよりも素早かった。彼は俺をハグして、叫びだした。

「おまえならできるって思っていたよ!」。コーチは叫んだ。「アイツをやっつけられると思ってたよ」

コーチはとても幸せそうに見えたが、これは彼にとってもとてつもない業績だったし、それまでのキャリアの中で最高の成功だった。ある意味、コーチはサッカーのヘッドコーチのようだった。とにかく結果が大切だったから、ニューヨークでの勝利はマンチェスター・ユナイテッドのヘッドコーチ、アレックス・ファーガソンがチャンピオンズリーグで勝ったのと同じくらい、重要な勝利だったのだ。とにかく、衝撃的な記録だった。俺が100メートルを走りたいとダダをこねてからずっと、こんな大それた記録を出すなんて二人とも想像もしていなかったのだ。

タイソンは俺を祝福してくれたが、うれしいはずがなく、それは友情の終わりを悟った瞬間でもあった——もし、あれが友情と呼べるものだったらの話だが。スタートラインでの笑顔やちょっとした挨拶は永遠に失われてしまったのだ。彼が、どこで、どのタイミングでなんと言葉をかけてくれたかは忘れてしまったが、実際に言葉を交わしたのはこのときが最後になった。彼にとって「ウサインって、誰だ?」と余裕を見せることはできなくなり、もはや敵となった以上、二人の間に友情が生まれることはもうあり得なかった。それでも、こうしたことが起きても驚きはしなかった。

アスリートという人種は、勝ち負けに対しての反応は千差万別だから、競争にまつわることで、どんなことが起きたとしても驚いてはいけないのだ。中にはいちばんのライバルを殺したいと思う奴もいるかもしれないし、全然気にしないという選手もいる。タイソンが怒る気持ちは理解できた。しかし、誰かが次のレースで俺を負かしたとしても、それは気分は悪いだろうが、だからといって取り乱したりはしないだろう。また努力すればいいだけの話だ。次の大きな大会で勝つためにさらにハードに練習をすればいい。

そうした態度を俺はコーチから学んだ。我々はミーティングを重ねたが、あるとき、コーチは俺が勝者になりたいのなら、メンタル的にどうするべきか説明してくれた。

「ヘッドクォーター（頭）の中にたたき込んでおかなきゃいけないことは、どのアスリートにも〝絶頂期〟があるってことなんだ」とコーチは言った。「タイソンは時代を築いたし、アサファにもあった。もっと遡ると、100メートルのオリンピック・チャンピオンだったモーリス・グリーン、ドノバン・ベイリーがいた。でも、必ず絶頂期は過ぎ去っていき、新しい王者が時代を築く。もし、そうした流れを理解できていれば、たとえレースで負けたとしても、それを受け入れる準備ができているということだから、メンタル的には負けたことにはならない」

次の標的はアサファだ！

そうした考えを持ちつつも、俺は世界記録保持者になることのメリットを身をもって感じた。ニューヨークでタイソンを破っての勝利は、オリンピックに向けて別次元での自信を植え付けてくれた。突如として、いちばんの不安の種になってきたのはアサファだった。アサファは、大きな大会でスタートラインに立つ際、メンタル的にトラブルを抱えていたが、彼のトレーニングを間近で見ていた俺にとって、アサファこそが唯一恐れを感じる相手だった。彼のスターティング・ブロックからの爆発的なスタートを見ていると、どうして彼がもっと速く走れないのか不思議だった。彼のスタートは本当にパワフルだった。もしも、たった一回でいいから俺がアサファのようなスタートが切れたら、いとも簡単に9秒30をマークできるだろう。俺ははじめは無理をせず、スタートの後加速すればいいというタイプだが、ことスタートからの飛び出しについていえば、アサファは完璧な選手だった。

一度、彼がスターティング・ブロックを壊してしまったのを目撃したことがある。それは2006年のことで、そのとき俺たちはレースに向けてウォーミングアップをしていた。アサファは何度も何度もスタートの練習をしていたのだが、バンッ!と突然ものすごい音がしたかと思うと、彼のブロックが見事に壊れていた。

「おいおい、どうなってんだ!」。俺は本当にたまげた。「どうしたら、あんなことになるんだよ!」

次に俺が見たのは、鉄製のブロックをぶらぶらぶら下げているアサファの姿だった。ブロックは真っ二つに割れていたが、ご存じの通りそうそう簡単に壊れる物ではない。トラックの上を走るアサファの力は途方もないものだと思われた。

最高の準備ができれば、アサファは北京で無敵の「殺し屋」に変身するはずだ。しかし、俺はまだ100メートルでアサファに対しては自分の実力を試していなかった。オリンピックを数週間後に控えていた7月、ストックホルムの大会でそのチャンスが訪れた。そのレースは俺にとって大きな教訓となった。そのときのスターターは普通より早くピストルを鳴らすということでみな警戒していたが、俺にとってそんなことははじめての経験だった。俺は本来200メートルのランナーだから、スターターの癖なんて考えてみたこともなかった。単にスターターはピストルを鳴らす人にしかすぎず、どの大会でも似たようなものだったのだ。ところが、ストックホルムではブロックに足をのせた途端、そのスターターは「用意！」とのたまった。

それから、息を吸う間もなく号砲が鳴り、俺はブロックに足が接着したような状態で、ずいぶんと出遅れた。100メートルのレースに出始めたばかりで経験不足だった俺はパニックに陥った。頭が命じるままにすぐ立ち上がり、走り出すことしかできなかった。

「走るんだ、バカ者が！」。心の中で叫んでいた。「急げってば！」

そんな状況では、レースは終わったも同然だった。スプリンターが加速段階でレースをあきらめてしまったら、間違いなく敗れてしまうことさえ、そのときは知らなかった。俺は全力で走り、先行する選手たちに追いつき、先頭を走るアサファをとらえようとした。最後の2、3メートルの地点で、アサファのしっぽをつかまえられそうなくらいぶっ飛ばし、ゴールラインで胸を突き出せば逆転できると分かったが、俺の脳がその考えを打ち消した。忘れるんだ、と。

「違う、違う。俺はこのレースで勝ちたいわけじゃない」

俺はアサファに勝たせた。

これから書くことが突拍子もなく聞こえることは百も承知だが、このレースで感じたことこそ、俺が自分の走りについて考えていることだった。俺のスタートは最悪で、勝つに値しない内容だと感じていた。加速段階ではあきらめモードで、フォームも最悪だったし、このレースで評価できる点なんかひとつもなかった。それでもレースをあきらめたことでハッピーな気分になれたのは、本当に貴重な知識を得られたからだった。俺のスタイルだけでなく、アサファについてもだ。まぬけなスタートにもかかわらず、ゴール付近ではアサファをとらえる寸前だったし、負けたにしても僅差だった。

「たしかにアサファは悪くないけど、北京ではそんなに心配する必要はないな」

この考えを伝えると、コーチは怒った。

「おまえ、何言ってるんだ！　夏だってのに、クリスマス・プレゼントをくれてやったっていうのか？」

それでも、俺はこれが賢い判断だと思っていた。オリンピックの１００メートルに向けて、新しい自信を持つことができたからだ。俺には確信があった。アサファはパワフルなスタートを切って40メートル地点ではリードを保っているだろうが、キングストンやニューヨークでのレースが示している通り、俺の長い脚が差を縮めて、ゴール地点では逆転できるのだ。俺は数学的に有利だった――アサファの44ストライドに対して、俺は41ストライドで１００メートルを走りきれる。

心理的にもそれはいい戦略だった。ストックホルムでの結果を受けて、アサファは俺、そしてタイソンをやっつけるのに今の状態で十分だと判断しただろう。彼は今回勝ったことで過信するはずだった。ただ、俺は頭の中でこう考えていた。

「もう、決着はついてるぜ」

クラブのライバル意識

陸上の世界では、コーチにはコーチ同士のライバル関係があり、レースクラブにはレースクラブのせめぎ合いがある。外の世界から見れば、アスリートという人種は超個人主義者であり、「すべての人間は俺のために存在する」と思い込んでいるように見えるかもしれないが、実際は違う。所属チームのプライドがかかっていて、多くの遺恨も存在するのだ。

ライバル同士の関係はそれぞれ異なっているものの、サッカーでいえばマンチェスター・ユナイテッドとマンチェスター・シティ、テニスのロジャー・フェデラーとラファエル・ナダルのライバル関係に似ている。そこには、独特の緊張感とユニークな背景、歴史がある。俺の周りのライバル関係を見ていくと、コーチの最大のライバルはマキシマイジング・ヴェロシティ・アンド・パワートラック・クラブ（略してMVP）のスティーブン・フランシス（別名フラノ）だ。ここは、俺が最初に本格的なトレーニングを始めたキングストン工科大学にあるクラブだ。フラノはアサファの指導をしていることで有名だった。わがミルズ・コーチは西インド諸島大学にあるレーサーズ・トラック・クラブで俺たちの指導を行っていた。したがって、この両クラブの競争関係には、所属するトップアスリート同士の強さだけでなく、大学間のライバル意識も絡んでくるのだった。少なくとも外部にはそのように映っていた。

それどころか、より根深い問題も絡んでいた。以前、ミルズ・コーチとフラノは一緒に仕事をしていた。そして、なんらかの理由で二人は袂《たもと》を分かった。その瞬間から、どちらが最も成功を収めるかという競争が始まったのだ。俺が100メートルのレースに出始めると、関係者はみんな、ミルズ・コーチが俺をアサファのように強く育てられるわけがないと言っていた。そういう中傷はコーチをイラつかせていたが、ニューヨークで俺が世界記録を出した夜から、コーチに対する悪口はピタリとやんだ。そして突如として、コーチは地球上で最速の男を弟子のリストに加えることになったのだ。

こうしたライバル関係は、ジャマイカのアスリートたちにとって競技レベルの飛躍的な向上につながるので、大いにプラスになっていると思う。それによりみんな切磋琢磨するのだ。レーサーズ・トラック・クラブに新人が入ってくるといつでも、俺は明快なメッセージをみんなに伝える。「おまえたちはもう、高校生のガキじゃない。レーサーズの練習に参加しているんだ。国際舞台に立つことになったら、それはジャマイカではなく、レーサーズの代表だということなんだ。みんなに『俺はウサイン・ボルトと一緒にトレーニングしてる――それだけこのクラブの質は高いんだ』ということを見せつけなければならない。国際舞台に出ていって、本気だってことを証明しなければならない。もしも負けたら、帰ってくるな！」。彼らにこう話したとき、俺は半分本気だった。

そしていつも大きな議論の的になるのは、どちらのクラブの方が優秀なアスリートを抱えているかということだった。人々はどちらのクラブが大きな大会でメダルを取るのか、結果が待ち遠しかった。4年ごとにめぐってくるオリンピック選考会では、「誰がジャマイカ代表になるのか？」ということは問題ではなかった。レーサーズからは何人の選手が入るのか、そしてまたMVPからは何人が代表になるのか、ということが人々の関心の的だった。両クラブの関係はそれだけ熾烈《しれつ》なものだった。

ニューヨークで世界記録をマークした瞬間、俺はコーチの戦いにひとつの決着をつけた。面白いのは、俺がそれより大きな戦いの相手を作り出してしまったということだった。

それはタイソンだ。

彼との戦いは史上まれなる激戦になるはずだった。

第9章　今こそ走るときだ

誰よりも速く走り、3つの金メダルを取る！

100メートルでの俺の成功が、どれほど予測不能のものだったかを理解するには、この事実を確認してほしい。オリンピック前年の2007年にはじめて100メートルのレースを走ったとき、コーチも俺もこの種目でのオリンピック出場なんてことはこれっぽっちも考えていなかった。ノー・チャンスだ。200メートルこそが俺たちのターゲットだった。ところが俺の記録がとんでもないものだったから、突如として、みんなは俺が金メダリストになるチャンスがあるとざわざわし出して、100メートルの世界記録保持者のベルトを俺が巻いている以上、オリンピックの100メートルを走らないわけにはいかなくなった。俺は地球上で最速の男だった。もし、俺がオリンピックを走らなかったとしたら、みんなどう思うだろう？　おそらく、とんでもなく間抜けな男だな、と見下すはずだ。

100メートルを走る決断は簡単だった。俺の周りは騒々しくなってきて、世界記録を破ったことで、陸上ファンは俺の一挙手一投足を見守るようになっていた。みんなこう思い始めた。「おっ！　コイツはホンモノだぜ！　奴が100メートルをアツくしてる。見逃す手はない」

みんなは、俺がどれほどのことを成し遂げるのか注目するようになっていた。国内選考会で100メートルと200メートルでオリンピックの代表権を得ると、スポーツ関係者は一斉に俺に注目した。インタビューの数が増え、サインをせがまれ、トークショーの機会が増えた。

ただ、面白いのは、「オリンピック」という言葉に俺はいつもと違う響きを感じていた。周りの誰がオリンピックという言葉を発しようと、それを聞いた途端、それまで感じたことのないような興奮を覚えていた。それでも、2004年のアテネが、俺にとっては苦い思い出になった事実は動かせなかったが、あのとき俺は若過ぎた。コーチが言うように、どのアスリートにも栄光のときが訪れる。タイソン、アサファ、モーリス・グリーンにドノバン・ベイリーはそれぞれの時代を築いた。北京は俺の天下になるはずだった。なぜなら、シーズンを通して行ったハードワーク、西インド諸島大学のトラックでの苦痛、汗、嘔吐など、そういったすべての努力が結実しつつあったのだ。誰が見ても、俺はピークを迎えつつあった。父さんはレーサーズに2、3回やってきて練習を見学したが、最後まで正視できなかった。息子が地獄の苦しみを味わっているのを見て耐えられなくなってしまったのだ。

こうした苦痛にもかかわらず、コーチのおかげで俺は試練を乗り越え、我々は固い絆で結ばれていた。二人は今や父と息子のようになっていた。問題を解決する過程で我々の関係は密になった。医学界の天才の助けを借りながら、コーチが俺の背中や脚に筋肉系のトラブルを起こさないように注意を払い、最大限のパワーを発揮できるような方法を編み出してくれたおかげで、俺はレースのテクニックを改善することができた。

脊椎側彎症なんてくそくらえだ。ヘルシンキで起こした肉離れや、大阪での残念な結果など、コーチが立てたプログラムにはほころびが生ずることもあったが、そのたびに彼は修正する方法を見つけ出した。キングストンのナショナル・スタジアムで罵声がこだましたときのように、心の中で「もうやめちまえ」という声が聞こえたこともあったが、そのたびにコーチは俺を平常心に戻してくれた。コーチが立てた3年計画は、オリンピックに向けて精神的にも肉体的にも実を結んでいた。

オリンピックが始まる直前に撮られた、すばらしい写真がある。俺の家の周りやトラックでリラックスしたり、笑ったり、何か議論してる写真だ。議論といえば、だいたいNBAのことについてだったが、ときにはバカバカしい話題、たとえば、「最も偉大な発明は何か？　飛行機か、それとも携帯電話か？」（「電話だな、ボルト。おまえがジャマイカから飛び出したいと思わない限りはな」とコーチ）。写真で俺はシャツを脱いでいるが、「おおお！　あのときの俺はすごいな！」と思うほどに、筋肉は鍛え上げられ、体中にパワーがみなぎっていた。俺の肉体はピークを迎え、北京オリンピックはいつやってきてもいい状態だった。

自分が乗ってきていることを実感していたし、とにかく走りが絶好調だった。チェコのオストラヴァで行われたレースで、それほど苦労せず200メートルでのシーズンベストを更新し、アテネで行われたレースでは、19秒67のタイムでジャマイカ記録を更新した。それでもアスリートたるもの、大きな大会を前にした強化期間にはライバルたちにあまり情報を与えないことも大切になってくるので、はやる気持ちをクールダウンさせなければいけないときもある。シーズン当初、コーチは俺が十分に対応できると考えたレースに、可能な限りエントリーしていた。そしてオリンピック本番を１カ月後に控えた時点で、コーチはもう十分だと判断した。周囲の喧噪から逃れ、自分たちが集中できる方法で準備する時期に来ていた。

「もうこれ以上、走る必要はない」とコーチは言った。「みんなにたっぷり考えさせる時間をあげようじゃないか」

この方法は、俺から見ると、ドミノ・ゲーム（数字が書かれた牌を使って遊ぶゲーム）におけるブラフ（こけおどし）戦略に似ていた。早い段階で強い手を見せてしまうと、北京での戦略に悪影響が出てしまいかねない。１００メートルのスターが、オリンピックを間近に控えた時期に、スタートや加速の技術を改良しているという事実を世界中に喧伝する必要がどこにあろうか？　そんなことをしてしまったら、わざわざライバルたちの闘争心に火をつけるようなものだ。そんなことしたくなかったし、世界記録を打ち立てたばかりの俺のような選手にとって、驚きの要素を秘めていることが、戦略的に大きなアドバンテージになることを知っていた。

一方で、俺はアメリカでタイソンがどんな進歩を遂げているのかを観察していた。ニューヨークで俺に負けたことで、タイソンの闘争心には火がつき、状態は極めて上向いているように見えた。俺が１００メートルの世界記録を出してから少し後、彼は追い風参考記録[注1]ながら、アメリカのオリンピック選考会で９秒68のタイムをマークしていた。ところがその後に災難が待っていて、彼は同じレースの200メートル決勝でハムストリングのケガに見舞われてしまった。このケガはどのスプリンターにとっても大きな痛手だが、察するにタイソンは、筋肉のトラブルだけでなく、俺の実力に対して不安を感じ、限界まで追い込んでいるように見えた。ある雑誌のインタビューで、俺がアイカーン・スタジアムで勝ったレースでは、自分の顔の横を俺の膝が駆け抜けていったように見えたとレポーターに語っている。どうやら、俺はライバルに忘れられない記憶を植え付けたようだった。

その年の記録を紙に書きつけてみれば、俺がスプリンターたちの中でどんな立場にいるかが一目瞭然だった。オリンピックの開幕前日、過去の結果をもとにして、大まかに北京の100メートルのレースでどんなことが起きるのか予想することができた。

俺はタイソンを破っていた。

アメリカの代表選考会ではタイソンが勝った。

アサファは俺に勝ったが、俺は勝ちを譲ってやった。

俺は二人に勝つ。

ヨーロッパ転戦中に俺はロンドンを拠点としていたが、北京にはそのロンドンの空港から飛び立った。離陸のため滑走路に入っていく飛行機のシートに座り、携帯電話を取り出してメッセー

注1　強い追い風はアスリートにとって、文字通りの追い風となる。ルールでは最大で秒速追い風2・0メートルまでならば世界記録として認められる。タイソンのレースは、そのリミットを超えていた。

ジを残した。それは自分自身に宛てたビデオメッセージだった。携帯の画面を開き、じっと見つめた。２００８年のオリンピックで俺がやろうとしていることをここに刻んでおくために。「よーし！　これから北京に向かう」。俺は話し始めた。「俺は誰よりも速く走り、３つの金メダルを取り、英雄として故郷に凱旋する！」

すべてが終わり帰国するとき、そのビデオを見るつもりだった。

チキンナゲット１０００個を平らげる

北京での最初の数日間は、どでかい嵐の前の静けさのようだった。俺は選手村の周りをうろつき、カフェテリアで友だちのアスリートとリラックスした時間を過ごしていた。邪魔をする者は誰もいなかった。散歩に出かけたときに俺の存在に気づいたり、黙って会釈をしてきたり、通りの向こう側からじっと見つめてくる者が数人いたが、それだけだった。面倒なことは何もなかった。世界最速の男にしては、まったく知られていない人間も同然だった。

アジアへの旅行は好きなのだが、それは人々がいつも熱狂的に迎えてくれるからだった。それが始まったのは大阪での世界選手権のことだった。バスから降りるといつも、子どもたちが俺の名前を叫んでいたし、いつだってサインと撮影をせがんできた。メディアでさえ礼儀正しくフレンドリーだった。テレビや全国紙のインタビューを受けるたびに、レポーターたちは小さなカメラやイカしたTシャツなど、気の利いたおみやげを用意してくれていた。

ただ、全部が全部、すばらしいというわけではなかった。施設が俺のようなデカい人間のサイズには合わないとあらかじめ警告されていたが、2007年に大阪に行ったときは、シャワーを浴びることとさえひと苦労だった。シャワー口はウェストの高さ止まりだったし、シャワー室の中に入ること自体がひと仕事だった。それはまるで棺のようで、そこに体を滑り込ませることができなかった。滞在した2週間の間、まともに自分の背中を洗うことはできなかったと思う。

それに俺はアジアの料理が苦手だった。まったく食べられなかったのだ。北京に到着したとき、ジャマイカのコーチ陣は、オリンピック村の外では絶対に食事しないようにと選手に強く警告してきた。それに中国政府さえも地元のお店に対して、どんな状況であっても、旅行者に特定の肉を提供しないように警告していた。そのひとつが犬の肉で、もちろん俺は犬なんか食べたいとも思わなかった。オリンピックという大舞台を前に、胃腸がおかしくなってしまいかねないような妙な食べ物なんてお断りだった。

そのかわりオリンピック村のレストランに毎日、三度三度顔を出した。まずチキンを食べてから、麺類にチャレンジしたが、自分の好みに合うとは言いがたかった。俺はジャマイカ人なので、豚肉、ライス、サツマイモや肉入りの蒸し団子が大好きだったのだ。チキンの甘辛煮は俺向きではなかった。いくつかの中華料理は香辛料が強過ぎたり、そうかと思えば他の料理はまったく味がしないありさまで、食事のことを考えると憂鬱になっていった。最初の数日間、食事については本当に苦労した。

「もうたくさんだ！」。俺はある朝、ボウルに出されていた、やたらと明るい色をした食べ物を見ながら、そう考えていた。「チキンナゲットを食うぞ!」

まず、ランチで20箱分のチキンナゲットを平らげ、それからディナーでも同じ量のナゲットを食べた。翌朝は2箱、昼に1箱、そして夜にまた2、3箱を食い尽くした。それだけでなく、俺はフライドポテトをつまみ、アップルパイまで食べた。その晩、夜中の3時に腹が減ったので、俺はルームメイトで十種競技のモーリス・スミスを起こして、またもやチキンナゲットのボックスを買いに行った。

オリンピック村の施設内では、ジャンクフードは食べられず、きっと超健康的な食事しかないと推測していたのだが、現実は逆だった。選手村にはチェーンのレストランもあって、オリンピック村で働く人たちが食べられるようになっていた(アスリートだけが利用するわけではなかった)。続くランチタイムには、その日3箱目のナゲットを食べていたら、チームメイトはそれを指差して、愉快に笑っていた。みんなは俺が胃袋に落下させたチキンの揚げ物の量に信じられないといった表情をしていたが、100メートルハードルの選手ブリジット・フォスター・ヒルトンがもう十分だといった表情で宣告を下した。

「ウサイン、あんたはそんなにナゲットを食べちゃいけない!」と彼女は叫んだ。「野菜もきちんと食べなさい。そのままじゃ、自分で病気にかかろうとしてるようなもんだよ!」

俺はしかめ面をした。こんなことを言われて困惑していたのだ。「そうかなぁ……」

ブリジットは俺の腕をつかんだ。彼女は選手村のレストランに俺を引っ張り出し、ありとあらゆる種類の野菜を食べさせたのだが、どれもこれも俺の口には合わなかった。俺の態度は彼女をイラつかせた。彼女はもう最後の手段だと思って、サウザンド・アイランド・ドレッシングの入った小袋を手渡してきた。はじめてそのドレッシングをサラダにかけてみたら、野菜に味がついて生き生きとしてきたような感じだった。それからというもの、ブリジットの持ってくる野菜にドレッシングをじゃぼじゃぼとかけ、ボックス1個分か2個分のナゲットと一緒に食べた。これは毎回食べられるヘルシーなヒット食になった。

ただ、それでも恐ろしい計算が成り立った。平均で俺は24時間に100個のナゲットを食べていた。選手村に10日いたから、大会が終わるまでに1000個のチキンを食べたことになった。まず、間違いなく、俺はチキンの大食い競争で金メダルを獲得したに違いなかった。

食事という唯一の心配事を除けば、トラックでの俺はキレキレだった。コーチは2007年の世界選手権のときと同じように、100メートルの予選では明確なルールを定めた。俺はどのレースでも余分な力を出さずに1着か2着に入らなければならなかった。俺は余裕を持って最後は流してゴールできるわけだから、コーチは予選の段階で筋肉に負荷をかけてほしくなかったのだ。どのレースでも、俺はコーチの指示に従った。迅速なスタートを心がけ、後はしなやかに加速していった。すべての予選で、余裕を残しながら2着以内に入った。

ライバルからも目を離さなかった。タイソンのレースは内容が良く、この時点ではハムストリングのケガをした選手には見えなかった。彼のレースを見るといつもリカルド・ゲッデス、キース・スペンスに勝って以来いつも繰り返している呪文を思い出した。「俺がデカい大会で負かした連中は、二度と俺に勝つことはできない」。北京での状況を俺はこんなふうに見ていた。かけられているものは大きかったが、いつもの大会と同じ気持ちで臨んでいた。ニューヨークで負かしていたから、タイソンは二度と俺に勝てないはずだった。俺はメンタル面で有位に立っていた。

その証拠は目に見えて表れていた。準決勝のレースは楽勝そのものだったが、オリンピックという舞台で楽勝と思えるのは普通のことではない。なぜなら、実力のある選手たちが最高の舞台に集まるわけだから、準決勝ともなると3人、4人くらいの実力者がひとつの組に集まってしまう。決勝に進めるのは上位4着までだ。それはつまり、ミスを犯してしまったら致命傷になる確率が高かった。どんな強い選手であっても、ミスを犯してしまえば、他の選手に決勝に進むことを譲るようなものだ。ただ、俺はそんなことはしなかった。コーチの指示に従い、まったくストレスを感じることなく決勝に進んだ。

しかしその後、トラックで衝撃が走った。俺のレースの後、準決勝の第2レースでタイソンが5着に終わってしまったのだ。彼のタイムはひどいもので、10秒05という並の記録でしかなく、俺の最大のライバルはオリンピックからあっけなく退場していくことになった。筋肉のケガから回復の途上にあったタイソンが100パーセントの力で走ることは不可能だと知ってはいた。オリンピックを直前に控えた時期に負ったケガだったから、北京で全力を尽くすことは難しかったに違いない。結局、ケガが最後まで響いたのだ。

そのニュースに喜んだ選手もいたかもしれないが、俺はがっかりしてしまった。タイソンには決勝に進んでほしかった――しかも最高の状態で。俺は地球上で最高のアスリートを蹴散らさなければならなかった。俺は金メダルを獲得するにしても、最強の選手たちが決勝に顔をそろえた場で、自分が進化して勝たなければ面白くもなんともなかった。タイソンは記者会見でメディアに対して、今回のタイムは痛めたハムストリングとは関係ないと話したが、落胆の表情は隠しようがなかった。彼にとって2008年のオリンピックの夢は終わってしまった。俺は夢の実現にまた一歩近づいていた。

100メートル決勝。勝負はついた……

100メートルの決勝は、準決勝の2時間後に行われる予定になっていたので、集中力を維持することが最初の関門だった。大きな大会の決勝の前、アスリートにとってよく問題になるのが、メンタル・クラッシュだ。目の前にある仕事に対して過度に集中し過ぎて、気持ちの面で疲れ過ぎてしまうことが多々あるのだが、俺にとってはそんなことは問題にはならなかった。俺はとても冷静だった。筋肉がしっかりと力を発揮できるようウォームダウンしてから、トラックに座りコーチとリッキーと一緒にリラックスしていた。俺たちは笑いながら、車、NBA、そして女の子のことについて話していた。なんだか20分しか経っていないような気がしていたが、実際には90分近く経過していて、俺はマッサージ担当のエディがウォーミングアップの時間だぞ！と叫んでくるまで時間の経過を忘れていた。レースのスタートが刻々と近づいていた。

ストレッチをしながら準備を進めていると、コーチは俺の関節の動きを注意深く観察していた。エディは俺の背中、臀部、足首を入念に手入れして、動きを良くしていた。脊椎側彎症に苦しんだのは遠い過去の思い出になり、俺のハムストリングはバネの利いたスプリングのようでパワーがみなぎっていた。

練習用トラックで、何本か軽めのストライド走を行った――身体をほぐすのが目的だが、けっこうスピードは出した。俺は脚や腕に熱があふれていくのを感じることができた。肺も広がったような気がした。ストライド走の最後にはブレーキをかけるのではなく、ゆったりとスピードを緩めた。俺の身体のすべてのパートが、エネルギーに満ち、しなやかになっていった。

俺はレーンを眺め、アサファがスタートの練習をしているのを目撃した。パンッ！　パンッ！　パンッ！　彼は絶好調だった。しかし、コーチは俺が十分に準備をしたと考えていた――もう十分体は温まっていたのだ。

「大丈夫かな、コーチ？」。俺は少し不安になった。「アサファは何度もスタートの練習をしてるぜ。俺ももうちょっとやった方がいいんじゃないかな？」

コーチは首を横に振った。「いいんだ、ボルト。おまえの身体は十分に温まっている。心配する必要はない」

彼は手を伸ばして俺をトラックから引き離した。「大丈夫、行くんだ」。彼は言った。「準備OKだ」

おお！　コーチの言葉を聞いて、20フィートくらい背が伸びたような気がした――できることはすべてやったのだ。俺はコーチに全幅の信頼を置くようになっていたので、彼からのちょっとした励まし、たとえば「準備ＯＫ」という言葉だけでも、俺の中にはさらなる自信がみなぎるのだった。アドレナリンが血管を、そして神経を駆け巡っていたが、俺の心の中には一点の曇りもなかった。すべての練習と準備を完了させ、トラックでそのまま実力を発揮できたなら、地球上では誰も俺を負かすことができないことを知っていた。

俺はリラックスしていた。選手の招集所で、俺はジョークを飛ばしながら、他のカリブ海諸国の選手たちを楽しませていた。俺は走りたくてうずうずしていた。コーチは最後に俺の背中を叩いてから送り出した。興奮は極致に達していたけれど、最後にもう一度だけ冗談を飛ばそうと思った。一台のカメラが俺の顔をなめるように追いかけ回していて、その映像は世界を駆け巡り、アリーナの中の大型スクリーンにも映し出されていた。コーチが手のひらを俺の肩にのせたとき、俺は悲鳴を上げながら身体を前に投げ出し、苦痛に顔をゆがめる仕草をした。カメラは俺の顔にズームしてきた。世界中が見ている前で俺のコーチが、地球上で最も大きなスポーツイベントの前に、１００メートルの世界記録保持者にケガをさせてしまったのだ。

俺が視線を上げると、コーチは不安そうだった。それからすぐに彼の携帯の着信音が鳴った。それはスタンドにいるコーチの友だちからのメールだった。みんなスタジアムのスクリーンでこの光景を見ていて、大騒ぎしていた。

「おまえは一体全体、ウサイン・ボルトに何をしでかしたんだ!?」。メールにはそう記してあった。

俺は笑いをこらえきれず、とてもリラックスすることができた。レースに対する心構えは完璧だった。

しかし、どんなジョークもオリンピックの決勝という大舞台の緊張感から俺を解放はしてくれない。スタジアムのトラックに入っていくと、大観衆は大歓声で選手を迎え、カメラのフラッシュが点滅した。歓声が大き過ぎて、他の音は聞こえなくなったほどだ。俺は突然、ジェイ・Zのようなパフォーマーが満員のアリーナに歩いていくときにどんな気持ちになるかを理解した。北京国家体育場（通称 Bird's Nest［鳥の巣］）はノリノリで、観客席はギュウギュウになり、それまでの経験に照らし合わせると、様々な音や色は、まさに俺がさらに弾けるために必要なものだった。観衆の喧噪はスポーツ・ドリンクのようなものであり、俺はそれを最後の一滴まで飲み干した。

それでも、選手の全員が同じように感じていたわけではない。アサファの状態は良さそうではなく、目は落ち着かない感じでナーバスになっていた。緊張が彼の内部を侵食して、俺まで不安になった。最初に思ったのは、いつものように彼を助けてやらなきゃということだった——彼は同じ国の仲間であり、彼をリラックスさせてベストの状態にしてやりたかったのだ。オリンピックで走るライバルに対して、余計な心配をするアスリートなんておそらくいないことなんて分かってはいたが。

俺はそんなことは考えなかった。アサファが好きだったし、すごく尊敬もしていた。彼がジャマイカの陸上のためにしてきたことは、俺にとってかけがえのないものだったし、その功績は、彼に続くジャマイカの陸上エリートたちにとって、大きなモデルとなっていた。彼の世界記録がなければ、俺のようなアスリートは高い目標を持つことはできなかった。オリンピックに向けての数年間、俺たちは彼のスピードに対抗しようと練習を続け、彼よりも速く走ろうとしたが、結局それができたのは俺だけだった。アサファのタイムがなければ、世界記録はまだ9秒79のままだったはずだ。

彼はジャマイカ人として国家的な期待を背負って走っており、それまで経験してきたストレスが尋常なものではないことを俺は理解できた。ジャマイカではみんな俺なんかよりアサファのことが大好きで人気があったのだ。彼こそはジャマイカ人にとってのゴールデン・ボーイだった。とても謙虚でいい奴だったから、オリンピックのような大きな大会で金メダルを取り、祖国に持ち帰ってほしいとみんなが心から願っていた。しかし、その愛情こそが彼を苦しめた。国民的な期待は不安を増加させ、彼はそうした期待を遮断する経験を持ち合わせていなかった。

俺は2002年の世界ジュニア選手権で、そんなプレッシャーを退けることに成功していたが、アサファは俺と同じ育成システムをくぐり抜けていなかった。彼はチャンプスで数回走っただけで、ジュニアレベルではそれ以上の舞台を踏んだことがなかった。若い時分に、世界ジュニアのような国際舞台で走ることで感じるプレッシャーにそれほど直面してこなかったのだ。彼は、プロとして競技生活を始め、ここまで上り詰めてきた。それはつまり、大きな大会でスターとして感じるプレッシャーがのしかかってきたとき、周囲の注目やストレスにアサファはうまく対処できないことを意味していた。とにかく俺は彼のことをそのように見ていた。北京では、大きなレースを走る精神的な疲労が彼を襲い、彼は再びうまくそれを処理することができていなかった。アサファは凍りついているように見えた。

我慢できなかった。スタートラインに向かう彼を俺はつかまえた。

「よっ、やってやろうぜ！」と俺は、彼を奮い立たせようとして声をかけてみた。「これは最高のレースになるぜ。ジャマイカのワン、ツーフィニッシュだ。行こうぜ！　やってやろうぜ！」

彼は笑い、俺たちは拳をぶつけ合った。俺は最初、このちょっとした会話が彼を元気づけたと思った。しかし、ストライド走や最後のウォームアップをする段階になって、恐怖の表情が彼に戻ってきたのが見えた。まさにこのとき、俺はアサファがオリンピックの金メダルには縁がないことを悟った。

「おいおい！　アサファに俺がしてやれることはもうこれ以上ないぜ」

人の心配をするのはおしまいだ。場内アナウンサーが俺の名前をコールすると、俺はふざけてみた。前の晩にモーリスに刈ってもらっていた頭のてっぺんをなでつけるような仕草をして、もみあげを逆立てて、最高のヘアスタイルだぞとアピールしてみせた。観衆は大爆笑していた。俺はとてもリラックスして、１着になることはもう分かりきっていた。スターターの号令が警報のように響いた。

「位置について……」

観衆は水を打ったように静かになった。

これだ、求めていたものは。

深呼吸をした。

俺はスタートラインについた。

やるんだ、やり遂げるんだ。

俺はブロックに足をのせ、ポジションについた。

神様、どうかスタートがうまくいきますように。最高のスタートをお与えください。完璧なスタートを……。

「用意！」

「こいっ！」

……。

……。

バンッ！

ピストルが響いた。たった100メートルを走る間に、スプリンターの心の中にはたくさんのことが浮かんでくるものだが、俺の場合、どのレースでも本当にくだらないことばかり考えていた。見ている人にとっては、100メートルなんてたった9秒半ちょいから10秒くらいであっという間に終わってしまうのだから（10秒もかかったら俺にとっては最悪の日になるが）、俺の言葉は不思議に聞こえるかもしれないが、実はその間に信じられないくらいたくさんのことを考えられる。たとえば、スタートで失敗をしてしまったとき、特に遅れ過ぎて、一人だけ取り残されてしまったような場合だ。俺は誰が先行しているか考えるし、後ろから迫ってくる奴が俺を負かそうなんてバカげたことをしないかどうか、頭を巡らす。真面目な話、トップスピードに向けて加速していくときも、俺の頭の中にはどうでもいいようなことがいっぱい浮かんでいる。

バシッ！

俺はブロックから飛び出したが、弱ったことに俺の隣のレーンだったトリニダード・トバゴのスプリンターのリチャード・トンプソンが、オリンピック史上これ以上はないという最高のスタートを切っていた。

クソッ！　どうやったら、そんなスタートが切れるっていうんだ？　おいおい、おまえが反対側にいるアサファの姿をブロックするもんだから、俺がどのポジションにいるか、全然分からないじゃないか。

俺はずっと彼の姿から目を離さず、加速段階に入るべくストライドを伸ばし始めた。一歩、二歩、三歩、それから俺はよろけた——不安定なステップをしてしまい、右側に身体が傾いたのだ——それでもすぐさま体勢を立て直し、冷静を保った。俺はそれまでにもひどいスタートや、20メートル地点までスピードに乗れないことがあったが、うまく切り抜けてきたから、パニックになることはなかった。

ストックホルムだって、そうだったぞ。ストックホルムを思い出せ。パニックになるな。加速して、走るんだ。走れ！　走れ！　走れ！　なんだ？　トンプソンは落ちてこないじゃないか。

彼は俺の前にいる……。

俺は白線の向こうに目をやった。

彼が集団のトップを走っていた。

次が、俺だった。

走り続けるんだ。

俺は走りに勢いが増していることを感じることができたし、長いストライドがついにトンプソンをとらえ、いったん追い抜いてしまうと、俺に見えるのはゴールラインだけになった。素早くチェックした――俺はリードしていたが、どこにもアサファの姿は見えなかった。

アサファは何やってんだ？

ランナーたちはゴールに向かって疾走していた。トンプソン、ウォルター・ディックス（アメリカ）、チュランディ・マルティナ（オランダ領アンティル諸島）、マイケル・フレイター（ジャマイカ）、マーク・バーンズ（トリニダード・トバゴ）、そしてアメリカのダービス・パットンが走っていたが、どこにもアサファの姿がない。俺はからかわれているような気分になった。アサファもきっといい位置につけているはずだったのに。

とても嫌な予感がした。彼はどこにいるんだ……。

75、80メートル地点で、俺はもう一度のぞき見をしてみた。のぞき見という言葉を使ったが、実際俺は肩越しに振り返ったのだ。俺はアサファがどこにいるかを確認したかった。

兄弟、どこにいるんだい？　タイソンがいないんだから、あんたがトップの方を走ってなきゃおかしいだろ？　何やってるんだ？　俺はもっとハードに走らなきゃいけないのか？　もう手を抜いていいのか？

そして、俺は悟った。

おいおい、俺はこのレースに勝つぞ！

もう負けるなんてあり得ない。まだ10メートルを残した地点で、俺はもうワイルドな気分になった。俺は空中に腕を上げ、興奮に我を忘れた。誰も俺に追いつけないと分かったから、胸をどんどんと叩きもした。勝負はつき、俺はオリンピックのチャンピオンになり、それまでコーチと一緒にやってきたことが報われた瞬間がやってきた——練習でのすべての試練が俺をゴールテープに導いたんだ。

コーチは俺ならできると言ってくれた。俺は完璧な準備をしたと……。

伝説のポーズ、そして驚愕の世界新記録

ゴールした後は、ニューヨークのときと同じように混沌がやってきた。俺はレーンを振り返り、アサファが5位でフィニッシュしたのを見届けた。ウィニングランをしていると他のランナーが祝福しに寄ってきてくれていたが、俺は天に向かって指を差した。リチャード・トンプソンも興奮して、ダンスしたり、叫んだり、もうメチャクチャだった。そのはしゃぎっぷりは度を越ていたから、誰もが彼が金メダルを取ったと思っただろう。その晩、彼はレポーターに向かって、自分が勝者だと話していた。

「俺が1着」。彼は真面目にそう言った。「ウサインは番外で、異次元でレースをしてるんだ。フツーの１００メートルの決勝で勝ったのは俺なんだ」

俺は観客席に走っていった。カメラマン軍団が俺を取り囲む。どいつもこいつも完璧なショットを撮りたくて、俺の顔の真ん前にカメラを突き出していた。俺は右手を引き、まるで弓の射手が、弓から矢を引いて空に向かって射るようなポーズをした[注2]——それは俺にとって、はじめて手にしたオリンピックの金メダルの象徴で、稲妻を表現したポーズだった。スタジアム全体にフラッシュが点滅し、たくさんの人が俺に群がってきた。

俺はファンにもみくちゃにされていたが、それでもその喧噪の中、母さんが俺を呼ぶ声が聞こえていた。俺は観衆の中に母さんの顔を見つけた。誇らしげな表情をしていた。俺は母さんのところに駆け寄った。

「VJ！　VJ！」。彼女は叫び、俺を引き寄せてジャマイカの国旗を渡してくれた。パート先生も一緒にいた。俺の心臓は胸から飛び出しそうなくらい激しく鼓動していた。

「ヘイ、ナンバーワンだな」。そう彼は言った。

俺はもう一度ウィニングランをしたかった——コーチ、リッキー、友だちに会いたくて仕方がなかったが、誰かが俺のユニフォームを引っ張っていた。彼は叫び、俺を揺さぶっていたのだが、周りがうるさくて何を言っているのかさっぱり分からなかった。しかし突然、彼の言葉がモ

注2　このポーズのもともとのアイディアは、俺の友だちであるジャマイカのダンサーのものだった。俺がもしも100メートルで勝ったとしたら、クレイジーなダンスの振りをするという約束をしていた。名付けて「To Di World」（トゥ・ディ・ワールド）というもので、天に向かうポーズは俺が付け加えたものだ。

ハメド・アリのフックがあごに炸裂したように俺をとらえた。

「ウサイン、早くしろ！」と彼は言った。「電光掲示板のところに行って写真を撮ってもらわないといけないぞ。世界新記録だ」

「なんだって!?」

俺は一瞬たりとも記録のことは考えていなかった。ニューヨークでタイソンと走ったときのように、集中すべきものははっきりしていた。第一に勝つことだ。時計のことは二の次だった。電光掲示板を見ることさえしなかったが、トラックの端には掲示板の大きいスクリーンがあったから、そこにはじめて目を向けた。隣にはフィニッシュラインを越えた俺のテレビ映像が流れていた――歓喜、汗、そして祝福の大音声――そしてタイム。

9秒69。

世界新記録。

やったぜ！


俺が欲しいのは不滅の歴史だ！

そのとき何を考えていたかは正確には覚えていない。オリンピックの決勝で自分が持っている世界記録を破ったとしたら、アスリートの頭の中にはどんなことが去来するのか？「ワオ！」と思い、そしてたぶん、思い出せないほどのあらゆる感情が渦巻くのだ。俺は正直驚いた。俺にとって金メダルだけがずっとターゲットで、この新記録と自分の名前が、スーパースターが居並ぶリストのてっぺんを飾るなんて考えてもみなかったのだ。

ところが不思議なことに、その記録に我を忘れるなんてことはなかった。オリンピックまでの数カ月間、俺は地球上で最速の男であるという重荷と折り合いをつけていたのだ。ニューヨークでのレースが終わってから、俺は記録に関しては一貫して無関心だった。たしかに、たいしたことを成し遂げたのに違いなかったが、俺には最速の男という言葉があまりなじまなかったし、地球で最速の男よりも、オリンピックのチャンピオンになることがもっともっと重要だということに気づいていた。

このようなことを俺が言い切る理由ははっきりしていた。どんなときでも誰かが俺より速く走る可能性がある。たとえばタイソンのようなランナーが何週間後に試合に出て、最高の追い風を受け、完璧なスタートを切り、生涯最高のレースをして、俺のタイムを上回ったとする。俺はキングストンでゆったりしていて、電話を取ると、コーチの声が聞こえてくる。「ウサイン、ドーハでの試合のことなんだが、信じられないだろうが……タイソンが9秒50をマークしたんだ。おまえはもう、地球上で最速の男じゃない」。その電話で、世界最速というタイトルは消える。

アサファに起こったのはそういうことだった。たぶん、彼は俺のニューヨークでのグランプリレースを自宅のテレビで見て、俺がタイソンに勝つように応援していたはずだ。おそらく俺が勝つとは予想もしていなかっただろう――あり得ない。彼は心の中でこう思っていたはずだ。「ウサインがタイソンに勝つだって？　そんなことは考えられない」。それから世界記録が俺のものになるところを目の当たりにする。突如として彼は世界記録保持者の称号を剝奪されてしまったのだ。

奪われる。

終わる。

おやすみ……。

しかし、不滅の歴史を作ることはまったく別の意味合いを持ち、そのことが俺はうれしかった。北京オリンピックの100メートル決勝で俺は金メダルを獲得し、オリンピック・チャンピオンの称号を永遠に手にした。俺は王冠をいただき、誰も歴史から消せない絶対的なものを残したのだ。アサファではなく、ウォーレスでもなく、タイソンでもなく、誰でもない。俺はニューヨークで地球上で最速の男という称号を手にしたが、それはいつ失ってもおかしくはないものだ。より重要なことは、記録はトッピングにすぎないが、オリンピックの金メダルはケーキそのものみたいなものだ。

金メダルを取って、俺はよりハングリーになった。もっと「ゴールド」が欲しくなっていたのだ。

第10章　自分のものをつかみとれ！

「200メートルの世界記録も出すつもりだよな？」

夜更けになってやっと抜け出したときには、「鳥の巣」はすっかり静まり返っていた。時計の針は12時をとっくに過ぎていた。スタジアムの照明はすっかり落とされ、観客席はがらんとしていた。たったひとつ聞こえるのは、場内清掃のボランティアがゴミを掃除し、椅子を拭く音だけだった。俺には装備を撤去する電動カートが立てる音が聞こえていた。たった2、3時間前の音と色の爆発を経験した後では、この静けさは不気味なほどだった。おお神様、疲れ切ってしまったよ。俺はドーピング検査とメディアの対応に追われた――取材は何時間も何時間も続いた――今、俺はチキンナゲットを食べたかったし、家族の顔を見たかったし、ベッドに飛び込みたかった。興奮を少しでも冷ましたかった。

俺は、アメリカで夏の間働いていたNJに電話をした。北京は、ウィリアム・ニブ高校の図書館でのレース前の戦略ミーティングから時間的にも地理的にもずいぶんと離れていたが、NJも俺のレースを見て、みんなと同じように感動していた。

「おー、ＮＪ！」。俺が叫ぶと、ガラガラのスタンドに声が響きわたった。「俺たちはついにどでかいことをやり遂げたぜ！」

レースの後、オリンピック村にたどりつくまでに、俺を取り巻くすべての環境が完全に変化したことに気づいていた。本当にすべて、だ。オリンピック村にあるジャマイカの居住棟に車を止めると、外にとんでもない数の人たちが集まっていた。最初は消防訓練か何かが行われているのかと思ったが、みんなストリートに立って、俺のことを待っていたのだ。俺は隣に座るリッキーに目をやった。

おいおい、何が起きてるんだ？

「みんな君を見に集まってるんじゃないかな、ウサイン」。リッキーは言った。

彼の言う通りだった。俺が車から降りると、群衆がくるりと振り向き、俺たちの方に殺到してきた。みんな興奮していて、サインを求めてきた。ボランティア、選手、選手の友だち、ありとあらゆる人がそこに集まっていて、ペンや紙を振り、「写真！　写真！」と叫んでいた。俺は何がどうなっているのか、分からなかった。誰かが「稲妻のポーズを取ってくれ！」と叫んでいた。俺の人生は永遠に変化してしまった。

もしも俺が１００メートルに勝ったなら、きっと俺のことを評価してくれる人が何人か増えるだろうとは思っていた。ところが、これはファンが何人か増えるとかそんなレベルの騒ぎではなかった。これまで俺の身の回りで起きたどんなことよりも大きく、より混沌として、大騒ぎになっていた。真面目な話、ヒステリー状態が進行していた。

俺はジャマイカ選手団の宿泊所でゆっくりしたかったのだ。しかし、建物の中に入ると、コーチとマッサージ師のエディだけでなく、他の選手たちも待っていてくれた。みんなハイになっていて、パーティのノリが充満していた。モーリス・スミスは中国にビデオカメラを持ち込んでいたが、それを俺の顔に向け、「ヘーイ、ここに地球最速の男がいるぜ！」とか叫ぶ始末だった。

俺は笑って、レンズをのぞき込んだ。「俺はビッグなチャンピオンだぜ」と言い、撮影されるのを楽しんだ。

「わが家」に帰って来られて本当によかった。少しの間だが、オリンピックの狂気と緊張から解放されていた。ジャマイカ・チームは雰囲気が最高で、選手同士も仲が良く、オリンピック村のムードも落ち着いていた。この感じは、俺がハンガリーやキングストンで一緒に過ごしたジュニアのグループと同じような雰囲気だった。その当時は、個人競技の選手の集まりというよりも、サッカーチームの一団のようで、ジュニアの選手の間には連帯意識がとても強かった。レースの前には仲間同士で話し、モチベーションを高め合ったり、試合で負けた選手がいれば慰めてやったりした。

北京オリンピックでは、女子１００メートル金メダリストのシェリー＝アン・フレイザーや、女子４００メートルハードルで金メダルを取ることになるメレーン・ウォーカー、女子２００メートルでこれも金メダルを取るベロニカ・キャンベル＝ブラウンといった才能豊かで、集中力抜群といったエリートが集まっていたが、ジュニア時代と同じような連帯感をみんなが持っていた。俺のメダルが最初のメダルだった。俺がジャマイカのメダルラッシュの口火を切ったのだった。

コーチがジョークをかましてきた——まあ、少なくとも俺はジョークだったと思うようにしている。「次の100メートルでは、もっとうまくいく方法を見つけたよ」とコーチは言った。「いつだって改善することはできるんだよ、ボルト」

俺はレースのすべてを思い返そうとした。誰にでもレースのことを話せたし、みんなにオリンピックの金メダルを取るのがどんなものかを話して聞かせた。マッサージ担当のエディはトラックを走っているとき、どんな気分がしたか聞いてきた。

「楽しむだけさ、兄弟」と俺は言った。「普通のレースと同じだ。いつも味わうような興奮をたしかに感じたけど、今日ばかりはハンパじゃなかった。俺は他のどこからも得られない自由を感じたんだよ。楽しかったし、興奮したし、強烈なエネルギーが俺に流れ込んできた。美しかったぜ」

誰かが俺の靴ひもがレース中ずっときちんと結ばれていなかったと言ってきた。俺は笑いだしてしまった。「マジかよ?」。集中して気づかなかったようだ。

深呼吸をした。俺はくたびれていた。リラックスしようと部屋に行くと十種競技のモーリスがいた。俺は彼と一緒にいるのが好きだった。今回の遠征で、俺たちははじめて合宿をする子どものようだった。俺たちはいろいろなことを話したが、ほとんどはジョークばかりだった。話し声がうるさかったので、廊下を挟んだ向かい側の部屋に寝起きしていたコーチは、とにかく声を小さくしてくれと頼んできたくらいだ。しかし、モーリスと俺のにぎやかな林間学校部隊は、ある意味、メダルを獲得するのに最高の雰囲気を作り出していた。俺たちは観衆やオリンピックのプレッシャーから離れて、自分たちだけの世界に入り込めた。何かを話すにしても、「鳥の巣」や、タイソンやアサファやレースのことについて口にすることはまれだった。そのかわり、俺たちは女の子のことや、サッカー、クリケットのことを話した。大切な話なんて何もなかった。

しかし、その晩だけは別だった。このときはじめて、モーリスは陸上の話を切り出した。

「今度の200メートルじゃ、世界記録を出すつもりだよな?」

俺は頭を枕にのせていたが、その言葉を聞くといろいろな考えが浮かんできた。俺も、みんなと同じように200メートルのレースが持つ意味を分かっていた。マイケル・ジョンソンの世界記録である19秒32は俺には手の届かないように思えた。1996年のアトランタ・オリンピックでマークして以来、12年もの間、誰にも破られていない記録だ——俺が陸上の王者になることを夢見たあのレースだ。おそらくマイケル・ジョンソン本人が、簡単には破られることはないと思っていたはずだ。ジョンソンはメディアに対して、俺には彼が持っていたのと同じレベルのスピードで、ゴールまで走りきる持久力がないと語っていたようだ。

「分からない」と俺は言った。「俺にできるとは思えないんだ。これは19秒30、19秒31とかの話だ。そんな記録に近づいたためしもない」

ところが、モーリスは俺がその領域にとっくにいると考えていた。彼は興奮していた。「いいか、ウサイン。おまえは１００メートルを9秒69で走ったんだぜ。すごいことだぜ、できるぜ、絶対！」

「分かっちゃいるけどさ、２００メートルはまた別物なんだって」。俺は言った。「分からない。俺はただ……」

それは真実で、俺は単純にどんなレースになるか分からなかったのだ。それこそが俺の正直なリアクションで、モーリスをからかおうなんて気は少しもなかった。俺は１００メートルよりも、２００メートルの方が自信があったが、ジョンソンの記録はとてつもない記録だったし、俺の身体は突如として、生まれてはじめての金メダルを獲得した興奮で、パワーが吸い取られてしまったような感覚に陥っていた。

もちろん、もう一度気持ちを盛り上げる必要があると理解していたし、みんなは１００メートルでの俺の成功に目を奪われて分かっていないようだったが、２００メートルこそが俺にとっては極めて重要な意味を持っていた。本当のことを言えば、２００メートルこそがいちばん好きなレースなのだ。１００メートルなんて忘れてくれ。たしかに、みんなは１００メートルはスーパースターが集うレースだと考えているし、俺に１００メートルでもっと速いタイムを出せと期待しているだろう。しかし、何よりも２００メートルでチャンピオンになることが俺の夢だった。それこそが究極のゴールであり、２００メートルでの金メダルに憧れてきたのだった。

俺にとって２００メートルこそが最高に実力を発揮できるイベントであり、それに比べれば１

00はちょっとした刺激物であり、お遊びのレースにしかすぎない。ただ、コーチは必ずしも俺に同意しないと思う。コーチはスピードに生きてきた人間だし、アスリートはいったいどれだけ速く走れるのか？ということをずっと考えてきた人だから、彼は俺に100メートルで勝ってほしかったのだ。たしかに100で勝つのは最高だけれど、200メートルは俺の十八番であり、勝つために最大限の集中力を発揮するつもりだった。

モーリスと俺がそんな話をべらべらとしながら、バカ笑いしていると、廊下から聞いたことがある声が近づいてきた。ドアがノックされた。コーチだった。

「それでだ」。部屋をのぞきながらコーチは言った。「おまえは100では勝った。さあ、次は自分のものを獲ってこい」

俺とモーリスは、コーチが言ったことを瞬時に理解した。

200メートルでの完璧な勝利

最初にモーリスや友だちと話したのは、そのうち騒ぎは収まるだろうし、俺をもてはやすのも、時間の経過とともに終わるだろうということだった。ジャマイカに戻り、2、3週間も経てば、熱狂は消えるだろうと。しかし、俺はただ自分にそう言い聞かせていただけだったのだ。本当のところは、100メートルに勝ったことで起きたこの騒ぎが、いったいいつまで続くのか、俺には予測がつかなかった。とにかくどこに行っても大騒ぎで、みんな俺にまとわりついてきた。俺は外に出られなかったし、部屋から出るのさえ難しくなった。中国には何億人もの人がいて、ときには国中の人が、俺のことをひと目見ようと、オリンピック村の周りに群がっているような気がするほどだった。

金メダルを取った晩に部屋へ戻るのはまだ序の口で、100メートル決勝の翌朝、俺が選手用のカフェテリアに行くためにバスに乗ろうとしたときから、ケタ外れの混乱が始まった。ジャマイカ居住棟の玄関を出るやいなや、もみくちゃにされ、なかなかバスにまでたどりつけなかったのだ。最終的にはなんとか乗れたのだが、オリンピック村で働いている人たちやボランティアが俺を祝福しようとするので、今度はバスを降りられなくなった。もっとも、ほとんどの連中はサインを欲しがった。サイン、サイン、サインの嵐だ。

とにかく全力を振り絞ってカフェテリアにたどりついたのだが、席に着こうとすると、みんなが振り向いて俺のことを眺めてきた。まるで歩く広告塔か何かのような気がした。金メダルを取った195センチの大男にはどこにも隠れる場所はないから、俺にはもうどうしようもなかった。ナゲットを食べているのに、ひっきりなしに人がやってきてサインをせがむのが楽しいわけがないので、俺はエディに頼んでテイクアウトを調達してもらい部屋に戻ったのだが、その間にもサイン攻めにあったことは言うまでもない。

これがスーパースターの生活、というやつなんだな。

突如として、人生は面倒なことになってきた。オリンピックが始まったときのようにオリンピック村をうろうろ歩くこともできなくなり、暴動みたいな騒ぎを覚悟しないと北京の街には繰り出せないと悟った。誤解してほしくないのだが、俺は不満を言っているわけではない。世界中のナイトクラブの用心棒が、スニーカーを履いた俺が入場しようとしたからといって、もう閉め出そうとはしないだろう。しかし、俺は突然こんな状況になって、少しばかり気が動転していた。

どうやらその騒ぎはジャマイカにも飛び火しているようだった。俺はインターネットで画像や動画を見ていた。何千人もの人がキングストンのストリートに集まって、大きなモニターでレースを見たり、道ばたのバーではテレビの周りに人が群がっていた。電話をしてきた父さんによると、トレローニーのストリートでは俺が金メダルを取った瞬間に車のクラクションが一斉に鳴らされたという。スタジアムから電話をしたとき、NJによるとアメリカでの反応も常軌を逸したものだったらしい。

オリンピック村の自分の部屋にいると、そうした世界から隔絶して繭《まゆ》の中で守られているような感じがして落ち着いた。たぶん、大学のキャンパス内に住んでいるのは、こんな感じなのだと思う。オリンピックでは各国ごとに別々のビルに滞在していた。それぞれの「ハウス」には選手同士が相部屋になるベッドルームがあった。共用のキッチンとラウンジがあり、みんながいろいろしゃべったり、コンピュータゲームをしたり、DVDを見たりしていた。時々、外の世界とはずいぶんと離れているような感じがした。

2004年のアテネ・オリンピックのときにこうした環境に慣れ親しんでいたので、この生活が気に入っていた。仲間と一緒に住めるのは、最高だった。アテネのときはまだ経験不足だったので、ジャマイカ・チームのルーキーグループに所属する形になっていた。使いっ走りをさせられ、年上の選手たちはいつまでも俺を使い倒そうとしていた。俺がビデオゲームをしていたら、誰かが「よー、ウサイン！　水を持ってきてくれよ！」と叫んだ。冷蔵庫にものを取りにいくのは、チームの中でいちばん年下の選手にとっての通過儀礼であり、他の時間はみんなでドミノ・ゲームをしたり、ふざけ合ったりしていた。

アテネのときは、ビッグスターと仲良くなるのもいい経験になった。中国のバスケットのスター、身長229センチのヤオ・ミンを見たときは大興奮した。はじめてアサファ・パウエルと一緒にトレーニングをしたときも、彼をずっと尊敬してきたからうれしくてたまらなかった。俺たちは年齢的には大きな差はなかったが、アサファは100メートルでとんでもない記録をすでに出していたので、ジャマイカでは神のような存在になっていた。俺はアサファのトレーニングを見ながら、「これはとんでもない人だな」と思っていた。アサファを知るというのは、得がたい経験だった。いや、彼を間近で見るのは心奪われる体験だったのだ。

北京オリンピックのころには、時は流れていたが、選手村の雰囲気に変わりはなかった。俺たちは楽しみふざけていたが、どこか隔絶された感じがして、ジャマイカで起きていることはなんだか遠い世界での話に思えた。オリンピックの熱狂に触れることができた唯一の瞬間は競技場を走ったときだ。俺は生き返った気がした。

「鳥の巣」での最初の金メダルから24時間後、モーリスはまた同じ質問で俺に迫った。

「おい、いったいこの200メートルの世界記録をどうやって破るんだよ？」

その日予定されていた記者会見で、俺はリラックスしてレースに臨むつもりだとメディアに話した。俺は100メートルと同じように、予選の段階では流した。タイソンはケガの影響でアメリカ予選を棄権し、そうなれば敵はウォーレス・スピアモンだけだったが、彼に負けるわけがなかった。俺のたったひとつの問題は、モーリスが言うように、疲れ切っていると感じていることだった。それでも、モーリスがまた同じ質問をしてきたときには、俺の内部に新たな力が宿っているのを感じていた。俺は気持ちを入れ替えた。

「なんだっていうんだ。俺はレースで全力を出す。何が起きるか知ったこっちゃないが、とにかくやることをやるだけだ。俺はトラックですべてを出し尽くす。それがプランだ……」

いいニュースは、俺がどのレースでも自分らしい走りができているということだった。準決勝では、20秒09のタイムでウォーレスとショーン・クロフォードに楽勝したので、決勝ではカーブがキツくなく、俺の走りにフィットした5レーンを勝ち取った。力がみなぎっているのを感じていた。俺を悩ませていた疲労は消えてなくなっていた。

コーチもだいぶリラックスしたようで、100メートルのときのような細かい指示がなかったのが何よりの証拠だった。コーチは俺の走りをじっと観察して、俺がリラックスするように助けてくれたが、ウォーミングアップについてはしっかりとした指示を出してきた。

「全力疾走をやり過ぎるな」とコーチは叫んだ。「ストライド走を2本。それからブロックを使ったスタート練習。もう全部こなした。これ以上、何もする必要はない。アサファがやっていることは忘れるんだ……」とかなんとか……。

200メートル決勝の前、コーチはよりくつろいだ様子だったが、よく考えてみると、この年彼はずっとくつろいでいた気がする。こと200メートルのトレーニングとなると、練習プランでいちばんキツいコーナリングの練習を組み込むことはまれになっていた。レーンの内側にグッと身体を倒さなければならないので、カーブを安定したスピードで走ることは、背中に爆弾を抱えている俺にとっては苦痛以外の何ものでもなかった。それでも俺は数年間、その練習に取り組んできたので、コーチはその部分については自信を持っているようだった。なんとシーズンを通して、2回しかコーナリングの練習を命じなかったのだ。

「200は心配するな」。彼はのんびりと話した。「大丈夫だ、おまえは」

「大丈夫だって?」。俺は吹き出した。「俺の200メートル、気に入らないんだよね、コーチ?」

そうジョークを飛ばしたが、コーチの言っていることが正しい気は最初からしていた。レース前にエディからマッサージを受けた後、オリンピックの200メートル決勝の舞台に向かったが、コーチが本気で俺の勝利を確信していたことが分かったのは、彼をスタンドで見つけたときだった。俺がスタジアムに入場していき、彼を見つけると、コーチはシートから手を振り、親指を上向きにしてみせた。彼がそんなリラックスした様子を見せるのは、たぶんアイスクリームを食べるときだけだ。俺は、すべてを悟った。

俺の200メートルには絶対的な自信を持っていたから、コーチはリラックスして見ているだけでよかったのだ。たしかにコーチは正しく、スタートのピストル音がとどろくと、俺は完璧なレースを展開した。

バンッ！

俺はアッという間にジンバブエのブライアン・ジンガイを抜き去ったのだが、もう話にならなかった。誰も俺に追いつけなかった。コーナーの入り口に達し、カーブし始めると、かつてドン・クォーリーが見せたようにスムーズなコーナリングができた。俺はとにかく無敵だった。俺がハムストリングや大胸筋、ふくらはぎに作り上げてきた力はロケット燃料のような役割を果たして強力な推進力を与え、両足からはエネルギーが湧き上がるのを感じていた。筋肉は適度に張りを見せながら、ピストンのように自在な動きをしていた。大阪の記憶よ、さらば。俺にはパワーが備わったのだ。

カーブの頂点を通過すると、迫ってくる者は誰もいなかった。残り50メートル地点で俺の視界は大きく開け、勝利を確信した。

まずは勝つこと、タイムのことは二の次。

俺は顔を上げた。

「いいか、ウサイン」。俺は思った。「今こそ、タイムのために走るんだ……」

俺は時計が16秒を示すのに気づいた。

「16秒？　いけるんじゃないか？　記録を出せる！」

そして、17秒……。

18秒……。

19秒……。

そして……。

……。

最後の……。

……。

プッシュ！

フラッシュと、歓声の爆発が起き、観衆は熱狂した。なんとかこの瞬間を撮影しようと何千ものカメラのフラッシュが揺れていて、そうでなければフラッグを振っていた。記録はとてつもないものだった。19秒30——世界新記録だ——100メートルで俺は狂乱状態になったが、今度ばかりは俺は呆然として、何をしたらいいのかさっぱり分からなかった。俺は両手を広げてからシャツを脱ぎ捨てて、スタンドに投げ入れた。俺の意識はどこかに飛んでいってしまった。1996年にマイケル・ジョンソンが記録を樹立するのを見たことが、子どもだった俺に種をまいた。その時こそ、俺がチャンピオンというものの意味を悟った最初の瞬間だった。10年以上の歳月が経ち、俺はオリンピックの200メートルの金メダルを獲得し、それも世界新記録で勝ち取った。3つの単語が俺の頭の中に浮かんできた。

俺は、
取った、
金メダルを。

どでかいことだ。

「金メダルを取った」

最高だ。

「俺は金メダルを取ったんだ！」

今まで生きてきた中で、最高の体験だ。

「俺は金メダルを取ったんだ！」


「おまえはもっと速く走れたんじゃないかね……」


メダルセレモニーの翌日、オリンピック村のベッドの端に俺は座り、手にのせた金メダルを俺は見つめていた。思わず笑みがあふれていた。そのメダルが意味するものは、俺にとってすべてだった。誰か、どうやらモーリスが話しかけてきたようだが、よく分からなかった。俺の心はどこかに飛んでいってしまっていた。

「君は200と100メートルで勝った」と誰かが話してきた。「本当に、最高なんだろうな」

俺は彼を見つめた。「100メートルのことは忘れてくれ。もう、100のことはいいんだ。このメダルを見てくれ」

俺はメダルを見せた。

「何年もコーナーを走る練習をして、俺が見かけ倒しだとか、みんなが散々に言っていたのにも耐えて、ようやく200メートルの金メダルが取れたんだ。奴らなんかくそくらえだ。俺はついにタイトルを手にしたんだ。最高だぜ！」

それは俺の人生の中で、最も幸せな瞬間のひとつだった。

俺はラップトップ・コンピュータを立ち上げ、インターネットの動画でレースを見てみた。19秒30という時が刻まれるのは本当にあっという間だったが、自分が必死の表情をしているのを見た。俺は本当に一生懸命に走っていた。モーリスに、俺はトラックですべての力を出し尽くすつもりだ、と宣言したのは嘘ではなかった。そのとき、肩越しに誰かがまた声を掛けてきた。今回の声は、コーチだった。

「あのなウサイン、おまえがあんなに力まなかったら、もっと速く200メートルを走れたんじゃないかね……」

俺はたまりかねて吹き出した。

「マジで？　コーチ？　マジで言ってるのか？　少しはホメてくれよ。俺はやっと世界記録を作ったばかりなんだぜ」

コーチは容赦はしなかった。俺が栄光に浸っているとき、彼は指導者として俺に冷たい水をかけなければならなかったのだ。俺を正気に戻そうとするコーチなりのやり方だということも分かっていた。コーチは俺をもっと速く走らせるための方法を考えているのかもしれなかった。


世界新記録を取りにいく！

時々俺はレース本番でさえ遊んでいるように見えたから、オリンピック期間中、金メダルを取るまでは軽く見られていたかもしれない。俺はリラックスし過ぎていると世界中が思っていたようだ。選手たちは、俺がトラックでダンスするのを見たり、おどけた顔をしたり、観客とふざけたりしていたから、きっと「ん〜、ボルトってのは、スタートラインに並ぶだけで勝てると思ってるんじゃないのか?」と考えているかもしれなかった。しかし、それはちょっとばかり誤解だ。

俺がリラックスして見えたのは、大きな大会を待ち焦がれているからで、オリンピックほど最高の舞台はなかったからだ。世界ジュニア選手権は、どんなにスタジアムが満員であろうが、注目を一身に浴びようが、走りきる自信を俺に与えてくれたが、北京オリンピックは俺をまた違う次元に引き上げてくれた。俺はファンやカメラの前をジョークを飛ばしながらノリノリで歩いていった。ポーズを決め、跳んだりはねたりしながらみんなに手を振っていた。場合によっては、俺はジャマイカのダンスホールのＤＪの動きやジェスチャーを用意して披露することもあった。即興でポーズをしてみせることもあった。２００メートルのメダルセレモニーのときに、9万人が集まった「鳥の巣」で、みんなが俺の22歳の誕生日を祝って「ハッピー・バースデー」を歌ってくれたときは、泣き真似をしたくらいだ。

それでも、「ライトニング・ボルト」のポーズのインパクトとは比べようがなかった。１００メートル決勝の後に取ったあのポーズが巻き起こした大きなムーブメントは、もう誰にも止めることができなかった。２００メートルでの世界記録を作ると、カメラマンとファンが俺に向かって叫び始め、またあのポーズをやってくれとせがんできた。俺が右手を後ろに引き、空に向かって標的を定めると、観客はどっと歓声を上げ、興奮した。指先の動きだけでスタジアムのボリュームを上げられる感覚というのは、なかなかのものだった。

俺のポーズは世界中の雑誌の表紙、新聞の一面を飾りまくった。何日か経つと、世界中で俺のポーズを真似する人の写真を見た。山頂を目指す登山家が空を指しているところ、アマゾンのジャングルをトレッキングする人たちが、家にいる友だちに向かってこのポーズを取っていた。生まれたばかりの赤ちゃんのいる両親まで、ゆりかごの中にいる子どもにライトニング・ボルトのポーズを取らせ、写真に収めていた。そうした写真を見るのは本当に愉快だった。

おかしなことに思うかもしれないが、こういったショーマンシップが俺をリラックスさせるのに大きな効果があったのだ。スタート前のファンの無駄話が減ったし、スタートの号砲が鳴る前にブロックに重心をかけているとき、邪心から解放してくれた。スタート前にいろいろ考え過ぎるのが、アスリートというものなのだ。リラックスすることにより完璧なレースが可能になるのだ。

もちろん、それができたのもファンのおかげだ。「鳥の巣」に入っていき、手を振ったり、ふざけたりすることで起こる観客の歓声を身体に取り込み、それをエネルギーに変えていった。歓声は俺を鼓舞してくれたのだ。高まる歓声はいつも俺を刺激してくれたのだが、それは「仕事の時間」が近づいてくる合図だった。観客が騒げば騒ぐほど、俺にとってはプラスに働いた。

あのとき、俺は興奮していた。

あの状況で、俺は笑みがこぼれてくるのを止められなかった。

俺が自信に満ちあふれ100パーセント完璧な準備ができたとき、誰も俺を負かそうとはしない。他の選手たちに勝ち目はなかったからだ。レースは始まる前に決着がついていたのだ。

こうした俺の態度は、みんなを活気づけた。俺の自信は他のジャマイカ選手団にも伝染し、4×100メートルリレー決勝の時間が近づいてくるまでに、俺と他の3人のメンバー——アサファ、ネスタ・カーター、マイケル・フレイター——は、単に金メダルを取ればいいとは思っていなかった。世界記録を軽々と出すつもりだった。オリンピックの決勝前に、これだけ期待を集めたリレーチームはかつてなかった。

おかしなことに、俺たちはリレーの前にまったく練習をしてこなかった。ジャマイカでは誰もバトンパスの練習なんかしない。それに俺たち4人は圧倒的に速かったので（俺、アサファ、マイケルの3人は100メートルのファイナリストだった）、問題なく勝つものだと思い込んでいた。俺たちのリレーに臨む姿勢といえば、何もしなくても大丈夫、という感じだった。「まあ、俺たちはいつもうまくいってるから、みっともないバトンパスでも、そんなに心配しなくていいんじゃない？」

振り返ってみると、たぶん俺たちはその年に3回だけバトンパスの練習をした気がするが、そのうちの1回がオリンピック村でのものだった。

ただ、バトンパスの間にはどんなことでも起こり得るから、俺たちはもう少し練習を重ねた方がよかったとは思う。選手が転ぶこともあるし、バトンがうまく仲間の手の中に収まらないと、パニックになることもある——理解してほしいのは、リレーのレースにおいては、誰かがパニックになったら最悪の事態が起こりかねないということだ。ジャマイカの女子リレーチームも同じ懸念を抱えていた。俺たちはレース前のウォーミングアップをいったんやめ、女子4×100メートルリレー決勝を見にいった。シェリー＝アン・フレーザー、シェローン・シンプソン、ケロン・スチュアート、ベロニカ・キャンベル＝ブラウンの4人のメンバーは、ぶっちぎりでトップに立っていたが、シェローンとケロンとのバトンパスで、バトンが落ちた。

信じられなかった。みんな、取り乱していた。地球上で4人の最速の女性たちが集まり、圧倒的な強さで金メダルを獲得できたに違いなかったのに。取り返せない失敗をしてしまった彼女たちを見るのは、俺たちにとっても耐えられないことだった。

「OK、ミーティングだ！」とマイケルが叫び、手を叩きながら俺たちを招集した。「さあ、しっかりとバトンを渡していこう。いいな？」

みんなうなずいた。突如として、世界記録を出すとかそんな話はストップした。ジャマイカ女子の失敗は我々をひとつにした。スタート音が鳴り、ネスタがブロックから飛び出した。マイケルが第2走者で、俺がカーブを曲がる第3走者だったが、マイケルが俺に向かって走ってくるのを見たとき、俺は卒倒しそうになった。バトンをうまくもらえるかどうかという不安が増幅し、どのタイミングでスタートしたらいいのかさえ分からなくなっていた。リレーで第3走者を務め、コーナーを走るのははじめてのことだったのだ。そんなことおかまいなしにマイケルはバックストレートを弾丸のように俺に向かって走ってきた。俺は不安でいっぱいだった。

「ＯＫ、ウサイン、とにかく行くんだ！」。自分に言い聞かせた。「自分を信じて、腕を目いっぱい伸ばす。もしも、俺のスタートが遅れてマイケルとの間隔が詰まってしまっても、奴が必ずバトンを渡してくれると信じるんだ」

バンッ！　バトンパスはスムーズで、俺はカーブを駆けていくと、一瞬のうちにアサファの身体が見る見る大きくなってきた。俺は「リーチ！」と叫び、アサファが加速している段階で追いついた。アサファの手は金属のバトンをしっかりと握ろうとしていたが、ちょっと身体のバランスを崩していた。俺はスピードを緩め、ようやく彼はしっかりと加速できるスペースを確保した。

「走れ！　アサファ！」。俺は叫んだ。「行け！」

俺は彼が走るレーンを追いかけていき、一歩ごとに時計を気にしていた。世界記録は37秒40だった。それは１９９２年にアメリカのマイケル・マーシュ、リロイ・バレル、デニス・ミッチェル、カール・ルイスの４人が樹立した記録でずっと破られていなかった。しかし、アサファがその記録を上回り、37秒10でフィニッシュラインを越えた。

３つのレースで、３個の金メダル、３つの世界新記録。飛行機の中のビデオメッセージで予言したように、ヒーローとして母国に凱旋することになった。何個か余分のスーツケースも抱えて。

第11章　勝利の経済

速く走り過ぎた罪

勝って損なこともあった。オリンピックで三冠に輝いたことで、俺は陸上競技のすべてのスプリンターから最大の標的として見られるようになってしまった。オリンピックは世界最大のスポーツイベントで、俺は毎日のように見出しを飾っていたから、コーチは俺の大本命的な地位が、他の選手たちをよりハードで強烈なトレーニングに駆り立てるに違いないと推測していた。アサファ、タイソンだけでなく、ヨーロッパではじめてスパイクを足に履く子どもたちまで、すべてのスプリンターが世界の頂点に君臨する俺を引きずり下ろすことを望んでいた。

「それは自分のせいだ」。400メートルリレーが終わって、俺たちがオリンピック村でくつろいでいるとコーチが言った。「あんなに速く走らなければ、誰ももっと一生懸命にトレーニングしようなんて思わなかったのに、今じゃみんなおまえを狙ってる。みんな、ウサイン・ボルトをやっつけることを夢見てるんだ。おまえがトップに居座ってるのを、みんな苦々しく思ってる」

それはサッカーのマンチェスター・ユナイテッド症候群のようなものだと俺は思った。みんな勝者のことが嫌いで、特にずっと敵をたたきのめしている場合はより感情が激しくなるのだが、ライバルのファンやジャーナリストが、俺に対して牙をむくということまでは頭が回らなかった。俺がはじめてそう感じたのはオリンピックの終盤、記者会見に出席したときのことだ。最初、それはいつもの会見と変わらないはずだった。部屋は世界各国からやってきた記者やテレビのカメラマンで満杯になっていて、俺のパフォーマンスや金メダルを3つ獲得したこと、オリンピックの経験など、これまで俺が何百万回と答えてきたことについて質問しようと必死に手を挙げていた。

それから、面白いことが起きた。アメリカの記者がタイソンが参加しなかったことについて、俺がどう感じているのか質問してきた。専門家の中には、タイソンがケガによって参加を取りやめたことが、俺に有利に働いたと感じている者もいた。

「まったくだ、いいところをついているよ」。俺は答え始めた。「タイソンは最高のアスリートの一人だし、今回俺はベストの相手に勝ったとは言えない。今回は金メダルを取り世界記録を破ったわけだが、次の機会には彼を破って自分の力を証明するつもりだ」

次に話は国際オリンピック委員会（ＩＯＣ）のジャック・ロゲ会長（当時）のことに移った。彼はオリンピックの最高責任者である――ＩＯＣの大黒柱だ。しかし、ロゲ会長は俺が１００メートルに勝ったときの喜びようを批判していて、レースの終盤に手を広げて喜びを表現したのは、他の選手に対して失礼なふるまいだと見なされる恐れがあると談話を残していたのだ。

「〝つかまえられるものなら、つかまえてみな〟といった態度が繰り返されないのなら、それはとても喜ばしいことだ」と会長はメディアに話していた。

ロゲ会長がそのコメントを発表したときに俺は会見で、他の選手をバカにするような意図はまったくないと釈明していた。父さんはしつけに厳しかったから、もしも俺が何百万もの人の前で失礼なことをしでかしたら、何か言ってきているはずだった。俺はちょっとやり過ぎたかもしれないと感じたことを認めた。「やり過ぎたかな、俺?」。そう思った俺は他のカリブ海諸国の選手たちに、迷惑をかけたかどうか心配になって質問していたほどだった。

「問題ないぜ、兄弟」と彼らは答えてくれた。「俺たちだって、勝ったら同じことをしたさ」

次のジャーナリストの質問は、見過ごせない深刻なものだった。その質問は、すべてのチャンピオンがキャリアのどこかで必ず直面するものだった。

「ところでウサイン、君は突然、頭角を現してきた」。彼はマイクを手にしながら質問し、その部屋のすべての人間が、パソコンやテープレコーダーを用意して俺を見つめていた。「あなたの速さについて我々はどう考えるべきなんでしょうか? 突然、思いがけなく速くなりましたよね……」

彼は何か疑わしいことが起きているのではないか、と遠回しに言ってきたのだ。ほのめかしていたのはパフォーマンス向上薬か、ステロイドを使っているのではないか、ということだ。その質問自体は真剣な疑問ではあったが、彼がはじめに使った言葉は事実と違っていたので、俺はすっかり頭にきてしまった。もちろん、俺に対してドーピングや禁止薬物について、まともで正当な質問をぶつけてくるのは当然のことだが、「突然、頭角を現してきた」という誤った情報で非難することは、冗談では済まされなかった。俺は苛立った。

「ちょっと待ってくれないか」。俺は言った。「俺が急に速くなっただって？　あなたはこの仕事に就いてから、どれくらい経ってるんだい？」

会見場にいた全員が笑い始めた。

「え〜と、5年です」とそいつは答えたが、困惑しているように見えた。

「俺は、15歳のときから結果を残しているし、すでに7年も陸上の世界で成功を収めてきたんだ」と俺は話し始めた。「世界ジュニアで勝って、200メートルのジュニア世界記録も持っているし、ＣＡＲＩＦＴＡゲームズで何個もメダルを取ったし、ＩＡＡＦのライジングスター賞だってもらった。あのさ、バカらしい質問をする前に自分の宿題をやったらどうなんだい？　あんたは何年も俺のことを追いかけてきたのかい？　もしそうじゃないんなら、リサーチするべきなんじゃないか。ラップトップに〝ウサイン・ボルト〟って打ち込んで検索して、どんな結果が出てくるか調べてみたらどうなんだ」

その男を侮辱する気も、怒らせる気もなかったが、俺のキャリアについての理解もないままに個人攻撃を仕掛けてきた彼の質問は一線を越えていた。俺は「どこからともなく」現れたのではなく、長いこと陸上界をにぎわせてきたし、俺の成功は予測されなかったわけでもなかった。特に200メートルについていえば、スポーツの歴史の中でも突拍子もないことが起きたわけではなかった。もし、俺の誠実さについて疑問があるのだったら、彼はストレートに質問すればよかったのだ。「あなたは禁止薬物を使いましたか？」と。俺は記者の人たちがそういう質問をするのを嫌っているわけではない。俺はいつもクリーンだったし、これからもずっとクリーンなままだ。

世界レベルで信じられないようなパフォーマンスを見せたアスリートには、そうした質問がいつもつきまとう。俺はそれに該当したのだ。過去に何人ものスター選手たちがシステムを欺《あざむ》いてきたからみんなは疑うのだ。トレーニングでより強くなるためにステロイドを使っていたアスリートがいる。スタートで有利に立とうとしてパフォーマンス向上薬を使っている者もいた。何人もの金メダリストたちがキャリアの終わりには、禁止薬物を使用していた事実を認めたし、中には１９８８年のソウル・オリンピックの１００メートルを走った後にステロイドの使用が発覚したベン・ジョンソンのように、オリンピックの開催期間中に選手村から追放された選手もいた。こうした選手たちの行為は、みんなをがっかりさせた。かなりの数のファンの信頼を失ってしまったのだ。

だからこそ、俺のような信じられない活躍を見せつけられた場合、ジャーナリストが特に懐疑的にならざるを得ないことは理解していたが、俺には隠すことなど断じてなかった。俺は正直だった。両親は俺を競争心旺盛に育ててくれたが、清廉さを犠牲にしてまで勝てとは言わなかった。俺はストックホルムでアサファに勝ちを譲ったときのように、自分のパフォーマンスに納得いかなかったときには勝ってしまうのさえ嫌だった。ズルをしてまで勝つことなど、俺の選択肢にはない。だいたいドーピングというのは、競争できるだけの身体的能力を欠いている連中がするもので、俺はそんな問題は抱えていなかった。

恐るべきドーピング検査

ドーピング検査からの面倒を逃れるために、食べ物や飲み物については注意を払ってきた。俺はカフェインにさえ手を出さないが、それは過去にそれによって問題になった選手がいたことを知っているからだ。北京オリンピックの開催前、アメリカのランナーが、禁止薬物のテスト前にエネルギー・ドリンクを3缶もがぶ飲みしたことが話題になっていた。ドーピング検査で採取した尿サンプルに「赤信号」が点《とも》ったとして、彼は出場停止処分を受けた。そのニュースは、俺をゾッとさせた。クラブに行くときはいつでも、いつも酒にエネルギー・ドリンクを混ぜて飲んでいたが、この事件が起きた後は、かわりにクランベリー・ジュースでパーティに参加していた。

それに加えて、具合が悪くなったときに、薬が飲めないんじゃないかと心配でたまらなかった。もしも咳が出始めたとしたら、俺は薬局の市販薬ではなくビタミンCに頼ることにしている。そして、もし本当につらくてたまらなかったら、鎮痛剤を服用するところだが、咳止めの薬は化学薬品が配合されていて、そのことをまったく知らずに服用してしまうと、大変なトラブルに巻き込まれるリスクがある。風邪をひいてしまったら、自然治癒を待つしかないのだ。インフルエンザにかかったアスリートにとっては、とてもつらい世界なのだ。

だが、それがなんだというのだ。俺がこれから長いキャリアを積み重ねることの重要性は、どんな風邪のつらさにも勝る。風邪のつらさが続くのは2、3日だけのことだ。いつドーピング検査を受けるか分からないのに、咳止めのシロップを飲んで陸上人生を危険にさらすのは、バカバカしい行動だ。試合ではいつも検査を受ける。陸上だけではなく、何かの競技でドーピングのスキャンダルが発覚すると、俺はテストを受ける羽目になる。ドイツのミュラー＝ヴォールファート医師[注1]を訪れるときは、よくドーピング検査官たちが検査セットとクリップボードを持ってきて検査を行う。一度の遠征で、それぞれ別の団体から3回も検査を受けたこともあった。その3回というのは、WADA（世界アンチ・ドーピング機関）、IAAF（国際陸上競技連盟）、そしてもうひとつはドイツの機関だった。3度目の検査のときは、俺は悪態をついた。

「マジかよ？　あんたたちは、連絡を取り合ってないのか？」

それでも、検査の数が少な過ぎるよりは多過ぎる方がいいとは思う。陸上界の人々、特にアメリカの関係者はジャマイカのドーピング検査システムについて、ずっと批判してきた。連中は悪口を並べ立て、特に大会以外の期間については俺たちの検査が十分ではないと言い立てていた。彼らが言っているのは、オフシーズンの練習時期に行われる検査のことだ。アメリカ人は、ジャマイカの選手たちはオフシーズンの空白にドーピングをすることで、成績を向上させてきたと考えているのだ。アメリカの理屈によると、ジャマイカの陸上選手たちは、大きな大会の準備期間に「ドーピングをして」より強靭な体を作っているというのだ。

そのうち、彼らはキングストンのナショナル・スタジアムの時計のようにジャマイカの検査システムがいいかげんだと言い出したのだが、その理由が、競技会以外のドーピング検査がWAD

Aや国際陸上競技連盟ではなく、JADCO（ジャマイカ反ドーピング機関）によって運営されているからだと言いがかりをつけてきた。ライバルとなる国の陸上連盟は、検査回数が少ないと感じていたようだが、俺がプロとしてレースを始めた最初の数年で、JADCOは検査の回数を増やし、定期的に検査をするようになっていた。俺はしょっちゅう検査官の姿を見るようになっていたが、海外からの不満を打ち消すには検査が増えた方がいいと思っていた。そうすることで、俺たちのスポーツがよりクリーンなものだと証明できる。検査が多くなればなるほど、ドーピングをしようと考える関係者は減ってくる。ドーピングが少なくなっていけば、世の中の人たちはよりアスリートのことを信頼する。

それでも、検査を受けるのは本当に嫌なものだ。検査規則によると、俺はいつ、どこにいるかを毎日検査機関に申告する義務があった。俺の行動は「行動計画表」と呼ばれる書類に縛られていた。俺は検査官に申告することなしに休みの日に雲隠れすることさえ許されなかった。なぜなら検査官は、不特定の日に事前の警告なしに、キングストンの家やロンドンやドイツのホテルといった世界中のどこに俺がいようとも、尿サンプルを採取しにやってくる——もしも、俺が申告

注1　ドラッグのスキャンダルが起きるたびに、連中は俺を検査した。2012年、自転車ロードレースのランス・アームストロングの問題が発覚したとき、俺は「OK、すぐにでも連中は俺の家にやってくるな」と思ったのを覚えている。その予感通り、1週間後に検査があった。検査官は2回もやってきた。何か問題が起きればこういう状態になるのは避けられない。

した場所にいなかったら、深刻な問題になる。検査の目的は、その選手がステロイドやパフォーマンス向上薬を使っているかどうかを検知することにある。俺の尿サンプルは検査に回され、結果は各機関に通知される。

こうした検査はいつも朝のうちに行われることが多く、俺の都合はおかまいなしに、世界中のどこにいようとも朝の6時とか7時に彼らは俺をたたき起こすことができた。万が一、彼らが夜明けとともにやってこないとも限らないので、俺はトイレに行かないようにしなければならなかった。もし、俺がトイレに行った後にドーピングの検査官がやって来たら、何時間も尿意を催すまで待たなければならなかった。俺がトイレに行くまで彼らはずっと待っているし、ドアを閉めてこっそり「クリーン」な尿サンプルとすり替えないよう俺の行動に目を光らせていたから、とても居心地が悪かった。どうにかこうにかオシッコが出そうになると、彼らはトイレまでついてきて、俺が一物を出すところを見ている。最初、それが嫌だった。ある検査官など、小便をするとき俺の一物をじっと見ていたからだ。俺は頭にきた。

「何見てんだよ!」。はじめてだったから、俺は文句を言った。「何も直接見ることはないだろ、直接!」

彼らはじっと見ているしかないのだが、たいていの検査官たちはそのプロセスを嫌がっていて、チラッとしか見ていないこともあった。ところが、中には小便をするのを見るのが好きな検査官もいて、そいつは俺の一物をじっと見ていた。ある検査の朝、検査官は俺が何も隠していないことを証明するために下着を下ろすように命じた後に、シャツも脱ぐように言ってきた。

「おい、マジで言ってんのか？」。俺は笑ってしまった。「あんたは何がどうなってるのか全部見てるじゃないか！」

しかし、規則は規則だ。俺は大会に出られなくなったり、二度と走れなくなるよりは、より多く検査を受けた方がマシだと考えるようにしていた。走れなくなるのは、ドーピング検査よりももっとつらいことだからだ。俺の仕事は目標達成プランを遂行し、可能な限り速く走り、競技団体やアンチドーピング機関が望むだけ尿のサンプルを提供することだ。もちろんすべて検査をパスした。俺がクリーンだからだ。

故郷ジャマイカでの熱狂

みんな、俺のことをレジェンドだと言っていたが、それは正確ではないと思っていた。そのうち、そうなるかもしれないが、まだレジェンドと呼ばれるには早い。そんな地位を得るためには、2012年のロンドン・オリンピックでもう一度3個のメダルを取る必要があるはずだと考えていたが、ジャマイカの人たちはそういうふうには思っていなかった。みんな北京での俺の活躍に熱狂していることは、街でみんなが大騒ぎしている姿を映したYouTubeの映像や、父さんからの警告で予想していたが、帰国してみるとそんなものをはるかにしのぐヒステリー状態だった。

飛行機がジャマイカのノーマン・マンリー空港の滑走路に到着すると、俺は飛行機の窓から外を見て驚いた。滑走路は、俺の到着を待つ何千もの人でごった返していた。ファンは、国旗や横断幕を持ってそれを振りながら、ジャンプしていた。なんとそこには首相までいて、俺と握手するために待っていた。国際線の滑走路に人が立ち入るのは違法だと聞いていたが、ジャマイカではそんな法律は往々にして無視されるのだった。どうやら、空港の規則よりも俺の帰国の方が大事だったらしい。

どうもこのときに運命のいたずらがあったようだと、俺は後から気づくことになるのだが、とにかくキングストンでは雨が降っていた。雨の中、ビジネス街であるニュー・キングストンに俺を連れていくために待っていた車まで滑走路を歩かなければいけなかったのだが、その間も滑走路で待っていた人たちはハグやキスをしてくるし、俺の肌にちょっとだけ触ろうとしたり、服をつかもうとしたりした。しかし、雨が降り出すと群衆は雨宿りに走る。もともと俺をキングストンに連れていくまで、オープンカーの屋根を開けて凱旋ドライブする予定だったのだが、天候の悪化によりそれは中止になった。

やれやれ。車がノーマン・マンリー・ハイウェイに入り、港の風景が目に入ってくると、少なくともそれからの数カ月間、人生にどんなことが待っているのかを俺は悟った。何千、何万もの人たちが俺を見ようと群がり、車が街の中心に近づくにつれ、俺たちを囲んだ。中には攻撃的になるジャマイカの人たちもいた。もしも誰かをひと目でも見たいとか、写真を撮りたいとなったときに、相手のことはおかまいなしに撮ってしまう傾向がジャマイカの人たちにはあるのだ。俺を触ろうと車の中まで手を入れてくる人もいたし、みんな俺の名前を叫んでいた。何カ所もひっかき傷がつけられたし、車のボディには、ひどいへこみがいくつもできていた。こうした喧噪は『宇宙戦争』という映画を俺に連想させた。その映画の中では、トム・クルーズがニュージャージーの家から車で仕事に向かうのだが、クレイジーな人たちの集団を見て車のスピードを緩めると、みんなが車の周りに群がってくるのだ。俺は映画と同じようなことを感じた。ファンが車を囲む光景は恐ろしかった。もしも、オープンカーの屋根を開けでもしようものなら、おそらく俺はもみくちゃにされていただろう。

キングストンのど真ん中にあるペガサス・ホテルでは俺の記者会見が予定されていたが、ホテルが目に入ってくると、俺はおののいてしまった。一カ所に、あれだけの人がいるのを見たことがなかった。ロビーには人があふれ、駐車場も満杯、外の通りにも人があふれていた。ファンは車の前に立ちふさがり、警察が彼らを排除するまで、断固として動くのを拒否していた。これだけジャマイカの人たちが俺に対して愛情を表現してくれたのは、はじめてのことだった。2002年に俺が世界ジュニア選手権で金メダルを取ったときのパレードもすごかったが、オリンピックを終えての凱旋帰国と比較すると、ちっぽけなイベントのように思えてしまった。俺の心をよぎったのは、「おいおい、いったいここではどんな騒ぎになってるんだ?」ということだ。

ジャマイカの人たちがどれだけスポーツに熱狂しているか俺は知っていたから、これからもこれ以上のものが待っているかもしれなかった。彼らはゆったりとして、そう簡単には心を動かされない。今回の熱狂ぶりを見ていると、北京で起きたことをみんなが本当に評価していることが分かってきたが、俺は浮かれ過ぎないように気をつけるつもりだった。狂騒から逃れ、静かな時間を持てたときに、俺の身に起きたことと、陸上でのキャリアのことが頭に浮かんできた。「浮かれてる場合じゃないぞ」と自分に言い聞かせた。「みんな、ジャマイカ人なんだ。俺が成し遂げたことはジャマイカの人たちにとってもすばらしいことだが、もう一度、同じような結果を残せば、より俺のことを愛してくれるだろう。だけど、あまりそのことを意識し過ぎてはいけない。キングストンで聞いたブーイングのことを思い出せ。もしも、だらしないレースをしたら、みんなはおまえの喉をかき切るだろう」

俺は自分の生活が永遠に変わってしまったことも認識していた。俺はパート先生の居候から脱却して、キングストンに自分のアパートメントを借りていたが、その場所は人通りの多いところで、街のみんなは俺がどこに住んでいるか知っていた。もうすでに家の外にはファンがうろうろし始めていた。

パート先生は「こりゃ、しばらくは自分の家に戻らない方がよさそうだな」と言った。「落ち着くまで、ペガサス・ホテルに泊まれるようにしておくから」

それがまたもトラブルの原因になるまでそう時間はかからなかった。2、3週間するとロビーには俺をひと目見ようとファンが集まりだした。夜、仲間とジャンクフードを食べに行ったことも遠い昔のことになり、俺が現れるところには誰もが押し寄せるから、パーティに行くことさえストレスになり始めた。帰ってきてからはじめてクアッドに行ったら、DJがマイクを握り叫んだ。「ウサイン・ボルトがクラブにいるぜ!」。みんなが振り向き、俺に向かって群がってきて写真を撮りたがったから、俺は友だちの後ろに隠れなければならなかった。ひと晩中、携帯電話を向けられる始末で、俺はなんだか罠にはまったような気がした——まったくコーチの言う通り、これも俺がとんでもなく速く走ったから招いた災難だった。自業自得だ。

常軌を逸した熱狂が続く中で、いいこともあるにはあった。女の子たちがどんどん俺に寄ってきたのだ。これは俺にとってまったくはじめての体験というわけではなかった。プロになって実力が増していったころ、俺は女の子たちとよく遊んでいたが、北京の後はまったく別次元になっていた。気に入った女の子がいれば、より取り見取りだったのだ！　帰国してからのヒステリー状態がひとたび落ち着いてきて、パーティに足を踏み入れると、俺は気に入った子を選ぶことができた。クラブに行けば「さてさて、今日はどの子にするかな？　君……？　それとも、君？　おー、君だ！　遊ぼうぜ」みたいな調子だった。これは俺のような若い男にとって、夢がかなった瞬間だ。考えてもみてくれ。22歳でキャリアのピークにあって、俺はキャンディ屋にいる子どもみたいなものだった。

俺が置かれた状況は、どでかい仕事をした他の有名人たちとそれほど違わないと確信していた。女の子たちは興奮して、こう考える。「この人と一緒になりたい！」。俺は売り出したばかりのセレブだったが、このときガールフレンドがいた。キングストンに引っ越してからそれほど時間が経たないうちから、ミジカン・エバンズという女の子と付き合い始めていた。彼女はふたつ年下のカリビアン大学（ＵＣＣ）の学生で、俺が時々足を運んでいたキングストンのフードコートで出会った。最初のうちは友だちだったのだが——ミッジは面白いし、いつも歯をむき出しにして笑っていた——俺たちが真剣に付き合い始めるまでそう時間はかからなかった。北京オリンピックが始まるときには、俺たちはもう5年も付き合っていた。

二人の間でよかったのは、俺に集まる名声やスポットライトなどについて、お互いの立場を理解し合っていたことだ。ミッジが俺の周りに女の子が群がっていてもリラックスできていたのは、二人が付き合うにあたってあるルールを守ることを合意していたからだ。俺が誰か他の女の子と寝たとしても、ミッジは知らない限り冷静なままだ。けれど、俺と誰かの仲を彼女が気づいたなら、それがたとえ噂レベルのものだったとしても、その女性には退場してもらわないといけなかった。

すべての注目に俺は対処できたし、あまりストレスに感じることもなかったが、他の有名人と会ったとき不思議な思いをしたこともある。俺はロンドンのクラブで、かつてチェルシーFCのストライカーだったディディエ・ドログバと話す機会があった。俺は家では毎日のようにプレミアリーグの試合をビデオで見ていたし、センターフォワードとしてのドログバのパワフルなプレーに興奮させられていたから、彼が俺のことを知っていたことに信じられない思いがした。たぶん、俺は挨拶をして握手をしただけでも満足だったと思うが、ドログバはオリンピックでの俺のレースをものすごく楽しんだと話してきてくれたので、感激してしまった。

「ドログバは、今なんて言ったんだ？」。俺は興奮状態で考えた。「俺のレースを見てただって？プレミアリーグのスターは俺にとってのアイドルだ。おお、なんだか世界が違って見えてきたな」

俺は、ロサンゼルスで女優のハイディ・クルムとサンドラ・ブロックにも会ったが、その夜ほど奇妙なことは他にはなかなかないと思う。俺はハリウッドでプロモーションの仕事をして、その後にビバリーヒルズにあるレストランに行った。レストランには、映画界の中でもとびっきりの美人である二人が別のテーブルに座っていた。俺たちが帰ろうとすると、レストランの支配人が撮影を頼んできた。そのとき、サンドラとハイディが視線を俺によこしたのだ。二人ともドレスアップしていて、本当に美しかった。

「みなさんはパーティの最中なのかしら」とハイディが声をかけてきた。

俺はそれまで二人に会ったこともなかったが、俺の中にある「新しいセレブ発見！」モードが全開になった。ロンドンでのドログバのように、二人は俺のことを知っていたのだ。

「そうだよ。来る？」と俺は笑いながら誘ってみた。

「もちろん！　でも、ＯＫなの？」

「ＯＫなの」だって？　もちろんだ。

あああ、なんて夜なんだ！　俺たちはみんなでクラブに行き、飲み、大いに楽しんだ。俺たちは話し、ダンスして、シャンパンを開けた――ゴシップ専門のウェブサイトが翌朝になっていろいろ書いていたかもしれないが、それ以上のことは何も起きなかった。俺は、何か起きるかとちょっと期待していたけどね。だって相手はハイディ・クルムとサンドラ・ブロックだぜ。そう思わなかったら男じゃない。

ウサイン・ボルトというブランドの価値

コーチは俺のモチベーションを上げ続けなければならなかった。世界ナンバーワンのアスリートとして、俺がトップに君臨し続けることを望むなら、よりハードにトレーニングをしなければならないとコーチは言った。トレーニングを再開する前にもらった2、3週間の休みの間に、俺は人生に劇的な変化が起きていることを体験することになったが、その時間が終われば、極限まで俺のことを絞り上げるタフなプログラムが始まった。

「ハードワークをここからスタートする、ウサイン」と彼は言い放ち、俺は走り、脚がつり、食べたものを吐いたりした。俺は笑い始めた。

「マジかよ、コーチ？　これが始まりだって？　俺たちは今までの4年間、何をしてたんだ？」

しかし、コーチは容赦なく、俺がトップであり続けるためにはどれだけハード・トレーニングをしなければならないか、明確なプランを持っていた。「もしもおまえがスーパースター・ライフを維持したいのなら、以前よりももっと速く走らなければいけない――より速く」。コーチは言い切った。「ナンバーワンになることはすばらしいし、地球上の誰もがおまえに憧れているよ、ミスター・スーパースター。だが、タイソンがおまえを負かしたら、アサファが勝ったら、見栄えは良くないだろ。プロモーターは二番の人間には大金を払いたくないだろうから、収入もがくんと減るだろうな……」

コーチからもらったその言葉で、俺はずいぶんと考え込んだ。一夜にして、俺の現金収支は劇的な変化を遂げた。それなりの出場料をもらって走る日々は終わり、北京での金メダルは俺を最も客を呼べるスターにした。俺はタイソンやアサファに代わってスタジアムに人を呼び寄せるビッグネームとなったから、サーキットで最高額の出場料を得られるようになった。金額は莫大で信じられないものだったが、それは俺がレースをするたびにこれまでとは違うものを持ち込んだからだ。俺には「イメージ」があったのだ。

ファンは、遊び心があり、見る者を飽きさせない俺のことを愛してくれた。他のアスリートはそんな真似はしない。俺が北京で見せた茶目っ気は、俺のレースを見るファンを熱狂させたので、2009年のシーズン開幕を前にして、レースのプロモーターにとって俺は動員力満点の選手になっていた。自分の名前だけでスタジアムは満員になり、俺が出場予定だと告知されると、その大会のチケットはすぐに売り切れになった。

俺が父さんと母さんにまとまったお金を渡せるようになったので、二人が仕事のことでストレスを感じる必要はもう二度となくなった。しかし、銀行口座にはたっぷりお金があるにもかかわらず、父さんはリビングでごろごろしているような生活を拒否した。俺が父さんにあげた金を元手にして近所に小さな店を出し、コクシースのみんなが生活に不便がないように手伝っていた。働くのをやめるつもりはなかったのだ。

俺はといえば、お金が入ってくることで責任も増えた。自分がどんな立場にいて、生活するために何をするのかいろいろ学ばなければならなかった。単純な事実として、俺は一人のスプリンターから世界的なブランドへと変身を遂げた。俺はただのアスリートではなく、ロールモデルであり、さらにはエンターテイナーでもあった。西インド諸島大学のトラックでは世界でベストの選手であるために過酷な練習をこなす一方で、北京で世界に対して見せたように自分のパーソナリティをアピールすることを求められた。みんなはレースで出る記録に興奮するが、どんなスタイルでレースをするのかにも注目していた。ファンは「ボルトは今度はどんな能力を見せてくれるんだろう?」と胸をドキドキさせていた。俺がどこで走っても期待が渦巻いていた。

そうした派手なパフォーマンスが、ときとして情けないレース内容を包み隠した。2009年のシーズンがスタートしてすぐ、俺は悪天候のトロントで10秒フラットという、俺の基準から見たらひどい走りをしてしまったが、俺がゴールラインを越えたときには観客席は幸福感に満たされていた。ファンが俺のタイムには頓着していないことは明らかで、俺がダンスをしたり、「ライトニング・ボルト」のポーズを取って楽しんでいる様子を見られればハッピーなようだった。みんなの様子を見て、俺はレースに対する考えを変えた。違う国に遠征するたびに地元の騒ぎの中に身を置いて、観衆の興奮をあおった。ブラジルでレースをしたときは、トラックでサンバの動きを披露した。ローマの試合ではファンが持っていたイタリアの国旗をひったくり、競技場を一周しながら旗を振り続けた。もうどこに行っても、熱狂が巻き起こっていた。

俺はもはや、速く走ればいいだけの人生を送っているのではないと気づいていた。もちろん、スピードは重要だが、過去の大スターと同じようにパーソナリティやスター性ということがスピードと同じくらい大切になっていた。際立ったパーソナリティは、大観衆を呼び寄せる。ジャマイカの人たちは、アサファが「ミスター・ナイスガイ」だからこそ愛したのだが、逆にアメリカでモーリス・グリーンが人気だったのは、彼がキャリアの絶頂期に生意気で大口ばかりたたいていたからだった。アメリカのランナー、ジャスティン・ガトリンの場合はまたパターンが違っていた。彼には彼のファンがいたが、みんなアサファやグリーンのようには熱狂しなかった。それはガトリンにはなんのストーリーもなく、人間としてのイメージが湧いてこないからだった。彼は単に真面目なだけのアスリートだったのだ。俺は北京でみんなを楽しませたようなキャラクターを押し出す必要があった。それがあったから注目されたのだから。そんな俺を見に来る大観衆にスポンサーは食指を動かした。札束を握っている連中は「この男はなかなか面白いし、みんなこいつのスタイルが気に入っている。よしっ、ボルトと契約しよう！」と考えるのだ。

２００９年のシーズンがスタートすると、招待状、契約、プロモーションの申し出がドッと舞い込んできて、その処理に忙殺されてしまった。リッキーは国際的な契約を、パート先生はジャマイカ国内の分を担当した。俺たちは携帯電話、飲料、時計、そしてスポーツメーカーと契約を交わした。

こうした企業のためにすることはレースに出場し勝つことだった。俺は一生懸命走り、そしてみんなを楽しませた。ただし、ふざけてばかりではなく、ちょっとでも悪い情報が流れるのは命取りになりかねないから、関係者の前ではいつでも礼儀正しくしなければいけないと理解していた。ある会議で、リッキーは俺のパブリック・イメージがどれだけ変化したかを説明してくれた。彼は俺に、「いつでもどこでも自分の行動がどんな結果を招くのか考えて行動しなければならない。なぜなら、スポンサーが君をどう見ているかで将来的に大きな影響が出るからだ」と話した。バカなことをすれば、市場価値や将来的な収入にダメージを与えかねなかった。「覚えておいてくれ」。リッキーは言った。「君はもう単なるウサインじゃないんだ。君はいつでも、ウサイン・ボルトというブランドであり、ビジネスそのものなんだ」

俺は毎日その言葉を嚙み締めていたが、それを受け入れることは、俺がこれまでの人生で楽しんできたいくつかのものに別れを告げなければならないことを意味していた。もはやキングストンでファストフードをガンガン食べるのもNGになったし、クアッドのパーティで酒を片手に写真を撮られるのもアウトだった。だが、俺にも限界はあった。部屋で友だちとふざけながら過ごす時間も悪くなかったが、時々パーティにだけは行かせてもらった。

コーチの耳にそんな噂が入れば怒るだろうとは分かっていたし、たぶんリッキーも好まなかっただろうが、俺に必要なのはアスリートとして効果的に身体を機能させることだと理解するまでになっていた。俺はトラックで自分の身体がどんな状態にあるのかを把握できるようになっていたが、北京が終わってからは、自分のメンタリティを理解できるようにもなっていた。ときには外出し、ダンスしたり、友だちとリラックスすることが、日々スポットライトを浴びるストレスを解放する手段だったのだ。遊ぶことで俺はトラックでしっかりとした練習ができたし、誰にも文句を言わせるつもりはなかった。

俺は陸上だけでなく、他の競技でも、アスリートが成功を収めた瞬間から、周りの人間のこうしろ、これだけはするなという余計なアドバイスを受け入れたため、キャリアを台無しにするのをたくさん見てきた。成功するまでは何も問題がなかったのに——。みんなが寄ってたかって人生の喜びを奪ってしまったからだ。それを埋め合わせるために、選手たちはドラッグが必要な気分になり、毎晩酔いつぶれ、暴れたりした。中にはキャリアの終盤になって、他の人に危害を加えて人生そのものから転落するアスリートもいた。身に付いた悪癖のため命を落とした者も何人か知っている。俺は正気を保つために人生を楽しむべきだと分かっていたから、俺の気持ちとしては違法なことをせず、誰も傷つけない限り、何の問題もなかった。

俺にとっては四角四面に生きることには意味がなかった。その点では普通の人たちと一緒で、人生を楽しみたかったし、自分のライフスタイルが制限されたら何が起こるか分かっていた。ある日、俺はプレミアリーグの選手たちが21歳や、22歳で女性と結婚したという雑誌の記事を読んでいた。「リッチになって、有名になったばかりだってのに、なんでまた結婚なんてするんだ？おいおい、大丈夫かよ？　今からお楽しみが始まるってのに！」と俺は思ってしまった。それからまた新聞では、21歳や、22歳で結婚したプレミアリーグの選手たちが、年を重ねてから浮気をしていた事実が暴露されていた。なんだか、クレイジーなことばかりだ。

俺は楽しみのために四輪バイク（quad）を買い、みんなをあきれさせた。そんな乗り物には乗るんじゃないと口々に言ってきた。みんなは、なんとかしてその乗り物が危険なのか分からせたいようだったが、そんなのは知ったことではなく、そのバイクに乗るのは俺の自由だった。

「あのさ、四輪バイクに乗るなって言うな」。俺は吠えた。「たしかに危険だって知ってるけど、楽しいから乗るんだ。俺がこいつに乗ってるとき、ちっぽけな問題や心配はどこかに消えてしまうんだ。楽しいんだよ」

コーチはそうは思っていなかった。コーチの判断は、俺が週に6日、朝、昼、夜とトレーニングするべきだと思っていた。もし、トレーニングできないのだったら、部屋でビデオゲームをやっていてもらった方が安心なんだが、とコーチは考えた。コーチは四輪バイクに乗るな、バスケットもサッカーもプレーしないように言ってきた。あるときなんぞ、セックスも避けるように言ってきたほどだ。

「おまえの調子が悪いときのことは心配していないんだ」とコーチは話しだした。「調子がいいときの方が心配なんだ。どんどんテストステロンが分泌される。限界を超えてね。そうなるとおまえがトラブルを起こす危険が増すんだよ」

もしも、コーチのアドバイスに従ってしまったとしたら、俺は正気ではいられなくなりそうだった。退屈して、自分の姿を鏡に映して見るだけの生活になってしまう。俺のプランはハッキリしていた。速く走り、デカい大会で勝つ。そして、ときには「速く生き」なければならなかった。陸上に対する集中を維持するには、それしかなかった。

第12章　神からのメッセージ

彼女を死なせないでください！

それでも、俺はどうも生き急ぎ過ぎてしまう。

カークラッシュだ。

2009年にハイウェイ2000で起きた人生を変える事故の後、俺はいつも不思議な感覚にとらわれた。マンチェスター・ユナイテッド[注1]の試合に間に合うよう、雨と時間と戦いながら走っていると、車のブレーキが利かなくなり、何度もひっくり返ったあげく溝に突っ込んだ。助手席の女性の悲鳴。俺はどうやって生還したんだ？

これは事故の後すぐに浮かんできた疑問ではない。俺の体は衝撃に震えたが、運転席のドアを壊してなんとか自力で脱出することができたので、車がどんな状況になっているかすぐに確かめることができた。どう見ても、ひどいありさまだった。黒いバンパーの破片が芝と道路上に散乱していた。ボンネットはつぶれた空き缶のようにぺちゃんこになり、フロントガラスは粉々になっていた。どんなに修理を施そうとも、また走れる見込みなんてなかったが、そんなことはもうどうでもよかった。

ああ、女の子たちが車にいる！　みんな、大丈夫か？

二人はサイドドアから脱出したと思ったのだが、外を見回してみてもどこにも姿が見えなかった。俺は前かがみになって車の中をのぞいてみた。地面は長く鋭利な棘で覆われ、俺の足を切り裂き小さい注射器のように皮膚に刺さっていたが、最初はまったく痛みを感じなかった。俺はひどいパニック状態になっていたが、とにかく女の子たちが無事かどうかを確かめなければならなかったので、アドレナリンが痛みを消し去っていたのだ。

頼むから、頼むから無事でいてくれ。

何かが動く気配がした。後ろの席に座っていた女の子が、うめきながら這《は》い出そうとしていた――ケガをした痛みでつらそうだった。俺はそっとがれきの中から彼女を引き出し、もう一人がどこにいるのか確かめようとしたが、その子の身体が上下逆さまになって、変な角度にねじれているのを発見したとき、俺の胃腸はひっくり返りそうになった。衝突の衝撃で彼女は意識をなくしていた。ぴくりとも動かず、俺は彼女が死んでしまったと瞬間的に思った。

ああ、神様、彼女を死なせないでください。

俺は車の反対側にダッシュし、車内から彼女を引っ張り出すためドアを開けようとしたのだが、どれほど俺が強く引っ張ろうともぴくりとも動かなかった。体が完全につかえてしまっていたのだ。俺は恐ろしくなっていた――エンジンが爆発しないとも限らないと思ったのだ。

「大丈夫、落ち着くんだ」と自分に言い聞かせ、深呼吸をした。「落ち着くんだ、しっかり」

俺はウィンドウの内側に手を入れ、彼女のシートベルトを外してから、慎重に首と背中を支えながら、生気のない彼女の体をどうにかスライドさせて車の外に出した。俺の後ろから助けの手が伸び、彼女の腕を抱えた。事故を目撃していた人たちが車を止め、救出するのを手伝ってくれたのだ。

俺は動揺していた。救出したものの、彼女は意識を失ったまま、芝の上に横たわっていた。心音を確かめようと胸部にそっと耳を当ててみると、ほんの一瞬目が開きそうになったのだが、すぐにまたぐったりしてしまった。反応は芳しくなかったが、少なくとも呼吸はしていた。俺は祈りを捧げた。

「彼女をお助けください」

注1　俺は子どものときからずっとマンチェスター・ユナイテッドのファンだ。最初に試合を見たのはジャマイカのテレビでプレミアリーグが放送されたときだ。当時はオランダ出身のストライカー、ルート・ファン・ニステルローイがプレーしていたが、素晴らしいストライカーだった彼のプレースタイルに魅了された。そのときからユナイテッドに憧れていたので、俺は毎週日曜日に彼らの試合が放送されることを願ってテレビをつけたものだ。

年齢を重ねてから、陸上であちこちに遠征に行くようになると、ユナイテッドの試合をもっと見るようになった。マンチェスター・ユナイテッドが世界の中でも名門中の名門と知ったのはそのときで、はじめて見たゲームが彼らのものでラッキーだったと感じた。だって、それがウェストハム・ユナイテッドやブラックバーン・ローヴァーズだったとしたら、ちょっとさえないじゃないか？

そこにいたみんなが取り乱していた。病院に行くために車に乗せてもらったが、道路はとても混んでいた。ジャマイカでは雨が降ると、みんながみんな車を使うから、ハイウェイは渋滞するのだ。事故のあった場所からいちばん近い救急病院は、スパニッシュ・タウン地区にあった。車は雨の中をのろのろ進み、俺は後部座席に不安げなまなざしを向けるしかなかった。女友だちはまだ意識不明で、俺は罪悪感に苛《さいな》まれ、彼女のことが心配でたまらなかった。

最悪の事態だった。

下半身が麻痺してしまった!?

俺はそれまでに二度、車の事故に巻き込まれていたが、断じて自分の責任ではなかったと言い切れる。最初の事故は、俺がまだホンダに乗っていた時期の2003年にキングストンで起きた。俺は17歳で免許を取ったばかりで、たいていの若い連中がするようにあちこちで車を乗り回していた。とにかく、どんなところにも車で出かけていて、その晩もTGIフライデーズ［訳注：レストラン・チェーン］で女の子とデートする予定だった。そんな特別な夜だったが、交差点で信号が赤に変わりそうだったので、ブレーキを踏んだ。それは黄色から赤信号に変わる前でギリギリ通過できそうなタイミングだったのだが、俺はストップすることにした。

「ゆっくり行こうぜ、ボルトよ」と俺は思った。「落ち着こう。信号に従おう」

停止線に車を止めた。信号が青に変わり、後ろの車がせかしてライトを点滅させたのでアクセルを踏むと、どこからか車がいきなり横切ろうとして、俺の車の横に激しく突っ込んできた。バンッ！　フロントガラスは粉々に砕け、すべてのものがぐちゃぐちゃになり、俺は衝突の衝撃で動揺し、まともに考えることができなくなっていた。パニックになっていたので、直感的にギアシフトをまたいで、衝突した側の助手席の窓から脱出しようとした。俺は正気を失ったかのように、ぶつけてきた車のボンネットに這い出していた。いまだになぜそんなことをしたのかさっぱり分からない。俺は運転席側のドアから出て、逃げればよかったはずだ。俺は正気を失って、そんな行動を取っていた。

二度目の事故はより滑稽だった。それは2006年の1月1日に起きた。俺はコーチが立てた3年計画のうちの12カ月をようやく終えたところで、希望に満ちて新年の朝を迎えていた。「新しい年だ！　いいスタートを切ろう！　まず、ジムに行ってすばらしい1年のスタートを切ろうじゃないか！」。俺は上機嫌だった。

1時間にわたってハードに自分を追い込んだが、家に帰ろうとスパルタン・クラブの駐車場から車を出すと、コーチもちょうど帰るところで、車を俺の後ろにつけた。リアビュー・ミラーからコーチの顔が見えた。コーチが後ろにいたので、ゆっくり運転しなければいけないと俺は思った。ここでスピードを出し過ぎて、その日の午後の練習のときに安全運転の講義をコーチから受けるわけにはいかなかった。バカなことをしないように、ゆっくり気をつけて運転した。

そして、最初の事故と同じようなことが起こった。青信号になり、アクセルを踏むと、他の車が隣のレーンから割り込んできた。俺はよけようとアクセルをさらに踏み込んだが、その瞬間、そいつはウィンカーも出さずに俺の前に走り込んできた。危ないと思ったが、隣の車線に移ったら他の車にぶつかってしまう。バーン！――ぶつかってきたそいつの１９５０年代のクラシックカーは超合金で造られたように頑丈で、俺の車のボンネットを見事に破壊していた。急停車したが、車はもうおシャカになっていた。頭にきたのは、ぶつけてきたクラシックカーには擦り傷さえなかったという事実だ。本当にふざけた話で、俺は怒り心頭に発していた。

そいつが車を止めている間、俺はシートベルトを外して道路を横切り、ケンカに備える態勢を整えたが、ドライバーが車から出てくるのを見て、俺はすぐさま「武装解除」した。彼はかれこれ七十がらみの老人で、四角く、分厚いレンズとフレームのメガネをかけていた。それは、そのくらいの年齢の目が悪いジャマイカ人がよく使う代物だった。俺は怒りを収めなければならなかった。

「ああ、なんてことだ」。俺は嫌になってしまった。「こんなじいさん殴っても仕方がないぜ、まったく」

俺はケンカをするかわりに歩道に座り込み、へこんだボンネットを見て毒づいていたが、コーチはそのおじいさんと何か話そうとしていた。ところが、なんとそのじいさんは、俺が悪いと叫んでいたのだ！　この一度だけだが、俺はコーチが後ろで運転してくれていたのを感謝した。コーチの助けがあるのは本当にありがたかった。

今度はハイウェイ２０００、話はまったく違う――状況としては最悪だった。正直なところ、俺たちが生きているのは奇跡としかいいようがなかった。女友だちはぐったりしたままだったたから、純粋な意味では彼女が生きているかどうかは分からなかったけれど……。しかし、どうにか俺たちが渋滞を抜けて病院に駆け込むと、二、三人の看護師が駆け寄ってきた。

「ウサイン、大丈夫なの？」。そのうちの一人が声をかけてきてくれた。

俺はうなずいた。「大丈夫」

しかし、彼女は私を見て「でも、あなたの足、血まみれよ」と言った。

視線を下ろすと、待合室に血の足跡がついていた。側溝に突っ込んだとき足の裏が裂けていたわけだが、隣でストレッチャーにのせられた意識不明の女の子と比べたら、俺の傷なんてたいしたことはなかった。

「彼女の体が冷たいんだ！」。彼女のぐにゃっとした体を指差しながら叫んだ。「俺のことはどうでもいいから、彼女を助けてやってくれ！」

ドクターたちが周りに集まってきて、ペンライトを彼女の瞳孔に当て、バイタル・サイン（生命徴候）を確かめていた。俺は彼女がどうなっているかを知りたくて待っていたのだが、一人の看護師が俺を別の処置室に連れていき、傷口の手当てをしてくれた。ピンセットで血が流れている傷口から破片を取り出そうとしてくれたが、その痛みといったら！　その看護師は、どう考えてもキングストンでいちばんヘタクソな腕を持っているとしか思えなかった。

廊下では、女友だちはもう大丈夫だ、という声が響いていた。しかし、皮膚に深く突き刺さっている破片を抜いてもらっている間、俺は苦悶に耐えなければならなかった。ピンセットを突き刺し動かしたが、足に刺さった破片はどんどん押し込まれていくだけで、それをひねるたびにどんどん血が流れ出てきて、ベッドに血が滴《したた》り落ちた。とにかく痛過ぎたので、俺は子どものときに母さんが棘を抜くときにどうやって処置していたか、看護師に伝えようとしたのだが、彼女は聞く耳を持たなかった。

「頼むからさ、聞いてくれよ」と俺は懇願した。「ママはさ、そうじゃなく、いつもこうやって……」

それは本当のことだった。俺は幼いとき、コクシースの藪《やぶ》の中を裸足で走っていたものだから、たくさんの擦り傷ができ、棘が刺さった。そのときのことを思い出すと、俺は自分がバカだったと思う。つま先にケガをし、爪は割れるし、金属の刃を踏みつけて手術用のメスのように足の裏を突き破ってしまったり、とにかく当時はいろいろなものを足に突き刺していたから、走れるようになったのが奇跡のようだ。

まだ俺が子どものとき、足に刺さった棘がもとで傷が化膿し、敗血症になりそうなことがあった。それはかなり危険な状態だった。母さんは俺が痛がってるのを見て、優しく、気をつけながら針とピンセットを使って棘を抜こうとしてくれた。

「どうしたんだい？」と、俺が泣いていると母さんは優しく言葉をかけてくれた。

「痛い！　痛いんだよ、ママ！」と俺は泣き叫んだ。

それから父さんが顔を出した。俺が泣いていたのは夜の9時半のことで、一日中、コーヒー工場で働いた後、父さんは隣の部屋で寝ていたのだった。父さんはもうベッドに入っていたのに、俺がわめいていたから目を覚ましたようだったが、俺にケガをした足を上げるように言ってきた。それから父さんは俺の足首をつかむと針を使って棘を抜こうとした。俺は逃げようとしたが、父さんの力は強かった。俺が痛みで叫び声を上げる中、棘はとうとう抜き取られた。大きくなってから、そのことで父さんのことをいつもからかった。

「ねえ、父さんはまったく悪魔だったよ」と俺は茶化した。

ところが、スパニッシュ・タウンの看護師は父さんと同じくらい乱暴だった。ピンセットはどんどん、どんどん皮膚の奥にまで押し込まれ、血があちこちに飛び散っていた。どんなことをしてもムダだった。最終的には彼女は処置をあきらめ、ベテランのドクターが呼ばれた。ドクターはギザギザになった俺の足の裏を見て、傷口が悪化する前に、刺さっている破片を除去する簡単な手術が必要だと俺に話した。ドクターはものすごく痛い手術になるだろうから、麻酔をする必要があり、俺はふたつの選択肢を提示された。

「ひとつ目は、脊椎に注射する下半身麻酔です」

「ダメダメ」と俺は笑いながら言った。「先生の言う通りにはさせないよ」

「もうひとつは、あなたの足の周辺だけ麻酔をかけることもできますが」

俺は、このような状況では部分麻酔の方がいいだろうと思ったのだが、それはすぐさま大きなミスだったことが明らかになった。注射針は8インチ（約20センチ）もあった。ドクターは脛《すね》の真ん中あたりの薄く柔らかい部分に針の先を刺した。そして骨に沿って破片を探りながら、ゆっくりと足の先端に向けて動かしていったのだが、俺はその様子を全部見ていた。それはホラー映画の恐ろしい拷問シーンを見るようで、俺は全身を貫く鋭い痛みで悲鳴を上げ始めた。

「ああ、がんばれ！」。俺は歯ぎしりをしながら、ベッド脇の手すりをギュッとつかんだ。「我慢しろ……」

ドクターは麻酔をかけているはずなのに、苦悶の時間は終わらなかった。足の他の部分にも麻酔が必要な状態だったので、注射針を完全に抜かず再び突き刺した。針が骨の周りを再びえぐり、痛みがズキンときて、ありとあらゆる色が俺の目の前でチカチカした。俺は吐きそうになった。

「ダメだ、もうダメだ！」。俺は叫んでしまった。「脊椎に麻酔してくれ！」

数分して、背中に麻酔が打たれて俺は眠らされ無意識になったのだが、目覚めたとき、腰から下は何も感じなくなっていた。両足に両脚、下腹部のあたりも麻痺していた。その感覚はそれまでに経験したことがなかったから、恐ろしくなってしまった。

ドクターは、俺の下半身に感覚が戻ってくるのは12時間くらいかかるだろうと警告していったが、それを待つ時間は恐ろしく長く、ペニスをいじっても何も感じないというのはこの世に生きてきた中で最も奇妙な体験だった。俺は時計を何度も見ては足をつねったりして、早く感覚が戻ってこないか待ち遠しかった。そんな時間がだらだらと続いていった。そのうち、ようやくかかとの部分がうずきだし、足とふくらはぎに感覚が戻ってきたが、そこから先がなかなか進まなかった。

なんてことだ。ペニスが何も感じないぞ！

膝も大丈夫だし、太ももにも感覚がある。

神様、勘弁してださい、ペニスが何も感じない。何も……。

尻にも感覚が戻ってきた。

ああ、それなのに、ペニスはぴくりとも動かないし、感じない。

そしてついに、ペニスに感覚が戻ってきて、俺は安堵の大きなため息を漏らした。交通事故のことは忘れていた――ペニスの周りの感覚麻痺は、俺の人生の中でいちばんストレスを感じた経験だった。

誰かが俺を見守っている

コーチは事故のニュースを聞き大破した車の写真を見たとき、取り乱しててっきり俺が死んでしまったと思ったらしい。NJが電話して、俺の命に別状はないと知らせた後でさえ、コーチは「どんな強運の持ち主でも、こんなぐちゃぐちゃになった車に乗っていて、無事でいられるはずはない」と言ったそうだ。コーチは誰が何を言っても信じなかったらしい。見舞いに来てくれたとき、俺が動き回っているのを見てとてもうれしかったはずだ。恐ろしい事故の痕跡を示すものは足に巻かれたたった数センチの包帯だったのだから。二人とも、俺が死の淵にいたと感じていた。

突如として、この事故で俺の人生観が変わることになった。神様が俺の命を救い、しかも将来図を描いてくださっていることを身にしみて感じた。子どものころは、他の子どもたちよりもずば抜けて大きく、強かったし、誰よりも足が速いことを当たり前のようにとらえていた。しかし、事故の後ではとても同じようには考えられなくなった。俺には特別な能力が授けられていると思い至るようになったので、遠征には聖書を欠かさず持っていくようになった。父さんの姉妹であるローズおばさんは、毎日聖書の中の一節を送ってくるようになり、俺はその言葉を書き付けて覚えた。

宗教が生活の一部になると、健康でいられるように誰かが見守っているに違いないから、俺の身は絶対に安全だと感じるようになった。それからほどなくして、俺はマイアミに飛んだ。フライトは揺れに揺れ、乱気流の真っただ中で体中が揺さぶられ、周りの人たちはパニックになっていた。それでも、俺は落ち着いていた。シートに深く腰掛け、目を閉じてリラックスしていた。「なに、とりあえず今のところは飛行機事故で死ぬことはない」と俺は思っていた。「まだ、走らなくちゃいけないからね……」

それから俺は以前よりも感謝の念を覚えるようにもなった。事故で突然与えられたものが何かを理解し、それを最大限まで究めたいと思うようになった。俺はさらに速く走りたいと願うようになったのだ。レーサーズ・トラック・クラブでは、他の選手たちともっとコミュニケーションを取るようになった。今度は、俺が教える側に回って、若い選手たちにレースのテクニックや走るスタイルについてアドバイスをするようになった。陸上について俺が学んできたことを伝えたいと考えた。若手に可能な限り助言することで、無意識のうちに彼らの人生が永遠に変わることもあり得ると感じたからだ。

ある日、トラックで体調を整えようとトレーニングに励んでいるとき、若い子たちが４×１０0メートルリレーの練習をする様子を見ていた。ウォーミングアップの間、一人の選手がジョグをだらだら走り、カーブのあたりに移動してから、のらりくらりとストレッチをしているのが目に入った。そんなちんたらしていたのに、彼はいきなり全力疾走に入った。俺から見れば、それはアマチュアのすることで、リスクが高いものだったから、すぐさまその選手を呼び止めた。「おい！　そんなことするんじゃない！」と俺は怒鳴りつけた。「そんなことをしてたら、ハムストリングがやられて、肉離れを起こしてしまうぞ！」

彼はおとなしくうなずき、普段のランニングのリズムに戻った。こんなアドバイスは、そのときの彼にはたいしたことではなかっただろうが、これで彼の大ケガを防ぎ、そのシーズンに優勝を狙えるんだったら、ちょっとした手伝いができたというわけだ。そうしたところにも、俺の新しい世界観が反映されていた。

ライバルの言葉が俺に火をつける

あんな事故を起こして俺が生きていること自体が奇跡であり、歩けるのも幸運なことだったが、唯一の身体的問題は足のケガの回復具合で、完治するまでに2、3週間程度はかかる見込みだった。それはいいニュースで、２００９年のベルリンの世界選手権にはなんとか間に合いそうだった。オフの間、オリンピックの決勝にタイソンの姿がなかったことをみんなが話題にするのに俺は憤《いきどお》っていて、地球上で俺がベストのランナーであることを世界に向かって証明したかった。ケガで休むことを余儀なくされたものの、タイソンが世界選手権に登場するとあって、俺は再びレースに向けて集中力を高めていった。

ところが、タイソンはひとつ間違いを犯した。俺の世界記録は十分に手の届くもので、それを破るつもりだとメディアに話したのだ。俺が最初にそのコメントを聞いたときは、ケガから回復して、トレーニングを進めていた時期だったが、どうにも理解しがたかった。もし、俺の記録を破るつもりだったとしても、どうして世界に向かってそれをわざわざ宣言する必要がある？ タイソンは100メートルを世界記録で走らなければ、大バカものに見えてしまうのだ。彼は自《じ》縄自《じょうじ》縛《ばく》の罠に陥っていた。

彼の発言は俺にとってはありがたいもので、そうした情報が流れてくることで、自然と敵のメンタル面での戦略が手に取るように分かった。陸上というものが、世界選手権のような大きな大会に向けてポーカーのような心理戦を仕掛けるようなものだとすれば、タイソンは大風呂敷を広げる作戦を取ったというわけだ。タイソンのコメントを聞く限り、どう考えても彼は俺の内面の強さに気づいてはいない。タイソンは今や俺がどんなランナーになっていて、世界選手権に向けてどんな強化をしているのか、分析していなかった。たしかに、タイソンは俺のフィジカルな強さについては理解していたかもしれない。ただ、俺がライバルから挑戦状をたたきつけられたら、より激しくトレーニングに励むことを肝に銘じておくべきだった。タイソンの発言が、俺に火をつけた。レーサーズ・トラック・クラブに所属する者なら誰でも、挑発的な発言がさらに俺を進化させてしまうから、タイソンのコメントは大きなミスだと分かっていた。

思うに、大きな試合に挑む心構えが俺とタイソンでは正反対だったのだ。世界選手権を前にして俺はかなり自信を深めていたが、試合前に大口をたたくのは好みではなかった。コーチ、そしてこれまでの経験から教えられたのは、レースでは優勝争いから脱落してしまうようなことがいつ起きても不思議はない。トラックに立ち、ピストルが「バンッ！」と鳴ってしまったら、不確定要素のなすがままになるしかないし、誰だって俺の世界記録を破る可能性がある。まずい走りをしてハムストリングを伸ばすことだってあり得るし、足がもつれてゴール前で転んだりするかもしれない。前評判を覆すたくさんの要素が短距離のレースには存在するのだ。レースが終われば話は違う。世界記録を更新する自信があったとアピールすることだってできる。誰もそれに異を唱えることなどできない――記録が作られた後、誰がそんなことを証明できるだろう？　タイソンにも他の連中にもそんなことはできない。だから、俺はレース直後のインタビューとその後の記者会見まで黙っていることにした。

世界選手権に向けて、コーチはかなりキツいトレーニング内容を組んでいた。足のケガがあり、世界選手権に向けての準備の開始が遅れたから、その不利を取り戻さなければならなかったのだ。スケージュールはかなり遅れていたし、しばらくの間はレースにはとても出られる状況ではなかった。走るたびに、傷が焼けるように痛んだ。かかとと足の甲にある傷跡を保護するため、保護機能を持つクッションをシューズに入れることで、痛みはちょっとだけ和らいだが、コーナリングをするのは不可能だった。コーナリングの練習をするたびに、足の傷がまた口を開けそうな感覚になり、激しく痛んだ。

コーチは俺が痛みに耐えながら練習するのを観察し、順調でないこと感じていたようだったが、不安を表に出すことはなかった。とにかくコーチの表情からは何も読み取れなかったが、そう感じたのも俺がアスリートだからこそだ。たしかに、コーチは俺の事故に同情してくれているのは分かっていた。ただし、サラブレッドのオーナーが持ち馬が賞金を獲得できるか判断するのと同じように、陸上のコーチも自分の選手が次の大会でどんな結果を残すだろうかと、冷静に判断する場合もある。コーチはトラックの横から自分のビジネスに必要なツールを見るように、俺の筋肉の動きを分析していた。西インド諸島大学のトラックでトップスピードで思い切り走ってみたとき、コーチは俺の体調についてひとつの結論を出した。自分が世界選手権で勝てるかどうか、すべての練習で吟味されているようなものだった。

そしてようやく、コーチはベルリンに向けての最終計画を明らかにした。

「よし、ウサイン。プランはこうだ」。トレーニングが終わったある夜、彼が話し始めた。「もし、世界選手権で君がタイソンを負かしたいのなら、6週間の激しいトレーニングをする準備をしてほしい。パーティを減らして、ジャンクフードも禁止だ。後のことは俺にまかせてくれ」

トラックでの練習メニューに変更が加えられた。例年よりもバックグラウンド・トレーニングを減らし、全力を出し切るスピード・トレーニングに集中した練習プランだった。またも、俺は「アスリートの鑑」になった。携帯電話とメールをまるまる6週間切り、ジャンクフードを断ち、夜更かしはしないようにした。節制し始めてからすぐ、俺は全力を出さない状態で、100メートルで9秒70をマークした。200メートルでは惚れ惚れするようなコーナリングが復活した。そうした走りを見て、交通事故で時間を失っていたにもかかわらず、コーチは俺がフィジカル的に準備万端だと判断した。

こんなコンディションを知ったら、タイソンは心配の種が増えて仕方がなかっただろう。俺は、絶好調だった。

スタート前の熾烈な駆け引き

ベルリンの世界選手権が持つ意味は大きかった。オリンピックが陸上におけるサッカーのワールドカップに相当するとしたら、世界選手権はアフリカネーションズ・カップや、ヨーロッパ選手権や、コパ・アメリカに当たるだろう。世界選手権への期待は大きく、ファンは本当にエキサイトするし、地球上の最高のアスリートたちが最高のコンディションで一堂に会する大会だった。

俺にとって、ヨーロッパでレースができるのは幸せだ。ダイヤモンドリーグのレースで俺がチューリッヒ、ローマ、ローザンヌに登場すると、ファンは熱狂的な声援を送ってくれるのだが、ベルリンに俺が到着すると、ケタ違いの熱狂が待っていた。会場は7万4000人収容可能の堂々たるオリンピアシュタディオンだった。フィールドは青いトラックに囲まれ、観客席はほとんど毎日超満員で、選手たちがスタートで飛び出すと、声援が湧き上がった。

それでも、俺にとって世界選手権は単なるひとつのレースに感じられた。リラックスしていたし、かなり自信があった。背中の状態も順調だった。ミュラー＝ヴォールファート先生の治療は言うまでもなく、理学療法とジムでのトレーニングの甲斐もあって、背筋はタフになっていた。ハムストリングも強靱なまでに鍛え上げられていた。もう、心配の種はどこにもないほどだった。１００メートルと２００メートルの予選は軽く流し、１００メートル決勝前にウォーミングアップをするためにサブトラックに顔を出したときには、これ以上はないというくらいに仕上がっていた。

決勝の1時間前、エディがマッサージ台で筋肉をほぐしてくれたおかげでとてもリラックスできたので、北京のときと同じように俺はふざけ始めた。

「俺がどれくらい速く走れるか、誰か賭けをしないか？」

みんな、笑っていた。

よし、よし、OKだ。やってやろうじゃないか。

俺たちはタイムを予測し合った。リッキーは9秒52。エディは9秒59。俺は9秒54。

身体が最高の状態にあったからだけでなく、１００メートル決勝にはベストの中のベストの選手が集うからこそ、俺には自信があった。タイソンがいて、アサファもいた。全員が１００パーセントの力を出すわけだから、ここで1着を取れば、俺が世界のベスト・スプリンターだということに疑問を唱える人間なんていなくなるはずだ。誰も文句は言えなくなる。

メンタル的には、他のアスリートたちはプレッシャーに押しつぶされそうになったりするが、俺の場合は逆にそれを力に変換できた。チャレンジする対象が大きければ大きいほど、いつも成長してきたという成功体験があるから、プレッシャーがあればあるほど気分がよくなった。俺がスタートラインに歩いていく姿を見て、タイソンは落ち着いてはいられなかったに違いない。レースのスケールは半端ではなかったが、とにかく冷静だった。アンティグア・バーブーダのランナー、ダニエル・ベイリーとジョークを交わし始めたほどだったからだ。俺たちはふざけながら笑い、ダンスの動きをしてみせた。俺たち二人は予選からずっと同じレースを走ってきたが、途中からどちらがピストルに速い反応を見せるかということを冗談交じりで競い合うほどになっていた。

バンッ！　バンッ！　バンッ！　予選が終わると、二人のうちどちらがブロックから速くスタートするか、リプレーを見ながらチェックしていた。実は、俺は準決勝でフライングをしたため、2回目のスタートで、誰かが失格になるんじゃないかとハラハラしていた。ベイリーの前に出たい気持ちが強過ぎて、俺が早く動き過ぎたために、みんな2回目のスタートのために戻らなければならなかった。

その当時は、フライングのルールはとても分かりやすいものだった。どんな選手でも、スタートの号砲が鳴って0秒10以内に動いてしまったらフライングと見なされる。この0秒10という数字は、ピストルに対するリアクションではなく、選手がタイミングを予想したり、ヤマを張っていないと出せない数字だと科学者が推測したものに基づいている。ピストル音に対して、脳はこれだけ素早く反応はできないのだ。1回目のフライングの後、選手たちは警告を受ける。次のスタートでは、誰がフライングしたとしても、その選手は即刻失格となる。

しかし、このルールにより悪質な駆け引きが行われる可能性が広がった。何人かのアメリカの選手たちはわざとフライングをして、他の選手たちの集中力を削ごうとしているのがバレバレだった。こうした小細工はベテランが得意で、特にスタートを苦手とする選手がよく仕掛けてきた。

もう少し詳しく説明しよう。100メートルのレースに出る選手の中で、もし誰かがあらかじめフライングをするつもりだったとしたら、心理的にその選手はかなり有利な立場に立つことになる。再スタートはその選手にとって痛くも痒《かゆ》くもない。最初から、そうなると分かっているからだ。レースが仕切り直しになると、次にフライングを犯してしまったらすぐに失格になってしまうので、突如、不安と戦わなければならない選手も出てくる。フライングを犯せば、競技役員がやってきてレッドカードを突きつける。そんなわけで、スタートの得意な選手たちは慎重にならざるを得なくなる。どうしても、バンッ!というスタートの合図に、ほんのわずかだが反応が遅くなってしまうのだ。この場合、スロー・スターターの選手がより有利な条件でレースを戦うことができるわけだ。

前人未踏の世界記録

世界ナンバーワンの地位がかかっているレースで、失格で負けることなんて絶対に嫌だった。

俺はベイリーをそばに呼び寄せた。

「あのさあ、スタートのことをちょっと忘れるようにしないか？」と俺は話しかけた。「俺はただ、１００パーセントのレースをしたいだけなんだ。スタートでお互いプレッシャーをかけてしまったら、いつもろくなことにならないからさ……」

彼はうなずいた。ベイリーは他の選手たちよりも俺のことをよく理解していた——彼がレーサーズ・トラック・クラブのキャンプでトレーニングを始めてから俺たちは友だちになり、レースの前に俺がふざけるのが好きなことを知っていた。そうすることで、リラックスできたからだ。それに、その夜のレースに懸かっているものは、俺の方が少しばかり大きいこともベイリーは理解していた。それでも俺たちは踊り始め、ダンスホールでの動きを披露するのをやめなかった。俺は他のレーンを見渡して、笑みを浮かべた。タイソンの顔は、極限まで集中した男の顔だった。彼は「なんだ、コイツらは？　世界選手権の決勝だっていうのに、何をふざけてるんだ？」と考えざるを得なかったに違いない。

そしてスタート位置につくように促され……バンッ！　俺はなかなかのスタートを切り、最初の数歩はスムーズに足が出た。俺はすぐさま他の選手を引き離しにかかり、50メートル付近でライバルたちの状況を確かめるために横をちらっと見たのだが、それは念のため、確認するための動きだった。俺は完璧なスタートを切っていた。誰も俺に追いつけるはずがなかった。

俺はもう一度、確かめるために横を見た。

「よしっ！」。俺は確信した。「勝ったな」

勝利は間違いなく、残り20メートル地点で俺は時計を見た。時がまるでスローモーションのように刻まれ、心臓の鼓動が感じられたが、どうやら世界記録の更新が手の届くところにあった。面白いもので、俺は落ち着き払っていた。ニューヨークや北京で世界記録を破ったときのような、ショックや驚きさえ感じなかった。そのかわり、俺は冷静さを保ちながら、ゴールラインを越えた。

観客のうなり声が、俺の知りたいことのすべてを物語っていた。9秒58。世界新記録。世界中が注目している中でナンバーワンになり、オリンピアシュタディオンの明るいブルーに彩られたトラックをビクトリーランし、両手を大きく広げた。俺はライトニング・ボルトのポーズを取って、観客を熱狂に導いた。誰かがジャマイカ国旗を俺の肩に掛けてくれた。もうこれも、おなじみの経験になりつつあった。

レース後、タイソンが怒り狂っていたと俺は聞いた――手がつけられないほどに。悪態をつき、感情を抑えられずに、手当たり次第に怒りをぶちまけているのを目撃されている。タイソンの思惑としては、俺を倒すチャンスが十分にあると思っていたようだが、トラックで彼を見た瞬間から、俺の方が状態がいいと確信していた――少なくともメンタル的に優位に立っていた。タイソンはえらく気合いが入っていたが、俺はまったく動じることはなかった。唯一、気になっていたのは、エディとリッキーと100メートルのタイムをめぐって100ユーロを賭けたことだけだった。俺はこんな呑気《のんき》だったのに、タイソンは優勝することと世界記録のことを考えていたのだから、そりゃプレッシャーに押しつぶされもするだろう。もうちょっとばかり陽気になれば、もう少しいいレースができたに違いない。ストレスを減らせば、もっとリラックスしてプラン通りのレースができたかもしれないのに。

翌日になって、タイソンが200メートルには出ないというニュースが入ってきた。もう二度と俺とは走らないことに決めたという噂が飛び交った。負けることを想像しただけで耐えられなくなったらしい。実際には、タイソンは鼠蹊部《そけいぶ》に痛みがあり、走れない状態だったのだが、世界選手権のような大舞台の決勝でタイソンには絶対に負けないということは証明済みだったから、これまで散々言われてきた議論を心配する必要はなかった。タイソンが前年の北京で走らなかったという事実は、もう忘れ去られていた。

振り返ってみると、1年の間に、特に200メートルについて俺の考えはずいぶんと変化していた。北京オリンピックのときは、俺は自分がどれだけ速く走れるのか自信がなかったし、マイケル・ジョンソンのタイムを破れるかどうかも分からなかった。しかしベルリンでは、二日後に200メートルの決勝を控え、自分の記録を更新できるという自信があった。100メートルの記録がお墨付きを与え、200メートルのスタートのピストルが鳴ると、俺はハードに走り始めた。

自分でも笑ってしまうほど、レース全体を通して必死で走ってしまった。目いっぱい踏ん張って加速し、コーナーもハードに走り切り、最後の直線でも自分を追い込んだ。それでも無理しているという感覚はなかったし、自分の力以上のものを出しているというわけではなかった。フレッシュで、パワーがみなぎっていた。レースに勝ったと確信すると、時計に目をやった。200

メートルを走るときはいつでも、ゴールラインからの距離と経過時間を見て、だいたい自分がどれくらいのタイムで走っているのかが分かる。ゴールが近づいたとき、自分の世界記録を上回ったことが分かった。別にゴール地点で上体を前に倒すようなこともしなかった。

19秒19。

また、世界新記録だ。

それでも、もしゴールラインにダイブするような格好をしていれば、俺はもう少し速く、19秒16くらいで走れたかもしれない。簡単に世界記録を出しているように見えたので、みんなは俺が記録を出し惜しみしているというくだらない話をし始めた。たしかにファンは、選手が世界記録をマークすれば、スポンサーからボーナスがもらえると分かっているから、俺が少しばかり手加減して、何度も、何度も記録を更新して、法外な金を何度もせしめているという「陰謀論」さえ出ていた。

そんなに簡単だったら、どんなに楽なことか。陸上はとにかくハードな競技だ。走っている間に自分の記録を破れるかどうか判断できるとはいっても、フィニッシュの記録まで正確にコントロールするのは不可能である。スプリンターが世界記録を破るためには、強さ、フィットネス、心理状態や運など、様々な要素が組み合わされなければ達成できない。ベルリンの夜は、すべての要素がピタリとはまり、俺は完璧なレースをすることができた。しかし、コーチはそうは思っていなかったようだ。

「もったいないなあ。肩がちょっと力んでたな」とコーチは言った。「他の選手を気にし過ぎなんだ」

俺にとっては、それは我慢の限界を超えていた。俺はもう二度と、自分のパフォーマンスについてコーチに意見を求めないことに決めた。考えてもみてくれ。俺はいい走りをして、世界記録を破って、金メダルを取ったのだ。心の中では、それ以上の結果は望めないと思っていた。しかし、コーチの思惑は別だった。彼はなおも欠点を見つけようとしていたのだ。

コーチのそうした態度には、少しばかりがっかりさせられた。

第13章　一瞬の油断、一生の後悔

ボブ・マーリーと比べられ、ミッキー・ロークと勝負する

パーティ・タイムだ！

ベルリンで200メートルの金メダルを取った瞬間から、俺は死んだも同然だった。とにかくキツいシーズンで、交通事故があってから練習不足だったこともあって、フィットネスのレベルは理想とは程遠かった。オリンピアシュタディオンで4×100メートルリレーが行われる段階では、北京で世界記録をマークしたジャマイカ・チームに貢献した俺とは似ても似つかないアスリートになっていた。走り始めてみると、エネルギーが消えていった。リレーでは、他の国の選手の息づかいが感じられるほど詰め寄られたが、俺には引き離す術がなかった。俺はアサファにバトンを渡すと崩れ落ちてしまい、アサファはどうにか1位を守ってくれたが、圧勝と呼ぶには程遠く、かなりきわどい勝利だった。俺は走った後に喜べるほど元気が残っておらず、チームメイトのマイケル・フレイターが起き上がるのに手を貸してくれた。

とにかく、休みたかった。俺には休息が必要だった。次の２０１０年のシーズンは、静かな年と見なされていた――大きな国際大会はなかったので、俺は12カ月間休みを取ってリラックスすることに決めた。もちろん、やろうと思えばしっかりとトレーニングをして、速く走るためにベストを尽くすこともできた。ただ、ここ数年間行ってきたような激しい努力をしたいとはどうしても思えなかった。

世界選手権が終わって間もなくして、俺は自分が考えていることをコーチに説明した。

「コーチ、２０１０年はオフシーズンにするよ」と俺は切り出した。「来年ばかりはゆっくりしたい。もちろん、またハードにトレーニングするけど、去年や、その前のように苦しい思いをするのは避けたいんだ……」

目の前の人は、不機嫌になった。

「何を言ってるんだ、ウサイン！」。コーチは怒鳴った。「トレーニングしなきゃいけないぞ。リラックスなんてできないんだ。もっともっと勝たなくちゃいけないんだ！」

コーチが言っていることは理解できた。彼はコーチだ。世界のナンバーワンに君臨し続けるというモチベーションを保たせるのが彼の仕事だった。俺は契約金をもらっているのだから、レースに勝たなければならないことをコーチは思い出させようとするのだが、俺としては２０１１年まではストレスを感じない生活をすると決めたのだった。とにかく、自分の内面に溜め込んだ熱を放出しないとやっていけなかった。俺の身体と頭の中はハード・トレーニングのせいでへとへとに疲れていた。しばらくの間、生活を楽しみたかった。それに、休みを取らないことには、次に自分の実力が真に問われるときに、進化できないことも分かっていた。

オフに入って、たくさんパーティに出席した。まず、帰国するないなや、ジャマイカのセントアンで「9秒58パーティ」を企画した。自分が打ち立てた世界新記録をお祝いしたかったのだ。そこで集まったお金は、トレローニーのヘルスセンター・ビルの建設資金に回ることになっており、その晩はたくさんの人が協力してくれた。アサファも来てくれたし、ウォーレスまでが姿を現した。ジャマイカのトップＤＪがみんなを盛り上げてくれた。ワイルドな夜だった。

成功を収めたことで唯一、困ったことがある。特に世界記録を更新すると、俺はボブ・マーリー並みの国を代表する大スターと見なされるようになってしまったのだ。たしかに俺はジャマイカを代表することや、国のイメージを広めることに喜びを感じていた。ただ、歴史上、最も有名なジャマイカ人であるマーリーと比較されるのは、本当に勘弁してほしかった。十代のころ、世界ユース選手権に出るためにハンガリーに遠征したとき、チームのメンバーはコンサートに連れていかれ、ボブ・マーリーの曲をすべて演奏するヨーロッパのバンドを見て驚いたことがある。まったく、信じられない体験だった。観衆は熱狂していた。もちろん、ジャマイカでマーリーは巨大なスターだったが、世界でもこんなに大人気だとは知る由もなかった。

「すげえ」。俺は驚いた。「こりゃ、すごいことだ。いったいどうなってるんだ?」

彼と比較されることなど、困惑のひと言だった。プレッシャーでしかなかった。それは悩みの種になり、誰かがマーリーと俺のことを話題にすると、首を振って、言い訳をしなければならなかった。

「違う、違いますよ」と俺はいつも弁解した。「僕がボブ・マーリーよりも有名だなんて言うのは、やめてください。たしかに、今ではジャマイカの有名人の一人で、ボブと比較されるのは名誉なことです。でも、ボブは本当に偉大な人なんですから」

それでも、俺が地球上で最も有名なアスリートであるという事実からは逃れられなかった。俺は2009年、ローレウス世界スポーツマン・オブ・ザ・イヤー賞に輝いたが（その後、2010年、2013年と合計で3回獲得した）、過去の受賞者にはテニスのロジャー・フェデラー、ゴルフのタイガー・ウッズ、F1ドライバーのミハエル・シューマッハといったそうそうたる顔ぶれが並んでいて、この賞の獲得は大きな意味があった。みんな、歴史に残る選手たちばかりだ。同じように評価されるなんて、本当に驚いてしまった。

2008年に爆発した熱狂は、収まることはなかった。オリンピックが終わってからは、世界中のパーティやイベントに招待され、毎晩、俺のサインを求める列が会場の外まで延びていた。その列には有名な顔も含まれていて、スポーツ関係者、ミュージカル・スター、有名なビジネスマンもいた。相手が有名人でも、中には俺が知らない人もいたので、リッキーに助けを求めることもあった。

「あれ、誰だったの？」。その人がサインをもらってテーブルを去ると、俺は小声で訊ねる。

「あれはね、これこれのスポーツの世界チャンピオンだよ」とリッキーが教えてくれる。

こんなふうに、まったくクレイジーなことになっていた。

でも、俺は不満を言わず、ときにはワイルドな場所でクールな人たちに出会うこともあった。

ベルリンの世界選手権が終わった後、俺はロンドンのナイトクラブで遊び、友だちと楽しくやりながら、シャンパンのボトルを開けてワイワイやっていると、突然、とんでもない長髪で、へんてこなシャツを着たクレイジーな奴が俺に近づいてきた。その男を見た瞬間、その色づかいにぶったまげてしまった。それは赤、青、緑、まさに原色の爆発で、水玉模様とどぎついパッチワークに彩られていた。おいおい、俺の母さんの刺繍技術をもってしても、こんな柄はできないぜ！

「ヘイ、ウサイン、俺、ミッキー・ローク」。その男は自己紹介をし、握手を求めてきた。

「ちょっと俺と競走しないか？」

俺は映画でミッキーのことを知っていた。彼はハリウッドのスーパースターだったが、彼の方から挑戦されるとは油断していた。それは午前4時のことで、彼は少し飲み過ぎていたが、俺はこの勝負を面白いと思い、そろって外に出た。周りにいた連中が「ゴー！」と叫んだ。俺は数インチの差でミッキーに勝ちを譲ってやった。彼はそのとき六十近くだったが、午前4時のストリートで彼を負かす必要はなかった。そんなこと、野暮だっただろう。

明らかに、俺の周りでは時計の進みが速くなり、それに追いつくことさえ難しくなってしまった。幸運なことに、リッキーやコーチ、プーマのパスカル・ローリングといった友人がいてくれたことで、どうにか俺は地に足の着いた暮らしをすることができた。プーマはプロになったときからスポンサーとしてサポートしてくれ、ジャマイカのサッカーチームや学校が俺に支援を求めてきたときなど、パスカルがいつもユニフォームやトレーニングギアを送ってくれた。そして、俺はキングストンの丘にある家を購入したので、穏やかで、静かな生活を手に入れることができた。ＮＪは俺のエグゼクティブ・マネージャーとしてジャマイカに戻り、弟のサディキと一緒に新居に移り住んでもらった。ほとんどの晩、俺たちはリビングに座り込んでビデオゲームかドミノで遊んでばかりいた。

こうしたリラックスした生活を送っていたにもかかわらず、シーズンが始まってみると、俺の体調はそれほど悪くなかった。俺は、１００メートルを2、3本走り、２００メートルのレースに2回出場する予定だった。走ってみたらタイムもよくて、大邱《テグ》では9秒86、ローザンヌでは9秒82をマークし、２００メートルのレースの方ではキングストンで19秒56、上海で19秒76のタイムが出た。俺はオストラヴァでは３００メートルのレースにさえ出場し、世界記録を破りそうなタイムが出たが、カレンダーに世界選手権とオリンピックがないシーズンとあっては、俺を突き動かすような大きなチャレンジはなかった。レースが終われば、パーティがどこで開かれているかということばかりが気になっていた。

ただ、俺は慎重に行動するようになっていた。外出するときは、あまり飲み過ぎないように気をつけ、できるだけ人目につかないようにしていた。一度だけ、衆目を集めてしまったのはジャマイカでのビーチ・パーティのときだった。最初、俺はそのパーティに出るのに乗り気ではなかった。かんかん照りで、アウトドアにたくさんの人が集まっているような場所では、俺が何をしているのか目撃されてしまうからだ。

結果的に、「どうなってんだ、これは?」というような事態になってしまった。その日のパーティは人生で最悪のものと言ってよかった。セミヌードの女の子がビーチでうろうろしていて、みんな飲みまくっているし、音楽がやかましく鳴り響いていた。度が過ぎたパーティだった。そうこうしていると、友だちがビールが入ったどでかい漏斗《じょうご》を手渡してきた。漏斗からは飲み口のある管が伸びており、おそらくその中には数本分のビールが入っていたと思う。

「ヨー、ヨー、おまえは自分を世界最速の男だって思ってるのか！」。そいつは囃《はや》し立てていた。

「どれだけ速く飲めるか、見せてくれよ」

こういうバカげたことをするのも、人生のひとつの経験ではある。俺はアスリートだから、同年代のみんなとは違って、大学の乱痴気パーティや学生寮ごとの飲み会には行ったことがなかった。だから、他のみんなと同じように、バカげたことをすることも悪くないと思い、一気に飲み干した。ところが困ったことに、翌日には俺が一気飲みしている写真がインターネットで出回り、コーチはイライラすることになった。自業自得だった。

ファンが怒りの矛先を向けてくることもあった。どうも、俺が楽しんでいるところを見るのが気に食わない輩《やから》がいるようなのだ。あるとき、キングストンのクラブで飲んでいると、男が近寄ってきて不満を言い始めた。

「おいおい、ボルトさんよ」と言いがかりをつけてきたのだ。「パーティし過ぎなんじゃねえの？」

そいつが話し終わらないうちに、俺は反撃した。「あのさ、楽しんでるだけなのに、何の文句があるんだ？　俺がやるべきことをやってないとでも？」

そいつはおろおろしだした。何か言い返そうとしているようだったが、俺は手を緩めなかった。

「ちょっと考えてみれば分かるだろ。俺はパーティで楽しんで、それでも勝ってる。パーティに行かないで勝つのと、どう違うんだ？　説明してくれよ」

そいつはもう反論できなかった。

俺に唯一、説教できるのはコーチをおいて他にはいなかった。コーチはトラックとジムで俺をよりハードに追い込もうと懸命になっていたが苦戦していた。俺はシーズン中帰国してしまったので、この4年間ではじめて、夏のジャマイカで過ごすことになった。いつもだったら世界選手権やオリンピックが開催されている時期だが、そうした大きな国際大会がないから、そのかわりわが家で落ち着いた時間を過ごすことができたし、夏のカリブ海で楽しむパーティはとにかく最高だった。そして8月にヨーロッパにレースのために戻ったが——ストックホルムでのＤＮギャランが最初の大会だった——しっかり準備していなかった。１００メートルでタイソンとアサファと対戦しなければならなかったのに、スウェーデンに向かう前に、何日も、何日も夜更かししては楽しみ過ぎた。

コーチはホテルで俺をひと目見るなり、大会に参加するのが時間の無駄だということが一発で分かった。俺の状態はひどいものだった。俺の目を見ただけで、コーチはレースで戦えないと悟ったのだ。まったくといっていいほどエネルギーが湧いてこなかったし、二日後に行われた１００メートルのレースでは2位に終わってしまった。体幹を鍛えるトレーニングが必要とされていたのに、それを怠ったがために背中には張りが出て、両脚にも違和感があった。ナチュラルなリズムが失われていたのだ。さっそくミュンヘンに飛び、ミュラー＝ヴォールファート先生の診察を受けた。

「あれあれ、これはどうなってるんだ、ウサイン君」。ドクターは言った。「君の背中とハムストリングは石でできてるみたいだぞ。今季はこれ以上、走ってはいけない」

お祝い気分を終わりにするときが来ているようだった。

新しいライバルの登場

俺をより追いこもうとしていたのは、コーチだけではなかった。トラックには新顔がいた。ヨハン・ブレークという若いランナーだ——俺たちは単にブレークと呼んでいた。２００９年にレーサーズに来たときから、この少年が強い選手になるというのは明らかだった。まず、１００メートルと２００メートルの両方をこなした。それどころか、ブレークは本当に速く、ジュニア時代にマークしたタイムは俺のジュニア時代のタイムと遜色がなかったほどだ。２００９年７月には、９秒96、９秒93のタイムをたたき出した。そのとき、ブレークはまだ19歳だった。

フィジカル的な面を見ていくと、ブレークは俺とは対照的だった。３歳年下の彼の身長は１８０センチほどで俺よりもだいぶ低かったが、ブルドッグのような肉体をしていた。肉体を形作る筋肉は太い首と広い肩から始まり、下半身に向けて今にも破裂しそうだった。両腕、体幹、両脚にはパワーがみなぎっていて、スタートでブロックから飛び出すときには、トラックを引き裂いていく動物のようだった。

彼の練習態度を見て俺はすぐに感心したし、なんといっても性格が良かった。ブレークはクリケットが好きだと分かったので、共通の話題ができた。クリケット好きについては誰にも負けないつもりだったが、ブレークの入れ込みようは本当に半端ではなかった。クリケットにすべてを捧げているように思えるほどで、週末になるとジャマイカ・リーグのチームで必ずプレーしていた。それに家にこもって時間を過ごすのが好きなのだ。酒は飲まないし、絶対にパーティにも出かけない。俺から見ると、どうもブレークは女の子のこととなるとナイーブになる傾向もあった。ある日、トラックでくつろいでいたとき、セックスの話になったが（みんながするようにね！）、ブレークの話によると、彼の高校のコーチはセックスをしようものなら、スピードが落ち、そのうちしなやかに走れなくなるぞ、と脅していたというのだ。困ったことに、ブレークはコーチの言うことを信じていた。

「マジかよ？」。俺は信じられない思いだった。「本当にそんなこと言われたのか？　高校時代には、俺はそっちの面ではずっと進んでたけどね」

しかし、ブレークは野心家でもあった。レーサーズにやってきたその日から、奴はトラックで勝負を仕掛けてきた。競争するのが好きで、一緒にいる限り、どんなことでも勝負を挑んできた。コーチが10メートル走を命じると、俺を負かしにきた。３００メートル走だったら、絶対に勝たないといけないと自分に課していた。一緒にトレーニングしていて、俺より先にゴールラインを駆け抜けることが楽しくて仕方がないようだったが、別に気にはならなかった。二人はトレーニングに対する向き合い方が違うのだと理解していた。

「相棒、少し休もうぜ」。ある日の午後、俺は声をかけた。「リラックスするんだ。これは、マジで言ってるんだぜ」

リラックスし過ぎている自分は人のことは言えないのかもしれないが、それでもブレークは陸上における優先順位がちょっと違うんじゃないか、と感じることがあった。俺は何年もコーチと一緒にトレーニングしてきて、自分の身体が出す声に耳を傾けるのが大事だと学んでいた。ハードに練習しなければならないときや、走り方がまずいときには自覚できた。午後のスプリント練習で、肩に力が入っていたとしたら、コーチに注意される前に自分で修正することができた。厳しい練習から逃れて、いつリラックスすればいいのかを感覚的に理解するようになっていた。俺は大きな国際大会に向けて、どれほどトレーニングを積めば、いいコンディションでスタートラインに立てるか把握していた。やり過ぎてはいけないし、少な過ぎてもいけない。コーチが距離を決めて25秒で走るように命じたとしたら、25秒、ひょっとしたら26秒で走るかもしれない。自分を追い込み過ぎてはいけない。それこそが、成功する秘訣だった。

ブレークは違っていた。とにかく、自分を追い込むのだ。コーチが彼に25秒で走ることを命じたとしたら、それを23秒で走ってしまうタイプだった。競争心が旺盛過ぎるのだ。ブレークは、自分自身についてまだまだ学ばなければならないこともたくさんあった。そのシーズンがもう少し進んでから、コーチは調子が良すぎるということで、ブレークに1週間オフを取るように命じた。

「家に帰って休むんだ、ブレーク」とコーチは言った。「おまえの身体は、今以上に良くなることはない。これ以上トレーニングしても意味がないんだ。ここで休まなければ、自分で自分を疲れさせてしまって、次のレースにちゃんとした状態で出られないぞ」

調子が良すぎ？　このクラブでそんな言葉を聞いたのははじめてのことだった。

もしも、ブレークが練習ですばらしいパフォーマンスを見せて、精神的に俺よりも有位に立とうとしていたなら、完全に勘違いをしていた。俺のことを分かっていないことになる。トレーニング中に自分よりも若い選手に負け続けたら、心が折れる奴がいるかもしれない。自信を喪失してしまうかもしれない。「面倒な奴が出てきたな。俺のポジションを奪おうとしている」と思ってしまうかもしれない。でも、俺はそんなふうには考えない。日々のトレーニングは流れ去っていくものだし、俺自身が覚醒するのは練習なんかではなく、もっとデカくて、大きな大会なのだから。

それでも、俺は身近に見どころのある競争相手が出現したことを歓迎していた。ブレークが俺からタイトルを奪取しようとしていることは誰の目にも明らかだった。彼は世界ナンバーワンのスプリンターになりたいと望んでいたが、近くで彼のトレーニング姿を見られるのは有益だった。シーズンが始まるときには、いつもこんなことを考えていた。「タイソンはどんな状態で出てくるかな。アサファは？　それに、あいつに、あの選手も……」

ところが、ブレークは俺のそばにいるので、そういう心配する必要がなくなった。彼を観察できたからだ。彼がライバルとしてどんな練習を積んでいくのか、逐一、チェックすることができた。もし、ブレークにチャレンジャーの資格が出てくるようなら、俺は毎日その練習ぶりを見て、自分を奮い立たせればよかった。彼が強くなっていく様子を、そばで見ていれば理解できた。それだけでなく、彼の欠点や頭の動きをつぶさに見られるポジションにもいた。

何人かの選手には、俺たちの関係がややこしいものと映っていた。キム・コリンズ［訳注：セント・キッツ・ネビス連邦出身のスプリンター。ボルトとメダルを争った］は「二匹のカニは、同じ穴の中では共存できない」と言って、二人の選手にとって面倒なことになりかねないと主張していた。もちろん、ストレスを感じるような環境では、誰だって満足にトレーニングできない。俺はブレークの一挙手一投足を間近で観察していた。それは、俺が彼に対して、重要なときに常に一歩先んじていることを意味していた。

走りのリズムがつかめない……

とはいえ、進化するということは、本当に大変なことだ。生まれてはじめて、俺は魔法が永遠に消えてしまったのではないかと不安になった。トラックでイメージ通りの走りができない瞬間がやってくるのを俺は恐れていた。アスリートの人生は短く、絶頂期は瞬時にして消えていくものだから、やがて、俺にも敗れるときが来るだろう。２０１１年のシーズンが始まると、時々思い通りの走りができず、レースに勝つために最後の10メートルで懸命に走らなければならないこともあった。それまで、そんな羽目に陥ったことはなかったので、ゴールラインを越えたときに自分の状態について自問自答した。

「なんだ、この走りは?」。俺は考えてしまった。「俺にはもう力が残っていないのだろうか……」

不安がよぎったのは一瞬のことだったが、俺にとっても思い当たる部分があった。2011年のシーズンが始まるまで、ずっとケガが続いていた。俺はミュンヘンに飛んでドクターの診察を再び受けたが、治療を受けたにもかかわらずスムーズに走ることができず、バックグラウンド・トレーニングが始まる時点で、ハムストリング、ふくらはぎ、かかとにまで気になる痛みが出ていた。アキレス腱の状態は最悪だった。まるで身体全体が壊れて、まともに動かなくなっているようだった。どこかの部分が改善するたびに、必ず他の箇所に故障が発生した――俺には息をつく暇がなかった。

2004年にはじめてミュラー=ヴォールファート先生のところを訪ねたときに、成長するにつれ新陳代謝が衰えるので、体調を維持するためにはよりハードにトレーニングしなければならないと警告を受けていた。ジャンクフードももちろん禁止だった。それに加えて、背中の故障を抱えていたから、他の陸上のスター選手以上に質の高い練習をしなければならず、さらなる故障を避けるためにも、ジムでのキツいトレーニングに取り組まなければならなかった。

1月から3月までの期間は、一般的なトレーニングにさえ参加できなかった。スプリント練習やスタート練習、バックグラウンド・トレーニングをするのにも問題があったから、ジョギングの時間が長く、フィットネスを向上させるためにプールでのトレーニングを生まれてはじめてメニューに加えた。そうした練習に俺はストレスを感じていた。

２０１１年は大きな意味を持つ年だった。２０１０年をオフシーズンととらえるなら、２０１１年は韓国の大邱で行われる世界選手権で、俺はタイトルを守らなければならなかった。突如として、俺にプレッシャーが襲いかかってきた。最高のコンディションで１００メートルと２００メートルの決勝に臨まなければならなかったからだ。

コーチは俺の心理面をうまくマネージメントしてくれた。俺は1月から3月までのトレーニング・スケジュールを見て不安になるたびに、いつもコーチに確認を求めるありさまだった。

「コーチ、俺たちは大丈夫かな？」と質問していた。

「もちろんだとも。たっぷりと時間はあるさ、ウサイン」

そんなやり取りは、俺たちが一緒にトレーニングを始めた時期を思い出させた。コーチの経験値に対する信頼があればこそ、前向きに練習に取り組むことができたし、走りの状態が改善されない状況では、自信を保ち続ける必要があった。俺は、大きな大会で自分の能力がよみがえると信じる必要があった――世界選手権級の大会が始まると、選手村に一歩足を踏み入れた瞬間から、身体的にもメンタル的にも進化するのがこれまでの俺のスタイルだった。大邱の選手村に乗り込み、話題の中心になって、緊張感に包まれれば、コーチから励まされるのと同じような効果が表れるはずだった。きっと、ストレスからも少しずつ解放されるだろう。

「そうだ、チャンピオンシップだ」。俺は世界選手権を思い浮かべた。「俺がやるべきことは、大邱にある」

過去の経験から照らし合わせても、当初はそれほど心配していなかった。コーチのプログラムをこなしていけば、十分に戦える状態になると分かっていたからだ。そして5月にローマとオストラヴァでようやくスタートラインに立ったときには、100メートルではなんとかレースで勝った。しかし、スタートは最悪で、おそらくはキャリアの中でも最低最悪のもので、どうにも走りのリズムがつかめていなかった。6月から7月にかけてのオスロ、パリ、そしてストックホルムでの200メートルのレースでも、どうもリズムに乗れない状態が続いた。世界選手権に向けて、俺は6つのレースにしか出場できず、すべてのレースで勝つには勝ったが、到底、納得のいくパフォーマンスとはいえなかった。どうにもイメージ通りのコンディションにはなっていなかった。

まず、スターティング・ブロックからの2、3歩の「ドライブ」(推進力)が俺の悩みの種になり始めていた。世界選手権100メートルの予選で大邱スタジアムに足を踏み入れたときには、大会に挑むにあたっての通常の練習がこなせなかったことで、それまでに感じたことがなかったほどに緊張していた。2004年のアテネ・オリンピックのときのように、自分のフィットネスが足を引っ張るのではないかと不安になっていたのだ。そして、その不安が自分の判断力を曇らせているのは自覚していた。

俺は繰り返し、同じことを考えていた。「普通にスタートを切ればいいんだ……普通に、普通のスタートを……」

コーチは俺の不安をお見通しだった。大邱のトラックで練習していたときのこと、サイドライン沿いでひと息ついていると、コーチが俺を見下ろしていた。

「どうしたんだ、ウサイン？」。コーチは質問してきた。「どうも普通じゃなさそうだ。リラックスしなきゃダメだぞ。レースでは勝つんだから、心配ない……」

　コーチは心配し過ぎだと言う。たしかに大邱の世界選手権のメンバーを見ると、これまでになく強敵が不在だったので、俺はなんとか不安を払拭しようとした。そして、予選・準決勝を簡単に勝ったことで、頭の中で何かのスイッチが入ったように、不安が消え始めた。１００メートル決勝が近づいてくると、何か特別なことをやれそうな予感が芽生えてきた。レースは楽勝になりそうで、ライバルと呼べる選手も周りにいなかった。タイソンはケガで世界選手権に参加しておらず、アサファも同様だった。決勝のメンバーはカリブ海諸国出身の選手たちで固められ、ブレーク、キム・コリンズ、ダニエル・ベイリーにネスタ・カーター、それにアメリカのウォルター・ディックス、フランスのクリストフ・ルメートルとジミー・ビコーという面々だった。決勝は余裕を持って勝てると俺は踏んでいた。

　それでも、スタートのルール変更があったので余計なプレッシャーを感じてもいた。２０１０年に「ゼロ・トレランス」（一切容赦なし）という、一度でもフライングした選手は即失格になるというルールが発表されていた。最初にフライングした選手にはやり直しが許されなくなってしまい、スタートでのちょっとした動きが失格を意味した。スターティング・ブロックでの緊張が増した。決勝レースの前、体を動かしているとき、再びスタートの不安がぶり返してしまった。

　俺は、自分を呪った。

「おいおい、この期に及んで何を考えてるんだ！　ストレスはダメだ。たとえ、スタートで後れを取ったとしても、心配はいらない。レースの終盤になれば、いつも自分がやっているように全員を片っ端から抜いて、勝つに決まってる」

選手たちはスタート地点についた。俺には無駄口をたたく余裕がなかった。

「スタートだ、スタートに集中するんだ」

「ウサイン、『いいスタートを切らなきゃ』ってなことは忘れるんだ。集中……集中」

用意……。

すでに俺はダメージを受けていた。心理的に普通の状態ではなかった。自分のキャパシティ以上のことをやろうとしていて、スタート直後のストライドのことを意識し過ぎていた。この話をしても誰も取り合ってくれないだろうが、号砲が鳴るほんの0コンマ数秒前に、俺は自分の声をたしかに聞いた。ささやきを。たった一語。

GO！

その瞬間、俺は飛び出し、トラックを一直線に駆けようとした。ブロックから弾丸のようにスタートすると緊張していた腕、ふくらはぎ、ハムストリングの筋肉が、解放されて動き始めた。速く反応し過ぎていたが、身体の流れを止めることはもはや不可能だった。俺は瞬時に、自分がとんでもないことをしでかしてしまったと気づいた。まずいことになったと気持ちが深く沈んだ。興奮し過ぎて、ピストルが鳴っていないのに反応し、失格になってしまったのだ。俺の世界選手権100メートルはその瞬間に終わってしまった。

審判員の方を確認する必要さえなかった――次に何が起きるか予測がついていたし、正気ではいられない状態だった。俺はユニフォームを脱ぎ捨て、ののしり始めた。

「ちくしょう！　なんだよ、楽勝だったのに！　こんな楽勝なレースはなかったんだぞ！　弱い連中ばっかりだ。こんな楽なレースなんてあり得ないじゃないか！　遊んでても勝てたのに……」

審判員が寄ってきて、歩いていくべきところを指し示した。審判員は退場を命じたのだ。俺が立ち去らないでいると、彼は俺の肘をつかみ、連れていこうとした。そんなことをされて、ますます腹が立ってきた。怒りで我を忘れそうになった――思い切りこいつをぶん殴ってやりたかった。それでもどうにか最悪の事態を起こさないように、最大限の努力をしてなんとか怒りをとどめておいた。

「おい、触るんじゃない」とドスの利いた声で言い、審判員の手をほどいて、自分でスタジアムの通路に向かった。入り口まで来ると、平手でスタンドを何度も叩き、その痛みが自分がしでかしたことの痛みとシンクロした。すべてのものを怒りにまかせて叩いていた。壁、スタンドからつり下げられていた懸垂幕。ファンはシートから俺のことを見下ろしていた。俺は世界中の何百、何千、何億人の前で大失態をやらかしてしまったのだ。それは陸上をやってきて最も圧迫感を感じた瞬間だった。

スタートはリセットされ、サイドラインから見学することになったが、ブレークが金メダルを取るだろうと思っていた。俺が失格となり、彼をしのぐランナーは一人も見当たらなかった。ピストルが鳴り、レースを見ていると、だんだん怒りがこみ上げて、いたたまれなくなった。それでも金メダルを取ったブレークには祝福の言葉をかけた。それはおざなりのものではなく、本心からうれしかったのだ。結局、彼がレーサーズでどれだけ懸命に練習に取り組んできたかは、俺がいちばんよく知っていたわけだから。

それにしても、失格という結果は俺を打ちのめした。観衆の前から姿を消し、大きな判断ミスをした理由について自問自答した。俺は自分を見失っていた。絶え間なくケガに見舞われていたことで疑念が生じ、思考を狂わせた。俺はスタート恐怖症になっていた。そして自分のパフォーマンスにプレッシャーをかけ過ぎていた。

その夜、選手村でくつろいでいると、俺のフライングについてとんでもない噂が飛び交っているのが耳に入ってきた。誰もが自説をひけらかしていたのだ。何人かは、俺の隣のレーンにいたブレークが、故意に動いてフライングを誘発させたと主張していた。彼はそうすれば、俺が飛び出すと思っていたというのだ。ブレークが動いたから、フライングが起こってしまったという陰謀論だ。その話を聞くと、俺は途端に不愉快になった。

「とにかく、俺の失敗なんだから、他の誰かを責めるのはやめようぜ」と俺は言った。「ブレークのことなんて、見てもいなかったぜ。何年もレースをしてきて、他の選手には目もくれないことが重要だってことは骨身にしみている。誰がいつフライングを仕掛けてくるか分からなかったし、強敵ばかりの決勝では他を見る余裕なんてないんだ。誰かがぴくりと動いたら、俺だってフライングをしてしまうかもしれないからね。だから、そんなふうに考えるのはよしてくれ」

みんな、新しいルールのことを非難していて、このルールは不公平だとまくし立てていた——俺が「有名人」では最初の犠牲者になったからだ。それでも俺としては、ルールに則ってレースをしなければならないというスタンスだ。ところが、何人かのテレビのコメンテーターは、失格後の俺のふるまいがバカげていたと主張していたらしい。レースが止められたのを無視して、そのまま何もなかったかのように走ればよかったのだと。俺がユニフォームを着たまま、冷静さを保てば、審判員たちはとても失格にはできなかっただろう。ウサイン・ボルトが、この競技にどれだけ貢献してきたかを考えてもみろ、というのが彼らの意見だった。これに、俺はまったく同意できない。もし、そんな茶番劇を演じてしまったら、気分がいいはずはない。ずるがしこい手段をとったら、落ち着かない気分になってしまうだろう。ごまかすなんて、俺らしくない。そんなふるまいをして、残りの人生を金メダルに値しない人間として過ごすことには耐えられなかった。

そういう考えをしない人たちもいた。大邸スタジアムの観衆の中には、俺が失格になってすぐスタンドを離れ、家路についた人もいた。彼らにとってのショーは、その時点で終わったも同然だったのだ。

「もしも、フライングをしていなかったら……」

コーチはこのフライングについて、何も言わなかった。この件に関して、彼とはいまだに何も話していない。あの夜のことは、陸上人生で最悪の出来事だったし、それ以来、コーチはこのことについて冗談めかして触れることさえしない。たぶん、俺が十分に傷ついていると察していたからだと思う。そして、俺なりの方法でこの状況を克服すると信頼してくれているのだろう。

失格してからの数日で正気を取り戻すには、努力が必要だった。俺はジャマイカ・チームのみんなとビデオゲームをして遊び、その中にはブレークもいた。それからマンチェスター・ユナイテッドの試合をインターネットで観戦した。一日中、休んでいたにもかかわらず、どうにもエネルギーが湧いてこなかった。母さんと父さんもジャマイカからわざわざ俺を応援しにやってきていた。ある晩二人と会って、ジョークを飛ばすくらいまでになっていた。200メートル決勝に向けて気持ちを盛り上げなければならなかったのだ。でも、みんなが何度も、何度も「次のレースではスタートをどうするつもりなんだ？」と質問してくるのには閉口した。

そう言われても、俺には答えようがなかったし、とにかく自分を襲ってくる不安を払いのけるしかなかった。ありがたいことに、励ましの声は、戦いの当日、競技場で俺のもとに届いた。200メートル決勝の夜、スタジアムのトンネルを抜け、トラックに姿を現した瞬間、観衆の大歓声が響きわたり、俺は自分の内面から湧き上がってくるものを感じた。

「自分の実力を示すときは、今だ」と俺は誓った。「それでも、ベストのコンディションではない――どんな結果が待ってるんだ？」

すると、スタンドの中に子どもたちの顔が見えた。みんなは俺に手を振っていて、笑みを浮かべていた。俺はそこに行って「ハロー！」と挨拶して冗談を言い合った。彼らを見ていると、少しずつ自分がおかれた現実が身にしみてきた。

「おいおい、どうなってるんだ？　ストレスなんてくそくらえだ！」。俺は実感した。「楽しむんじゃなかったのか。世界ジュニアのときのようにリラックスしてたから、これまではチャンピオンになれた。自分のことを心配するのはもうやめよう」

そう思うのと同時に、なんだか俺は幸せな気分になった。不安は薄れ、気持ちが弾んできた。肩の荷が下りたようだった。子どもたちが「俺らしさ」とは何かを思い起こさせてくれた。２００２年、俺はスパイクの左右を履き違えたのに、それでも勝った。俺は王者であり、スタートの号砲と同時にブロックから飛び出し、一生懸命に走ればいい。

２００メートルの決勝では、カーブのキツい3レーンを走ることになった。コーナーを抜けるときに背中の筋肉がこわばるのを感じたが、スピードを緩めることはなかった。ゴールまで駆け抜けると、タイムは19秒40で1着となった。その後、４×１００メートルリレーのメンバーの一員として37秒04のタイムをマーク、再び世界記録をたたき出すのに貢献した。自分自身でトラブルから抜け出すことができたのだ。

大会が終わって、選手村でゆったりした時間を過ごしていたとき、自分がおかれた状況について振り返ってみた。人生で起きることには必ず理由、必然性があると考えた。

「もしも、フライングをしてなかったら、どうなっていたかな」と考えを巡らせた。「きっと、フライングに関する心配は次のシーズンまで持ち越されていたんだろうな」

そうなっていたとしたら、悲劇が待っていただろう。２０１２年のロンドン・オリンピックはすぐそこに迫っていた。俺は彼の地でだけは、オリンピック・チャンピオンというタイトルを絶対に奪われたくなかった。

「神様、俺はこのミスから教訓を学びましたよね？」

大邱の金メダルを眺めながら、コンディション、そしてストレスに関するトラブルが永遠に消え去るようにとお願いをした。

しかし、そう簡単にはいかないことを俺は知っておくべきだった。

第14章

俺の時間がやってきた

止まらない痛み、ぬぐえない疑い

コーチは、ケガについて俺がメディアに話すのを嫌がった。そうすれば、メディアはなおさらケガについて書き立てるし、自分でもケガのことに意識が向かってしまうことを懸念していたのだ。たしかに、痛みを考えないでいたいのに、ケガについて話したからといって問題の解決にはならず、メンタル的にもマイナスになってしまう。加えて、俺が痛みや張りについて話してしまうと、不調をケガのせいにしているように思われるのだ。

しかし、2012年に向けての準備が始まったというのに、俺はまだケガのことを気にかけていた。背中は脊椎側彎症の影響で張りがあり、アキレス腱には炎症があった。特にハードなトレーニングをした翌朝は、ひどい状態になった。ベッドから起き上がるときには、膝の靱帯が、ギザギザの錆《さ》びたワイヤーになってしまった気がした。またあるときには、体が木製の操り人形になり、操りひもがこんがらがってしまったように感じた。

エディは、毎日二度アキレス腱の治療をしてくれて、トレーニングの前には足首の関節を柔らかくし、ふくらはぎをほぐしてくれた。さらには背中と脊椎をマッサージしつつ、指圧しながら炎症を和らげてくれた。そしてドクターに診察してもらうためにミュンヘンにも行った。２０１２年ロンドン・オリンピックが近づく中、俺にはトレーニング・スケジュールに遅れを出す余裕はなかった。

トレーニング・シーズンが始まって、最初から、すべての練習でハードに、極限まで自分を追い込んだ。あまりにもつらくて、トラックでの練習が終わるとめまいがしたり、吐き気を催すこともしばしばあった。吐いてしまえば楽になると思って、人差し指と中指を喉の奥に突っ込んで無理矢理吐いたりしたのだが、吐いてしまっても脚に溜まった乳酸は解消されず、「乗り越えるべき瞬間」が俺を毎日苦しめた。何度か、エディに脚の痛みを鎮めてくれるように叫んだことさえあった。負荷の高いランニング・セッションが終わった後は、苦し過ぎるのでトラックに倒れ込むほどだったが、背中の筋肉がひきつって痙攣が始まる。エディは硬くなった筋肉繊維やアキレス腱を緩めてくれ、俺はいつか痛みが永遠になくなることを願っていた。

「エディ、陸上をやめたらたっぷりとリラックスできるよな」。俺はジョークを飛ばした。「ゴルフをしたりしてさ……」

他のアスリートと同じように、俺はずっと痛みに悩まされ、来る日も来る日も、痛み、痛み、痛みを感じていた。ジムは痛みそのものと同じ意味だったし、スプリント（全力疾走）も痛み、体幹トレーニングも痛みばかりを感じていた。すべては痛みとともにあった。最悪だったのは、シーズンの始まりから行うバックグラウンド・トレーニングだった。毎日、毎日、スピードのスタミナを付け肉体の強度を上げるために、可能な限り速く300メートルを走るトレーニングを何本も繰り返さなければならなかった。一本一本の間の休息もわずかしかなく、トレーニングが終わる時間には、トラックから帰るのにも難渋した。これは苦行そのものだった。かつて、アメリカの伝説のスプリンター、ジェシー・オーウェンスが「たった10秒のためのトレーニングに人生を費やす」と語ったことがある。それでも、苦しみにはそれだけの価値があると思っていた。そうでなければやっていられない。

トレーニングが始まると、身体的な苦痛に悩まされただけでなく、メンタル的にも準備ができていないと感じることがあった。韓国での体験は想像していた以上に俺をおびえさせ、フライングのことが頭をよぎって仕方がなかった。ひょっとしたらロンドンでも同じことが起きるのではないかと不安になってしまい、スタートのピストルにどう反応するべきなのか神経質になっていた。ブロックから飛び出す感覚を鋭敏にすることが新しい課題となり、強迫観念になりそうな勢いだった。俺はコーチにスタートから弾丸のように飛び出してみたいと話していたが、その思惑はコーチを不機嫌にさせてしまった。

「いいか、スタートのことは忘れるんだ」。ある晩、コーチはスタートの練習について話しているときに言ってきた。「おまえがすばらしいスターターだったことは一度もない。おまえは、『やっとOKレベル』のスターターなんだ。北京では、その『OKスタート』で金メダルを取り、世界記録さえ更新した。だから、スタートのことで気をもむのはもうやめて、前に進もうじゃないか」

　そのアドバイスも、あまり助けにはならなかった。シーズンが始まると、俺の成績は不安定だった。「ジャマイカ招待レース」を勝つには9秒82のタイムで十分だったが、5月にはチェコのオストラヴァでは情けないことに10秒04しか出せなかった。号砲に対するリアクションがお粗末だっただけでなく、レース全般がひどいものだった。両脚は死んだようで、何ひとつイメージ通りに動かなかったが、誰しも悪いレースというものは経験するものだから、あまり心配し過ぎないように努めた――つまるところ、俺だって人間で、すべてのレースで記録を出すことなんてできないのだ。

　それでも、どうにかほとんどのレースには勝つことができたし、次のローマとオスロの2試合では、アサファに9秒76と9秒79のタイムで勝つことができた。しかし、勝ちを譲り心理的に優位に立っていた4年前のストックホルムでのレースとは違って、勝利したとはいえ不安な気持ちが残った。俺は2010年から余裕を持ち過ぎていたのだ。完璧な状態にあると錯覚したことが、トレーニング中もメンタル面での油断へとつながり、ずいぶんと人生を楽しみ過ぎてしまった。もちろん、コーチがトラックで命じる練習メニューはすべてこなし、週に4回はスパルタンでウェイト・トレーニングもしていたのだが、「乗り越えるべき瞬間」を超えて自分を追い込むことを怠っていた。淡々と練習して、2012年は、俺のキャリアにとってまさに最も重要なシーズンであるにもかかわらず、いつも通りの年と変わらないようにふるまっていた。それまで身に付けてきた体力なんて、放っておけば同じスピードで消えていくことに気づかなかったのだ。

良好なコンディション、スピード、そして体力が徐々に失われようとしていた。

加えて、まったく問題ないだろうと思っていたジャマイカのオリンピック選考会が、ここにきて深刻な問題になってきた。ライバルたちが好調、いや、絶好調の選手たちがわんさか出てきたのだ。俺はヨハン・ブレーク、アサファ、それにネスタ・カーター、マイケル・フレイターといったスプリンターたちと代表を争うことになった。このラインナップを見ると、金メダルを取れる可能性があり、スピード豊かな選手たちが集まっていた。我々のスタンダードはとてつもないハイレベルで、国際大会の決勝並みに厳しかった。どの短距離種目も上位3人しかロンドン・オリンピックに出られない状況であったため、多くの関係者は、ジャマイカの国内選考会が世界で最も厳しい予選会だと認識していた。

自分に甘えている余裕なんてなかった。激しいレースが予想されたが、大会まで1週間を切ったというのに、両脚のハムストリングに張りが出てきた。エディが昼夜を問わず脚をほぐしてくれたおかげもあり、俺はキングストン・ナショナル・スタジアムでの予選、準決勝と順調に通過していったが、何かがしっくりこなかった。どうも普段の感触と違ったのだ。両脚は木のようで動きが悪く、ハムストリングはぴーんと張ったような状態で、トラックを蹴るにしても、いつものような反発力を感じることができなかった。

「あれこれ考えるんじゃない」。決勝に向けた準備をしながら自分に言い聞かせた。「走れ。それだけでいい」

その自信は競技場が後押ししてくれたものだった。大観衆の熱狂が俺に力を与えてくれた。すべてのチケットは売り切れで、ナショナル・スタジアムにはエネルギーが充満していたが、それでもブレークや俺を応援するファンではなく、ほとんどの観客がアサファを応援しているようだった。キングストンは彼の生まれ育った街だから、ビッグな大会ではいつも彼のことを応援するのだ。

数年前、ジャマイカ選手権で実感したアサファの人気は衝撃的だった。彼に対するの観客の声援に、俺は少しばかり動揺してしまった。しばらくアサファには負けたことがなかったし、ファンはすっかり俺の味方だとばかり思っていた。しかし、二人が並んで紹介されたとき、観客の愛情はすべてアサファに向けられたのだ。俺には観客の気持ちが理解できず、レースへの集中力を失っていた。キングストンの人たちを怒らすことを何かしただろうか？

「それにしても、俺はずっといい走りをしてきたんだがな」と俺は考えた。「そうだよ、俺は強かったんだ……。いつ、オリンピックの舞台でアサファが俺を負かして、メダルを取ったっていうんだ？」

その日、俺は自ら課したルールを忘れ（「まずは自分のために走り、ジャマイカのことは二の次だ」）、集中力を欠いたレースをしてしまい、危うく1着を逃すところだった。

今回のオリンピック・トライアルでは、このアサファ人気に対する準備ができており、一緒にウォーミングアップしていたブレークにも友人として警告を与えておいた。

「いいか、よく聞けよ。トラックに行ってから、ここのアサファ・ファンの大声援にビビるんじゃないぞ。ここはアサファの〝島〟なんだ。覚えておくんだ。どんなことが起きようとも、俺たちはお客さんでしかない。どんなにアサファがみっともない走りをしても、観客は奴を愛してるし、みんなが俺たちの応援をしてるんだなんて勘違いするんじゃないぞ」

俺はまったくもって、正しかった。3人が並ぶ形でスタートラインに立ったが、アサファがその真ん中になった。俺の名前がコールされると、観客席から歓声が起きた。その音量は大きかったが、大音量とまではいかなかった。そしてアサファの番になると、会場全体が爆発したようになり、それまで聞いたことがないような大歓声に包まれた。ブレークは後ずさりして、俺の目を見た。アサファ人気の現実を目の当たりにして、ブレークは驚いた様子だったが、俺たち二人は笑っていた。いい経験をしていると感じていたのだ。

しかし、すべての精神を統一し、集中しても、俺のコンディションはベストとはいえなかった。スタート位置につくようにとコールされる。俺のレーンの内側にはネスタ・カーターがいた。

「用意……」

ピストルが鳴ると、カーターはライン上でポンッと跳ねたようになり、力を溜めてから、トラックに向かって「発射」した。そのちょっとした動きで、俺は落ち着きを失い、スタートの時点では圧倒的な後れを取ってしまった。なお悪いことに、俺のスタートは予選、準決勝と同じようにひどかった。50メートルを過ぎた地点では何もしていないに等しく、このレースを勝つにはとんでもない力を振り絞る必要がありそうだった。ブレークがすでに十分なリードを奪っていた。

「くそっ、これじゃブレークに追いつけない。ブレークに、ブレークに追いつけない……」

その2年間というもの、ブレークがパワフルな一流ランナーに成長していく様子を目の当たりにしてきた。彼は俺と同じように100メートルでも200メートルでも、ラスト30メートルに強さを発揮するタイプの選手だった。練習のときも、スタート直後に大きなリードを許してしまうと、ゴールラインでつかまえるのはかなり難しくなることがたびたびあった。60メートルが過ぎて、ブレークの背中がハッキリと見えた。彼は3メートルから4メートルリードを奪っていて、俺が調子のいい日でもその差を詰めるのは容易なことではなかった。しかし、2位のアサファをつかまえるとなれば話は別だ。

アサファに負けるワケにはいかないんだよ！

ラスト20メートル、俺は力を振り絞り、すべての筋肉をフル稼働させてアサファをとらえ、2位でゴールした。時計に目をやると、ブレークは自己ベストをマークしていた――9秒75――彼は興奮を抑え切れなかった。2012年に出たタイムの中では、最も速い記録だった。そのとき、トレーニングに身を入れなかったことでロンドン・オリンピック出場が危うかったことを悟った。自分に怒りを覚えた。

「自分を追い込んで、コンディションを最高にしないと勝負にならない」。その夜、車を運転しながら家路についているとき、そう考えていた。「200メートルはブレークに取らせない。200は俺のレースだ」

次の日の決勝、コーナーを懸命に走ったが、それでも十分ではなかった。ブレークは直線で後続を大きく引き離し、ゴールラインが近づいてきたとき、俺のスピードは消え入りそうだった。

パワーはすでに使い果たされ、どんなに強く地面を蹴っても、どんなに懸命に脚を動かしても、身体は一切反応しなかった。ニューヨーク、北京、そしてベルリンで世界記録を作ったときのケタ違いの強さは失われるどころか、雲散霧消していた。

昨晩と同じ、2位に入ったからロンドンに行けることにはなったが、自分としては到底納得のいく結果ではなかった。トラックに座り込み、頭を抱えた。脚はいうことをきかず、ハムストリングは痛み、両脚も使いものにならないくらい疲れ果てていた。俺は消耗しきったように感じてはいたが、ライバルの一人に俺なりのメッセージを送るくらいのパワーはまだ残されていた。どうにか立ち上がり、トラックをジョグして、俺はブレークのところに行って頭の辺りを優しくつかんだ。それを見ている世界中の人は、俺が祝福をしに行ったように思ったはずだ。みんなは、俺がスポーツマンシップに則り「すばらしいレースだった。いいレースだったよ。おめでとう」というような言葉をかけたに違いないと考えただろう。

そんなこと、あるわけがなかった。俺は自分に怒っていたし、ブレークを思い上がらせないためにも大事な瞬間だった。

「おい、ブレーク、こんなこと二度と起きないからな」と俺は宣戦布告した。笑いながら、友好的だったが、それでも緊張感にはあふれていた。「二度と、な」

それは自分に向けた言葉でもあった。

絶対に借りを返してやる

選考会で2位に終わると、ジャマイカの連中は俺のことを見限り始めた。オリンピックのスポットライトはヨハン・ブレークのものだと騒ぎだしたのだ。その時点では、たしかに彼は世界王者だった。俺の時代はどうやら終わったようで、北京やベルリンの後から続いていた熱狂はあっさりと消えてしまった。

そんなことは気にならなかった——少なくとも原因が分かっていたからだ。十分にトレーニングをせず、練習中に歯を食いしばって「乗り越えるべき瞬間」を経験せずともトライアルを勝ち抜けるだけのパワーが、俺のエンジンにはあると自分を欺いていたのだ。俺は自分のミスに気づいていたし、ロンドンに向けて体調を戻せるのは間違いなかったが、ブレークに負けて2位になったことは、やはり自分としては受け入れがたいものだった。

100メートルのレースの後は、自分への怒りしか湧いてこなかった。俺は自分に対しては厳しく、レースでも、サッカーの試合でも、ひどい走りやプレーをしてしまったら、自分のことを「役立たず」とか、ときにはもっとひどい言葉を使って自分自身を罵倒する。いつまで経っても自分のミスが許せない性質だったし、1週間、いやそれ以上時間が経っても、俺は家で選考レースの映像を何度も見直した。たしかに、そんなことをしても無駄かもしれなかったが、敗戦によってできた傷を何度もほじくり返していた。起きてしまったことを認め、痛みに向き合って、もう一度、自分自身に力をたくわえなければならなかったのだ。

俺はソファに沈み込み、ネスタがブロックで見せた動きを確認しながら、自分の100メートルのひどいスタートを見直した。200メートルでは、ラスト30メートルの地点でブレークに追いつこうとして、俺の顔はゆがんでいた。見るに耐えない表情だった。ところがその後、ある場面にきて俺のハートは「点火」した。テレビではブレークがゴールラインを越えた後、スタンドの方に向かって走っていった。俺はゴールした後に疲れきって、トラックに倒れ込んでしまったので、そのシーンを見ていなかったが、その見逃していたものが俺を激怒させた。ブレークはスタンドに走っていき、観客席の最前列の人たちと喜んでいた。そして人差し指を唇に当てていた。

シィ——。

奴のその仕草は、競技場にいる人間にそうしろと言っているように見えた——俺を含めて。

巻き戻して、もう一度そのシーンを確認してみた。また、同じことをやっていた。

シィ——。

「待てよ……なんだこれは?」。俺は訝しんだ。「マジかよ?　おいおい、何をやってるんだ?」

何度も見た。繰り返し、見た。テレビに映っているものが信じられなかった。もちろん、ブレークに負けたことは喜ばしいことではなかったが、2年間もトップレベルで競い合い、いろいろサポートをしてきたのに、人をバカにしたような自画自賛のアクションを見せつけられたとあっては、腹の虫が収まらなかった。ブレークがレーサーズのトラックで一緒にトレーニングを始めたときから、俺は彼を認める発言をしてきた。ジャーナリストを相手にすれば、こう言った。「いいか、このブレークから目を離すんじゃないぞ。奴は特別なランナーになるから」

ブレークを友人でありチームメイトだと思ってきたし、スポーツのなんたるかを教え、いろいろな状況に対応する術も教えてきた。ジャマイカのオリンピック選考会の前にアサファの人気にビビるんじゃないぞと警告したように、レースの前にはちょっとしたアドバイスもしてきた。しかも、ニックネームだって俺が名付け親だった。レポーターたちに「奴はトレーニングで『ビースト（野獣）』になるんだ」と話していたら、それがそのままあだ名になった。

ビースト。クールじゃないか。

今、ビーストは俺に向かって牙をむいた。

その姿勢は認めよう——アスリートなら、誰もが自信を見せるべきだと俺は思っているし、いちばんになりたいと思うのは当然のことだ。選手たちはメディアの前では自分のことを大きく見せる必要があるし、だからこそ、他の選手たちに対して、自分がタフであることを証明する必要がある。ただ、このような形でアピールするのは俺に対する敬意を欠いていなかったか？　敬意こそ、俺が他の選手に対して求めるものだ。

タイソン・ゲイが俺に負けることが本当に耐えられなかったことは俺にも分かるが、彼は公にはそんな感情を出さなかった。アサファ・パウエルは俺についていろいろメディアに話していたようだが、違うクラブで育ってきたのだから、彼がなんと話そうとかまわない。彼のコーチがアサファに、どうしろこうしろと言っていたとしても、俺の知ったこっちゃない。

ブレークは違う。同じ場所でトレーニングし、しかも同じグループにいた仲間だ。遡ること2、3年、彼は俺がどれだけハードにトレーニングしてきたかをつぶさに見てきたはずだし、俺がどれだけ競争好きか知っていたはずなのだ。誰もが、そうだ。俺が負けるのが大嫌いだというのは、もはや常識だった。俺がNJと回ったゴルフでボロ負けしてしまい、怒り狂ったという話をレーサーズのメンバーに聞かせたら、みんな大笑いしていた。

このときのエピソードは、とんでもなくおかしい。ゴルフをやろうと誘いを受けても、最初は乗り気ではなかった。勝てないと分かっているものをやる気はなかったし、俺が「タイガー・ウッズ」になれないことは分かっていた。ところが、俺は自分の賢い判断に逆らって、ジャマイカの一流コースでプレーしようという誘惑に乗ってしまった。NJいわく「とても楽しい」らしい、最高のゴルフ・クラブもいろいろ試せるということで、俺は1番ホールのティーグラウンドにローリー・マキロイのように歩みを進めた（くるくるの髪の毛じゃないけどね！）。ゴルフ・シューズ、イカしたポロシャツ、お仕立て品のパンツ、クラブのセット、バッグにカートと準備は完璧だった。手袋まで用意していたくらいだ。まさに、カッコだけならプロそのものだ。ところが、俺のティーショットは森の中に消えていき、辺りを飛んでいるオウムを驚かせるほどだった。

「マジかよ！」。俺は恐ろしくなった。「こんなこと予想もしてなかったぞ！」

俺はバッグからもうひとつボールを取り出し、再びティーに向かったのだが、今度はフェアウエイの反対側の池に向かってボールは一直線に飛んでいった。プレーする朝にも、ドライビング・レンジで真面目に練習してから初コースに臨んだというのに、どうしてこんなことになるのか、さっぱり理解できなかった。練習のときは、真っすぐなショットの連続だったのに、いざ本番が始まった途端、すべてがおかしなことになってしまった。全然「楽しく」なんかなかった。最初の30分間で、俺は7つもロストボールし、5番ホールが終わった時点で、「こんなのクソだ！　もう、家に帰る！」とやけになり、コースから抜け出して高価なクラブを車のトランクに放り込んだ。そのクラブは、それ以来使われたことはない。

ブレークは俺のことを知っていたし、このゴルフ話をしたときもたしかそこにいたはずだ。だとしたら、俺が自分に向いていないゴルフごときでそこまで頭にくるタイプの人間なのだから、「自分のレース」である200メートルで負けたとしたらどんな反応を示すか、分かっていたはずだ。不愉快だった。俺について話したり、俺に勝てそうだとペラペラしゃべるのは、闘牛に赤い布をひらひらさせるようなものだと、知っておくべきだった。ブレークのそうした態度は、俺の闘志に火をつけた。チャレンジするべき相手を見つけたとき――最初の学校でのレースや、チャンプスでのキース・スペンスや、タイソンに挑んでいったとき――俺は必ず進化した。

レースのビデオを見てからというもの、俺は不機嫌になって、数日間はトラックでブレークと挨拶すら交わさなかった。少しばかり落ち込んでいたけれど、すぐに気分は上向きになった。ある晩には、彼のパフォーマンスに対して祝福さえしたほどだ。そうした態度を示すことで、レースでは敵だとしても、トレーニングでは友人であることを受け入れたつもりだった。

ブレークとのライバル関係について考えてみると、たったひとつの仕草が俺のエンジンをフル回転させたのだから、彼に感謝しなければならなかった。一瞬にして、俺の集中力は高まり、エンジンの回転数は一気に跳ね上がったのだ。あの映像をソファで見た晩から、俺が練習場で積み重ねてきた進化は、すべて自身のプライドが成せる業だった。オリンピックのタイトルを防衛するだけでなく、ブレークに勝つためにトレーニングをし始めたからだ。俺はロンドンで、ブレークと世界に向けて自分がチャンピオンであると証明するつもりだった。

どう感じているのか、彼に気づかせたくなかったし、自分の失望を悟らせたくもなかったが、俺は限界まで自分を追い込むときがやってきたと実感していた。借りはしっかり返さなければならなかった。

狂乱のロンドン

ロンドン・オリンピック、２０１２。何を話しても、クレイジーになってしまう。

このイギリスの首都に到着した瞬間から、異常な盛り上がりに気づいた。街は浮き浮きした雰囲気に包まれ、ストリートはあらゆる色のフラッグで埋め尽くされていた。目にするビルの看板やポスターはどれもこれもオリンピックを盛り上げるためのもので、ずいぶんと俺の顔を見かけた。イーストエンドのビルの壁には、グラフィティ（落書き）アーティストが俺をスプレーでペインティングしていた――それはとてもクールだった。

残念なことに、出歩くことはほぼ不可能な状態だったので、そうした情報はインターネットで見るばかりだった。北京のときとは違って、嵐の前の静けさのようなものはなく、ロンドンに乗り込んでからは、誰からも姿を見られずサインをせがむ連中やファンから逃れるためには、選手村という「自分の家」でじっとしているしかなかった。これはなかなかタフなことだった。オリンピックパークにはショッピングモールがあったのだが、そこがかわいい女の子たちでいっぱいになっているという電話を友だちから始終受けていた。

それでも、気晴らしなんて必要なかった。俺は4年という歳月をかけて、世界中のどのアスリートよりもビッグになるためにトレーニングをしてきたのだ。北京オリンピックが終わってから、たくさんの人たちが俺のことをアイコン——モハメド・アリや、ペレ、ジェシー・オーウェンスのような世代を代表するスポーツの天才——と呼んだ。だが、俺自身は自分のことをそんなふうには考えられなかった。自分は他のオリンピックの金メダリストと一緒で、俺だけが突出しているわけではないと思っていた。たしかに、北京で俺は3個の金メダルを取り、それはそれまでの基準に照らし合わせれば、印象的なパフォーマンスだったことは間違いない。そこから抜きん出ようと思ったら、もう一度それと同じことを繰り返さなければならない。もし、ロンドンで同じく三冠を達成したとしたら、それは大偉業というべきものだろう。

現実を見ると、俺はもう25歳になっていたから、オリンピック史に残るレジェンドになるためにはロンドンが最高の場所だと考えていた。リオデジャネイロ・オリンピックは4年先の話だし、それまでには予測できないことがたくさん起きるだろう。2016年に俺は29歳になる。もちろん、その時点でも三冠を達成することは可能だろうが、より大変になることは目に見えていた。だからこそ俺は真剣に、極限まで集中していた。友だちには「あのさ、女の子のことを話すのはよしてくれ。俺にはやらなきゃならない仕事があるから」と言い渡しておいた。

メディアから発信されたゴシップは、雑音が多かった。イギリスのジャーナリストは特にワイルドで、選手村で15万個のコンドームが配られたと新聞で報道されていた。オリンピックに参加する選手たちには、期間中に15個のコンドームが配られる計算になるのだが、俺はひとつも見なかった。それから、サッカーのアメリカ女子代表のゴールキーパーが選手村の芝生の上で熱くなっていたカップルを目撃したとか余計なことをレポーターたちに話して、火に油を注いでいた。

なんだか、閉め切ったドアの向こうでご乱交が行われているような話で、外の世界の人にとってはずいぶんと淫らな世界に思えるだろうが、選手村に入ってから1週間やそこらは比較的静かなものだった。ジャマイカ・チームのみんなもそんなことはしていなかったが（少なくとも、チームメイトはそう言っていた）、ゴシップが広まるのは止められなかった。そんな話が広まってしまうのは、オリンピック選手にまつわる「神話」からきているとしか思えなかった。世界中の選手がたったひとつのオリンピック・シティに集まってくる。一般的に考えて、選手たちは肉体的なエリートだから、その能力と一緒にテストステロンのレベルが突き抜けてしまい、欲望をコントロールできなくなるというのだ。

ただ、そんな一般論が通用するのは初日にメダルを獲得し、早めに競技を終えたアーチェリーや射撃の選手たちに限ったことだろう。陸上競技の選手たちはオリンピックの2週目からしか競技が始まらないし、しかも始まったら毎日のように試合がある。女の子たちとバカ騒ぎするのは俺の中の優先順位のいちばん下にあるもので、少なくともレースが終わらない限りはそんなことをする余裕はなかった。

しかし、ゴシップを止めることは残念ながらできない。ロンドンに入ってからすぐに、アサファと一緒に記者会見に臨むと、インタビュアーが避妊について質問してきた。俺たちはお互いの顔を見て、爆笑してしまった。二人とも、記者がなんでまたそんなことを聞いてくるのか見当がつかなかった。

「私は選手村でコンドームを見たことは一度もありません」。俺はそう答えた。「一度たりとも、ございません」

俺は混乱していた。オフィシャルの車に乗ってアサファと一緒にジャマイカ・ハウスに帰ると、俺たちはあんな話がどこから来たのか話し合った。

「どこでコンドームを配っているんだろう？」。俺は言った。

アサファは肩をすくめるだけだった。

「それにしても、誰がコンドームをもらってるんだ？ 俺たちには回ってきていない。オリンピック組織委員会がジャマイカ陸連に渡したんだろうが、陸連はそれを選手には配るつもりはないとかそういう話だろうか。変に刺激するとまずいと思って？」

ただ、俺たちが僧侶のような禁欲的な生活をしているというわけではもちろんない。大会が進んでいくと、何人かのジャマイカの選手たちはずいぶんとお楽しみのようだった。出番が終わってしまえば、ロンドンの夜を満喫する権利を与えられたようなものだ。お楽しみの明けた朝に連中を見ると、そりゃもうひどいありさまだった。だらしない格好をして、目は充血。それを見て俺は笑っていた。でも、よくよく考えてみた。「おいおい、俺は100メートルを走らなきゃならないし、それから200メートルに出て、最終日には4×100メートルリレーまであるじゃないか……。いったい、いつ遊びに行けるっていうんだ？　やらなきゃいけないことが多過ぎるな」

それでも、トレーニングは楽しかった。天候は涼しいし、スタジアムはとてつもなくすばらしく、最初のレースとなった100メートルの予選に俺が登場すると、スタンド中が熱狂した。俺は奮い立った。スタートラインに近づくにつれ声援はどんどん大きくなり、俺にとってはこの上もない状況になっていった。俺は一歩、一歩踏み出すごとに、集中力が高まっていくのを感じた。

スプリンターの遺伝子

オリンピック・スタジアムは予選の最初の朝からすでに超満員で、みんなは開門時間の前からゲートのところに並んで競技が始まるのを待っていた。イギリス中の人たちが陸上に入れ込んでいるように見えて仕方がなかった。雰囲気はとにかく最高で、スタンドから伝わってくるエネルギーは俺がそれまでに体験したことのないレベルのものだった――アテネや北京でもこれほどではなかった。スタンドを見渡し、こんなことを思った。「どうしてまた、こんなに人が集まってるんだ?」。世界選手権のレベルでさえ、午前中の予選なんてどう見積もっても観客席の半分が埋まればト上等だった。いつも一カ所だけ埋まっていて、他のスタンドはガラガラなのが普通なのだ。

ロンドンのオリンピック・スタジアムは違っていた。ファンの熱気が感じられたし、街にはたくさんのジャマイカ人も住んでいた。ロンドンはカリブ海諸国の人たちにとっては人気のスポットで、大勢のファンがスタジアムで楽しもうとやって来ていた。とにかく母国の選手たちへの声援は熱狂的で、それがエネルギーを与えてくれたが、それは同時にプレッシャーにもなった。2008年の北京オリンピックで、ジャマイカ・チームは大きな成功を収めたこともあり、ロンドンでも短距離種目ではメダルをさらっていくだろうとみんなが予想していた。突如として、半端ではない期待が選手団に押し寄せ、俺は北京に続く三冠を取り、シェリー=アン・フレイザー(女子100メートル)、メレーン・ウォーカー(女子400メートルハードル)、ベロニカ・キャンベル=ブラウン(女子200メートル)は金メダルの有力候補で、男子4×100メートルリレーのチームも勝って当たり前だと思われていた。

母国だけでなく、世界中の注目がジャマイカに集まっていて、カリブ海の小さな島国から、どうしてこれほどの数のトップアスリートが誕生するのか、みんな興味津々だった。新聞記事からテレビのドキュメンタリーまで、いろいろな推論が飛び交っていた。ヤムイモが能力を育てると主張している人がいた(俺の父さんもそう主張する一人なのだが)――これは、でんぷん質たっぷりの野菜で、伝統的なジャマイカの食事には必ず出てくる。他の意見で目立ったところでは、俺が学校でそうだったように、スプリンターが芝のトラックでトレーニングを始める効用も指摘されていた。芝がテクニックを磨き、アスリートたちは芝の上で速く走れれば、どんな場所でも速く走れるという自信を持つことができる。

マイケル・ジョンソンはテレビのドキュメンタリーで、ジャマイカ、そして大勢のアメリカ人が短距離種目で成功を収めてきたのは、我々が西アフリカから渡ってきた奴隷の末裔《まつえい》だからだ、と指摘していた。その当時、奴隷たちは過酷な環境で生き残ってアメリカやカリブ海の土地まで運ばれてきたのだった。肉体的に強い者だけがその旅に耐えることができたし、その中でも最もタフな人間だけがジャマイカまでたどりつくことができたのだ。アフリカからの航海は、信じられないほど過酷で、多くの人たちが命を落とした。

ジョンソンは「奴隷の遺伝子」が彼自身や、俺、そしてブレークなどの陸上のスターに受け継がれ、ライバルたちに対する肉体的なアドバンテージになっていると信じていた。我々は生まれつき強く、健康で、速かった。しかし、俺はそれとは違った意見を持っていた。ジャマイカがたくさんのエリート・スプリンターを輩出してきた大きな理由、それはたったひとつ、「チャンプス」の存在だ。

俺たちの時代には、ジャマイカの人たちにとって陸上は、ブラジル人にとってのサッカーと同じような存在になっていた——とにかく陸上に入れ込むようになっていたのだ。ブラジルに行けばどこでも子どもたちはボールを蹴り、ストリート、芝、ときには照明が輝くコパカバーナ海岸の砂のビーチでさえサッカーを楽しむ。こうした環境があるからこそ、ネイマールや、ロナウド、ロナウジーニョといった大スターがたくさん育ってきたのは自然なことだ。ジャマイカでは若いときには陸上に力を入れるのが自然だったたし、野心を持ったジュニアの選手たちにとってチャンプスはその頂点に君臨する大会だった。

その夢はキングストンや、他の大きな町の子どもたちがスポーツで名を成そうとするだけではなかった。ど田舎の子どもたちが2001年の俺のように参加するのだが、コーチによると、最近の大会はナショナル・チームのコーチたちにとって、有望選手がより取り見取りの状況らしい。みなキングストンのナショナル・スタジアムに姿を見せ、サラブレッドの品評会と同じように、若いタレントの実力を見極めようとしているのだった。

「おお、あの選手は可能性を秘めているな」と200メートルの優勝者のことを持ち上げたりする。もしくは、「去年はよかったんだが——もうこれ以上は速くはならないな」とバッサリと切られたりもする。

何かの種目で4位に終わった若い選手がいたとしたら、彼は僅差で勝った年上の選手よりも可能性を秘めているかもしれない。コーチたちはそういう選手に声をかけて、自分のもとで面倒を見ながら、次世代のオリンピック・スターへ育てようとする。

こうしたシステムがジャマイカのパワーの源になっているのだ。そして、チャンプスの出場者がしっかりとした道筋をたどれば、2016年のオリンピック選考会はロンドンのときよりもさらに激しい争いになるだろう。俺がブレークに負けたことで、ジャマイカの選考会が世界中のどの大会よりも厳しいものだということがすでに証明されていた。ジャマイカ人の陸上への情熱が、国内のレベルを一段階か二段階引き上げたように俺には思える。これから登場する若手の中にも、相当の実力者がいるようなのだ。

若い世代の選手たちは、自信過剰でもあった。ロンドン・オリンピックの2、3カ月前にトラックにやって来た生徒がいた。彼はかなり才能がある200メートルの選手だったが、そいつはその年に俺が持っているチャンプス記録を破るつもりだとベラベラしゃべっていた。俺はそいつの顔を見て、警告した。

「本気なのか?」。俺は言ってやった。「世界ジュニアに出て、200メートルのジュニア世界記録を破ってから、出直してきな」

その少年はチャンプスでわずかの差で記録を破れず、その1週間後、トラックにまたやって来たのだが、俺を前にして戸惑っているようだった。俺はブレークと一緒にそいつのそばを通ると、聞こえるようにわざとデカい声で話してやった。

「そこいらの生意気なガキどもが、毎日、毎日俺の記録を破ってやるだの、俺に勝ってやるだのと吠えてたな。まあ、今ごろ自分の実力のほどが分かったんだろうけどさ」

彼は沈黙を保ち、訝しげに頭を振っていた。コーチが彼のところに寄っていった。

「ここに来るな、と話したじゃないか」とコーチは話していた。「おしゃべりが過ぎると、あいつらにこてんぱんにやられてしまうぞ」

俺はその少年を少しばかりからかっただけだが、それだけでなく、若いときには、ただ単にナンバーワンの選手をターゲットにしてはいけないという教訓も授けたつもりだ。若い選手たちは少しずつ階段を上っていかなければならないのだが、未熟だとそれが分からない。だから無謀にも、最初に俺をターゲットにして、大それたことを考える。「俺はウサイン・ボルトを倒すんだ！」。連中はまず、タイソン、アサファ、ブレークにウォーレス・スピアモンを倒さなければならないことが分かっていない。それを達成してからようやく、俺のことを考えるべきなのだ。

俺は若い選手にこう話す。「それってとんでもなく時間がかかることなんだ。まず、他の連中をやっつけてからだ。いきなりトップになって、俺を脅かすなんてできないんだぞ」

チャンプスは大勢のアスリートを世に送り出し、近い将来、俺にとって脅威となる挑戦者が現れることは確実だろう。ただ、それはまだ何年も先の話だ。さしあたって、このロンドン・オリンピック２０１２は俺の時間であり、ジャマイカが君臨するときだった。

目の前の敵を倒せ！

俺が今回の１００メートルのレースで一緒に走ってみたいと思っていたランナーは、ジャスティン・ガトリン、ただ一人だ。このアメリカのスプリンターは、２００６年のドーピング検査で高レベルのテストステロンが検出されて、４年間の出場停止処分を受けていた。しかし、俺が彼を倒したいと思うのはそれが理由ではなかった。

個人的には、ガトリンがスポーツの世界に戻ってくることになんの異論もない。彼の４年間の出場停止処分が明けてから、俺はなんの文句も言わなかった。国際陸上競技連盟が彼のレース復帰を認めるならば、俺に文句を言う権利なんかない。ガトリンは出場停止の期間を終え、俺は極限までトレーニングして彼を打ち負かしたい、ただそれだけのことだった。俺は誰と走ろうが負ける気はしなかったし、自信に満ちあふれていた。

友だちはいつもこんな質問をぶつけてきた。「もしも、おまえを破る選手が禁止薬物を使っていたらどうする？」

俺はいつも、そんなことは気にしない、と答えることにしていた。もしも、俺が誰かに負けたとしても、一生懸命トレーニングして、次の機会にその相手にリベンジすればいいだけの話だからだ。もしその選手がドーピングをして勝ったのなら、そいつは自分の胸の中では真実を知っているのだ――本当はウサインにはかなわないんだ、という真実を。俺はこんなふうに物事を見ることにしている。良心に恥じることなく自由に走ることが俺にとっての幸せなのだ。もしも俺がガトリンのようにドーピングに手を染めていたとしたら、こんなに饒舌《じょうぜつ》にはなれないだろう。

俺はガトリンを倒したかった。ガトリンはレースの前にあれこれしゃべるのが好きで、スターティング・ブロックについた他の選手たちを威嚇《いかく》したり、バカバカしい行為を仕掛けてくる男だったからだ。

その年、ドーハのレースでそんな彼の行状を目撃した。関係者から「二度目のデビュー」ということで注目されていたガトリンは、自分の復活を印象づけようとしていた。その日、ジャマイカからエントリーしていたのはアサファだけだったが、こんな奴に負けられないという重圧は彼にとっても大きかったはずだ。俺はアサファに「アサファ、あいつにだけは勝たせちゃいけない。何年もレースに出場しないで、いきなり戻ってきたところでおまえを倒して図に乗り、見事にカムバックしたぜ！なんて甘い夢を見させちゃいけないだろ」と警告さえした。

二人がスタートラインにつくと、ガトリンはいつものやり方で周りを威嚇し始めた。レースの前、ガトリンはアメリカの先輩スプリンターで、かつてスプリント界を支配していたモーリス・グリーンのようにふるまおうとしていたのだ。モーリスは２０００年のシドニー・オリンピックの１００メートルの金メダリストで、かつては9秒79の世界記録を持っていた。彼は感情を強く表に出す選手だった。レース前の招集所で、モーリスはあごを下げ、上目づかいになって他の選手をにらみつけていたことがあったが、彼は身体がデカく、筋肉質だったので、それはそれは恐ろしかったはずだ。彼はこういった自己演出で他の選手が怖じ気づき、レースに集中できなくなるようになれば、自分が有利な立場になるということを計算してやっていたのだ。

それから時代は変化し、俺がプロとして走り始めたときは、選手たちはお互いを心からリスペクトする環境になっていたのだが、ガトリンだけは昔のやり方にこだわっていた。彼にとって１００メートルのレースはボクシングの試合であり、その日もモーリスのようにふるまえると思っているようだった。ドーハでは、ガトリンはアサファのことをにらみつけ、それでアサファは怖じ気づいたように見えたらしい。レースが始まり、ガトリンがゴールラインでアサファをかわしてしまうのを見て、俺はすっかり頭にきてしまった。彼は1着をさらい、トラックをウィニングランすると、軍隊式の敬礼をしてから、空に向けてライフル銃を撃つ仕草をして見せた。彼の目立ちたがり屋根性はそれだけにとどまらず、記者会見でもメディアに対してデカいことを言い放った。

「まずは一人、やっつけたぜ」と自慢げだった。「残るは、あと二人だな」

彼はジャマイカのスプリンターのことを言っているのだった。ブレークと俺が、ガトリンのターゲットになったようだ。

「なんてことだ」。俺は嫌気がさしていた。「まったく、ウザいな……」

テレビの中継で一部始終を見ていた俺は、アサファの首根っこをつかんで、目を覚まさせてやりたかった。この結果、誰も喜んじゃいないぜ。翌日、トレーニングで会ったブレークも腹を立てていたが、二人とも同じ疑問を持っていた。「なんでまた、アサファはあいつに十分戦えると思わせてしまったんだろう？」

ガトリンはまったく懲りない男で、俺たちがＩＡＡＦザグレブ・ワールド・チャレンジで対戦したときも、同じようにふざけた小芝居をしやがった。どうやら彼は、アサファを脅したのと同じ要領で俺をビビらせることができると思ったらしい。ストレッチのときや、スターティング・ブロックを使ってストライド走をしているとき、しきりと俺の方に視線をよこしてにらみつけ、俺のレーンに唾《つば》を吐きかけてきた。ガトリンの口から唾が飛び出し、スローモーションのように飛んで、俺の目の前に落っこちた。まったく信じられないことで、俺は尻の穴が緩んでしまうくらい笑い転げた——面白過ぎたのだ。

「なんだ、コイツ？」俺はもうおかしくてたまらなかった。「マジか？　そんなことをして、ビビるとでも思ってるんだろうか？　俺のレーンに唾を吐くだと？　勘弁してくれよ」

俺を怒らせるのはなかなかたいへんなことだ。それはひとえに、わが家では子どものとき、父さんに人には礼儀正しく接しなさいと厳しくしつけられていたからであり、ガトリンのような見かけ倒しに怖がったり、悩まされる俺ではなかった。彼の挑発は少しも気にならないばかりか、脅威でもなんでもなかった。ただ単に不快なだけだった。俺を怒らせるには本当にとんでもなくひどいことをしなければならないのだ。しかし、俺が度重なる挑発行為にもかかわらず冷静さを保っているという事実はガトリンを苛立たせたようで、彼はまたしても俺のレーンに唾を吐きかけてきた。

二度目の攻撃によって、俺はさらに集中力を高めることになった。頭の中で数字を素早くはじき出した。「今シーズン、奴のシーズンベストは10秒10だ。俺は9秒60で走ってるのに、奴は唾を吐けば俺がビビると思ってやがるのか？　だとしたら、世界でも指折りの大バカ野郎だな」

そう考えてしまえば、俺がもう負けることは絶対になかった。ただひとつ、胸の中で自問していたのは、「どれだけ速く走れるか？　どれだけ差をつけて勝つことができるか？」ということだった。

次に俺がガトリンの目を見たのは、レースが終わったときだ。1着でゴールラインを越え、後ろを振り返るとガトリンが5メートルも後ろを走っているのが見えた。もう、それ以上は何も言う必要はない。唾を吐くのも、にらんでくるのもおしまいだ。俺は父さん仕込みの方法で、彼に身の程を教えてやった。ところが、ガトリンはまったく懲りない奴で、ロンドン・オリンピックが始まる直前に、またもやレポーターに向かってまくしたてていた。

「みんな『ボルト・ショウ』をここ数年見せられてきたと思うが、そこに誰かがチャレンジしていくのを見たいはずなんだ。それが俺さ。喜んでライバルに立候補するし、一生懸命練習して、ぎゃふんと言わせてやるさ」

ジャマイカの予選会とオストラヴァでのレースを見て、俺の調子が悪いとガトリンは思ったのかもしれない。ガトリンの問題は、俺にちょっと似ていて、競争心がとんでもなく旺盛だったのだ。とにかくコーチはそのように考えていた。「大舞台になればなるほど、力を発揮するってタイプのようだな、お二人さんは」とコーチは分析していた。

いずれにしても、オリンピックを前にして、ガトリンはまったく目障りで、絶対に倒さなければならない相手だった。

予選で大切なことは、自分が強いという感覚を持てるようなレースをすることだ。ケガの心配がなく自分を追い込むことができるようになっていて、最初のレースでは60メートルまでの動きはシャープだった。100メートルでは、その地点を過ぎたらがんばらずに、残りを流しながら走るし、それは200メートルでも同様だった。さらに重要だったのは、スタートに関してあれこれ心配するのをやめていたことだ。ついに俺の自信は、天井を突き抜けるほどの勢いになった。

ブレークの自信もまたかなりのものだったが、おそらくは自信過剰になっていた。100メートル予選の最初の日、俺は予選を楽々流して通過した。その数分前、ブレークも予選をトップで通過していたが、俺がトラックからスタンドの方に入っていくと、勝ったブレークが数歩先を歩いていくのが見えた。選手に対して質問ができるミックスゾーンがあり、ジャーナリストや放送関係者が彼の周りに集まっていた。それから、マスコミの面々は俺のところにもやって来た。あらゆる方向からマイクやらカメラが俺に向けられた。

短いインタビューを次々にこなし、おしゃべりしていたが、最終的にはブレークが自信たっぷりなのをどう思うか、という質問が出てきた。

テープレコーダーが俺の顔の前にグイ、と差し出された。「ウサイン、ヨハン（・ブレーク）が100メートルではかなりナーバスになっていたとさっき話していたんだが」とジャーナリストが叫んだ。「それでも、200メートルは別物だと言っている」

マジか？　それは200メートルの決勝でブレークが金メダルを取ると言っているようなものだから、俺に対する挑戦状をたたきつけてきたも同然だった。このことに関してはあまり深く考えないようにした。おそらくは、ブレークのコメントが間違って引用されているのだろうと考え、放っておくことにしたのだ。ブレークは自信家だったが、今回ばかりは若いがゆえにその自信が空回りしているのが分かった。しかし、同じことが何度も、何度も俺の耳に入ってくるのだ。

そして、誰かがはっきりとした英語で質問を突きつけてきた。「ブレークはあなたが200メートルでは勝てないと言っている――勝つのは彼だと」

俺は思わず笑ってしまった。「どうしてまた、この連中はこんなことを続けるんだ？　俺のことをバカにしてないか？　他のアスリートや、どこの馬の骨とも分からない奴と一緒にしないでくれ。俺は他人に対して敬意を持って接する。でも、そんな礼儀正しい人間は俺だけだってのか？　まず、あのガトリンが出てきて、今度はブレークときた。最悪になってきたようだ……」

俺は行動に移すことにした――ブレークを呼んだのだ。後ろに立っていたオリンピックのボランティアが、拡声器につながるマイクを持っていた。それは報道陣の集まるところに、世界中どこでも設置されているものだった。大会のＰＲ関係者は、その拡声器を使い、選手やメディアの代表者に一斉に話すことがあった。これを使わない手はない。そのマイクを俺は握りしめた。

「ところで、ヨハン・ブレーク君」。俺の声がミックスゾーンに響きわたった。

ブレークが振り向いたので、俺は彼を見て、笑顔を見せた。

「ヨハン・ブレーク君！」。俺は繰り返した。「君は僕に２００メートルでは勝てないよ」

彼は神経質そうに微笑んだ。俺は微笑んでいたにせよ、彼は俺がちょっとばかり腹を立てているのに気づいただろう。彼は俺にとってチームメイトであり、ナイスガイだから、ケンカはしたくなかった。だからこそ、友好的に矛を収めたのだ。仲間のジャマイカ人選手、特にブレークとひと悶着起こすのは絶対に嫌だったのだが、このとき俺の決心はより強いものになった。

ＯＫ、ブレーク。俺はどんなことがあっても、おまえを負かしてやるからな……。

第15章　俺はレジェンドだ

「おまえはアマチュアだ！」――オリンピック2連覇達成

相手の心理状態を読む。俺はこの術を学んでいた。これはポーカーのプレーヤーがライバルがいい札を持っているのか、それともただハッタリをかましているのかを見極めるのと同じように大切な技術である。ほんの0コンマ数秒で、相手の恐怖や、不安、そしてストレスの表情を読み取ることができる。たいていの場合、それは目に表れる。しかし、ときには招集所でのふるまい、もしくは、スタートラインでの準備の仕方から判断することもある。

100メートル決勝のトラックに向かって歩いていったとき、俺は他のレーンにいる選手たちの様子を素早く確認してみた。フラッシュが焚《た》かれ、クレイジーなほどの熱狂がスタジアムを包み、誰もが今や遅しとスタートの号砲が鳴るのを待っていた。充満したエネルギーが火花となってバチッと地面にはね返るようだ。筋肉が少しずつ緊張していく。

俺は自分の左、そして右側をチェックした。みんなスタートポジションにつこうとしていた

——ガトリン、タイソン、アサファ、そしてブレーク——プレッシャーに押しつぶされそうな者、そうでない者とが見てとれた。タイソンとガトリンは大丈夫そうだった。よく考えたらガトリンの辞書に緊張という文字はないのだった。タイソンはロンドンに向けて順調に調整を進めていたから、自信を持っているに違いなかった。

不安を抱えているのはジャマイカの選手たちのようだ。アサファはちょっとばかりナーバスになっていた——いつもと同じように。ブレークは明らかにストレスを感じているようで、一緒に練習している俺にとっては合点のいかないことだった。ミックスゾーンで見せていた自信は消え去っていた。その夜早く、ウォームアップ・トラックで一緒に練習しているときに、どうも彼のムードが変わり始めていた。座り込み、リラックスしていたのだが、そんな時間が長過ぎたのだ。ブレークは、しっかりと準備しなければいけなかったのに、十分な緊張感を持ってアップができなかった。俺の経験上、大舞台の決勝を前にしっかり動いておかないと、緊張が忍び込んでくる。大一番を前にブレークの脚は緊張でガクガクし始めているかもしれなかった。大舞台の決勝で、金メダルの意味やレースの展開を考え過ぎてしまうとろくな準備はできない。それは自滅を意味する。

そんなことでブレークが惑わされてほしくなかった。ライバル関係にはあったが、俺たちは友だちだったし、レーサーズ・トラック・クラブのチームメイトでもある。それに、俺はベストの状態にある彼に勝ちたかった。ブレークに気合いを入れてやった。

「もう少しウォームアップ・スプリントをやった方がいいんじゃないのか」。エディがストレッチをしてくれているとき、俺はブレークに向かって叫んだ。

ブレークはトラックに座り込んで、頭を左右に振った。「大丈夫だよ」

納得がいかなかった。「本当かよ？」

「大丈夫だって」

「分かった、分かったよ、相棒」と答えながらこう思った。「結局は自分次第だものな。おまえがOKなら、きっと大丈夫なんだろう……」

ブレークは俺の助言なんか聞きたくなかったのかもしれない。たぶん、彼は「何だってんだ？どうしてそんなにお節介なんだ？」と思ったのだろう。おそらく、敵でもある俺のアドバイスなんてまともに信用する気にはならなかったのかもしれない。それにしても、彼には俺のことをもう少し分かっておいてほしかった。純粋に、ベストを尽くしてもらいたかったのだ。北京オリンピックの決勝前、アサファに自信を持つように励ましたように、ブレークの助けになればいいと思ったのだ。

ブレークがナーバスになっている理由には思い当たる節があった。オリンピックの舞台はケタ違いのものだ。もちろん、世界選手権で優勝したのは大きかったが、ロンドン・オリンピックはその上をいく。大会の規模はアスリートの精神的なものに影響を及ぼしがちだ。俺はみんなによくこんな話をした。「自分と戦うことは簡単なことだけど、世界のベストスプリンターとレースをするとなると、途端に自分の理想通りの走りをすることは難しくなってしまう。オリンピック決勝のスタートラインにはエリートしかいないし、ちょっとでもミスをしたらメダルはない。自分がしっかりしないことには、手ぶらで家に帰ることになる」

こうした感覚をブレークも感じ始めているのが分かったが、彼は俺の助けが必要ないというのだから、なるようにしかならなかった。あとはもう、自分のやりたいようにやるだけだ。

決勝に向け、誰がメンタル的に用意ができているか、それとも誰が不安を感じているかはともかくとして、決勝に残った8人のメンバーが強力だったのが何よりもうれしかった。2008年のときは、俺の金メダルはタイソンがいなかったからだとかファンは戯言《たわごと》を言っていたが、今回についてはそんなことは聞かなくても済むからだ。このロンドンの決勝に限って言えば、「しかし」とか、「もしかしたら」とかいう単語を使う余地はなかった。そのかわり、スタートラインを見渡してみると、スプリント界のビッグネームがそこにずらりと並んでいた。俺は選ばれし者たちと戦おうとしていた。もし、ここで勝利すれば俺の能力に対する疑問は消え去り、もう一度俺は地球で最速の人間、陸上で文字通り「ナンバーワン」になることができる。

そんなことを考えていたのに、突如として不安に襲われてしまった。それは暗闇からヌッと顔を出してきた。すでに永遠に消え去ったはずのバカげた言葉が、俺の頭の中をよぎったのだ。前に同じことが浮かんだときは最悪の事態を招いた、あの言葉だ。

「フライングだけはするんじゃない……」その言葉が浮かんできた。「フライングだけはダメだぞ……」

まったく、バカげていた。まだしつこく残っていたのだ！　考え得る最悪のタイミングで大邱の記憶がよみがえってしまったのだ。

「ああ！　なぜ、おまえは今そんなことを思い出すんだ？　やるんだ、乗り越えるんだ！」

俺は再び集中し、コーチの言葉をもう一度、思い出した。

「大丈夫だ、ボルト。リラックスだ」

次の瞬間には、他の声が聞こえてきたが、今度はオリンピック・スタジアムにこだまする声だった。

「位置について……」

観衆は静かになり、話し声はささやき声に変わった。「シィ――――ッ」という呼びかけのコールがスタンドに広がって、冷たい風のようにトラックに静寂が広がっていった。俺は膝を下ろし、胸元で十字を切ってから、天に向かって少しばかりお祈りをした。

「我に力を与えたまえ。成さなければならないことをやり遂げる力を与えたまえ……」

また、声が聞こえた。「用意……」

フライングだけは、ダメだぞ……。

バンッ！

ピストルの音が響きわたって動きだした。上体はいい形で起き上がる。素早く状況を把握する。フライングの気配すらない。いいぞ、ドンピシャだ。あとは走るだけ……。

自分がいいスタートを切ったか、そうでないかは一発で分かる。最高のスタートのときは、力がスムーズに入っていき、筋肉には力がみなぎり、パワーが両脚に伝わっていく。それはあたかも、ブロックから「爆発」したようなものだ。ただし、レベルの高いレースで完璧なスタートを切れるのは極めてまれなことで、おそらく数年に1回とかそんなレベルの話だ。もしもどうしようもないスタートをしてしまうと、気持ちは沈み込む。脚に力が入らない。スカスカだ。エネルギーがどこからも生まれてこない。

スタートラインから飛び出し、最初の数歩の感触はよかったが、他の選手の様子を見たら、ガトリンが最高のスタートを切っていた。めったにお目にかかれないほどすばらしい出だしだった。パワフルでいて、しなやか。どうしたらそんなふうに速く走れるんだ！　俺が一歩目を踏み出す前に、ガトリンは二歩は進みトラックを疾走する態勢に入っており、俺は幽霊を見ている気分だった。

マジかよ？

俺のいつものつぶやきが始まり、まず自分をののしり始めた。

「ボルト！　なんだったんだ、あのスタートは？　ひどいもんだ。何が問題だったんだ？」

ガトリンだけでなく他の選手たちも俺の前を疾走中だったが、他の連中のことを気にするよりも、自分のストライドに集中しなければならなかった。とんでもないスタートをしてしまったものの、金メダルはまだ手の届く範囲にあった。

リラックス……リラックスするんだ……落ち着くんだ……。

再び自分のテクニックに集中した。加速段階でスピードにうまく乗った。また1秒経ち、他の選手の位置を確認した。まったくの互角だった。一列に並んでいた。すべての選手にチャンスがあった。

よし、まだ全員が横一線だ。先に行っている奴は誰もいない。もう勝負はあった……。

そこから俺のロング・ストライドが他の選手たちを凌駕《りょうが》し始めた。まるでトップギアに入ったスポーツカーのような走りだった。60メートル地点を過ぎ、65メートルまで来た。俺は誰よりもスピードに乗り、ライバルたちを置き去りにし始めた。２０１2年ロンドン・オリンピックの決勝は、単純な数学の競争であることを証明していた。世界最高のランナーたちは１００メートルを45歩で走るが、41歩で走る俺にはかなわないのだ。

レースが始まる前、俺の唯一の目的はナンバーワンのアスリートになることだった。とんでもないタイムを出すことが目標だったことなどない。金メダルは俺が手中に収めたと思ってから、ようやく俺はこんなことを考えた。「よしっ、もらった！」。こうした油断はスイッチをオフにすることを走っている自分に許してしまうので、最悪の事態を引き起こしかねない。俺はリラックスした。スローダウンした。そのとき突然、頭の中で何かが火災報知器のように鳴りだした。

何やってんだ！　世界記録だ！　ボルト、世界記録を出すんだ！

ちくしょう！　俺は早めに力を抜き過ぎていて、スピードが落ちた。世界記録を出すチャンスを逃してしまったかもしれないという思いが頭をかすめ、とにかくゴールに突っ込んでいった。１００分の2秒でもいいからタイムを削ろうとしてフィニッシュ・ラインでは俺は身体を前に投げ出したが、あまりにも早いタイミングでそうしてしまったので、走りのリズムがすっかり狂ってしまった。不格好なフィニッシュとともに、俺は千載一遇のチャンスを逃した。

電光掲示板に目をやった。

1着、ウサイン・ボルト。

9秒63——オリンピック新記録。

集中力を乱したがために、自分の持つ世界記録を破れなかった。

レースの流れというものは、まったく不思議なものだ。スプリンターたるもの、100メートルのレースで勝ちたいのなら一直線に走らなければならない。中間走でスピードを緩めてしまうと、終盤でオーバーストライドになったり、スピードアップも十分にできなくなる。どんな選手であっても、そうなってしまったら、走りの流れが途切れてしまうのでタイムをロスしてしまう。俺はそのミスを犯してしまい、フィニッシュの体勢を早く取り過ぎてしまった。もしも、残り20メートルの地点で気を抜くようなことがなかったら、俺は9秒52とか、とんでもないタイムを出していたに違いない。しかし、このレースでは、最悪の判断をしてしまい、記録に手が届かなかった。

第1コーナーを減速して曲がっていくと、いつもながら周囲は騒然としていた——写真に応え、ハグをしつつ、ファンにポーズを取ったりしたが、コーチはご機嫌斜めのようだった。トラックを後にするとき、コーチが俺を呼ぶ声が聞こえた。2009年の世界選手権の後、金メダルを取っても俺はコーチに走りについての意見を求めない方が賢明だということを学んでいたが、今度ばかりは俺が好むと好まざるとにかかわらず、明らかにコーチの方から何か言いたいようだった。

「アマチュアだな、まったく!」。コーチはそう言って、こちらに向かってきた。彼は舌打ちしながら、頭を振っていた。

「えっ？」

「ボルト、おまえはアマチュアだと言っているんだ！」とコーチは繰り返した――まるで、俺が聞いていなかったかのように。

「はあ？　どうしてそんなことを言うのかなあ？　金メダルを取ったんだよ！」

「そうだよ、その通りだが、あと半歩の差で世界記録を更新する可能性を自分でつぶしたんだ。あんな遠くからゴールに向かってダイブしてしまったから、勢いを失ってタイムを落としてしまうだろうが。おまえのようなプロがそんなことをするとは思わなかった。だから、私は〝アマチュアがするようなダイブだ〟と言ったんだ」

俺は首を振るしかなかった。

「そうかい、分かったよ、コーチ。じゃあ、いったいどれだけ俺が速く走れたと思ってるんだ」

「可能性は抽象的なものだからな……あくまで推定だ。私が言えるのは、現在の力をもってすれば、以前、おまえがマークした記録よりもずっと速く走れるんだ。どこまで記録の限界が伸びるかといえば、もはや私の想像の範疇を超えている。想像で物事を話すのはあまり好きじゃないんだ……」

「だからさ、コーチ。どれくらいのタイムなんだ？」

「今だったら、９秒52で走れる。今日だったら、そのタイムが出るコンディションだったんだが、ゴール前でおまえはバカげたことをし過ぎた。もし、最後まで真面目に走っていれば、９秒

49だっていけたかもしれない」

100メートルを始めたころの驚きの成績や、2008年、2009年の世界記録など、コーチが予測したタイムに狂いはなかった。彼は俺の状態と体力に基づいて、タイムを極めて正確に予測していた。しかし、コーチの最新の予測は衝撃だった。

ブレークとのワンツー・フィニッシュ

100が終わって、次の200メートルこそ自分の得意種目であり、何がなんでもオリンピックのタイトルを守るつもりだった。特に、ブレークには負けられなかった。

俺は第3コーナーから弾丸のように飛び出した。80メートルを過ぎるとトップスピードに乗り、先頭を切った。心臓が激しく鼓動した。思い通りのレースができるときに味わえる、高揚感とすばらしい自由の感覚があった。信じられないくらい楽しかった。直線に差しかかったとき他の選手に目をくれたが、すでに先頭に立っていた。しかし、危険な兆候はあった。ブレークが加速していくのが視界の隅で見えたのだ。俺はトラックを強く蹴った。より、強く！

リードは広がりつつあったが、集中を途切らせないように努めた。リラックスする余裕はなかった。200メートルのレースでは往々にして、180メートル地点を過ぎると、自然にスピードは落ちていく。どのスプリンターも200メートルの距離すべてで最速のペースを保つのは不可能だから、最後のホームストレートが危険な時間帯となる。ゴール付近でライバルにかわされ、1着を奪われかねない。

しかし、今回はそんなことは起きなかった。ブレークには俺に追いつく力はなかった。あと70メートルの地点で、もうひとつ、金メダルを取ったことを確信した。そこからはストライドを真っすぐ、安定したリズムを保つことだけを心がけた。残り10メートルが近づいたところで、ブレーキをかけグンとスピードを落とした。どうしても示したいことがあったのだ。レースに勝ったのは間違いない。俺はブレークに視線をくれた。彼はすぐ後ろにいた。彼の目をとらえると、人差し指を唇に持っていった。

シィ――――ッ！

それはメッセージだった。「二度と俺を侮辱するんじゃないぞ」という警告だ。彼の表情を見る限り、ブレークはそれを理解したようだった。

俺は胸を叩き、観客を指差しながら叫び、雄叫びを上げた。「やったぜ！」。俺はうつぶせになって、5回、腕立て伏せをやってみせた――オリンピックでこれまで5個の金メダルを取ったぜ、という意味を込めて。言いたいことは証明してみせた。200メートルこそ、俺の競技だ。誰のものでもない。

俺は世界に対して自分がまだ「ナンバーワン」であることを見せつけたのだ。オリンピック予選会の後、沸騰した疑問と議論も吹っ飛ばした。ジャマイカ国旗を肩に掛けてスタジアムをゆっくり走っていると、誰かが俺の手をつかんだ。それはブレークだった。彼に厳しいメッセージは伝えたが、すべてを忘れるときだった。わだかまりなんて残ってないから、ハグをした。すべては終わったのだ。

もう俺たちの関係について、ブレークに対して言うことはなかった。一緒にウィニングランができてとてもよかった――ブレークは銀メダルを獲得していたのだ。もう、ジャマイカ予選のことを持ち出す必要もなくなった。俺は「おまえな、俺のことをコケにしたのが間違いだったと、思い知っただろ」なんてことを言う必要はなかった。なぜなら、まず、大会の最後の方に行われる4×100メートルリレーの決勝への集中力を欠いてほしくなかった。それに、残りの期間、選手村で気まずい雰囲気で過ごしたくなかったからだ。

子どものころ、父さんは相手が失礼なことをしてきたとしても、礼儀正しく接しなさいと教えてくれた。もしも、二人の関係がこじれるようなことがあったら、それでおしまいだ――それ以上議論することは何もない。この件はもう終わりだ。人生が再び、クールに思えた。

「生きるレジェンド」になる

ようやく、俺は自分のことをスポーツ界の「レジェンド」と呼ぶことができるようになった。こんなことを言ってしまうと、鼻持ちならない奴だと思われそうだが、これは事実だ。オリンピックの100メートルと200メートルを連覇したとなれば、「本物」であることを証明したことにほかならない。北京オリンピックでの3個の金メダルだけでは最も偉大なスポーツ選手と呼ぶにはまだ十分ではなかったと思うが、二度も達成したとなれば、誇ってもおかしくはないはずだ。

これはまさに偉業だ。この実績は他のアスリートと俺を隔て、ロンドン・オリンピックの後には、誰も俺の地位に文句をつけようがなくなった。俺は陸上の世界で大きなことをやってのけたのだ。世界に向かって示したのは、俺は最高の実力を持った選手で、どのレースに出ようが主役を張るということだ。こうした実績があればこそ、俺はスポーツ界に恩返しをすることもできた。過去数年間、いつだって俺が走ればチケットはソールドアウトになった。スタートラインに立つだけで、スタジアムを満席にし、すべての視線を自分に釘付けにできる。出場したヨーロッパの競技場はいつも満杯だった。俺がいなければ、空席が目立つことになっただろう。

それはロンドン・オリンピックでも同じことだった。100メートルと200メートル決勝のチケットが売りに出されると、アッという間に売り切れてしまった。チケットを手に入れられなかった地元の人たちは、生の俺を見られないことにずいぶんとイライラしていた。2008年、北京オリンピックの100メートル決勝、世界で30億の人たちが俺が世界記録をマークするのをテレビで目撃した。2012年には、再び何十億人という人たちがレースを見た。これだけ多くの人たちが見れば、スポンサーやコマーシャルの契約でたくさんのお金が動くようになる。俺が基準をグンと高くしたのだ。

ウィニングランの後、俺は記者会見に臨み、声明を発表した。

「俺は生きる〝レジェンド〟だ」と宣誓した。「栄光に浸れて、こんな幸せなことはない」

みんな、笑った。誰も俺に対して文句をつけるような真似はしてこなかった。そんなこともうできないだろう？　それが事実なんだから。

カール・ルイスって何者だ!?

しかし、コーチだけは別だった。

１００メートルのパフォーマンスを見てコーチは苛立っていたが、２００メートルに勝った後でさえ、すぐさま文句をつけてきた。勝ったには勝ったが、非常にもったいないことをしたというのだ。ゴールラインを越えるときに、ブレークに向かって黙ってろというポーズを取ってしまったがために、俺はまたもや世界記録を更新するチャンスをみすみす逃してしまったというのだ。ゴールに向かって胸を出さなければならないときに、俺はスローダウンしてしまったのだ。後になってコーチは、俺の19秒19という世界記録を簡単に破るほど十分なスピードが出ていたと言った。

「アマチュアだ！」。コーチはまたもや叫んでいた。「まったく、アマチュアだな、おまえは！」

このときばかりは、もうどうでもよかった。俺は自分の目的を達成していたので、受け流すことにした。世界中が俺の偉業に興奮し、北京のときと同じように俺に喝采を浴びせていた。ほとんどの反応は好ましいものだったが、陸上でいつも避けられないのは、芳しくない話題がつきまとうことだ――ドーピングの話題が再燃したのだ。

２００８年の北京オリンピックで、１００メートルの後に、ドーピングに対する質問があったが、俺の業績に疑いのまなざしを向ける者が何人かいることは理解できた。正直信じられないという気持ちはあったが、とんでもない質問をする輩がいることには慣れていた。それに、北京のときのようにすべてくだらない言いがかりだったし、禁止薬物に関する質問が来ても動じることはなかった。ところが、あるレポーターがカール・ルイス[注1]を知っているかと質問してきた。

肩をすくめるしかなかった。彼が昔活躍したアメリカのアスリートであることは知っているけれど、それ以上のことは知らないし、よく分からないと答えた。俺は陸上競技の歴史についてほとんど知識がないし、ルイスが走っていた1980年代のことなんて知るわけがない。このことを記者たちは、非常に不思議なことのように考えているようだった。

そうしたら、そのジャーナリストは、ルイスが俺の走りについて文句を言っているようだと俺に伝えてきた。

それは他の国とは違って、ジャマイカのアスリートに対する検査が甘いという主張だった。しかし、カール・ルイスという男が、ジャマイカのアスリートについてあれこれ言っても最初はそれほどの影響力を感じなかった。俺は、彼がどんな人間なのか、どんな成績を残してきたのか本

注1　カール・ルイスはジャマイカを二度〝口撃〟してきた。北京オリンピックの後、彼は「ジャマイカのような国は抜き打ちの（禁止薬物）検査プログラムがなく、一度も検査を受けることなく、数カ月もトレーニングできる」とのたまった。ロンドン・オリンピックの前には、俺についてコメントを求められ、こう答えている。「彼のことは……興味深いね。みんなと同じように結果が待ち遠しいよ……そのときにはいろいろと話すこともあるだろう」

当に知らなかった。100メートルと200メートル、そして陸上といえば、俺にとってはまずマイケル・ジョンソンとモーリス・グリーンだ。俺はルイスの名前なんてすぐ忘れたが、翌日、選手村でくつろいでいると、誰かが俺にグーグルでカール・ルイスを検索してみるように言った。

俺もラップトップのパソコンを立ち上げ、彼の戦歴を調べると、1980年代と1990年代にかけ、俺が今走っている100メートルと200メートルも含め、オリンピックで9個の金メダルを取っていることが分かった。そして、彼が俺に対してずいぶんと失礼なことを言っていることも分かり、怒りがこみ上げてきた。新聞記者に対しても腹が立った。記者たちは、ルイスの言葉が嘘だと分かっているのに繰り返し引用しているのだ。

俺の考えでは、世界の陸上関係者、WADA（世界アンチ・ドーピング機関）、JADCO（ジャマイカ・アンチ・ドーピング機関）、そしてIAAF（国際陸上競技連盟）が事態の収拾に乗り出し始めたはずだった。事実はこうだ。シーズン中、ジャマイカ・アンチ・ドーピング機関は、40週間にわたって5回の検査を実行している。さらに、すべてのジャマイカの選手に対して抜き打ち検査もある。ジャマイカは2003年に出された「スポーツにおけるアンチ・ドーピング・コペンハーゲン宣言」に加盟しており、WADAに定められた規則に則って活動している。JAAA（ジャマイカ陸上競技連盟）も、他の国々と一緒で同じ規則に従っている。

みんなが検査を受けており、誰かがドーピングをすれば、検査機関が発見する。俺から見れば、検査員はしっかり仕事をしており、ルールを破った選手は、出場停止という代償を払うのだ。ほとんどの選手たちはルールに従い一生懸命練習しているわけだから、何の証拠もなしに、昔の有名選手だかなんだか知らない人間に、ドーピングがあったようにほのめかされたり皮肉を言われる覚えはなかった。

「引っ込んでろ、カール・ルイス」。俺は激怒していた。「黙ってな」

200メートルの決勝が終わってからの記者会見で、俺は反撃を開始した。

「これから、たいへん議論を呼ぶことになることを話そうと思う」と俺は切り出した。「カール・ルイス、俺は彼に何の敬意も払わない。彼の選手に対する発言は、陸上の品格を貶《おとし》めるだけだ。誰も彼のことを話題にしないから、単に注目を集めたいから、そんなことを言っているのかとさえ思っている……先日、彼の発言を聞いてずいぶんと悲しくなったよ」

それでも、すべてが悪いことばかりではなかった。ファンはもちろん好意的な反応を見せたが、今回ばかりは、そうした反応がうれしかった。2008年のときは、メダルを獲得した後に突如として賞賛の嵐の中に巻き込まれ、俺はすっかり動揺してしまったが、4年の歳月を経て、カメラを片手に俺に向かって走ってくる人や、紙切れを持って叫びながらサインを求める人にはもう慣れてしまった。

それに加えて、オリンピックだけは別のイベントだということに慣れていたのだ——とにかく特別の大会なのだ。世界選手権の期間中は、選手村で生活しているのは陸上選手だけなので、写真やサインをねだってくる人はいない。みんな、周りに対しては落ち着いた態度を取っている。ところがオリンピックとなると、他の競技の選手がわんさか来ていて、柔道やフェンシングのような競技の選手だと、陸上の100メートルと同じような注目を集めることは、まずないに等しい。そうした他の競技の選手たちが俺を目撃すると、興奮してしまうのだ。

100メートルで勝った後、選手村の食堂で友だちと食事をしていると、スウェーデンのハンドボール・チームの女の子たち3人が話そうとやってきた。俺はハンドボールについて知識がなく、その選手たちのことも知らなかったが、彼女たちはガブリエラ・ケイン、グルデン・ロバーツ、ジャミナ・ロバーツだと自己紹介してくれた。3人とも、かなりの感じのいい娘たちだった。たぶん、いい人過ぎたんだろう。オリンピックでは、彼女たちは予選グループで五戦全敗で、グループ最下位に終わってしまった。

一緒に時間を過ごして、俺の部屋でもいろいろと話をしたのだが、それ以上のことはなかった。3人のうち誰かが俺たちを撮った写真を2、3枚ツイッターにアップしたので、翌日、メディアはこの話題に飛びついた。見出しがいたるところで躍った。みんなこれは大事件だと思ったらしく、俺たちの間には何かがあったに違いないとほのめかしていたが、単純におしゃべりを楽しんでいただけだった。考えてみてほしい。もしも、何かお楽しみをしていたとしたら、どうしてそれをツイッターにあげる必要がある？　話の筋が通らない。わざわざみんなに向けて教えてやる必要なんかない。話していただけで、すごく楽しかった。彼女たちは、クールだった。翌日、早朝に選手村を出発しなければならなかったから、早起きするよりも、徹夜した方がいいと判断したらしく、それで俺と話し明かしただけだ。それにしても、楽しい夜だった。

ああ、ロンドンは本当に楽しかった——レース、大観衆、オリンピックという舞台の熱狂。ワールド・スポーツのスーパースターという地位を確固たるものにするのに、これ以上の舞台は果たしてあっただろうか？

第16章　ロケットでロシアへ、そして……

金メダルより、仲間との記念バトンが欲しい

キャリアを通じて俺を駆り立ててくれたもの――それはアドレナリンだった。その感覚に俺は病みつきになった。スピードそのものが大好きで、２００９年の交通事故の後でさえ、時々車で突っ走りにいった。同乗した人の中には、スピードを落とすように強く言う人もいた。こんなにスピードを出して運転すべきじゃない。彼らは口々に言っていた。それなのに、俺は時々ムズムズしてきて、こんな悪魔のささやきが聞こえてくる。「ウサイン、アクセルを踏み込めよ」。スピードメーターがグンと上がっていくと、俺は快感を覚えるのだ。

それは陸上でも一緒だ。スピードが出れば、それだけ興奮は高まる。２０１２年のロンドン・オリンピックでは、俺が２００メートルの金メダルを取ってから数日後に、４×１００メートルリレーが行われた。ジャマイカは俺、ネスタ・カーター、マイケル・フレイター、そしてブレークという４人のメンバーで１着となり、俺はまたもや金メダルの「ハットトリック」を達成し、

おまけに世界記録もマークした。２０１１年の世界選手権のときに出した記録を、36秒84というタイムで破ったので、スウェーデンのハンドボール代表の女の子たちと過ごした夜はあっさりと忘却の彼方へと追いやられた。オリンピック村でのワイルドな夜や、延々と続くパーティといった噂の後に、オリンピックのスーパースターとしてウィニングランを楽しむ時間が訪れた。

ポジティブな結果を出して大会を終えるのは、とても気持ちのいいものだ。１００メートルや２００メートルのスプリンターにとってネガティブな要素といえば、個人競技であるということだ。俺は気持ちの面では常に、団体競技のチームプレーヤーの意識を持っている。おそらく子どものころクリケットに夢中だったのはそのせいだろう。リレーのメンバーと一緒に戦えるのは、最高の喜びの瞬間でもある。チームメイトと一緒につるんだり、ふざけたりするのは最高に楽しい。ジャマイカでのライバル意識はなくなり、レーサーズに所属しているとかＭＶＰのメンバーなのかなんてことも忘れてしまえる。そのかわり、速く走ることと、相手を倒すことに集中する。

場合によって、レース前に俺たちは他の国の選手たちにくだらないことを話したりする。ときには、トリニダード・トバゴのスプリンターたちとジョークを言い合うこともある。俺はといえば、隣のレーンのライバルをにらみつけて、「おいおい君たち、俺に勝てると思ってるのかな？冗談はやめなよ！」と叫んだりする。リレーに出るのは楽しくて仕方がないことなのだが、ロンドン・オリンピックで俺たちが世界記録をたたき出せたのは、みんなの気持ちがひとつになったからだ。オリンピックが始まった時点で、あるジャマイカのコーチが「今年は、しっかりとバトンパスの練習をやっていこう」と俺たちに話していた。だからこそ、トレーニングでも自分たちを追い込んでいたし、何度も、何度もバトンパスの練習をした。その成果は、結果を見れば明らかだろう。

2012年の猛練習を考えると、ロンドン最後の夜に金メダルと一緒に、何か思い出になるようなおみやげを持って帰りたかった。4×100メートルリレー決勝が行われた最終日の夜、俺はトラックを去るときに、競技役員の一人に声をかけた。

「あのさ、バトンを持って帰ってもかまわないかな？」。俺はバトンを空中で振りながら話した。「クールだろ？」

その役員は、とんでもないことを言う奴だという感じで俺を見つめていた。彼は叫んだ。「ダメです。また使うんです」

「なんだって？　オリンピックは終わったんだぜ！」

「それがルールなんです」と彼も言い返してきた。

俺はそいつが何を言ってるのか、さっぱり理解できなかった。

「なんだって？　ルールがなんだってんだ？　これを持っていっちゃいけないのか？　いいかい、2016年のリオデジャネイロまで夏のオリンピックはないんだぜ。レースはひとつもない。俺はバトンを手元に置いて、友だちに見せたいんだ。ロンドン・オリンピックで勝ったことを思い出せる記念のものが欲しいだけなんだよ」

そうしたら、その役員は怒り出した。脅迫まがいのことまで言い出した。「バトンを返さないのなら、失格になります！」

これには、笑った。「分かったよ。大騒ぎするつもりはなかったんだよ……」

それまでだ。言い争いはやめだ。そして、俺の「勲章」を戻そうとしたときに、役員のベルトに巻かれた無線機からけたたましい音が鳴った。スピーカーを通じて、がなり声が聞こえてきた。それは誰か重要人物の声のようだった。

「おまえは何をやってるんだ？」。叫び声が聞こえた。「バトンを彼に渡すんだ！」

突如として、その役員はかなりおどおどしているように見えた。彼はうなずいて、俺がバトンを持っていくのを許可した。まったく、時々規則というものはよく分からなくなる。

俺は自分でもなぜ、これほどまでにバトンにこだわったのか分からない。メダルは俺にとって何の意味も持っていなかった。メダルなどの賞品はあくまで物にしかすぎない。一方、業績や記録は歴史書の中に永遠に記録され、何物もそれを消し去ることはできない。誰も「２０１２年のロンドン・オリンピック？　何があったか、さっぱり思い出せないな……」なんてバカなことを言う奴はいないはずだ。

「戦利品」に無関心でいられる人間でよかったと思う。なにしろ俺は自分の金メダルがどこにあるかさえ知らないのだから。この前聞いたときには、どうやら貴重品をしまう金庫に保管されているらしい。俺のためを思ってそうしてくれたのだろう。実は、ニューヨークで、北京のときの３つの金メダルをホテルの部屋のバッグに入れておき、危うくなくしそうになったことがあった。メダルを入れたバッグをクローゼットに入れ、スーツケースから着替えを取り出したりしていたら、シューズの山や、洗濯物やらなにやらが積み重なってしまった。チェックアウトをする時間になって、メダルがどこにいったか分からなくなってしまったのだ。みんなパニック状態になり、必死になってあたりの物を全部ひっくり返して探すと、金メダルがドスンという音とともに床に落ちた。

金メダルのことなんてどうでもいいことだ。トロフィーやメダルをもらったら、俺はメダルをどこに保管しているかという責任に悩まされたくないので、リッキーやＮＪに渡してしまう。俺が必要とするものは、あくまで陸上での傑出した結果の記憶であって、それをすぐに失うつもりはない。

ドラマのない世界選手権での勝利

過去に偉大な勝利を収めた人間にとって、最大の問題となるのは、その刮目すべき記録を破れなかったときに、みんながっかりしてしまうことだ。誰もがどのレースでも俺が世界記録を更新すると考えている。２０１３年のシーズンが始まるとき、俺はリオデジャネイロのコパカバーナ・ビーチの特設トラックで行われた１５０メートル走に参加した。期待は高まり、街中からレースを見ようと観衆が詰めかけていた。しかし俺は、２００９年にマンチェスターでマークした14秒35という自らの記録を更新できなかったので、みんなしらけてしまったようだった。

正直、そんな反応には慣れっこになっていた。ジャマイカでは、走るすべてのレースで当然俺が圧勝するだろうと思っているのだ。ところが、今やそれと同じような期待が世界中のどこでも感じられるようになってしまった。それでも、俺が２０１６年のリオデジャネイロ・オリンピックで金メダルを取るまでに、絶対に勝たなければならないいくつかのレースがあるのは分かっている。必要以上のプレッシャーを自分に課すと、ストレスで消耗してしまうだけだ。勝ちたいという思い以外の余計なことが頭に浮かんでしまうのだ。そのかわり、俺はリラックスすることにした。俺自身が高いスタンダードを設定してしまったおかげで、みんなは俺がいつでも速く走れると期待しているようだが、俺の競技に臨む姿勢はいつも「なるようになる」というスタンスだ。他人からの余計なプレッシャーなんてお断りだ。本気を出したとき自分ができることは分かっているから、どのレースでも集中力を保つように心がけている。

２０１３年に俺が発見したのは、以前に比べて優勝しようというモチベーションを見つけるのが難しかったことで、それはキャリアを通してたくさんのことを成し遂げてきたからだと思う。俺はたくさんの障害を突き破ってきたので、オリンピックの中間年だった２０１０年のシーズンと同じように、自分を限界まで追い込もうという意欲がなくなっていた。これは、ロンドン・オリンピックの後ということを考えれば不思議ではないかもしれない。ただ、２０１０年との大きな違いといえば、２０１３年は重要な年だったということだ。その年にはモスクワで世界選手権が行われることになっていて、俺はもう一度、進化する必要があった。だが、トレーニングを始めたらおっくうで、キツ過ぎるとしか感じなかった。ローマで行われたレースではジャスティン・ガトリンに敗れ、大きなニュースになってしまった。ファンは俺がロシアに向けて万全の状態では臨めないのではないかと心配しているようだった。

それでも俺はリラックスしていた。7月の終わりには、ロンドンのオリンピック・スタジアムで行われたアニバーサリー・ゲームの100メートルで勝ったのだが、そこで大会主催者は車輪付きの珍妙な機械に俺を乗せて競技場内をパレードさせた。その乗り物は宇宙ロケットと戦闘機を合体させたような代物で、進んでいく間に俺はスタンドに向かって手を振り、ムードを盛り上げるのにひと役買った。そのときになってようやく、俺はモスクワのフィールドで勝ち抜くだけのエネルギーが湧いてきたことを実感した。

世界選手権を2、3週間後に控えたころになると、3人のビッグネームの欠場が報じられた。ヨハン・ブレークはケガで出場を取りやめることになり、続いてスポーツ界を騒がすスキャンダルが持ち上がった。アサファはもともと代表入りしていなかったが、彼に加えてタイソンから禁止薬物への陽性反応が出たのだ。

予想では、俺の金メダルは確実のようだったが、そんなに簡単にうまくいくわけはない。俺は2011年の苦い思い出をまだ抱えたままだった。

それでも、たしかに予選は楽勝だった。ところが、決勝の夜には天空が荒れ狂ったようになり、稲妻が何度も夜空を走り、雨がざんざん降り注いできた。おいおい、雨だぜ！　コンディションは選手たちが不安になるほどひどくなり、雨はトラックからあふれ出そうになっていた。ガトリンはレースがてっきり延期されるのだと思っていたそうだ——それほど、ひどかったのだ。それでも、俺は冷静だった。選手たちがスタートラインでウォームアップし、場内アナウンスで選手たちの名前がコールされると、俺は降り注ぐ雨に傘をさすフリをしてみせた。

降り注ぐ「液体の太陽」を忘れるんだ。ゴールまでの道を見据えよう。

それから、俺は2、3日前にコーチが話してくれたことを思い出した。

「ガトリンは君よりもすばらしいスタートを切るはずだ」。練習が終わってクールダウンしているとコーチが話してきた。「でも、忘れるなよ。おまえの最初の数歩のストライドは、平均より身長も重心も高いせいで、動きが邪魔されてしまうんだ。大きいサイズの人間にとっては、クラウチング・スタートの姿勢からランニング・ポジションに入るまでの時間は不利に働いてしまうが、そこからの加速とゴールまでの走りは歴史上のどの選手よりも素晴らしい。おまえは再び、チャンピオンになる」

バンッ！　ピストルが鳴った。俺はブロックから飛び出した。立ち上がりは本当にあきれるほどのろかったが、フライングはしなかったのだからよしとしよう。他の選手たちに目をくれた。コーチは正しかった。ガトリンは俺よりもいいスタートを切っていて、俺はなんとか後続集団で食らいついていた。ただ、身体がずいぶんと重たい感じがした。

ちくしょう、痛みが出てきた！　脚が棒のようだ。俺のパワーはいったいどこに行ってしまったんだ？

数時間前に準決勝を走っていたのだが、そのときも身体がまったく動いていない感覚はあった。それでも、身体がひどい反応しか示さないにもかかわらず、俺は横一線から抜け出し、ガトリンを抜き去って、余裕のあるリードを奪ってみせた。

ＯＫ、痛みを忘れるんだ。ゴールラインまで突っ走れ。

一歩踏み出すごとに、痛みが襲ってきた。

なんてことだ。こりゃ、キツいぜ。ジャマイカじゃ、こんな天気にはお目にかかったことなんかないぜ……。


豪雨と強風の中を走り、スパイクはトラックをたたき続けた。なんらドラマのないレースで俺は1着となり、再び世界王者となった。スタンドのジャマイカのファンたちと喜びを分かち合っていると、空に紫と黄色の稲妻が走った。それは天上からのサインのようだった。ひどいコンディションだったにもかかわらず、俺がマークした9秒77のタイムはシーズンベストの記録で、俺は十分にうれしかったのだが、レースの後になって、俺が世界記録を出せたはずだと騒ぐ輩もいた。まったく、頼むぜ！　その日の準決勝で俺の脚には張りが出ていたし、あの天候では世界記録の9秒57以上のタイムが出ることは考えられない状況だったのだ。いずれにせよ、雨が降り注ぐ中での9秒77というタイムは、またも世界選手権という大きな大会のメダルを獲得するには十分なものだった。10年前だったとしたら、地球上で最も速いタイムだったのだ。

面白いもので、みんな俺のパフォーマンスについて語るときは、こういう細かなディテールのことは忘れてしまう。コーチが言うように、俺がこれだけ速く走ってしまうのが悪いのだが。まさに身から出た錆《さび》……。

俺の時代はまだ終わらない

2013年のモスクワの世界選手権が終わって、次にどんな活動をするのか、それを考えるのは恐ろしいことだった。次に何をするのか？　俺はもっと強くなれるのか？　勝ち続けられるのか？　おそらく、あと1年、いや2年は充実したシーズンを送れるはずだったが、リオデジャネイロ・オリンピックまで俺は果たしてもつのだろうか？　リオで開催されるオリンピックをどうするのか、そこに思いを馳せると考え込まざるを得なくなっていた。なぜなら、それがおそらくは、最大の挑戦になるからだ。陸上の世界では、2、3年という歳月の間にはいろいろなことが起こり得るので、もっともっと長い時間に思えてしまう。怖くもあり、エキサイティングでもある。俺は競争が好きだし、それによって成長してきた。ブラジル行きにトライする、そう考えただけで俺は興奮を抑えられなかった。

もう一度、オリンピックの舞台に立てる可能性があるならば、自分のすべてを注ぎ込むつもりだ。俺はコーチと一緒にそのチャンスについて話し合い、ライバルと思われる他の選手たちのポテンシャルに注意を払いながら議論を重ねた。リオデジャネイロ・オリンピックを迎える時点で、9秒80や9秒90を出せる選手は何人かいるだろう。もしも、俺が自分の身体をしっかりとケアし、限界まで自分を追い込めるとするならば、2016年の時点で9秒60を出せる能力が自分にあることは疑う余地はなかった。俺にとって大事なのは、リオデジャネイロの土地を踏み、高いレベルでレースができるようにすることだ。少なくとも、俺はこう言えるようにはなるだろう。「がんばったけど、銀メダルや銅メダルが限界だった。でも、俺はチャンスに懸け、挑戦したまでのことさ」。もしも、金メダルを取れたなら――リオでのパーティは、とんでもない騒ぎになるだろう。

リオデジャネイロのオリンピックにたどりつくまでには、ハードなトレーニングが必要なことは分かっている。若手が台頭してきているから、オリンピック予選会は２０１２年以上に厳しい戦いになる可能性もある。現時点でも、ジャマイカにはスピードのある若手が育っているが、俺は純粋に彼らに可能な限り強くなってほしい。俺はいつでも、ベストの相手と戦いたいのだ。その過程で、誰かが俺を負かしたとしても、少なくとも俺は「本物」に負けたと言うことができる。もしも誰かが俺のタイトルを奪ったとしたら、そいつは本物の実力を持っているアスリートであってほしい。

俺は今、可能な限り速く走りたくてうずうずしているし、世界でベストのランナーになりたい。陸上から引退するときは、おそらく他のスポーツにチャレンジするだろう。２０１６年までトップレベルを維持できないようなら、他の競技――おそらくはサッカーに真剣に挑戦するかもしれない。俺のサッカーの実力はなかなかのものだし、努力をすればもっとうまくなれるはずだ。プロ契約を結べるほどの実力を身に付けられるかもしれない。クレイジーに聞こえるのは分かっているが、サッカーの監督はいつだっていろいろな選手の可能性を探っているのだから、そう現実離れのことを言っているとは思わない。イングランドのプレミアリーグで、何か風穴を開けられるのではないかと思っている。

プレミアリーグのウィングの選手たちを見ていると、必ずしもみんな実力のある選手とは言い切れない。彼らが上げるセンタリングは正確性を欠いているので、見るたびにいつも文句が出てしまう。俺はパスを受け取り、スピードを生かして2、3人の相手を抜き去り、ゴールのチャンスを作り出すことができるだろう。何も、自分が次のクリスティアーノ・ロナウドだというつもりはないが、俺はスキルを備えたスピード豊かな選手だ。サッカーの練習を積めば、相当のことができるはずだ。

陸上のコーチになるのは、どうにも気が進まない。他の選手、特に俺のような選手のトレーニングの面倒を見られるとは思わない。それはたいへんなことこの上ない仕事になるだろう。もちろん、ブレークのような、献身的で礼儀正しい選手とだったらいい形でコンビを組めるだろう。それよりも俺は、遠目から若い選手たちに刺激を与えていきたい。そうするためにも、あと数年はトップレベルの選手でいたい。俺は限界を押し広げたい。おそらく、100メートルではこれまで以上のタイムはなかなか出せないとしても、200メートルでは18秒台を出したい。たとえそれが18秒99だったとしても、最高だろう。次のオリンピックに出ようとか、メダルを取ろうということは関係ない。18秒台に突入することにより大きな意味があるはずだ。その壁を突破し、家のテレビで見ている人たちが、興奮で我を忘れるような走りをしたいものだ。

歴史に残るような走りをするためには、2008年のようにパーフェクトなシーズンが必要となる。2015年は十分に戦えるだろうが、年々、チャンスは小さくなっていくはずだ。年を取れば取るほど、チャンスの窓は狭くなるものだし、大きな大会のレースに合わせてフィットネスのピークを合わせるのも難しくなっていく。しかし、自分の過去の成績を振り返れば、２０１５年、そしてその先も、不可能なことなど何もないはずだ。真面目な話、俺がまた何かすごい記録を出したら、みんな驚くだろうか？　それとも、誰か俺を負かす奴が出てくるのだろうか？　これから数年、今の俺の地位を脅かすことができる唯一の人間は、俺しかいない。俺は天才であり、真の戦士だ——この世代のレジェンドなのだ。

信じてくれ。俺の時代は、まだ終わっていない。

おわりに――感謝を込めて

たくさんの人たちの助けがあって、俺は一人前の男に、そして現在のようなアスリートになることができたが、まずはじめに感謝を捧げたいのは母さんと父さん、そして家族だ。家族は俺のすべてだ。どれほど大切なものか、言葉では言い表せないほどだ。子どものときに出場した最初のレースから、2013年のモスクワの世界選手権にいたる道のりを、みんなが支えてきてくれた。一歩一歩を一緒に歩んできてくれたのだ。その意味合いは絶大なものだし、家族は俺が成し遂げてきたことを誇りに思ってくれている。

グレン・ミルズ・コーチは俺のキャリアに多大なる影響を与えた――彼は二人目の父さんのような存在だ。コーチが予言したことはすべて現実になった。様々な成功は彼のおかげだ。状況がどんなに厳しくても――身体的な故障や、心理的なトラブルがあっても――コーチは俺に王者のフィットネスを授け、スタートラインに立たせてくれた。

他にも感謝を捧げたいコーチがたくさんいる。小学生のころに俺の素質を見抜いたウォルデンシア小学校のデビア・ニュージェント先生、そしてウィリアム・ニブ高校のコーチたち――パブロ・マクニール先生とバーネット先生（ただし彼が命じた腹筋運動をのぞく）。ミルズ・コーチの前にお世話になり、プロになりたての俺を指導してくれたフィッツ・コールマン・コーチ。学校で勉強をがんばるように励ましてくれた先生たち（俺が遊び歩いていないときの話）、特にウィリアム・ニブ高校のローナ・ソープ先生とマーガレット・リー校長には感謝している。

そして、ベストフレンドであるNJは、いつからか思い出せないくらい長い付き合いをしている。彼はいつも俺のそばにいてくれたし、キャリアを積み重ねていく中で、特に困難に直面しているときサポートをしてくれた。二人の絆は強固なものだ。今、彼は俺のエグゼクティブ・マネージャーとなり、俺と世界とをつなぐクッションになってくれている。

友人であるリッキー・シムズは、エージェント以上の存在だ。彼は、俺が必要としたことをすべてやってのける。リッキーのおかげで、俺は陸上以外のことを心配せずにいられる。彼がいれば、物事はすべてスムーズに運んでいく。我々は、世界的なブランドを立ち上げたが、そのことをとても誇りに思う。NJが俺の右腕だとしたら、リッキーが左腕のようなものだ。彼の妻、マリオン・シュタイニンガーとペース・スポーツ・マネージメントのチームは、俺の人生において重要な役割を日々、果たしてくれている。

ジャマイカで、俺のマネージメントに携わってくれている全員に特別の感謝を捧げたい――ノーマン・パート先生、ギナ・フォードと法律スタッフ、フォーガ・デイリー社、それに忘れてはいけないマッサージ師のエベラルド・〝エディ〟・エドワーズ、そしてケガのない選手生活を送らせてくれたハンス・ミュラー＝ヴォールファート先生。そして俺をバックアップしてくれたスポンサー、ビジネスパートナー、特にプーマ（のパスカル・ローリングは当時14歳だった俺の素質に気付いてくれた）は、まったく無名の存在のときからずっとサポートしてくれ、近年はより強固な関係性を築くことができている。こうしたパートナーも、俺のオリンピックや他の舞台での成功を大いに享受している。俺たちは、ファミリーなのだ。そしてまた、この本を作ってくれたハーパー・コリンズ、そして編集を担当してくれたマット・アレンに感謝したい。

最後に、一緒に歩んできてくれたすべての人たちに愛を伝えたい――ファン、メディア、大会運営者、俺のキャリアに関係した人すべてに対してだ。心の底から、陸上競技を愛している。愛情がなければ、この本を書こうとは思わなかった。俺にとってひとつひとつの勝利は、この陸上というスポーツにとっての勝利であると思っている。

愛をすべての人に。

ウサイン・ボルト　２０１３年、モスクワにて

10秒03 (+0.7) 1着 レティムノ(GRE) 7/18

・200メートル

19秒89 (+1.3) 2着 ニューヨーク(USA) 6/2

19秒75 (+0.2)1着 キングストン(JAM) 6/24

19秒91 (−0.8) 2着 大阪 8/30 世界選手権決勝

・4×100メートルリレー

37秒89 2着 大阪 9/1 世界選手権決勝

（ジャマイカ：マービン・アンダーソン、ウサイン・ボルト、ネスタ・カーター、アサファ・パウエル）

●2008年

・100メートル

9秒76 (+1.8) 1着 キングストン(JAM) 5/3

9秒92 (+0.6) 1着ポート・オブ・スペイン(TRI) 5/17

9秒72 (+1.7) 1着 ニューヨーク(USA) 5/31 世界新記録（当時）

9秒85 (−0.1) 1着 キングストン(JAM) 6/28

9秒69 (±0.0) 1着 北京 8/16 北京オリンピック決勝 世界新記録（当時）

・200メートル

19秒67 (−0.5) 1着 アテネ(GRE) 7/13

19秒30 (−0.9) 1着 北京 8/20 北京オリンピック決勝 世界新記録（当時）

19秒63 (−0.9) 1着 ローザンヌ(SUI) 9/2

・4×100メートルリレー

37秒10 1着 北京 8/22 北京オリンピック決勝 世界新記録(当時)

（ジャマイカ：ネスタ・カーター、マイケル・フレイター、ウサイン・ボルト、アサファ・パウエル）

●2009年

・100メートル

9秒77 (2.1) 1着 オストラヴァ(CZE) 6/17

9秒79 (−0.2) 1着 サン=ドニ(FRA) 7/17

9秒58 (+0.9) 1着 ベルリン(GER) 8/16 世界選手権決勝 世界新記録

・150メートル

14秒35 (+1.1) 1着 マンチェスター(GBR) 5/17 世界最高記録（非公認）

・200メートル

19秒59 (−0.9) 1着 ローザンヌ(SUI) 7/7

19秒19 (−0.3) 1着 ベルリン(GER) 8/20 世界選手権決勝 世界新記録

・4×100メートルリレー

37秒31 1着 ベルリン(GER) 8/22

（ジャマイカ：スティーブ・マリングス、マイケル・フレイター、ウサイン・ボルト、アサファ・パウエル）

ボルト主要成績

［記録の後のカッコ内は風速を表す（単位メートル）］

●2001年

・200メートル

22秒04 (+1.0) 2着 キングストン(JAM) 4/7

21秒81 (-1.7) 2着 ブリッジタウン(BAR) 4/16

●2002年

・200メートル

20秒58 (+1.4) 1着 キングストン(JAM) 7/18 世界ジュニア選手権予選

20秒61 (+0.9) 1着 キングストン(JAM) 7/19 世界ジュニア選手権決勝

●2003年

・200メートル

20秒25 (+1.9) 1着 キングストン(JAM) 4/5

20秒40 (-1.1) 1着 シェルブルック(CAN) 7/13 世界ユース選手権

20秒13 (±0.0) 1着ブリッジタウン(BAR) 7/20　ジュニア世界新記録

●2004年

・200メートル

20秒78 (+1.7) 1着 スパニッシュ・タウン(JAM) 3/13

19秒93 (+1.4) 1着 ハミルトン(BER) 4/11 ジュニア世界新記録

21秒05 (±0.0) 5着 アテネ(GRE) アテネ・オリンピック1次予選

●2005年

・200メートル

19秒99 (+1.8) 2着 ロンドン (GBR) 7/22

26秒27 (-0.5) 8着 ヘルシンキ (FIN) 8/11 世界選手権決勝

●2006年

・200メートル

19秒88 (+0.4) 3着　ローザンヌ(SUI) 7/11

19秒96 (+0.1) 2着 アテネ(GRE) 9/17

●2007年

・100メートル

●2013年

・100メートル

9秒95 (+0.8) 2着 ローマ(ITA) 6/6

9秒77 (-0.3) 1着 モスクワ(RUS) 8/11 世界選手権決勝

・200メートル

19秒66 (±0.0) 1着 モスクワ(RUS) 8/17 世界選手権決勝

・4×100メートルリレー

37秒36 1着 モスクワ(RUS) 8/18 世界選手権決勝

(ジャマイカ：ジェイソン・リヴァモア、ケマー・ベイリー=コール、ニッケル・アシュミード、ウサイン・ボルト)

●2014年

・100メートル

9秒98 (-0.6) ワルシャワ(POL) 8/23

・4×100メートルリレー

37秒58 1着 グラスゴー(GBR) 8/2 コモンウェルス・ゲームズ

(ジャマイカ：ジェイソン・リヴァモア、ケマー・ベイリー=コール、ニッケル・アシュミード、ウサイン・ボルト)

●自己最高記録 (2015年4月30日現在)

・100メートル　9秒58 (+0.9)　2009年8月16日　ベルリン　世界記録

・200メートル　19秒19 (-0.3)　2009年8月20日　ベルリン　世界記録

・400メートル　45秒28　2007年5月5日　キングストン

・4×100メートルリレー　36秒84　2012年8月11日　ロンドン　世界記録

(ジャマイカ：ネスタ・カーター、マイケル・フレイター、ヨハン・ブレーク、ウサイン・ボルト)

国名の略号

BAR=バルバドス　BEL=ベルギー　BER=バミューダ諸島　CAN=カナダ　CZE=チェコ　FIN=フィンランド　FRA=フランス　GBR=イギリス　GER=ドイツ　GRE=ギリシャ　ITA=イタリア　JAM=ジャマイカ NOR=ノルウェー　POL=ポーランド　RUS=ロシア　SUI=スイス　TRI=トリニダード・トバゴ　USA=アメリカ合衆国

●2010年

・100メートル

9秒86 (+0.1) 1着 大邱(韓国) 5/19

9秒82 (+0.5) 1着 ローザンヌ(SUI) 7/8

9秒84 (-0.3) 1着 サン=ドニ(FRA) 7/16

・200メートル

19秒56 (-0.8) 1着 キングストン(JAM) 5/1

19秒76 (-0.8) 1着 上海(中国) 5/23

・300メートル

30秒97 1着 オストラヴァ(CZE) 5/27

●2011年

・100メートル

9秒88 (+1.0) 1着 モナコ 7/22

失格 (-1.4) 大邱(韓国) 8/28 世界選手権決勝

9秒76 (+1.3) 1着 ブリュッセル(BEL) 9/16

・200メートル

19秒86 (+0.7) 1着 オスロ(NOR) 6/9

19秒40 (+0.8) 1着 大邱(韓国) 9/3 世界選手権決勝

・4×100メートルリレー

37秒04 1着 大邱(韓国) 9/4 世界選手権決勝 世界新記録(当時)

(ジャマイカ:ネスタ・カーター、マイケル・フレイター、ヨハン・ブレーク、ウサイン・ボルト)

●2012年

・100メートル

9秒82 (+1.8) 1着 キングストン(JAM) 5/5

9秒76 (-0.1) 1着 ローマ(ITA) 5/31

9秒79 (+0.6) 1着 オスロ(NOR) 6/7

9秒86 (+1.1) 2着 キングストン(JAM) 6/29

9秒63 (+1.5) 1着 ロンドン(GBR) 8/5 ロンドン・オリンピック決勝

・200メートル

19秒83 (-0.5) 2着 キングストン(JAM) 7/1

19秒32 (+0.4) 1着 ロンドン(GBR) 8/9 ロンドン・オリンピック決勝

19秒58 (+1.4) 1着 ローザンヌ(SUI) 8/23

・4×100メートルリレー

36秒84 1着 ロンドン(GBR) 8/11 ロンドン・オリンピック決勝 世界新記録

(ジャマイカ:ネスタ・カーター、マイケル・フレイター、ヨハン・ブレーク、ウサイン・ボルト)

訳者あとがき

北京オリンピックで、ボルトが世界新記録をマークした瞬間、私はその現場にいた。忘れられない記憶だ。

そして今、私はまたもボルトに驚かされた。陸上の100メートルって、こんな世界だったのか！『ウサイン・ボルト自伝』(原題には「FASTER THAN LIGHTNING 稲妻より速く」という文字が躍る) を翻訳するチャンスに恵まれ、私はひと足お先にスプリンターの現実を知ってしまった。

とにかく、ボルトは「天然」だ。天然過ぎる。

速く走る能力に恵まれ過ぎていて、練習なんて大嫌い。中学生のときは、サボりの常習犯だった (「ゲーセン」に入り浸り)。そんなボルトがオリンピックのシーズンだけは、練習を何カ月もがんばる。それを自慢するのがまた、かわいいところ。

それに、日本ではこれまで報道されてこなかった100メートルの世界も垣間見られる。試合前にライバルを威嚇しようとするアメリカの選手 (桐生祥秀君、これから大丈夫かな？ と心配になるほど)、そしてわずか10秒足らずの間に、ボルトがいろいろなことを考えているのに、すっかり驚いてしまった。

これは100メートルを「分析」した本でもある。繊細なスタートが求められ、横目でライバルたちを確認しながら走っているし、最後は電光掲示でタイムを意識することさえある。

奥深いのだ。スプリンターの世界は。

さらに、ジャマイカではスプリンターがなぜ育つのか、アメリカとのライバル関係や、ドーピングについてもボルトの経験、考え方が余すところなく書かれている。

そしてこの本は、欧米で伝統的な「スポーツ・ユーモア」の本でもある。とにかく、ボルトは「下ネタ」が大好きなのだ。おいおい、こんなことまで書いちゃっていいの？という事柄まで。ドーピング検査での検査官とのやりとりや（検査官はペニスを見ていなければならない）、交通事故を起こしたときの下半身麻酔の話など、翻訳しながら大いに笑った。

もちろん、女性関係についてもあけっぴろげ。国際大会で結果を残すと、ジャマイカでどれだけモテモテだったか、ロンドン・オリンピックでは、ある国の選手と夜、部屋でお話をしていたとか……（本当にそれだけだったんだろうか？）。

何度もオリンピックの取材に足を運んできたのに、選手たちはこんなにお楽しみだったのか！と驚く始末である。ボルトの話を読み、日本という枠の中では、オリンピックの全体像を把握できないのだな、と改めて痛感させられてしまった。

そしてまた、スプリンターのシリアスな面も、もちろん読むことができる。ロンドン・オリンピックでは100メートル決勝を前に、ライバルであるヨハン・ブレークとの間に「場外乱闘」らしきものがあったのだ！日本では、報道されてなかったよね？　二人の間には、舌戦が繰り広げられ、それがプロレス的な演出にひと役買っていたのだ。世界の人が楽しんでいた「おいしい部分」を、日本人は知らなかったのである。

世界選手権やオリンピックを前に、『ウサイン・ボルト自伝』を読んでおけば、深く、さらに陸上短距離のレースを楽しめるでしょう。

２０１５年４月30日　生島淳

FASTER THAN LIGHTNING: MY AUTOBIOGRAPHY
by USAIN BOLT
Originally published in the English language by HaperCollinsPublishers Ltd under the title
FASTER THAN THE LIGHTNING

This edition published by arrangement with HaperCollinsPublishers Ltd,
London through Tuttle-Mori Agency, Inc., Tokyo

With Matt Allen
（原書構成：マット・アレン）
Jacket photograph © Hugh Wright
（表紙写真：ヒュー・ライト）

巻頭写真
All photos courtesy of Usain Bolt, with the exception of:
Pages 1 (bottom) & 9 Mark Guthrie; pages 2 (top), 3 (top left & right) & 12 (bottom) Getty Images; pages 4 (bottom), 5 (top) & 11 (bottom) MCT via Getty Images; pages 5 (bottom), 6 (top), 7 (top), 10 (top & middle), 13 (top), 14 (all), 15 (bottom) & 16 AFP/Getty Images; pages 10 (bottom), 11 (top), 12(top) & 13 (bottom) Sports Illustrated/Getty Images; page 11 (middle) Popperfoto/Getty Images; page 15 (top) LatinContent/Getty Images

著者●ウサイン・ボルト Usain Bolt
一九八六年、ジャマイカ・トレローニー生まれ。二〇〇二年一五歳のとき、史上最年少で世界ジュニア選手権の二〇〇メートルを制す。二〇〇八年シーズンより本格的に始めた一〇〇メートルで世界新記録を樹立。二〇〇八年の北京オリンピック、二〇一二年のロンドン・オリンピックにおいて三冠（一〇〇メートル、二〇〇メートル、四×一〇〇メートルリレー）を達成。一〇〇メートル、二〇〇メートル、四×一〇〇メートルリレーの世界記録保持者。ジャマイカ在住。

訳者●生島 淳 いくしまじゅん
一九六七年、宮城県出身。早稲田大学社会科学部卒業。博報堂を経て、ノンフィクションライターに。『箱根駅伝』（幻冬舎新書）、『箱根駅伝 勝利の名言』（講談社+α文庫）、『気仙沼に消えた姉を追って』（文藝春秋）など多数の著書がある。「ワールドスポーツ MLB」（NHK BS1）では、週末版のキャスターも務める。

ウサイン・ボルト自伝《じでん》

二〇一五年五月三一日 第一刷発行

著者 ウサイン・ボルト
訳者 生島《いくしま》淳《じゅん》
発行者 館 孝太郎
発行所 株式会社 集英社インターナショナル
〒一〇一-八〇五〇 東京都千代田区一ツ橋二-五-一〇
電話 出版部〇三-五二一一-二六三二
発売所 株式会社 集英社
〒一〇一-八〇五〇 東京都千代田区一ツ橋二-五-一〇
電話 読者係〇三-三二三〇-六〇八〇
販売部〇三-三二三〇-六三九三（書店専用）
印刷所 凸版印刷株式会社
製本所 株式会社ブックアート

Printed in Japan. ISBN978-4-7976-7277-0 C0098